# UM ACORDO
*& nada mais*

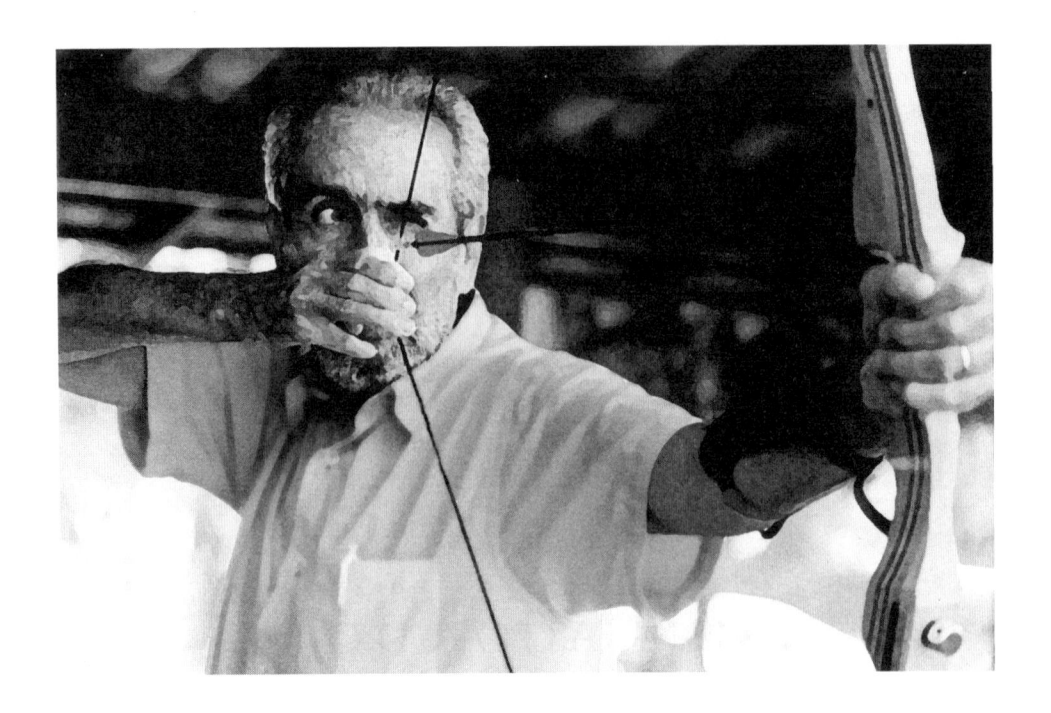

# O Arqueiro

GERALDO JORDÃO PEREIRA (1938-2008) começou sua carreira aos 17 anos, quando foi trabalhar com seu pai, o célebre editor José Olympio, publicando obras marcantes como *O menino do dedo verde*, de Maurice Druon, e *Minha vida*, de Charles Chaplin.

Em 1976, fundou a Editora Salamandra com o propósito de formar uma nova geração de leitores e acabou criando um dos catálogos infantis mais premiados do Brasil. Em 1992, fugindo de sua linha editorial, lançou *Muitas vidas, muitos mestres*, de Brian Weiss, livro que deu origem à Editora Sextante.

Fã de histórias de suspense, Geraldo descobriu *O Código Da Vinci* antes mesmo de ele ser lançado nos Estados Unidos. A aposta em ficção, que não era o foco da Sextante, foi certeira: o título se transformou em um dos maiores fenômenos editoriais de todos os tempos.

Mas não foi só aos livros que se dedicou. Com seu desejo de ajudar o próximo, Geraldo desenvolveu diversos projetos sociais que se tornaram sua grande paixão.

Com a missão de publicar histórias empolgantes, tornar os livros cada vez mais acessíveis e despertar o amor pela leitura, a Editora Arqueiro é uma homenagem a esta figura extraordinária, capaz de enxergar mais além, mirar nas coisas verdadeiramente importantes e não perder o idealismo e a esperança diante dos desafios e contratempos da vida.

# MARY BALOGH

CLUBE DOS SOBREVIVENTES – 2

# UM ACORDO

## *& nada mais*

ARQUEIRO

Título original: *The Arrangement*
Copyright © 2013 por Mary Balogh
Copyright da tradução © 2018 por Editora Arqueiro Ltda.
Todos os direitos reservados. Nenhuma parte deste livro pode ser utilizada ou reproduzida
sob quaisquer meios existentes sem autorização por escrito dos editores.
Publicado em acordo com a Maria Carvainis Agency, Inc., e a Agência Literária Riff Ltda.

Publicado originalmente nos Estados Unidos pela Dell, marca da Random House
Publishing Group, uma divisão da Random House, Inc., Nova York.

*tradução:* Livia de Almeida
*preparo de originais:* Fernanda Pantoja
*revisão:* Rebeca Bolite e Taís Monteiro
*diagramação:* Ilustrarte Design e Produção Editorial
*capa:* Renata Vidal
*imagens de capa:* Lee Avison/ Trevillion Images
*impressão e acabamento:* Lis Gráfica e Editora Ltda.

CIP-BRASIL. CATALOGAÇÃO NA PUBLICAÇÃO
SINDICATO NACIONAL DOS EDITORES DE LIVROS, RJ

| | |
|---|---|
| B156u | Balogh, Mary |
| | Um acordo e nada mais/ Mary Balogh; tradução de Livia de Almeida. São Paulo : Arqueiro, 2018. |
| | 304 p.; 16 x 23 cm. (Clube dos Sobreviventes; 2) |
| | Tradução de: The arrangement |
| | Sequência de: Uma proposta e nada mais |
| | ISBN 978-85-8041-879-8 |
| | 1. Ficção americana. I. Almeida, Livia de. II. Título. III. Série. |
| 18-51381 | CDD: 813 |
| | CDU: 82-3(73) |

Todos os direitos reservados, no Brasil, por
Editora Arqueiro Ltda.
Rua Funchal, 538 – conjuntos 52 e 54 –Vila Olímpia
04551-060 – São Paulo – SP
Tel.: (11) 3868-4492 – Fax: (11) 3862-5818
E-mail: atendimento@editoraarqueiro.com.br
www.editoraarqueiro.com.br

# CAPÍTULO 1

Quando ficou claro para Vincent Hunt, o visconde de Darleigh, que, se permanecesse em casa até a primavera, com certeza estaria noivo ou mesmo casado antes da chegada do verão, ele fugiu. Fugiu de casa, uma situação um tanto ridícula e humilhante, uma vez que era o proprietário da residência e tinha quase 24 anos. Mas o fato era que tinha saído às pressas.

Levou consigo o valete, Martin Fisk, a carruagem de viagem e os cavalos, roupas e artigos de primeira necessidade suficientes para um ou dois meses – ou seis. Não sabia exatamente por quanto tempo ficaria fora. Depois de um instante de hesitação, decidiu levar o violino. Os amigos gostavam de fazer provocações sobre seus talentos e fingiam horror sempre que Vicent acomodava o instrumento sob o queixo, mas ele acreditava tocar razoavelmente bem. E, o mais importante, gostava de tocar. Era algo que confortava sua alma, embora nunca tivesse confidenciado isso a ninguém. Flavian, sem dúvida, faria algum comentário sobre a forma como o som estridente chegava a rachar todos os vidros das proximidades.

O maior problema de permanecer em casa era ser atormentado pela presença de um número excessivo de parentes do sexo feminino e de poucos do sexo masculino – e *nenhum* deles dono de uma personalidade forte. A avó e a mãe moravam com ele, e as três irmãs, embora casadas e com as próprias famílias e residências, faziam visitas frequentes, e normalmente longas demais. Não se passava um mês sem que pelo menos uma delas estivesse hospedada por alguns dias, por uma semana ou mais. Os cunhados, quando acompanhavam as esposas – o que não acontecia sempre –, mantinham-se diplomaticamente indiferentes aos assuntos relativos a Vincent e deixavam as mulheres mandarem na vida do irmão, embora fosse digno de nota que nenhum deles permitia que as esposas mandassem na *deles*.

Tudo era compreensível, mesmo sob circunstâncias ordinárias, concluiu Vincent, com irritação. Afinal de contas, ele era o único neto, o único filho homem, o único irmão – e, ainda por cima, o *caçula* –, o que, de certa forma, justificava o fato de ser protegido, paparicado, de se preocuparem com ele e decidirem por ele. Apenas quatro anos antes, Vincent herdara o título e a fortuna de um tio forte e saudável, que tinha apenas 46 anos e era pai de um filho igualmente forte e saudável. Os dois tiveram uma morte trágica. A vida era frágil, assim como sua herança, a família de Vincent fazia questão de observar. Cabia a ele, portanto, providenciar um herdeiro e vários sucessores – tão depressa quanto humanamente possível. Era irrelevante que ainda fosse muito jovem e que ainda nem tivesse começado a pensar em casamento. Sua família sabia muito bem o que era viver em uma situação de pobreza.

Entretanto, as circunstâncias não eram nada comuns. Em consequência, os parentes o cercavam como um bando de galinhas determinadas a alimentar um único pintinho frágil e ao mesmo tempo evitar sufocá-lo. A mãe havia se mudado para Middlebury Park, em Gloucestershire, antes dele. Deixara tudo organizado para sua chegada. A avó materna tinha esperado o fim do contrato de aluguel da casa em Bath para se juntar à filha. E depois da mudança de Vincent, três anos antes, as irmãs passaram a considerar Middlebury o lugar mais fascinante do planeta. E Vincent não precisava se preocupar que os maridos estivessem se sentindo negligenciados, elas o garantiram. Os maridos *compreendiam*. A palavra era sempre pronunciada em tom solene.

Na verdade, quase tudo o que lhe diziam era pronunciado naquele mesmo tom, como se ele fosse uma espécie de criança muito querida, mas com sérias deficiências mentais.

Naquele ano, começaram a falar explicitamente sobre casamento. O casamento *dele*. Mesmo deixando de lado as questões sucessórias, o casamento lhe traria conforto e companheirismo, haviam decidido, além de diversos benefícios. Permitiria que todos ficassem tranquilos e despreocupados com relação a ele. Permitiria que a avó voltasse para sua vida em Bath, da qual sentia falta. E não seria nada difícil encontrar uma moça disposta ou mesmo ansiosa por se casar com ele. Ele não devia pensar o contrário. Tinha título e riqueza, afinal de contas. E era jovem, bonito e encantador. Havia centenas de damas que *compreenderiam* e que ficariam até contentes em se casar com ele. Em pouco tempo aprenderiam a amá-lo por suas qualidades. Pelo menos *uma* delas aprenderia, a sua escolhida. E elas, as mulheres da família, o ajudariam a fazer essa escolha, naturalmente. Não era preciso nem dizer, embora elas dissessem mesmo assim.

A campanha se iniciara na Páscoa, quando a família inteira estava em Middlebury, inclusive os cunhados e os sobrinhos. O próprio Vincent tinha acabado de retornar de Penderris Hall, na Cornualha, residência rural do duque de Stanbrook, onde passava algumas semanas todos os anos com outros integrantes do chamado Clube dos Sobreviventes, um grupo de ex-combatentes das Guerras Napoleônicas. Vincent estava se sentindo um tanto solitário, como sempre acontecia depois que se separava dos melhores amigos. Deixara as mulheres falarem sem prestar muita atenção ou talvez expor firmemente sua opinião.

Agora estava claro que fora um erro.

Apenas um mês depois da Páscoa, as irmãs, os cunhados e os sobrinhos voltaram todos, seguidos por hóspedes um ou dois dias depois. Ainda era primavera, uma época do ano estranha para se receber hóspedes, pois a temporada de festas em Londres estava a todo vapor. Mas não se tratava exatamente de um evento social, Vincent logo descobriu, pois os únicos convidados que não faziam parte da família eram o Sr. Geoffrey Dean, de Bath, filho da melhor amiga da avó, sua esposa e três filhas. Os dois filhos ficaram na escola. Duas das meninas também estavam em idade escolar – sua preceptora as acompanhava. A mais velha, porém, a Srta. Philippa Dean, tinha quase 19 anos e fizera a reverência à rainha poucas semanas antes, garantindo parceiros para todas as danças em seu baile de apresentação à sociedade. Seu *début* fora bastante satisfatório.

Mas, depois de descrever os triunfos sociais da filha durante o chá, a Sra. Dean se apressou em dizer que não poderia ter resistido à possibilidade de passar algumas semanas tranquilas no campo, na companhia de velhos amigos.

*Velhos amigos?*

A situação logo ficou extremamente clara para Vincent, embora ninguém tivesse se dado o trabalho de lhe explicar. A Srta. Philippa Dean estava no mercado matrimonial, pronta para ser arrematada por quem desse o melhor lance. Tinha irmãs mais jovens e dois irmãos que provavelmente desejavam entrar na universidade. Parecia improvável que os Deans tivessem grande riqueza. A visita deles se devia à clara compreensão de que em Middlebury havia um marido para a garota e de que ela voltaria para Londres com todas as distinções por ter ficado noiva menos de um mês após a apresentação à sociedade. Seria um triunfo singular, especialmente por garantir um marido com título e riqueza.

E que também era cego.

A Srta. Dean era uma verdadeira beldade: tinha o cabelo louro, os olhos verdes e uma silhueta esguia, descreveu a mãe. Não que a aparência importasse para ele. Ela lhe parecia uma garota doce e agradável.

Também soava bastante sensata quando conversava com todos, exceto com o próprio Vincent. Mas, nos dias que se seguiram, ela conversou com ele *várias vezes*. Todas as outras mulheres da casa, com a possível exceção das três jovens sobrinhas de Vincent, faziam de tudo para juntar os dois e deixá-los a sós. Até um cego seria capaz de enxergar a situação.

Ela discorria sobre trivialidades numa voz delicada, mas um tanto ansiosa, como se estivesse à beira do leito de um doente que oscilava precariamente entre a vida e a morte. Sempre que Vincent tentava levar a conversa para algum assunto significativo, de forma a descobrir algo sobre seus interesses e opiniões, para desvendar algo sobre sua forma de pensar, ela invariavelmente concordava com tudo o que ele dizia, ao ponto do absurdo.

– Sou da firme opinião – disse ele numa tarde em que estavam sentados no jardim diante da casa, apesar do vento – de que o mundo científico há séculos mantém uma perversa conspiração contra as massas, Srta. Dean, para convencer-nos de que a Terra é redonda. É óbvio que é plana, não há como negar. Até um tolo pode ver. Se alguém caminhasse até a beirada do mundo, despencaria e nunca mais seria visto. Qual é a *sua* opinião?

Era indelicado. Até um pouco perverso.

Ela ficou em silêncio por alguns instantes, enquanto Vincent torcia para ser contrariado. Ou para que risse dele. Ou para que o chamasse de idiota. A voz dela estava mais suave do que nunca, quando falou:

– Tenho certeza de que está certo, milorde.

"Que disparate", ele quase exclamou, mas se conteve. Não acrescentaria crueldade à indelicadeza. Apenas sorriu e sentiu vergonha de si mesmo. Passou a falar sobre a intensidade do vento.

E, então, sentiu os dedos de uma das mãos dela sobre a manga de sua camisa e depois o perfume leve e floral, uma indicação de que a Srta. Dean havia se aproximado. E ela falou de novo, com uma voz doce, apressada, ofegante:

– Não me importei nem um pouco em vir para cá, sabe, lorde Darleigh, mesmo estando ansiosa pela minha primeira temporada em Londres, e ainda com a lembrança da felicidade que senti na noite de meu primeiro baile. Mas sei o bastante sobre a vida para compreender que minha vinda para cá não era *apenas* diversão. Mamãe e papai me explicaram sobre a oportunidade maravilhosa desse convite, tanto para mim quanto para minhas irmãs e meus irmãos. Não me importei em vir, de verdade. De fato, vim de bom grado. *Compreendo* e *não me importo* nem um pouco.

Seus dedos apertaram o braço dele antes de soltá-lo.

– Talvez considere meu comportamento atrevido – acrescentou –, embora, normalmente, eu não seja tão sincera. Só achei que precisava saber que não me importo. Talvez receie que eu me importe.

Aquele foi um dos momentos mais constrangedores da vida de Vincent, além de quase insuportavelmente exasperador. Não que ele estivesse furioso com a moça, pobrezinha. Mas estava com os pais dela, assim como com sua avó, sua mãe e suas irmãs. Era bastante claro para ele que a Srta. Dean estava ali não apenas como uma jovem candidata a quem ele poderia conhecer melhor, com a possibilidade de aprofundar a relação no futuro, caso houvesse um interesse recíproco. Não, a moça viera na expectativa de ouvir um pedido de casamento antes de partir. A pressão vinha de seus pais, mas ela era uma filha obediente, ao que parecia, e aceitou a responsabilidade de irmã mais velha. Ela aceitaria se casar com ele, apesar de ele ser cego.

Era óbvio que ela se importava.

Estava irritado com a mãe e as irmãs por imaginarem que deficiência mental era um dos sintomas da cegueira. Sabia que elas queriam que ele se casasse logo. Sabia que tentariam lhe apresentar alguém. O que *não* sabia era que escolheriam uma noiva sem lhe dizer uma palavra, e então praticamente o obrigariam a aceitar a escolha delas – ainda por cima em sua própria casa.

Sua casa, na verdade, não era sua – essa compreensão lhe veio como uma epifania. Nunca havia sido. De quem era a culpa seria discutido no futuro. Era tentador culpar os parentes, mas... bem, teria de refletir sobre o assunto.

Tinha uma ligeira suspeita, porém, de que, se não estava no comando, a culpa era dele.

Por enquanto, encontrava-se numa situação impossível de resolver. Não sentia qualquer centelha de atração pela Srta. Dean, embora acreditasse que gostaria dela em circunstâncias diferentes. Estava claro que ela não sentia nada além da obrigação de se casar com ele. Não podia permitir que fossem coagidos a fazer algo que nenhum dos dois desejava.

Assim que entraram na casa – a Srta. Dean tomou o braço que lhe foi oferecido e passou a guiá-lo com delicadeza e firmeza, embora ele estivesse com a bengala e soubesse se movimentar perfeitamente sem a ajuda de ninguém –, Vincent foi para sua sala particular, o único lugar onde tinha certeza de que ficaria sozinho e de que poderia ser ele mesmo. Chamou Martin Fisk.

– Vamos sair – disse ele de forma abrupta, assim que o valete chegou.

– Vamos, milorde? – perguntou Martin, animado. – E que roupas serão necessárias para a ocasião?

– Precisarei de tudo que couber no baú que costumo levar para Penderris – respondeu Vincent. – Sem dúvida será capaz de decidir sozinho do que *você* precisa.

Martin soltou um pequeno grunhido, e então:

– Hoje estou me sentindo particularmente estúpido. Seria melhor que me explicasse.

– Vamos sair – explicou Vincent. – Partir. Vamos nos afastar o máximo possível de Middlebury para escapar da perseguição. Escapulir. Fugir. Seguir o caminho do covarde.

– A jovem não é adequada? – perguntou Martin.

Rá! Até Martin sabia por que a garota viera.

– Não para ser uma esposa – respondeu. – Não para ser *minha* esposa, de qualquer maneira. Meu Deus, Martin, nem *quero* me casar. Não ainda. E se, e quando, quiser, eu mesmo escolherei a noiva. Com muito cuidado. E vou garantir que a escolhida aceite o pedido não apenas por *entender* e *não se importar*.

– Hum. Foi isso que a moça disse?

– Com a maior delicadeza e doçura possíveis – acrescentou Vincent. – Ela é *mesmo* doce e delicada. Está disposta a se sacrificar pelo bem da família.

– E para *onde* estamos fugindo? – perguntou Martin.

– Para qualquer lugar no planeta, menos aqui – respondeu Vincent. – Podemos partir hoje à noite? Sem que ninguém saiba?

– Cresci numa ferraria – lembrou Martin a Vincent. – Acho que consigo prender os cavalos na carruagem sem enredar as rédeas. Mas talvez não precise me arriscar a isso. Imagino que queira que Handry nos conduza. Trocarei algumas palavras com ele. Sabe como manter a boca fechada. Às duas da manhã, que tal? Virei para cuidar do baú e depois voltarei para ajudá-lo a se vestir. Estaremos na estrada antes das três.

– Perfeito – disse Vincent.

Já tinham percorrido quase 2 quilômetros na carruagem quando Martin, no assento em frente ao de Vincent, de costas para os cavalos, informou que eram três horas.

Vincent recusava-se a se sentir culpado – mas, claro, consumia-se pela culpa. E pela convicção de que era o maior canalha e o maior covarde do mundo, além de ser o pior filho, irmão e neto. E o pior dos *cavalheiros*. Mas o que poderia ter feito além de se casar com a Srta. Philippa Dean ou de humilhá-la publicamente?

Mas ela não se sentiria igualmente humilhada ao descobrir a sua fuga?

Aaargh!

Decidiu acreditar que depois de um breve instante de humilhação, a moça viria a sentir um enorme alívio. Tinha certeza de que ficaria aliviada, aquela pobre garota.

Foram para Lake District, onde passaram três semanas felizes. Era considerada uma das regiões mais belas da Inglaterra, embora boa parte dessa beleza não pudesse ser apreciada por um cego. Mas havia trilhas para caminhar, muitas margeando o lago Windermere ou algum dos lagos menores. Havia colinas para escalar, algumas exigindo esforço extenuante – e ventos fortes e ar mais rarefeito ainda como "recompensa" quando chegavam às altitudes mais elevadas. Havia sol e chuva, frio e calor, toda a maravilhosa variedade do clima da Inglaterra e do campo. Fizeram um passeio de barco, em que ele pôde remar sozinho, e cavalgadas – com Martin a seu lado, mas sem tocá-lo. Houve inclusive um glorioso galope num terreno que, de acordo com a avaliação cuidadosa de Martin, não tinha descidas súbitas nem buracos inesperados. Havia o canto dos pássaros, o zumbido dos insetos, o balir das ovelhas e o mugido do gado. Havia milhares de aromas, em especial o perfume da urze, que, antes, no tempo em que conseguia enxergar, lhe passava despercebido. Havia momentos para sentar e meditar, ou para simplesmente exercitar os quatro sentidos que ainda lhe restavam. Havia os exercícios habituais para fortalecer o corpo, executados diariamente, muitos deles ao ar livre.

Havia paz.

E, no final das contas, inquietação.

Escrevera duas cartas – na verdade, Martin o fizera –, a primeira dois dias depois de ter partido, para explicar que precisava de algum tempo a sós e que estava em perfeita segurança na companhia de seu competente valete. Não deu detalhes sobre onde se encontrava e para onde ia. Avisou à mãe que não o esperasse por um mês ou mais. Confirmou tudo na segunda carta e garantiu que estava em segurança, feliz e gozando de boa saúde.

A Srta. Dean, os pais e as irmãs talvez já tivessem voltado para Londres a tempo de garantir à jovem um marido adequado antes do fim da temporada. Vincent esperava que ela conseguisse alguém que preenchesse as demandas tanto do dever quanto as de suas inclinações pessoais. Desejava que isso acontecesse, com toda sinceridade, tanto para o bem da jovem quanto para aliviar a própria consciência.

Podia voltar para casa, decidiu enfim. Os Deans provavelmente já tinham partido havia muito tempo. Assim como suas três irmãs. Teria uma conversa franca com a mãe e a avó. Já estava na hora. Ele as faria entender que se sentia mais do que feliz em tê-las em Middlebury, onde podia garantir que estavam confortáveis e em segurança. E que também ficaria igualmente feliz caso desejassem se mudar para Bath. A escolha era delas, mas as duas não deviam se sentir obrigadas a permanecer ali por causa dele. *Não* precisava delas, explicaria da forma mais diplomática possível. Não precisava da assistência de nenhuma das duas em sua vida cotidiana. Martin e seus outros bons empregados eram perfeitamente capazes de cuidar de suas necessidades. Também não precisava de ajuda para encontrar uma noiva que tornasse sua vida mais confortável. Ele mesmo encontraria uma quando julgasse conveniente.

Não seria fácil fazer a mãe aceitar o que diria. Ela havia aprendido a ser a dona de uma grande propriedade e tinha obtido imenso sucesso na tarefa. Sucesso até demais, na realidade. Quando Vincent chegou a Middlebury, um ano depois dela, sentiu-se um menininho que volta da escola para ficar sob os cuidados da mãe. E por vê-la confortável no novo papel e se sentir atordoado – e até oprimido – com a nova casa e a nova vida, ele não fizera logo de início esforço suficiente para reivindicar seus direitos como homem da casa.

Afinal de contas, tinha apenas 20 anos na época.

Considerou voltar para a Cornualha e ficar um tempo com George Crabbe, duque de Stanbrook. Estivera lá em março – e também durante alguns anos depois do retorno da Península, onde perdera a visão na batalha. George era seu melhor amigo. Mas, embora não tivesse dúvida de que seria acolhido pelo duque pelo tempo que quisesse, Vincent não o usaria como muleta emocional. Não faria isso de novo. Aqueles dias, aquelas carências, haviam ficado para trás.

Seus anos de dependência estavam no passado. Era tempo de crescer e assumir o controle. Não seria fácil. Mas já fazia muito tempo que percebera que devia tratar a cegueira como um desafio, não como uma deficiência, se quisesse ter uma vida feliz e realizada.

Mais cedo ou mais tarde, teria de retornar a Middlebury Park e recomeçar. No entanto, ainda não se sentia pronto. Tinha passado muito tempo refletindo em Lake District, e precisava refletir ainda mais para não voltar e simplesmente retomar a velha rotina, da qual nunca seria capaz de escapar.

Mas já estava cansado de Lake District. Estava agitado.

Para onde poderia ir além de voltar para casa?

A resposta veio com surpreendente facilidade.

Claro. Iria... *para o lar.*

Porque Middlebury Park era apenas o lugar onde vivera nos últimos três anos, a monumental propriedade que herdara com o título e na qual nunca havia colocado os pés até esses três anos antes. Era grandiosa, imponente, e ele gostava dela. Estava determinado a se estabelecer ali e transformá-la em lar. Mas ainda não era seu *lar* realmente. Seu lar era a Casa Covington, onde fora criado, uma construção bem mais modesta, pouco maior que um chalé, na periferia do vilarejo de Barton Coombs, em Somerset.

Não visitava Barton Coombs fazia quase seis anos, desde que partira para a guerra. Naquele momento, sentiu um súbito desejo de voltar, embora soubesse que não podia vê-la. Havia muitas lembranças alegres. A infância e a juventude foram tempos felizes, apesar de viverem à margem da pobreza mesmo antes da morte de seu pai, quando Vincent tinha 15 anos.

– Vamos para casa – anunciou a Martin certo dia, depois do café da manhã. Podia ouvir o barulho da chuva batendo contra o vidro das janelas do pequeno chalé em Windermere que alugara por um mês. – Mas não para Middlebury Park. Vamos para Barton Coombs.

– Humm – fez Martin em tom reservado, enquanto retirava os pratos da mesa.

– Você vai ficar contente? – perguntou Vincent.

Martin também era de Barton Coombs. Seu pai era o ferreiro do vilarejo. Os dois meninos frequentaram juntos a escola, pois a família de Vincent não tinha dinheiro para pagar uma instrução particular para o garoto, apesar de, segundo a hierarquia social, ele ser um cavalheiro. O sonho do ferreiro era que o filho soubesse ler e escrever. Vincent e as irmãs tinham aulas com o próprio pai, que era o professor da escola local. Vincent estava sempre brincando com Martin. Na verdade, as crianças da vizinhança todas brincavam juntas, independentemente de posição social, condições financeiras, gênero ou idade. Eram tempos idílicos.

Quando Vincent tinha 17 anos, o irmão de sua mãe, um homem muito bem-sucedido, voltou de uma longa temporada no Extremo Oriente e adquiriu um posto de oficial de exército para o sobrinho. Ao saber da novidade, Martin foi até a Casa Covington, apertando o chapéu nas mãos, e perguntou se poderia ir junto, como ordenança de Vincent. No final das contas, o posto não durou muito. Vincent perdeu a visão na primeira batalha. Mas Martin permaneceu ao lado dele como criado mesmo nos primeiros anos em que Vincent não tinha como pagar. Recusara-se obstinadamente a ir embora.

– Mamãe vai ficar feliz em me ver – disse Martin. – Papai também, embora com certeza vá resmungar para a bigorna que seu único filho escolheu ser um valete.

E então partiram.

Passaram a última noite viajando, mesmo exaustos, e chegaram à Casa Covington ao alvorecer – como Martin lhe informara. Mas Vincent saberia disso por si só assim que a carruagem parasse e a porta se abrisse. Podia ouvir pássaros cantando com aquela sonoridade estridente característica do período antes do amanhecer. E o ar provocava uma sensação revigorante que sugeria o fim da noite, mas não exatamente o início do dia.

Não havia necessidade real de manter segredo a não ser pelo fato de Vincent preferir que ninguém soubesse que ele se encontrava na Casa Covington, pelo menos por um tempo. Não queria se transformar numa curiosidade para velhos amigos e vizinhos. Não queria que peregrinassem até a sua porta para cumprimentá-lo e saber como era um homem cego. E não queria que ninguém escrevesse para sua mãe, fazendo com que ela viesse correndo cuidar dele. E, de qualquer forma, provavelmente não ficaria por muitos dias. Só precisava de tempo para organizar os pensamentos.

Era costume manter uma cópia da chave sobre o portal, no interior do galpão de jardinagem atrás da casa. Vincent mandou Handry verificar se ela ainda estava lá. Se não estivesse, Martin entraria pela janela da adega. Dificilmente alguém teria pensado, nos últimos seis anos, em consertar a tranca que estivera quebrada durante toda a infância de Vincent. Na verdade, era como ele fazia para sair e entrar no meio da noite.

Handry voltou com a chave. Parecia meio enferrujada, ele relatou, mas entrou na fechadura da porta da frente e virou com um rangido. Depois de alguma insistência, a porta abriu.

A casa não estava com cheiro de mofo nem abafada, embora tivesse permanecido tanto tempo fechada. Ele pagava por uma faxina quinzenal, que parecia ser realizada de forma cuidadosa. *Havia* um cheiro, porém, de algo indefinível que despertava lembranças da infância, da mãe e das irmãs quando viviam ali. Até lembranças distantes do pai. Era estranho que ele nunca tivesse reparado no cheiro quando morava ali – talvez porque não precisasse reparar em cheiros naqueles tempos.

Andou pelo saguão com a ajuda da bengala. A velha mesa de carvalho, coberta por um tecido de linho, continuava no mesmo lugar, em frente à porta, ao lado do porta-guarda-chuvas, também sob um tecido.

– Conheço esta casa como a palma de minha mão – disse ele a Martin, tirando o tecido do porta-guarda-chuvas, onde guardou sua bengala. – Vou explorá-la sozinho. E depois me deitar no meu quarto por uma ou duas horas. As carruagens não foram planejadas para garantir um bom sono, não é mesmo?

– Não quando elas têm que percorrer estradas inglesas – concordou Martin –, e não conheço outra alternativa. Vou ajudar Handry com os cavalos. Depois trago suas malas.

Algo de que Vincent particularmente gostava em Martin Fisk era o fato de ele cuidar de todas as suas necessidades sem alvoroço. O melhor de tudo era que não ficava *rodeando*. Quando Vincent, por vezes, dava de cara com uma parede ou uma porta, ou tropeçava em algum objeto deixado no caminho, ou de vez em quando se desequilibrava num lance de escadas, ou – em uma ocasião memorável – mergulhava de cabeça num lago de nenúfares, Martin estava lá para cuidar dos cortes, arranhões e de outras sequelas, e também para fazer comentários apropriados e inapropriados, sem qualquer tipo de emoção na voz.

Às vezes dizia ao patrão que ele era um cabeça-dura desajeitado.

Era melhor – ah, infinitamente melhor – do que a solicitude com que quase todos os conhecidos o sufocavam.

Era um ingrato miserável, ele sabia.

Seus companheiros do Clube dos Sobreviventes tratavam-no de um modo bem semelhante ao de Martin. Era um dos motivos que o levavam a adorar tanto as temporadas anuais em Penderris Hall. Os sete tinham sofrido terríveis ferimentos durante a guerra e ainda carregavam as cicatrizes internas ou externas, ou ambas, e por isso compreendiam bem as frustrações decorrentes do excesso de zelo.

Quando ficou sozinho, encontrou a sala de estar à esquerda, o cômodo em que toda a rotina diurna se desenrolava. Tudo estava exatamente como lembrava e *onde* lembrava, a não ser pelos panos cobrindo a mobília. Seguiu para o salão, maior e menos usado do que o outro aposento. De vez em quando havia pequenos bailes ali. Oito casais conseguiam executar uma quadrilha com algum conforto, dez com menos conforto, doze bem apertados.

Havia um piano. Vincent foi até ele. Como todo o resto, estava escondido sob um tecido. Teve vontade de puxá-lo, levantar a tampa do teclado e tocar. Mas o instrumento devia estar terrivelmente desafinado.

Era estranho que, quando garoto, não tivesse aprendido a tocar. Ninguém chegou a pensar em sugerir. Piano era coisa de menina, um instrumento de tortura destinado especialmente a elas – como Amy, sua irmã mais velha, sempre declarava.

Naquele momento, naquela casa, sentiu falta das três, por mais estranho que pudesse parecer. E da mãe. Até mesmo do pai, que os deixara havia oito anos. Sentia falta daqueles dias despreocupados da infância e da juventude. E nem fazia tanto tempo assim. Tinha apenas 23 anos.

Que dali a pouco seriam 50.

Ou 70.

Suspirou e decidiu deixar o pano onde estava. Mas ali, próximo ao piano, com as mãos sobre o instrumento, a cabeça curvada, foi subitamente tomado por uma gigantesca e familiar onda de pânico.

Sentiu o sangue se esvair da cabeça, deixando-a fria e úmida. Sentiu o ar frio em suas narinas, e tão rarefeito que não parecia possível inspirar. Sentiu todo o terror da escuridão sem fim, de saber que se fechasse os olhos, como fazia naquele momento, e os reabrisse, como *não* fez, ainda estaria cego.

Para todo o sempre.

Sem alento.

Sem luz.

Nunca mais.

Lutou para controlar a respiração, sabendo, devido à experiência, que, se perdesse o controle, logo estaria ofegante, com falta de ar, até perder a consciência, para recuperar-se do desmaio sozinho ou talvez – muito pior – com alguém ao seu lado. Mas ainda cego.

Manteve os olhos fechados. Contou as respirações mais uma vez, tentando se concentrar nelas e afastar os pensamentos que fervilhavam em sua mente.

Inspirar. Expirar.

Depois de algum tempo, abriu os olhos e relaxou as mãos no piano. Ergueu a cabeça. Por nada no mundo permitiria que a escuridão tomasse conta de seu interior, pensou. Já bastava que estivesse ao seu redor o tempo todo. Sua própria estupidez na batalha trouxera a escuridão externa. Não corroboraria a loucura juvenil permitindo que a luz de dentro dele se extinguisse.

*Viveria* sua vida. E a viveria plenamente. Faria algo dela e de si mesmo. Não se renderia à depressão ou ao desespero.

Por Deus, *não se renderia*.

Estava desesperadamente cansado. Esse era o problema, supôs, e seria fácil resolvê-lo. Sentiria-se melhor depois de dormir um pouco. Continuaria a explorar a casa mais tarde.

Achou a escada sem dificuldade e a subiu sem incidentes. Encontrou o quarto sem precisar tatear a parede. Tinha feito a mesma coisa na escuridão numerosas vezes ao escapulir de casa e voltar antes do amanhecer.

Virou a maçaneta e entrou. Esperava que ao menos houvesse cobertores na cama. Estava cansado demais para se preocupar com lençóis. Quando chegou à cama, descobriu que tinha sido feita como se esperassem por ele – e se lembrou da mãe contando que instruíra os empregados a manterem a casa sempre preparada para a chegada inesperada de alguém da família.

Tirou o casaco, as botinas, a gravata e deitou-se suavemente entre os lençóis. Sentiu que poderia dormir durante uma semana.

Talvez passasse uma semana ali, naquele ambiente dolorosamente familiar, sozinho e tranquilo, sem o peso de outra companhia além da de Martin. Deveria ser tempo suficiente para colocar a cabeça no lugar e voltar a Middlebury Park para *viver*, não simplesmente ficar à deriva.

Dera instruções para que a carruagem fosse escondida sem demora. Dissera a Martin que contasse que viera sozinho para visitar os pais na ferraria e que seu patrão lhe dera permissão para se hospedar na Casa Covington. Na verdade, Martin só precisava contar a uma pessoa e em uma hora todo mundo saberia.

Ninguém saberia que *ele* também estava.

Tudo parecia perfeito.

Adormeceu antes que pudesse desfrutar devidamente aquela sensação.

# CAPÍTULO 2

A chegada de Vincent, no entanto, não tinha passado despercebida.

A Casa Covington era a última construção no fim da rua principal, que atravessava o vilarejo. Do outro lado havia uma pequena colina coberta de árvores. E na colina, entre as árvores, havia uma jovem. Ela costumava vagar a qualquer hora do dia pelas terras que cercavam Barton Hall, onde morava com os tios, sir Clarence e lady March, embora não costumasse sair tão cedo. Mas naquela amanhã acordara quando ainda estava escuro, e não fora capaz de pegar no sono novamente. Pela janela aberta ouvia o canto estridente de um pássaro, que, obviamente, não percebera que ainda não havia amanhecido. Em vez de fechar a janela e voltar para a cama, se vestiu e saiu, embora estivesse muito frio, pois havia algo de raro e belo em observar a escuridão se transformar em um novo alvorecer. E ela fora até lá porque nas árvores moravam dezenas, talvez centenas, de pássaros, a maioria com vozes mais doces do que aquela que a despertara. E as aves costumavam cantar com mais emoção quando anunciavam a chegada de um novo dia.

Ficou bem parada para não perturbá-las, as costas apoiadas no tronco robusto de uma faia e os braços para trás, para desfrutar da textura áspera apesar das luvas finas – tão finas, na verdade, que o polegar esquerdo e o indicador direito já estavam puídos. Ela absorveu a beleza e a paz dos arredores e ignorou o frio que atravessava sua capa surrada, como se o tecido nem existisse, e deixava seus dedos dormentes.

Olhou para a Casa Covington, sua construção preferida em Barton Coombs. Não era nem uma mansão nem um chalé. Nem mesmo um solar. Mas era grande, quadrada, sólida. Já estava vazia quando chegou, dois anos antes. Ainda pertencia à família Hunt, sobre a qual ouvira muitas histórias, talvez porque Vincent, o filho único, tivesse herdado um título e uma fortuna de forma inesperada havia alguns anos. Era o cenário perfeito dos contos de fada, exceto por um elemento de tristeza, como havia em tantas histórias.

Gostava de observar a casa e imaginar como deveria ser quando a família Hunt morava ali – o professor distraído, mas adorado por todos, a esposa atarefada, as três lindas filhas e o filho travesso, alegre e atlético, sempre o melhor em qualquer esporte que praticava, sempre metido em travessuras, adorado pelos velhos e pelos jovens, a não ser pelos Marches, a quem dirigia a maioria de suas traquinagens. Gostava de imaginar que, se morasse ali naquela época, teria sido amiga das meninas e até de seu irmão, embora fossem todos mais velhos que ela. Gostava de se imaginar correndo, entrando e saindo da Casa Covington sem sequer bater à porta, quase como se fosse da família. Gostava de imaginar que teria frequentado a escola do vilarejo como todas as crianças, exceto Henrietta March, sua prima, que fora educada em casa por uma preceptora francesa.

Seu nome, embora raramente usado, era Sophia Fry. Era chamada pelos parentes – quando se davam o trabalho de reconhecer sua presença –, e talvez pelos criados, de Ratinha. Residia em Barton Hall a contragosto, pois não tinha mais para onde ir. O pai morrera. A mãe os abandonara muito tempo antes e depois também havia morrido. O irmão de seu pai, sir Terrence Fry, nunca procurou manter qualquer contato com ela. A outra tia – irmã mais velha do pai –, com quem Sophia fora viver logo depois da morte dele, falecera havia dois anos.

Às vezes imaginava morar numa espécie de terra de ninguém entre a família de Barton Hall e os criados, sem pertencer a nenhum dos dois grupos nem receber qualquer atenção ou cuidado. Consolava-se com o fato de que sua invisibilidade lhe dava, ao menos, alguma liberdade. Henrietta estava sempre cercada por criadas, damas de companhia e pais vigilantes, cuja única ambição era encontrar um cavalheiro com um título para casar com a filha, de preferência rico – embora esta não fosse uma prioridade, pois sir Clarence era, ele próprio, um homem de posses. Henrietta compartilhava quase todas as ambições dos pais, com uma notável exceção.

Os devaneios de Sophia foram interrompidos pelo som de cavalos se aproximando. Vinham do lado de fora do vilarejo e parecia evidente que puxavam alguma espécie de carruagem. Era cedo demais para alguém viajar. Uma diligência, talvez? Postou-se atrás do tronco da árvore e ficou meio escondida, embora dificilmente pudesse ser vista lá de baixo. A capa era cinza, a touca de algodão não chamava atenção nem pelo modelo nem pela cor e a luz do dia ainda não havia se mostrado por completo.

Viu que era uma carruagem particular muito elegante. Mas, antes que atravessasse o vilarejo e desaparecesse, antes mesmo que a imaginação de Sophia criasse alguma história, o veículo diminuiu o ritmo e entrou no caminho para Covington Hall. Parou diante da porta da frente.

Ela arregalou os olhos. Seria possível...?

O cocheiro saltou do veículo, abriu a porta da carruagem e abaixou os degraus. Um homem desceu quase no mesmo instante, jovem, alto e um tanto robusto. Olhou em volta e disse alguma coisa para o cocheiro – Sophia ouviu a voz grossa, mas não distinguiu o que dizia. Depois, os dois se viraram para observar outro homem.

Ele desceu sem ajuda. Andava com segurança, sem hesitação. Contudo, ficou imediatamente claro para Sophia que a bengala não era apenas um acessório da moda, mas algo que ele usava para se guiar.

Respirou fundo e esperou, tolamente, que os homens, a alguma distância, não a ouvissem. Ele realmente viera, como todos disseram.

O cego visconde de Darleigh, outrora Vincent Hunt, voltara para casa.

Os tios ficariam em estado de graça, pois haviam decidido que, se e quando Vincent viesse, Henrietta se casaria com ele.

Henrietta, por outro lado, *não* ficaria em estado de graça. Pela primeira vez na vida ela se opusera aos desejos dos pais. Havia declarado mais de uma vez, ao alcance do ouvido de Sophia, que preferia morrer solteirona aos 80 anos a se casar com um cego de rosto desfigurado, mesmo que fosse um *visconde* e bem mais *rico* que o pai.

O visconde de Darleigh – Sophia estava convencida de que o recém-chegado devia ser ele – era visivelmente jovem. Embora não fosse muito alto, tinha o porte esguio e gracioso. Movia-se com destreza. Não se apoiava na bengala nem agitava a outra mão no ar. Vestia-se com elegância e asseio. Os lábios de Sophia entreabriram-se enquanto o observava. Pensou em quanto do antigo Vincent Hunt ainda estava presente no cego visconde. Havia descido da carruagem sem ajuda. Aquilo a agradou.

Não conseguiu ver seu rosto, pois a aba do chapéu o escondia. Pobre cavalheiro. Imaginou quanto teria ficado desfigurado.

Ele e o homem robusto permaneceram na entrada da casa; o cocheiro saiu em direção aos fundos e voltou com o que devia ser uma chave, pois se curvou diante da fechadura da porta da frente, que abriu segundos depois. O visconde subiu os degraus diante da porta, novamente sem auxílio, e desapareceu no interior da casa, seguido pelo homem mais forte.

Sophia continuou a observar por mais alguns minutos, mas não havia nada para ver além do cocheiro conduzindo os cavalos e a carruagem para o estábulo e a garagem. Ela se virou e seguiu na direção de Barton Hall. Depois de tanto tempo parada, seu corpo estava completamente gelado.

Não contaria a ninguém sobre a chegada do visconde, decidiu. De qualquer maneira, ninguém falava com ela nem esperava que ela oferecesse alguma informação ou opinião. Sem dúvida, todos logo ficariam sabendo.

Para acabar com a esperança de Vincent de uma estadia tranquila na Casa Covington, Sophia Fry não fora a única pessoa a ver sua chegada.

Um trabalhador, que estava indo ordenhar as vacas, teve a incrível boa sorte – da qual se gabaria aos colegas durante dias – de testemunhar a chegada da carruagem do visconde de Darleigh à Casa Covington. Deixara as vacas esperando para assistir ao antigo Vincent Hunt descer do veículo depois de Martin Fisk, o filho do ferreiro. Às sete da manhã, depois de voltar correndo para casa com esse único objetivo, ele já havia contado para a esposa, para o filho ainda bebê – profundamente desinteressado em notícia tão importante –, para os colegas de trabalho, para o ferreiro e sua esposa e para o Sr. Kerry, que visitara o ferreiro bem cedo porque um de seus cavalos tinha perdido uma ferradura na noite anterior.

Às oito, os trabalhadores – e a esposa do primeiro – já tinham dado a notícia a todos os conhecidos, ou pelo menos àqueles que pertenciam a essa categoria e estavam ao alcance da voz. O Sr. Kerry contou para o açougueiro, para o vigário e para a mãe idosa. A mulher do ferreiro, em êxtase pelo fato de o filho ter voltado para casa no posto de valete do visconde de Darleigh, o antigo Vincent Hunt, foi correndo reabastecer o estoque de farinha e contou ao padeiro e seus dois assistentes, além de três fregueses. E o ferreiro, também transbordando de orgulho, apesar de geralmente falar com desânimo do filho, o *valete*, contou para o aprendiz, que chegou atrasado ao trabalho e, dessa vez, não precisou recitar uma ladainha de desculpas. E contou para o cavalariço de sir Clarence March e para o vigário, que ouviu a mesma notícia duas vezes em um intervalo de quinze minutos, mas pareceu igualmente eufórico nas duas ocasiões.

Às nove horas, seria difícil encontrar uma única pessoa em Barton Coombs ou num raio de 5 quilômetros que *não* soubesse que o visconde de Darleigh, o ex-Vincent Hunt, havia chegado à Casa Covington no despontar do alvorecer e não havia partido desde então.

Provavelmente viajara a noite inteira e estava desfrutando de um merecido repouso, pobre cavalheiro, foi a observação da Srta. Waddell para a Sra. Parsons, esposa do vigário, quando as duas se encontraram na cerca-viva que separava os fundos de seus jardins. Não seria de bom tom visitá-lo cedo *demais*. Ela informaria ao comitê de recepção. Pobre e querido cavalheiro.

O vigário ensaiou um discurso de boas-vindas e se perguntou se estaria excessivamente formal. Afinal, o visconde de Darleigh tinha sido o filho alegre e travesso do professor do vilarejo. Era, além disso, um herói de guerra que agora tinha um título muito importante. Melhor pecar por excesso de formalidade do que correr o risco de parecer desrespeitoso, decidiu.

A Sra. Fisk assou os pães e os bolos que planejava fazer havia muitas semanas. Seu *filho*, seu amado e único filho, estava de volta, sem falar no visconde, aquele garoto alegre e cheio de energia que costumava andar por aí com Martin e arrastá-lo para todo tipo de encrenca – não que Martin precisasse ser convencido. Pobre garoto. Pobre cavalheiro. Ela fungou e secou uma lágrima com o dorso da mão coberta de farinha.

Às dez horas, as jovens Srtas. Grangers visitaram a igualmente jovem Srta. Hamilton para descobrir o que ela planejava vestir na recepção que certamente haveria pela chegada de lorde Darleigh. As três passaram então a trocar reminiscências sobre o Vincent Hunt que ganhava todas as corridas no festival anual do vilarejo com mais de um quilômetro de vantagem e que, no críquete, tirava de jogo todos os integrantes do time adversário que tinham a coragem e a audácia de desafiá-lo. Aquele jovem tão atraente, com seus cachos sempre longos e louros e olhos azuis, muito azuis, e físico esguio. Sempre com aquele lindo sorriso nos lábios, até para *elas*, embora fossem apenas garotinhas na época. Ele sempre sorria para *todos*.

A última lembrança provocou lágrimas nas três, pois o visconde de Darleigh não voltaria a ganhar uma corrida ou um jogo de críquete, tampouco era atraente – talvez nem sorrisse mais para ninguém. Talvez nem fosse capaz de dançar na recepção. Não conseguiam conceber destino pior.

Vincent teria ficado horrorizado em saber que, na verdade, sua chegada a Barton Coombs era na verdade esperada. *Esperada* talvez fosse uma palavra forte, antecipada com esperança e cautela.

Pois Vincent havia esquecido dois fatos extremamente significativos a respeito da mãe e das irmãs. Em primeiro lugar, eram correspondentes inveteradas. Em segundo, tinham numerosos amigos em Barton Coombs, os quais não abandonaram depois de se mudarem. Não era possível visitá-los diariamente, como no passado, mas podiam lhes escrever, e era o que faziam.

Sua mãe não se sentiu reconfortada pelos dois bilhetes recebidos, rabiscados na letra pouco elegante de Martin Fisk. Não se conformou em esperar pela volta do filho. Pelo contrário, fez tudo que estava em seu poder para descobrir o paradeiro do rapaz. A maioria de seus palpites estava bem distante da realidade. Mas um deles era que Vincent talvez fosse para Barton Coombs, onde crescera e fora feliz, onde tinha tantos amigos e tantos bons relacionamentos, onde se sentiria confortável e valorizado. De fato, quanto mais pensava no assunto, mais se convencia de que, se já não estivesse por lá, mais cedo ou mais tarde chegaria.

Ela escreveu cartas. Sempre escrevia cartas, aliás. Era algo natural.

E Amy, Ellen e Ursula também escreveram cartas, embora não estivessem tão convencidas quanto a mãe sobre a ida de Vincent a Barton Coombs. Era mais provável que voltasse à Cornualha, onde sempre parecia estar tão feliz. Ou talvez fosse para a Escócia ou para Lake District, qualquer lugar onde pudesse se manter longe de suas garras casamenteiras. As três irmãs de Vincent se arrependiam da forma agressiva com que haviam tentado lhe empurrar a Srta. Dean. Obviamente, ela não era para ele – nem ele para ela. Não lhes passou despercebido que, em vez de mostrar-se mortificada ao descobrir sobre a partida de Vincent, a Srta. Dean aparentou fazer um grande esforço para não se revelar aliviada.

Enfim, muito antes de Vincent pôr os pés em Barton Coombs, não havia uma pessoa no vilarejo que não estivesse quase certa de que ele viria. A única questão que provocava verdadeira ansiedade era *quando*.

Henrietta March era a mais notável exceção ao entusiasmo generalizado. Estava apavorada.

– *Vincent Hunt?* – disse.

– O visconde de Darleigh, meu amor – lembrou-lhe a mãe.

– De Middlebury Park, em Gloucestershire – acrescentou o pai. – Aquele cuja renda é de 20 mil por ano, segundo uma estimativa conservadora.

– E dois olhos que não enxergam e um rosto deformado – retorquiu Henrietta. – Eca!

– Você não teria que ficar olhando para ele – disse-lhe o pai. – Middlebury Park é bem grande, pelo que ouvi dizer. Bem maior que aqui. E, como uma viscondessa elegante, você teria que passar temporadas em Londres. É o que seria esperado. Ele dificilmente teria condições de acompanhá-la. E você viria para cá visitar seus pais. Ele não iria querer vir com muita frequência e ter que se sujeitar àquela Waddell, para não falar do vigário e todos os bajuladores que moram nas redondezas.

Sentada num canto do outro lado da sala, cerzindo capas de travesseiro, Ratinha lançou um olhar imprudente e reprovador na direção do tio. Bajuladores? *Outras* pessoas? O tio não andava se olhando no espelho? Mas abaixou a cabeça antes que ele percebesse. Não queria ser flagrada o encarando, em especial com ar de incredulidade. Além do mais, precisava olhar para o trabalho em suas mãos.

Não se importava particularmente em ser a Ratinha num canto da casa. Cultivara a invisibilidade pela maior parte da vida. Quando a mãe ainda morava com ela e o pai, época da qual restavam apenas vagas lembranças, havia discussões e até mesmo brigas, dia e noite, que a levavam a se recolher no canto mais mal iluminado de qualquer que fosse o cômodo que a família ocupasse na ocasião. Depois que a mãe partiu para nunca mais voltar, quando Sophia tinha 5 anos, ela procurava manter distância do pai se ele chegava em casa embriagado, embora nunca tivesse sido um homem violento e isso não acontecesse com muita frequência. Era mais comum que se escondesse de seus amigos tempestuosos, que apareciam para beber e jogar, em vez de ir para outro lugar. Tinham a mania de acariciá-la debaixo do queixo e sacudi-la pelos joelhos – e ela sempre parecera mais jovem do que era. E também precisara se esconder dos senhorios quando tinham que escapulir de outro dos muitos quartos de aluguel com pagamento atrasado, e dos vendedores que vinham cobrar diversos débitos. Na verdade, tinha passado a maior parte da infância tentando ser invisível e silenciosa para que ninguém a notasse.

Seu pai, filho caçula de um baronete, era um daqueles cavalheiros a quem sobravam boa aparência, charme e até inteligência. Ele mesmo a ensinou a ler, escrever e fazer contas – mas não tinha capacidade alguma para lidar com a vida. Seus sonhos sempre foram imensos como o oceano, mas sonhos não eram a realidade. Sonhos não garantiam um teto permanente sobre suas cabeças nem alimento suficiente para encher suas barrigas.

Sophia o adorava, apesar das ocasionais bebedeiras.

Ficara satisfeita em ser considerada invisível pela tia Mary, irmã mais velha do pai, com quem fora morar aos 15 anos, depois que ele morreu. Assim que chegara, a tia a examinara da cabeça aos pés com um olhar de desdém e a declarara um caso perdido. Passou a tratá-la de acordo com esse julgamento. Em outras palavras, praticamente a ignorava. Mas pelo menos permitiu que ficasse e supria suas necessidades básicas.

Ser ignorada na verdade era melhor do que ser notada – era o que a experiência lhe ensinara durante aqueles anos com tia Mary. Pois a única amizade de que desfrutou, o único romance que mexeu com seu coração, fora breve e intenso, e, no fim, a deixou arrasada.

Tia Mary morreu de repente, três anos depois de Sophia ter chegado à sua casa, e a garota foi morar com a tia Martha, que nunca fingiu a considerar nada além de uma criada que precisava ser tolerada à mesa de jantar com a família quando estavam em casa. Tia Martha muito raramente a chamava pelo nome. Sir Clarence não usava nome algum, só às vezes a chamava de Ratinha. Henrietta parecia não perceber sua existência. Mas Sophia não queria ser visível para nenhum deles. Não gostava de nenhum dos três, embora fosse grata por terem lhe dado uma casa para morar.

Sophia suspirou, com cuidado para não emitir qualquer ruído. Algumas vezes ela mesma podia quase se esquecer do próprio nome, não fosse pelo fato de ser uma ratinha apenas na superfície – e talvez nem na superfície. Por dentro, não tinha nada de ratinha. Mas ninguém sabia disso, só ela. Era um segredo que gostava de manter para si. A não ser quando se preocupava com o futuro, que se estendia longo e sombrio adiante, sem perspectiva de mudanças – o destino comum às parentas pobres em toda a parte. Às vezes desejava não ter nascido uma dama, assim teria procurado emprego depois da morte do pai. Mas não era considerado apropriado que uma dama trabalhasse, pelo menos enquanto havia parentes para abrigá-la.

– O visconde de Darleigh sem dúvida vai ficar mais do que feliz em se casar com você, Henrietta – disse sir Clarence March. – Não chega a ser um marquês, herdeiro de um ducado como Wrayburn, é verdade, mas é um visconde.

– Papai – falou Henrietta –, seria intolerável. Além do rosto destruído e dos olhos que não enxergam, só de pensar nisso já fico irritada, soltando fumaça, pois ele é *Vincent Hunt*. Não posso descer a esse nível.

– Ele *foi* Vincent Hunt – lembrou-lhe a mãe. – Agora é o visconde de Darleigh, meu amor. A diferença é gigantesca. Ainda me impressiona que o pai dele tenha vivido aqui todos esses anos como mestre-escola, e um mestre-escola não muito próspero, diga-se de passagem, e que jamais tivéssemos suspeitado que ele era o irmão mais novo de um visconde. Poderíamos nunca ter sabido se o visconde e o filho não tivessem feito o favor de morrer e deixar o título para Vincent. Por que reagiram a um bando de ladrões de estrada em vez de simplesmente entregarem os pertences, nunca compreenderei. Mas é sorte sua que tenham sido mortos. É a oportunidade perfeita, meu amor, e vai permitir que você reerga sua cabeça diante da sociedade.

– Reerguer? Ela nunca precisou abaixar a cabeça – repreendeu sir Clarence abruptamente, franzindo a testa para a mulher. – Aquele maldito Wrayburn! Achou que podia esnobar Henrietta no meio de um salão de baile lotado. Pois bem, ela mostrou a ele!

Sophia não comparecera ao baile em questão. Aliás, nunca comparecera a baile *nenhum*. Mas tinha estado em Londres e havia juntado as peças do que acreditava ser a história verdadeira sobre Henrietta e o marquês de Wrayburn. Quando Henrietta e tia Martha se aproximaram dele no baile dos Stiles, o marquês lhes dera as costas e fingira não vê-las, fazendo um comentário em voz alta para seu grupo sobre como era quase impossível evitar determinadas mães e suas filhas patéticas.

Depois de permanecer meia hora na sala reservada às damas com a mãe, que precisou recorrer a sais de cheiro e conhaque, Henrietta estava pronta para voltar furtivamente para casa – muitas pessoas haviam ouvido o comentário e, sem dúvida, agora *todos* sabiam o que acontecera – quando teve o infortúnio de deparar com o marquês. Ela ergueu o nariz e perguntou para a mãe se ela sabia a origem do fétido odor. Poderia ter sido um esplêndido comentário mordaz, mas infelizmente para ela, o marquês e sua trupe consideraram a tirada hilariante, e, em menos de quinze minutos, o resto do salão também a considerou engraçadíssima.

Sophia tinha *quase* sentido pena da prima naquela noite. Na verdade, se Henrietta tivesse lhe contado toda a verdade sobre o incidente – que Sophia descobriu ao ouvir a conversa dos criados –, teria realmente nutrido alguma compaixão, pelo menos por algum tempo.

– Vou fazer uma visita à Casa Covington sem demora – disse sir Clarence, levantando-se depois de consultar o relógio de bolso. – Quero ser o primeiro. Aposto que aquele vigário entediante vai aparecer antes do almoço com um de seus discursos e que aquela maluca da Waddell estará lá com seu comitê de recepção.

*E o senhor estará lá para oferecer sua filha em casamento*, comentou a Ratinha em seus pensamentos.

– Eu o convidarei para jantar – anunciou sir Clarence. – Fale com a cozinheira, Martha. Assegure-se de que ela prepare algo especial hoje à noite.

– Mas o que se deve servir para um homem *cego*? – perguntou a mulher, desconcertada.

– Papai – a voz de Henrietta estava trêmula –, não pode esperar que eu me case com um cego desfigurado. Não pode esperar que eu me case com *Vincent Hunt*. Não depois de todas aquelas brincadeiras de mau gosto que ele sempre pregava no senhor.

– Coisas de criança – disse o pai, fazendo um sinal de desdém com a mão. – Escute, Henrietta, você ganhou de bandeja essa oportunidade maravilhosa. É como se tivéssemos voltado mais cedo de Londres com este objetivo. Vamos recebê-lo hoje à noite e avaliá-lo. Afinal de contas, ele não será capaz de perceber o que estamos fazendo, não é?

Sir Clarence pareceu divertir-se com a piada, embora não tivesse rido dela. Ele raramente ria. Era convencido demais da própria importância, concluiu Sophia com malícia.

– Se ele passar pelo exame, você o terá, Henrietta – prosseguiu sir Clarence. – Essa foi sua terceira temporada em Londres, minha garota. A *terceira*. E de algum modo, não por culpa sua, é verdade, perdeu a chance com um barão no primeiro ano, com um conde no segundo e com um marquês este ano. Uma temporada não é algo barato. E você não vai ficar mais jovem. Em breve, se é que ainda não aconteceu, será conhecida como a jovem que não consegue manter um pretendente quando o encontra. Pois bem, minha garota, vamos mostrar a eles.

Abriu um sorriso para a mulher e para a filha – ignorou a Ratinha –, aparentemente sem perceber o ar arrasado da jovem e a expressão de sofrimento no rosto da esposa.

E lá foi ele fisgar um visconde para Henrietta.

Sophia sentiu pena do visconde de Darleigh, mesmo ponderando que ele talvez não merecesse sua piedade. Afinal de contas, não sabia nada sobre ele, a não ser o que tinha ouvido sobre seu *alter ego*, Vincent Hunt, quando era apenas um menino. Mas ela *sabia* que ele era elegante e independente o bastante para não precisar ser conduzido a toda parte pelos criados.

Pelo menos, a noite prometia ser um pouco menos tediosa do que a vida costumava ser. Teria um visconde para contemplar, mesmo se seu rosto a fizesse ter vontade de vomitar ou desmaiar, como Henrietta acreditava. E ela poderia acompanhar os primeiros passos de uma corte. Seria pelo menos divertido.

Fugiu depois que sir Clarence partiu. Subiu as escadas correndo, em busca de seu caderno de desenho e do carvão – objetos de grande valor, pois não recebia dinheiro regularmente. Tinha-os encontrado na sala de aula abandonada de Henrietta. Seguiria para o bosque atrás da casa, onde ninguém a veria desenhar um homem enorme, tempestuoso, com tórax e bíceps imensos, cabeça minúscula e pernas finas, impondo-se diante de um homenzinho assustado, de olhos vendados, e segurando uma aliança com a mão gorducha, ao lado de duas mulheres, uma robusta e de meia-idade, a outra jovem e esbelta. A mulher mais rechonchuda pareceria triunfante, a jovem teria um ar trágico. Como sempre, colocaria um ratinho sorridente no canto inferior direito do desenho.

# CAPÍTULO 3

— Eu *fui* firme – protestou Vincent, o queixo erguido enquanto Martin arrumava sua gola de forma adequada para a ocasião. – Recusei-me a ir jantar. Acho que ninguém entende como é complicado pegar comida no prato sem saber o que se busca e, ao mesmo tempo, manter uma conversa educada... *e* sem saber se o molho da carne respingou no queixo ou na gravata.

Martin não estava disposto a parar por aí.

– Se tivesse sido firme, não iria – disse ele. – O velho *March*, pelo amor de Deus! E *lady* March! E a *Srta. Henrietta* March! Preciso dizer mais alguma coisa?

– Se disser, vai acabar ficando sem itálicos e pontos de exclamação, Martin. Sim, formavam um trio arrogante e tratavam o resto de nós, simples mortais, como vermes. Mas nos divertimos muito à custa deles e não devemos nos queixar.

– Lembra-se da vez em que colocaram num pedestal do pátio aquele busto de pedra, supostamente uma antiguidade romana? – rememorou Martin. – E aí convidaram toda a vizinhança para ficarem a uma distância respeitável e revelarem a obra com grande pompa e circunstância? E então, quando o velho March retirou o tecido com um gesto grandioso, todos, exceto os Marches, caíram na gargalhada? Nunca me esquecerei daquela pálpebra azul brilhante, piscando, com grandes cílios negros, nem dos lábios pintados de escarlate. Você se superou.

Os dois deram uma risada contida e então não resistiram, soltando boas gargalhadas ao se recordarem daquela monstruosidade de pedra e seu olhar de soslaio.

– É verdade – lembrou Vincent –, quase fui pego daquela vez, quando estava voltando para casa pela janela da adega. O barril abaixo dela cambaleou e teria desabado com um estrondo se eu não tivesse me jogado diante dele e amortecido o ruído. Fiquei com as costelas doloridas a semana toda. Mas o sofrimento valeu a pena.

– Ah, bons tempos – disse Martin, saudoso, indicando com um tapinha no ombro de Vincent que ele estava pronto para sair. – E agora vai fazer uma visita à família. Você se entregou ao inimigo.

– Fiquei sem ação quando March bateu à porta – reclamou Vincent. – Não consegui pensar direito. Ainda estava meio adormecido.

– Devia estar mesmo. Eu estava lá na porta, explicando que ele estava enganado, que eu tinha vindo sozinho para visitar minha mãe e meu pai e que me hospedara na casa com sua permissão, e então você aparece descendo a escada, cheio de energia, logo atrás de mim, me deixando como um tremendo mentiroso.

– É a marca de um bom mordomo. Mentir sem se abalar, com perfeita convicção.

– Não sou seu mordomo – lembrou Martin. – E, mesmo que fosse, sua aparição seria o quê? Uma ilusão de ótica? Antes de ir é melhor comer um pouco do cozido de coelho que preparei e o pão fresco feito pela minha mãe. Ela me abasteceu com o suficiente para alimentar 5 mil homens.

Vincent levantou-se, suspirou e então voltou a rir. A manhã se desenrolara como uma comédia bem ensaiada e o fizera supor que o vilarejo estava cercado 24 horas por dia com sentinelas cuja única função era avisar imediatamente da aproximação de qualquer viajante. Sir Clarence March chegara pouco depois das onze da manhã, todo convencido da própria importância e de seu espírito magnânimo – nada mudara em seis anos. Ele partira, com alguma pressa, assim que o que parecia ser um exército de damas surgiu querendo dar as boas-vindas a Vincent. A Srta. Waddell era a porta-voz, mas pronunciou o nome de cada uma num tom arrastado e distinto, repetindo a lista até Vincent convidá-la a se sentar – no instante em que lembrou que a mobília estava coberta. Os tecidos, porém, haviam sido removidos, como ele notou quando se sentou. Então, antes que as damas pudessem avançar com a conversa, o vigário apareceu. A esposa dele, integrante do comitê da Srta. Waddell, deu uma bronca no marido diante de todos, porque ele *sabia* muito bem que as damas fariam sua visita às 11h15. E devia ter esperado meia hora antes de aparecer.

– O pobre lorde Darleigh vai ficar atordoado, Joseph – disse a mulher.

– De forma alguma – garantiu Vincent a todos, sentindo o aroma de café e o som de xícaras e pratos de porcelana trazidos por Martin numa bandeja. – É maravilhoso receber uma acolhida tão calorosa.

Ficou um tanto feliz por não poder enxergar a expressão no rosto de Martin.

Minutos depois, quando o reverendo Parsons dava os toques finais em seu prolixo discurso de boas-vindas, chegou o Sr. Kerry na companhia da mãe idosa, a Sra. Kerry. O volume da conversa aumentou consideravelmente, pois a Sra. Kerry não escutava bem.

Cerca de vinte minutos depois, quando houve uma pausa na conversa, a Srta. Waddell anunciou a importante notícia. Haveria uma grande festa na noite seguinte, nos salões acima da estalagem Caneco Espumante. E o querido Vincent Darleigh seria o convidado de honra.

E finalmente se fez a luz no cérebro de Vincent. Sua mãe! Suas irmãs! Provavelmente tinham cogitado que ele viria para sua cidade natal e deviam ter usado um tinteiro inteiro escrevendo cartas para todos que conheciam em Barton Coombs e em um raio de alguns quilômetros nas cercanias.

Era melhor esquecer seu plano de tirar alguns dias para ficar em paz.

Com um sorriso no rosto e agradecimentos nos lábios, ele aguentou damas vindas de todos os lados – para servir café, para pôr o guardanapo em seu colo, para tirar a xícara e o prato da bandeja e dispô-los sobre uma mesa que ele poderia alcançar com facilidade, e colocá-los em suas mãos instantes depois a fim de que ele não tivesse o mínimo de dificuldade em encontrar a mesa lateral, para escolher o melhor dos bolinhos preparados pela Sra. Fisk e deixá-lo em *seu* prato, para colocar o prato em sua mão livre, para colocar prato e xícara na mesa para que pudesse comer o bolo... Houve tanta conversa engraçada em torno do assunto... Bem, teriam comido e bebido por ele, se pudessem.

Vincent obrigou-se a lembrar que as intenções eram boas.

Mas uma *recepção*?

Um *baile*?

E agora, naquele exato momento, estava indo fazer uma visita aos Marches em Barton Hill.

Talvez, pensou ele num momento de fraqueza, devesse ter se casado com a Srta. Dean no mês anterior e evitado todo aquele padecimento.

Lady March ficou aliviada quando soube que Vincent não jantaria com eles. Henrietta estava desapontada porque mesmo assim ele faria uma visita. Mas nenhuma das duas conseguiu tirar mais informações de sir Clarence quando perguntaram sobre a aparência e os modos do visconde. O homem deu apenas um sorriso afetado, assumindo um ar de pessoa muito importante, e disse para as duas que elas *veriam*.

– O que é mais do que Darleigh consegue fazer – acrescentara ele, alargando o sorriso a ponto de ficar parecido com a caricatura feita por Sophia na noite em que Henrietta dançara pela primeira vez com o marquês de Wrayburn.

Henrietta mal conseguiu comer durante o jantar. Usava um vestido de baile de seda prateada, uma escolha extravagante para uma noite no campo, talvez, mas adequada à grandiosidade da ocasião, como garantiu a mãe. O visconde faria uma visita naquela noite e poderia não haver outra oportunidade.

Tia Martha estava formidável, num vestido de cetim púrpura com um turbante do mesmo tecido e plumas altas que balançavam de um lado para outro. Sir Clarence não podia virar a cabeça mais do que alguns centímetros em cada direção, pois o colarinho pontudo estava tão engomado que corria o risco de furar o olho de alguém.

Como pareciam tolos! Especialmente quando o convidado tão esperado era cego.

Sophia sentiu uma comichão nos dedos, tamanha era a vontade de desenhar.

Ela própria usava um vestido para o dia que ajustara para ficar no seu tamanho depois que Henrietta não o quisera mais. Durante o processo, naturalmente, destruíra por completo qualquer fluidez e elegância que o vestido tivera um dia, pois era muito menor que Henrietta em todos os aspectos. Sophia não chegou a dizer para si mesma que era bom que lorde Darleigh fosse cego. Seria cruel. E pressupunha a ideia ridícula de que ele a notaria, caso pudesse enxergar. Na realidade, ela parecia um espantalho abandonado.

No horário exato em que o convidado era esperado, ouviu-se o som dos cascos de cavalos, do tilintar dos arreios e das rodas de uma carruagem entrando no pátio, abaixo do salão onde todos se encontravam. Todos, menos Sophia, se levantaram, alisaram as saias, conferindo se as plumas não tinham murchado, endireitando a gravata, pigarreando, parecendo nervosos e então... sorriram com graciosidade quando se viraram e se dirigiram para a porta que se abria.

– Lorde Darleigh – anunciou o mordomo em um timbre de dar inveja ao chefe dos mordomos da Casa Carlton, residência do príncipe regente em Londres.

E dois homens entraram, um deles se apoiando no braço do outro, até que o soltou e o outro deu um passo para trás, desaparecendo por trás da porta junto com o mordomo.

O homem que saiu do salão era o sujeito robusto, o primeiro a saltar da carruagem naquela manhã.

Sir Clarence e tia Martha apressaram-se até o cavalheiro que ficou e fizeram questão de conduzi-lo até uma poltrona e sentá-lo. Sir Clarence falava de forma pomposa, e tia Martha, com o tipo de voz que poderia ser usada para lidar com uma criança doente ou um imbecil indefeso.

Sophia não reparou em Henrietta, pois estava absorta em um momento pessoal de surpresa e, com toda a franqueza, ficou encarando o visconde. Era bom que ele fosse cego mesmo.

Pois o visconde de Darleigh era tudo o que ela observara naquela manhã e muito mais. Gracioso e elegante, ele não era particularmente alto. Tinha um belo corpo, com músculos desenvolvidos nos lugares certos, como se levasse uma vida vigorosa e estivesse em boa forma, talvez até com um porte atlético. Vestia-se para a noite com um bom gosto irretocável, sem ostentação. Era, na verdade, deslumbrante, e Sophia se sentiu ridiculamente encantada. E essa foi sua reação apenas ao que viu do pescoço para baixo.

Foi o que viu do pescoço para cima a razão de o encará-lo com tanta surpresa. O visconde tinha cabelo claro, talvez um pouco mais longo do que ditava a moda, mas ficava perfeito nele. Tinha leves ondulações, um pouco desordenadas – desordenadas de forma atraente. Parecia iluminado e saudável. E seu rosto...

Bem, afinal de contas, não tinha sofrido nenhum dano. Não havia a menor cicatriz para estragar sua beleza. E ele *era* belo. Sophia não levou em conta nenhum traço específico, mas considerou o conjunto maravilhosamente agradável, pois parecia um rosto bem-humorado de alguém que costumava rir com frequência, embora não pudesse estar feliz naquele momento, em meio a tanto rebuliço. Com certeza, assim que lhe indicaram a posição da cadeira, poderia ter dobrado os joelhos e se abaixado em segurança até o assento, sem que ninguém tivesse que conduzi-lo com manobras.

Ah, mas havia uma característica naquele rosto perfeito que chamou atenção de Sophia – uma característica que fazia com que ele fosse bem mais do que um homem bonito e bem-humorado – e era responsável por sua beleza estonteante. Seus *olhos*. Eram grandes e muito azuis, guarnecidos por cílios que causariam inveja a qualquer garota, embora não houvesse nada minimamente feminino neles. Nem no próprio visconde.

Ele era másculo da cabeça aos pés, pensamento que a surpreendeu e tirou-lhe o fôlego por um momento, pois não tinha ideia do que aquilo significava.

Contemplou-o com espanto e admiração e recuou um pouco mais no seu canto, como se isso fosse possível. Concluiu que ele era totalmente, completamente intimidador, como uma criatura que habitasse outro mundo. Ela o desenhara numa caricatura como um homenzinho com o rosto envolto em bandagens. Nunca o faria de novo. Desenhava pessoas de quem queria rir na intimidade, e nem sempre era uma risada gentil.

Ele voltou aqueles olhos azuis para seus anfitriões. E dirigiu a cabeça na direção de Henrietta quando sir Clarence a trouxe para apresentá-la – ou melhor, para reapresentá-la.

– Lembra-se de nossa querida Henrietta, Darleigh – disse sir Clarence com uma amabilidade forçada. – Está crescida, levando a mãe a correr atrás dela e sendo malcriada com o pai. Foi para Londres nas últimas três temporadas e poderia ter escolhido um marido entre dezenas de duques, marqueses e condes, muitos dos quais suspiraram por ela e a cortejaram, devo dizer. Não tiveram sucesso, pois ela precisa se preservar para aquele cavalheiro especial que vai arrebatar seu coração. *Sabe muito bem, papai, diz ela, que tenho a mesma chance de encontrá-lo em nossa casa, no campo, quanto nos salões da alta sociedade londrina.* Pode imaginar, Darleigh? Onde poderia encontrar um cavalheiro especial em Barton Coombs? Hein?

Ele não ria com frequência, refletiu Sophia, mas, quando o fazia, todos se encolhiam. Tia Martha se encolheu e sorriu graciosamente. Henrietta se encolheu e corou – e contemplou fascinada o rosto sem cicatrizes do homem com quem havia dito que nunca se casaria, nem se fosse o último da terra.

Ele *realmente* era cego, Sophia concluiu do seu canto da sala. Por um momento, tinha duvidado. Parecera impossível. Mas ele voltou a se levantar para saudar Henrietta e, embora a impressão fosse de que estava olhando diretamente para ela, na realidade seus olhos se dirigiam para um local acima do ombro direito dela.

– Se a Srta. March está tão bonita quanto há seis anos, e ouso dizer que deve estar ainda *mais* bela, pois era apenas uma menina, então não me surpreende que tenha sido cercada por admiradores em Londres.

Era um bajulador, pensou Sophia, franzindo a testa, desapontada. Ou talvez estivesse apenas sendo educado.

Todos se sentaram e começaram uma conversa afetada e excessivamente animada – pelo menos os Marches. Lorde Darleigh dava apenas as respostas apropriadas e sorria.

Estava sendo educado, decidiu Sophia depois de alguns minutos. Não tinha nada de bajulador. Comportava-se como um cavalheiro. Ficou aliviada. Estava predisposta a gostar dele.

Darleigh havia sido oficial de um regimento de artilharia durante as guerras na Península, ela descobriu. Um oficial muito jovem. Ficou cego em combate. Só depois herdou o título e a fortuna do tio. O que foi bom, porque a família dispunha de pouquíssimos recursos financeiros. Deixara recentemente a propriedade em Gloucestershire, depois que a mãe e as irmãs tentaram lhe impingir uma noiva. Por inúmeras razões, tinham concluído que seria melhor para ele que se casasse, que tivesse uma esposa para cuidar dele. Claramente Darleigh discordara, do princípio geral ou da opção específica. Tinha ficado fora por algum tempo e ninguém sabia ao certo onde ele se encontrava até sua chegada à Casa Covington naquela manhã, como previra a Sra. Hunt nas cartas que escrevera às diversas mulheres do vilarejo.

No passado, era apenas Vincent Hunt, e Sophia imaginara histórias a seu respeito. Ele liderava o grupo de jovens do vilarejo, era bom nos esportes e o organizador de todas as travessuras. Certa noite, por exemplo, depois de sir Clarance se gabar de ter desfilado no tapete vermelho de alguma casa grandiosa em Londres, Hunt pintara de escarlate os degraus da entrada de Barton Hall.

Agora era um cavalheiro sofisticado, com um nome diferente e majestoso. E um cavalheiro muito educado. Não deixava de sorrir e dar respostas gentis e neutras a tudo de pomposo que lhe diziam, apesar de tia Martha e sir Clarence estarem lhe fazendo a corte de forma quase explícita e realmente muito constrangedora, enquanto Henrietta sorria com afetação. Na verdade, era realmente difícil oferecer de forma eficiente sorrisos afetados a um cego, mas ela o fazia bastante bem.

Quando a ameaça de ficarem sem assunto pairou, pediram que Henrietta se sentasse ao piano para encantar o visconde com seu talento. E então foi instruída a cantar enquanto tocava. Depois de exibir um repertório de cinco melodias, ela lembrou que a partitura de uma sexta canção, justamente sua favorita, estava na sala de estar da mãe, onde havia praticado mais cedo.

– Vá buscar – disse a Sra. March, virando a cabeça na direção de Sophia.

– Sim, tia – murmurou Sophia enquanto se levantava.

E notou o visconde de Darleigh com um ligeiro ar de surpresa no rosto, erguendo as sobrancelhas e voltando o rosto em sua direção. Poderia jurar que ele a olhava diretamente, embora soubesse que isso era impossível. Mas naquele momento, antes de sair do aposento, se sentiu um pouco menos anônima do que o habitual. E percebeu, antes de chegar à escadaria, que estava correndo afobada, em vez de caminhando como uma dama respeitável.

Naturalmente, os dois não haviam sido apresentados.

– Martin, quando você entrou comigo, havia mais alguém na sala além de sir Clarence, lady March e a Srta. March? – perguntou Vincent enquanto a carruagem sacolejava, cobrindo a curta distância entre Barton Hall e a Casa Covington.

– Hum. – Houve uma pausa na qual Martin possivelmente tentava se lembrar. – Além do mordomo, quer dizer?

– Uma mulher – esclareceu Vincent.

– Não posso afirmar que reparei.

– Mandaram alguém pegar uma partitura – explicou Vincent. – E a moça disse *Sim, tia* antes de sair. Foi a primeira e a última vez que a ouvi durante a noite inteira. Deve caminhar de maneira muito leve, porque não percebi quando voltou, embora a partitura com certeza tenha chegado. Estava claro que não era uma criada. Chamou lady March de *tia*. Mas não fomos apresentados. Não é estranho?

– Uma parenta pobre? – sugeriu Martin.

– Acredito que sim. Mas, de qualquer maneira, seria de bom tom apresentá-la a um convidado, não?

– Quando se trata de um March, não necessariamente – disse Martin.

– *Vá buscar*, a Srta. March disse quando precisou da partitura – relembrou Vincent. – Não houve *por favor*. Pior, nem sequer a chamou pelo nome.

– Hum. Não há nenhuma chance de você já estar noivo, há?

– Hã?

– Eles têm sérios planos para você – disse Martin. – Esteja alerta. Os criados não são muito discretos naquela casa, sinal de que os Marches não inspiram grande lealdade.

– Sérios planos? – perguntou Vincent. – Acho que os criados estão certos. Devo me movimentar com muito cuidado nos próximos dias. Em particular, se ouvir as malfadadas palavras *Eu compreendo* e *Eu não me importo* saírem dos lábios da Srta. March. Vou correndo até o fim do mundo.

– Melhor arranjar um barco também – brincou Martin. – Não sei se isso os deterá.

Já estavam se sentindo em casa. Que dia estranho, aquele! Chegara antes do amanhecer com o intuito de ficar em paz por alguns dias: refletir seriamente antes de voltar para Middlebury Park e assumir o controle de sua vida. E então...

Riu quando Handry baixou os degraus da carruagem. Desceu sem ajuda.

– A Srta. Waddell e seu comitê de boas-vindas – disse ele.

– Fiquei chateado por não ter sido convidado para ouvir a saudação do vigário – admitiu Martin.

Os dois caíram na risada.

– Na verdade, foi comovente, sabe? – disse Vincent subindo os degraus até a porta. – Eles fizeram parte da nossa infância, Martin. E ninguém pode encontrar pessoas mais bondosas ou mais bem-intencionadas. Não é gentil de nossa parte rir deles, mas nossa risada também é bem-intencionada. Tivemos sorte de crescer aqui.

– Tivemos, sim – concordou Martin, animado. – Sobraram alguns bolinhos da mamãe. Gostaria de um ou dois com alguma bebida?

– Leite quente, se houver, Martin, por favor – pediu Vincent, dirigindo-se para a sala. – E bolo, por favor. Sua mãe com certeza não perdeu a mão, certo? Um bolo dela vale por quatro de qualquer outra pessoa.

Nossa, ele devia estar mesmo se sentindo nostálgico. O que tinha acabado de pedir? *Leite quente?*

Na verdade, tinha ficado feliz por ter sido descoberto. Estava um pouco envergonhado ou constrangido ou... *algo assim* por ser visto cego daquele jeito por aquelas pessoas que o conheceram no passado. Mas isso era tolice. Embora não soubessem lidar muito bem com o fato de ele não enxergar, os visitantes matinais foram gentis e solícitos e ainda o trataram como um adulto normal. Ficaram felizes ao lembrar o tempo em que o pai dava aulas na escola e a mãe era envolvida nas atividades da igreja e da comunidade, enquanto Vincent e as irmãs cresciam ao lado de todas as crianças da região e, juntas, se metiam em toda espécie de travessura. As recordações alegraram Vincent, que participou da conversa com certo entusiasmo.

Ele suspirou ao se encostar à poltrona perto da lareira. Estava cansado. Cansado apesar de não ter se exercitado naquele dia. Sem dúvida, a falta de exercício devia ser parte do problema.

E na noite seguinte haveria uma recepção na Caneco Espumante. Vincent sorriu ao se lembrar do abaixo-assinado organizado pela Srta. Waddell, que obtivera onze assinaturas e protestava contra a troca do nome da estalagem após a compra por um novo proprietário. Vincent devia ter uns 6 anos na época. A estalagem, no passado, tinha um nome mais respeitável, Rosa e Coroa.

Uma festa.

*Em sua homenagem.*

Jogou a cabeça para trás e riu alto. Quem mais além dos cidadãos de Barton Coombs pensaria em organizar um baile para um cego?

Entretanto, não podia se permitir relaxar demais naquele interlúdio agradável e inesperado, refletiu quando Martin apareceu com o leite e o bolo, pois sir Clarence March tinha deixado bem claro que a filha acolheria muito bem um pedido de casamento de sua parte, e lady March exaltara as virtudes e os talentos da jovem. A Srta. March, por sua vez, rira com afetação. Tinham a intenção de tê-lo, e o que os Marches queriam, costumavam obter, embora obviamente tivessem fracassado com algumas dezenas de duques, marqueses e condes – existiriam tantos assim, mesmo se fossem incluídos os casados?

Precisava tomar cuidado.

Henrietta March fora uma menina extremamente bonita e prometia se tornar uma beldade extraordinária da última vez que Vincent a vira. Devia estar com 15 anos na época. Tinha cabelos e olhos escuros, belas formas, sempre elegantemente vestida com roupas caras feitas por uma costureira – ou modista, no vocabulário de sir Clarence – que vinha de Londres duas vezes por ano. Tivera uma babá francesa e depois uma preceptora francesa, e nunca se misturava com as crianças do vilarejo. O mais próximo que Vincent chegava de falar com ela era nas festas de aniversário da garota, quando ela recebia os convidados ao lado da mãe e do pai, acenando e murmurando graciosamente em retribuição às saudações respeitosas de todos aqueles que vinham cumprimentá-la.

Vincent teria sentido pena de Henrietta se ela não tivesse assumido a altivez e o ar de superioridade de uma forma bem independente de seus pais. Poderia apostar que ela não havia mudado nada. Com certeza, não demonstrara nenhum sinal de mudança naquela noite. A partitura lhe fora entregue, mas ela não pronunciara uma única palavra de agradecimento à mulher misteriosa que a trouxera. Sua prima?

Quem era ela? Não havia sido apresentada a ele nem incluída nas conversas. Durante a noite, pronunciara apenas as palavras *Sim, tia*. Mas provavelmente estivera presente o tempo inteiro.

Ficou indignado por ela, não importava quem fosse. Aparentemente, era alguém da família, mas permanecera ignorada até que houve uma tarefa a ser realizada. Tinha ficado quieta o tempo inteiro, como um rato.

Não devia se incomodar com isso.

Pegou o copo de leite depois de devorar o bolo e bebeu tudo.

Deus do céu, que noite terrível! A conversa fora pomposa e sem graça; a música, menos que notável. Se os Marches fossem pessoas simpáticas de quem houvesse gostado no passado, teria suportado com prazer a situação, mas, como não era o caso, não teve culpa em sentir um calafrio ao pensar naquela noite. Se houvesse voltado para a aldeia naquele dia como o antigo Vincent Hunt, eles não teriam se dado ao trabalho de reconhecer sua existência. Um título fazia tanta diferença assim?

Era uma pergunta retórica.

Estava na hora de ir para a cama.

Imaginou quanto tempo levaria para a mãe ter notícias de seu paradeiro. Podia apostar que naquele dia pelo menos uma dezena de cartas tinham sido escritas e enviadas. Todos queriam o mérito de ser o primeiro a dar a notícia.

# CAPÍTULO 4

Houvera vários bailes na Caneco Espumante desde que Sophia se mudara para Barton Hall, mas a tia, o tio e a prima nunca compareceram a nenhum deles. Não estava à altura da dignidade da família aparecer na estalagem, mesmo quando os convidados eram apenas aqueles com alguma distinção social. Mas as festas no vilarejo eram abertas a todos – não haveria graça se não fosse assim. A ideia de esbarrar com um lavrador, o açougueiro ou o ferreiro era o suficiente para fazer tia Martha passar mal, como declarara certa vez.

Consequentemente, Sophia também nunca comparecera.

No entanto, isso estava prestes a mudar. Pois a festa daquela noite seria em homenagem ao visconde de Darleigh, e sir Clarence e tia Martha decidiram que, por bem ou por mal, Henrietta iria se tornar a viscondessa de Darleigh de Middlebury Park, em Gloucestershire, com 20 mil libras ou mais por ano à sua disposição. Desde a noite anterior, a própria Henrietta tinha mudado radicalmente sua forma de pensar. Passara a declarar que o visconde era de longe o mais atraente, mais educado, mais encantador, mais tudo entre todos os cavalheiros. Com certeza mudara muito em relação aos tempos em que dizia que o visconde era "aquele horrível Vincent Hunt".

– Esta noite, você tem que agarrar sua chance com unhas e dentes, meu amor – disse tia Martha –, pois não sabemos por quanto tempo o visconde de Darleigh planeja ficar na Casa Covington. Ele não vai dançar, é claro. Você deve se recusar a dançar também, pois, afinal de contas, não haverá mais ninguém com quem valha a pena fazer isso, e deve ficar conversando com ele. Se o tempo estiver bom, e parece que vamos ter um dia lindo, sugira um passeio ao ar livre. Os salões com certeza vão estar abafados. Deve mantê-lo do lado de fora por tempo suficiente para que as pessoas reparem e comentem. E vão reparar, porque, como convidado de honra, toda a atenção estará voltada para ele. O visconde vai se sentir obrigado a fazer o que é decente, esteja certa! Visitará seu pai amanhã de manhã, pois todos esperarão isso dele, que, sem dúvida, valoriza a opinião dos ex-vizinhos.

– Sua mãe vai planejar um casamento no verão – acrescentou sir Clarence, apertando as lapelas do casaco e parecendo feliz da vida. – Talvez em Londres, com metade da aristocracia entre os convidados. Apesar de quase todo mundo sair da cidade durante o verão, tenho certeza de que retornarão para um evento tão ilustre.

Sophia iria à festa. Ninguém tinha dito que podia ir, mas ela também não havia perguntado, porque as festas do vilarejo eram para todos. Não se enviavam convites. Iria mesmo que tivesse que caminhar até a estalagem. Na verdade, faria isso, pois, se tia Martha soubesse que pretendia ir, talvez tentasse impedi-la. Mas não poderiam impedi-la se já estivesse presente. E não haveria como demonstrar irritação com a cidade inteira presente. E ela não faria vergonha alguma. Iria estritamente como observadora. Encontraria um canto discreto e desapareceria nele. Era especialista nisso.

Iria. Seu coração bateu forte no peito, sentada à mesa do café da manhã, assim que a decisão foi tomada. Nunca ia a lugar algum. A nenhum evento social, pelo menos. Fora a Londres para as duas últimas temporadas, apenas porque não podiam deixá-la sozinha em Barton Hall. Mas não comparecera a nenhuma das festas, dos concertos ou dos bailes a que Henrietta e a tia iam todas as noites. Por quê? Na única ocasião em que fez menção ao fato, tia Martha lhe explicara. Já era muito difícil ser a irmã e a sobrinha de um cavalheiro que morrera em um duelo por manter um caso com a mulher de um conde, evento chocante e humilhante que tinha sido apenas o capítulo final de uma carreira menos que ilustre. *Nunca* seriam capazes de erguer a cabeça se fossem vistas abrigando a filha dele, especialmente com tal aparência.

Sophia tinha um vestido quase adequado para a noite. Henrietta o usara apenas uma vez, em sua festa de aniversário de 14 ou 15 anos. Não precisou de tantos reparos quanto outros que Sophia herdara. Era de musselina com listras brancas e rosa e manteve algum caimento depois de ser encurtado e revirado pelo avesso. Não era escandalosamente bonito e o estilo sem dúvida estava fora de moda. De qualquer forma, não estava se arrumando para ir a um baile chique de Londres. Era uma festa do vilarejo. Haveria outras mulheres vestidas de maneira tão ou mais simples.

Foi caminhando até a Caneco Espumante depois que os três saíram de carruagem, agradecida por não ser uma noite fria nem chuvosa. E sem vento. Estava empolgada.

Claro, não tinha intenção de dançar. Nem de conversar. Ninguém a conhecia em Barton Coombs mesmo depois de dois anos. Nunca havia sido apresentada a ninguém e, no máximo, recebera alguns acenos cordiais depois da missa, aos domingos. Mas tudo o que realmente queria era observar as pessoas interagindo e se divertindo.

Ah – *admita, Sophia* –, e queria rever o belo visconde de Darleigh. Para adorá-lo a distância.

E também para garantir, se conseguisse, que Henrietta – encorajada e ajudada pelos pais – não o fizesse cair em uma armadilha, alguma situação comprometedora que o obrigaria, como homem honrado, a se casar com ela. Não havia se importado com os outros cavalheiros que a família tentara seduzir em Londres. Eram todos perfeitamente capazes de tomar conta de si mesmos, pensava, e o desenrolar dos acontecimentos provou que estava correta. Mas será que lorde Daleigh também era capaz? Se fosse atraído para fora da estalagem, saberia que estava sendo levado para longe dos olhos dos demais convidados? Saberia que lady March e sir Clarence garantiriam que todos percebessem a demora e a falta de decoro ao se ausentar na companhia da filha deles?

Ao chegar, Sophia precisou de considerável coragem para entrar na estalagem e subir os degraus até os salões, de onde o alarido dos convidados invadia o piso inferior e as ruas. Era como se houvesse uma dança animada e todos os moradores do vilarejo e da vizinhança conversassem em um tom de voz suficientemente alto para serem ouvidos. E parecia que todos estavam achando a conversa absolutamente engraçada e demonstravam sua alegria com ruidosas gargalhadas.

Sophia quase deu meia-volta e correu para casa.

Mas lembrou a si mesma que não era de fato uma ratinha. Era uma dama e, do ponto de vista social, encontrava-se pelo menos no mesmo nível de metade das pessoas presentes. Nem sequer tinha certeza de ser tímida em situações sociais. Nunca tivera a chance de descobrir.

Subiu a escada.

Encontrou o vigário assim que passou pela porta. Ele abriu um sorriso e estendeu a mão direita.

– Não tive o prazer de conhecê-la, madame – berrou, numa tentativa de ser ouvido apesar da música, das conversas e das risadas. – Mas acho que a vi sentada na minha igreja todos os domingos dos últimos anos, ouvindo meus sermões com atenção, ao contrário de muitos dos paroquianos que acabam dormindo, infelizmente. Sou Parsons, como deve saber. E a senhorita?

Sophia estendeu a mão.

– Sophia Fry, senhor.

– Srta. Fry – ele deu batidinhas na mão dela –, permita que a Sra. Parsons lhe sirva um copo de limonada.

E o vigário a conduziu pela multidão animada até uma mesa repleta de comida e bebida. Apresentou-a à esposa, que acenou cordialmente, tentou dizer algo, deu de ombros, arregalou os olhos e riu, quando ficou óbvio que era impossível ser ouvida.

Sophia pegou o copo e partiu em busca de um canto para se sentar. Bem, tinha sido mais fácil do que esperava, pensou, sentando-se agradecida. A tia se encontrava a alguma distância – não havia como confundir suas plumas azul-real balançando para lá e para cá – e a contemplava com algum espanto. Sophia fingiu não perceber. Tia Martha não podia obrigá-la a voltar para casa, podia? E de qualquer forma Sophia ficaria muito feliz em permanecer como uma ratinha pelo resto da noite. Bem, quase feliz. Às vezes sua capacidade de se autoenganar a perturbava.

Um casal pavoneava-se pelo salão, enquanto os dançarinos que formavam os pares batiam palmas de forma vigorosa ao som da música. Tudo parecia muito divertido. Sophia percebeu que batia o pé acompanhando a canção.

Foi difícil ver o visconde de Darleigh, mas era óbvio que ele havia chegado. Formou-se uma aglomeração particularmente densa bem à esquerda da porta, composta em sua maioria por mulheres, todas animadamente concentradas em alguém que estava perdido no meio do grupo. Sir Clarence era um dos poucos cavalheiros, e tanto tia Martha quanto Henrietta cumpriam seu papel na bajulação. Quem mais mereceria aquela bajulação além do visconde? E estava certa. Depois de muitos minutos observando, as danças populares chegaram ao fim, os dançarinos se dispersaram pelo salão, o grupo perto da porta se abriu, como se fosse outra porta, e Henrietta emergiu triunfante, de braço dado com o visconde de Darleigh, a quem tinha conseguido convencer a dar uma volta pelo salão.

Henrietta estava resplandecente em um de seus vestidos de baile londrinos.

A música recomeçou, dessa vez com danças mais imponentes, e Henrietta e o visconde continuaram a caminhar até seus passos os conduzirem à porta, e os dois desapareceram. Como todos os presentes – à exceção talvez dos dançarinos – tinham os olhos grudados no visconde de Darleigh desde que havia chegado e ninguém podia ignorar o vestido cintilante de Henrietta, a saída não foi exatamente discreta.

Sophia levou a mão à boca e mordeu o nó dos dedos. Provavelmente havia muitas pessoas do lado de fora da estalagem. Quando ela chegou ao baile, muita gente entrava e saía a todo momento. Como tia Martha previra, os salões estavam abafados. Não havia nada de inapropriado em sair para o ar livre. Mas tia Martha e sir Clarence, do lado de dentro, e Henrietta, do lado de fora, encontrariam um jeito para que parecesse inapropriado. Não havia dúvida.

Sophia permaneceu onde estava, e roeu as unhas por dez minutos antes de fazer qualquer coisa. Ainda não tinha se passado tanto tempo assim para que a saída de um casal do salão causasse estranhamento. A questão era que todos aguardavam explicitamente a reaparição dos dois. Sir Clarence e tia Martha conversavam com pessoas que deviam considerar merecedoras de sua atenção e todos se viravam para olhar a porta de entrada. Os dois estavam, sem dúvida, alimentando as chamas da especulação.

Sophia levantou-se e escapuliu. No caminho, pegou um xale de lã que estava pendurado no encosto de uma cadeira. Não sabia de quem era o acessório e esperava que ninguém saísse correndo atrás dela gritando *segurem, ladra* ou algo igualmente alarmante. Mas era improvável. Era improvável que alguém percebesse sua saída – ou mesmo que tivessem percebido que se encontrava *dentro* do salão até aquele momento.

Não havia sinal de Henrietta e de lorde Darleigh entre os pequenos grupos reunidos do lado de fora. Alguns casais caminhavam a alguma distância, onde podiam ser observados da estalagem, mas aqueles que Sophia procurava não estavam entre eles. Para onde Henrietta o teria levado a fim de ficarem mais à vontade e, portanto, numa situação mais comprometedora?

Por sorte, o primeiro palpite de Sophia estava correto. Caminhavam em um beco atrás das construções da rua principal, nas margens gramadas para evitar os sulcos profundos feitos pelas carroças no meio da rua. Enquanto corria na direção deles, ouviu a risada estridente da prima e a voz baixa do visconde.

– Henrietta – chamou Sophia ao se aproximar –, você esqueceu seu xale.

Os dois se viraram e, mesmo à luz suave da lua e das estrelas, Sophia pôde ver que Henrietta estava com os olhos arregalados, em choque e... furiosa. As sobrancelhas do visconde de Darleigh estavam levantadas.

– Não esqueci nada – disse Henrietta enquanto Sophia mostrava o xale e o sacudia em uma das mãos. – Não é meu. Leve-o para a estalagem imediatamente antes que a dona dê falta.

O visconde havia inclinado a cabeça.

– A senhorita é a dama da noite passada – disse ele. – Aquela que trouxe para a Srta. March a partitura que estava no andar de cima. Sinto muito, não sei o seu nome.

– Sophia Fry – respondeu.

– Srta. Fry. – Ele sorriu. E naquela quase escuridão, Sophia poderia jurar que olhava diretamente em seus olhos. – É um prazer conhecê-la. Foi muito gentil de sua parte trazer o xale da Srta. March, mesmo que no fim das contas não seja dela. Eu estava preocupado que ela estivesse sentindo frio. Ela disse que não, mas acredito que estivesse sendo apenas educada, pois concordei que seria bom respirar um pouco de ar puro. Preciso devolvê-la, assim como a senhorita, para o salão, sem mais demora.

E ofereceu o outro braço a Sophia.

Ela o encarou com surpresa e espanto. E olhou para Henrietta, cujos olhos praticamente ardiam de fúria e ódio.

– Eu preferia muitíssimo permanecer aqui, onde está fresco e calmo – disse Henrietta com uma voz doce, bem diferente de sua expressão facial. – Vamos continuar aqui, milorde.

– Com toda a certeza, se é o que a senhorita deseja – disse ele. – Srta. Fry, caminha conosco?

Ele continuava a lhe oferecer o braço.

Era a última coisa que Sophia queria fazer. Henrietta a mataria. E o mais importante: Sophia achava o visconde lindo de se admirar a distância, mas sentia-se terrivelmente intimidada perto dele. Ela saíra da festa para evitar que ele caísse naquela armadilha.

Deu alguns passos na direção do visconde e deslizou a mão em seu braço. E – minha nossa – ele era todo calor e solidez, e tinha o aroma de um perfume masculino almiscarado. Sophia nunca se sentira tão pouco à vontade na vida. Parecia que o próprio ar ao redor deles tinha sido sugado.

– Não podemos andar juntos por aqui – disse Henrietta, não mais do que meio minuto depois, dessa vez traída pela voz. Ela soava decididamente petulante. – Temo que seja preciso voltar, milorde. Mamãe e papai devem estar preocupados com minha ausência. Não percebi quanto o senhor me afastou da estalagem. É melhor voltarmos.

– Saberão que estou acompanhando vocês dois e ficarão tranquilos, Henrietta – disse Sophia. – Saberão, como todos, que não houve comportamento impróprio.

Não se lembrava de haver dirigido uma frase completa a Henrietta em qualquer ocasião anterior.

O visconde de Darleigh virou a cabeça e sorriu para ela. Sophia teve quase certeza de ter visto uma expressão de alívio em seu rosto.

Pobre cavalheiro. Todo mundo tentava se casar com ele ou arranjar alguém para se casar com ele. Durante a meia hora em que ficara sozinha no salão, Sophia escutara as conversas ao redor, quase todas a respeito do visconde de Darleigh. Tinha ouvido mais de uma vez que a mãe e as irmãs dele insistiam para que ele se casasse e buscavam ativamente pretendentes. Especulava-se quem poderia ser uma candidata adequada dentre as moças da vizinhança, pois, afinal de contas, era apenas Vincent Hunt até recentemente e não parecia assim tão fidalgo em seus modos. Talvez preferisse alguém que já conhecesse. Os nomes das Srtas. Hamilton e Granger estavam no topo da lista das especulações. E, é claro, os Marches tentavam fisgá-lo por qualquer meio possível.

Todos repararam quando os três voltaram para os salões – e não era exagero dizer *todos*, pois eles chegaram durante um intervalo da orquestra, então não havia nenhuma dança em andamento para desviar a atenção. Todos interromperam a conversa para olhar para o visconde de Darleigh, Henrietta e... para ela, Sophia Fry. A expressão no rosto dos tios foi digna de nota. De início, os dois se mostraram igualmente aliviados e satisfeitos ao verem a filha de volta depois de tanto tempo na companhia do visconde.

Ainda estava de braços dados com ele. E então pareceram atônitos, irritados, demonstrando uma série de sentimentos que não tinham a intenção de expressar. No outro braço do visconde, a Ratinha.

E dessa vez ela não estava invisível para ninguém. Experimentava uma curiosa combinação de extremo desconforto e triunfo.

A orquestra tocou um acorde resoluto como sinal de que a música iria recomeçar, e o momento passou. Estava tudo bem, dependendo do ponto de vista, naturalmente. Não houvera qualquer comportamento impróprio, já que duas damas acompanhavam o cavalheiro, e, assim, o passeio, mesmo por um beco deserto, não despertava reprovação.

Uma música rápida e agitada teve início.

Henrietta apressou-se até a mãe.

O visconde de Darleigh apertou a mão de Sophia no momento em que ela fez menção de se soltar.

– Srta. Fry, obrigado por sua preocupação com a reputação da Srta. March – disse ele. – Foi descuido meu caminhar por tanto tempo e para tão longe, mas ela não queria voltar. Eu devia ter insistido, claro. Posso acompanhá-la até a mesa das bebidas? Acho que consigo me lembrar do caminho.

Ele sorriu. E Sophia compreendeu, apesar das palavras elegantes, que aquele era um agradecimento por ter sido resgatado. Deve ter entendido, quase tarde demais, o perigo em que Henrietta o colocara.

– Muito obrigada, milorde...

Estava prestes a dizer "mas" e dar uma desculpa para sair correndo. Porém, pensou melhor. Poderia ir até a mesa com o visconde, talvez até desfrutar de alguns minutos na sua companhia, conversando enquanto comiam e bebiam. Por um momento fugaz em sua vida, seria uma mulher normal. Não, não uma mulher *normal*. Seria como uma jovem privilegiada que atraíra a atenção de um visconde, de um homem belo, mesmo que por apenas alguns minutos, só para ser esquecida uma hora depois.

Então, como não respondeu imediatamente, já era tarde demais para dar desculpas. Atravessaram juntos o salão. Sophia devolveu o xale à cadeira vazia e evitou fazer contato visual com os tios, que estavam, claro, olhando para *ela*, como quase todo mundo.

Foi uma experiência atordoante, alarmante, inebriante – só para mencionar algumas das emoções que ela conseguiu identificar.

Ele, Vincent, era um completo idiota. Por que sempre permitia que as mulheres da sua vida o manipulassem e o comandassem? Às vezes, tinham boas intenções, ou, ao menos, era esse o intuito. Em outras ocasiões, havia uma clara intenção maligna. No entanto, na única vez em que resistiu às interferências externas, acabou fugindo. Dessa, porém, embora pudesse ter se recusado a se afastar da estalagem com a Srta. March, com a explicação firme e verdadeira de que não a comprometeria levando-a para mais longe na escuridão, ele permitira que a jovem o conduzisse a um local que ele recordava como uma ruela muito escura e deserta, atrás da rua principal do vilarejo.

Nunca seria um adulto responsável, capaz de pensar e agir por si mesmo, livre da influência das mulheres? Não tinha sido sempre assim, certo? Fora um menino decididamente independente. Permitira-se virar aquele fracote – ou pelo menos corria o risco de isso acontecer.

Sentia-se mais grato do que poderia dizer à Srta. Fry. Suspeitava que ela viera resgatá-lo deliberadamente, embora não estivesse certo sobre os motivos. Era prima da Srta. March, não era? Ou será que na verdade estava resgatando a Srta. March? De uma forma ou de outra, estava grato – e intrigado. Ouvira a voz dela com bastante clareza instantes antes, quando dissera *obrigada, milorde*, embora no mesmo tom baixo que usara com a tia na noite anterior. Devia conhecer o segredo de se fazer ser ouvida em meio à balbúrdia, abaixando o tom, em vez de berrando mais que os outros, como a maioria.

– Aqui estamos nós – disse ela com o mesmo tom de voz.

– Gostaria de beber alguma coisa? – perguntou ele. – Ou comer?

– Não, obrigada. Tomei uma limonada assim que cheguei.

– Não estou com fome nem sede – disse ele com um sorriso. Não sentia vontade de comer ou beber em público. Não tinha dúvida de que havia muitos olhares acompanhando seus movimentos. – Há cadeiras por aqui? Vamos nos sentar por alguns minutos?

– Uma nova música acabou de começar. Há cadeiras vazias – disse ela.

E logo estavam sentados lado a lado, e ele virou a cadeira de forma a ficar suficientemente perto para ouvi-la e ser ouvido – e, esperava ele, para desencorajar interrupções. Achava toda aquela atenção comovente, mas também exaustiva.

– A Srta. March é sua prima? – perguntou ele.

– Sim. Lady March é irmã de meu pai.

– Seu pai já faleceu? E sua mãe?

– Ambos faleceram – respondeu ela.

– Sinto muito.

– Obrigada.

– Lamento não termos sido apresentados ontem à noite – disse ele.

– Ah. Sou desimportante.

A música era barulhenta e animada, e Vincent ouvia o som de pés batendo no chão, ritmadamente. As conversas se sobrepunham a todos os sons.

Mas ele não ouvira mal. Não sabia muito bem como responder.

– Talvez apenas para seus tios e sua prima – disse ele. – Mas e na natureza das coisas? E para si mesma? Tenho certeza de que tem importância.

Esperou pela resposta e inclinou-se ligeiramente para mais perto dela. Sentiu um perfume de sabonete. Era mais agradável que os perfumes fortes que ele vinha sentindo a noite inteira.

Ela ficou em silêncio.

– Arrisco-me a dizer que se sente aprisionada a uma vida que não é inteiramente da sua preferência, em razão da morte de seus pais, da mesma forma que estou aprisionado a uma vida que não é totalmente da *minha* preferência pelo fato de ter perdido a visão seis anos atrás. Há quanto tempo ficou órfã?

– Cinco anos. Meu pai morreu quando eu tinha 15 anos.

– Eu tinha 17 quando fiquei cego.

– Tão jovem.

– É difícil ter uma vida tão diferente do que se esperava e não se sentir inteiramente no comando, concorda? – perguntou ele.

Era estranho. Ele nunca falava sobre aqueles assuntos com ninguém, muito menos com um desconhecido, aliás, *uma* desconhecida. Mas talvez fosse justamente isso que tornava tudo mais fácil. No dia seguinte, eles ainda seriam desconhecidos. O que dissessem naquela noite seria esquecido.

– Concordo – disse ela depois de uma longa pausa.

– O que faria se pudesse modificar sua vida para que ela fosse exatamente como deseja? Se tivesse os meios e a oportunidade para fazer o que quisesse? O que sonha em ser e fazer? Suponho que tenha sonhos. Todos temos. Quais são os seus?

Ou ela o deixaria completamente sem resposta ou pensaria um pouco sobre a questão. Vincent suspeitava que a Srta. Fry não era uma pessoa dada a conversa fiada. Mas provavelmente não tinha muitas oportunidades para isso. Ele não a invejava por viver como parente pobre dos Marches. Gostava do fato de ela estar pensativa.

Talvez tenha considerado as perguntas dele idiotas – e talvez fossem mesmo. Era o tipo de questionamento que um garoto impulsivo faria a uma menina. Esperava-se que homens e mulheres adultos permanecessem ancorados na realidade.

– Eu moraria sozinha – disse ela. – No campo. Em um pequeno chalé com um jardim cheio de flores do qual eu cuidaria. Com uma horta nos fundos e talvez algumas galinhas. Com vizinhos simpáticos e um gato. Talvez um cachorro. E livros. E um estoque infinito de papel para desenhar e carvão. E renda suficiente para suprir minhas necessidades, que não seriam excessivas. Talvez ter a chance de aprender coisas novas.

Ele lhe dera a oportunidade de desejar riqueza, joias, peles, mansões, viagens ao exterior, e sabe-se lá mais o quê. Ficou sensibilizado com a modéstia do seu sonho.

– E marido e filhos? – perguntou ele.

Voltou a sentir sua hesitação.

– Não. Acho que seria mais feliz sozinha.

Ele quase perguntou por quê. Mas lembrou que era uma desconhecida e que a pergunta seria quase íntima. Não podia ser invasivo.

Por um momento, pensou em qual seria a resposta se tivesse perguntado à Srta. Dean quais eram seus sonhos. Teria sido sincera? Talvez devesse ter lhe dado uma chance. Ainda se sentia mal em relação à jovem.

– É sua vez – disse ela, numa voz tão baixa que ele teve de se aproximar ainda mais. Sentiu o calor de seu corpo. Afastou-se alguns centímetros. Não lhe causaria constrangimento nem daria motivo para alimentar a fofoca dos moradores do vilarejo. – Quais são seus sonhos mais secretos?

– Eu seria ingrato se tivesse algum, quando aparentemente tenho tudo. Possuo título e fortuna, uma casa espaçosa e um amplo terreno ao redor. Tenho mãe, avó, irmãs, cunhados, sobrinhos e sobrinhas, todos amorosos.

– E um sonho – disse ela, assim que ele parou de falar.

– E um sonho – admitiu ele. – Um sonho como o seu, de ficar sozinho, ser independente, poder cuidar da minha vida, com suas milhares de responsabilidades. Um sonho de mandar todos os parentes para casa, para que cuidem de seus lares negligenciados durante longas ausências ou mesmo abandonados, por minha causa. De não tê-los cuidando da minha vida. De ser completamente adulto, acho que é o que quero dizer, coisa que teria certamente acontecido há muito tempo, se eu ainda enxergasse. Não posso recuperar a visão, e mesmo os sonhos precisam levar em consideração *um pouco* da realidade. Gostaria de viver o mais independentemente possível a um cego, de conseguir me orientar quando estivesse sozinho, de ser capaz de supervisionar a administração da minha propriedade e das minhas fazendas, de poder ter relacionamentos sociais com meus vizinhos com maior facilidade. Sonho com uma vida boa, independente. A minha própria vida e a de mais ninguém. Talvez eu não esteja falando de um sonho, Srta. Fry, mas de um objetivo. Sonhos são desejos que provavelmente nunca serão realizados. Eu poderia fazer meus sonhos se realizarem. Na verdade, é o que pretendo.

Ele parou de falar, surpreso com tudo o que saíra de sua boca. Provavelmente se sentiria constrangidíssimo na manhã seguinte ao se lembrar da conversa – ou pelo menos desse monólogo em particular.

– E casamento e filhos? – perguntou ela.

Ele suspirou. Era uma pergunta espinhosa. Casamento poderia ser interessante no futuro. Por enquanto, não. Não estava pronto. Não tinha nada de valor a oferecer – além do óbvio. Teria sempre a cegueira para oferecer a uma esposa em potencial, claro, mas não queria impor angústia a mulher alguma. Seria injusto, e ele ainda poderia vir a se ressentir se passasse a depender dela – literalmente e de muitas outras formas. No momento, ainda estava aflito. Precisava superar isso.

E filhos? Um de seus deveres era gerar um herdeiro, e estava determinado a cumpri-lo. Mas não ainda. Com certeza não havia tanta urgência. Tinha apenas 23 anos. Mas nunca poderia jogar críquete com o filho...

A autopiedade era algo que já conseguira superar. Mas, ocasionalmente, o sentimento conseguia penetrar suas defesas.

– Sinto muito – disse a Srta. Fry. – Foi uma pergunta indiscreta.

– Mesmo eu tendo feito a mesma pergunta? Eu estava pensando, considerando a resposta. Falávamos de sonhos, não de realidade. Falávamos de como gostaríamos que nossas vidas fossem se tivéssemos a liberdade de vivê--la como desejássemos. Então, não. Sem esposa. Não que eu nutra desprezo pelas mulheres, Srta. Fry. Pelo contrário. Mas as mulheres são compassivas demais, pelo menos quase todas na minha vida. Sentem pena de mim. Querem me ajudar. Querem me sufocar. Não, em meu sonho, sou livre e sozinho, a não ser, creio, por um exército de criados. Em meu sonho, provo para o mundo e para mim mesmo que consigo cuidar da minha própria vida, que não preciso nem permito qualquer piedade.

– Particularmente de mulheres – disse ela.

– Particularmente de mulheres. – Ele abriu um sorriso torto e se afastou um pouco. – Deve estar pensando que sou um ingrato miserável, Srta. Fry. Amo minha mãe, minha avó e minhas irmãs. Amo muito.

– Estamos falando de sonhos – disse ela. – Podemos ser ingratos o quanto quisermos nos nossos sonhos.

Ele riu baixinho e então sentiu uma mão no ombro.

– Deve estar faminto, milorde – disse a voz animada do vigário.

Estava prestes a negar. Mas havia ocupado tempo demais da Srta. Fry. Ela já havia perdido aquela dança e provavelmente a anterior, quando fora salvá-lo – ou salvar a prima. Além do mais, não queria lhe causar qualquer constrangimento ao monopolizar seu tempo. Não tinha dúvidas de que não havia sequer uma pessoa no salão que não tivesse reparado que os dois mantinham uma conversa particular.

– Estou. – Ele se levantou, sorrindo. – Boa noite, Srta. Fry. Foi um prazer conversar com a senhorita.

– Boa noite, milorde.

E ele foi conduzido à mesa de comidas e bebidas.

# CAPÍTULO 5

Vincent começou a manhã com uma hora de exercícios vigorosos no salão. Sentia os efeitos debilitantes dos dias que passara alternadamente sentado ou de pé – e ainda por cima comendo os bolos da Sra. Fisk.

Depois do desjejum, foi para o jardim nos fundos da casa usando apenas a bengala como guia. Conhecia o jardim e era pouco provável que se perdesse ou sofresse um acidente sério. Sentiu a ausência da horta imediatamente. Não que tivesse muita consciência dos odores quando era menino, mas, agora que não estavam mais ali, os percebia, especialmente a hortelã, a sálvia e outras ervas.

Também não havia flores. Em Middlebury, tentava diferenciar o perfume de diversas flores, a textura e a forma de suas pétalas, folhas e talos.

O jardim, porém, não havia sido completamente negligenciado. Os jardineiros pagos para aparecer duas vezes por mês tinham limpado a trilha em torno dos antigos canteiros. O banco de pedra que cercava a urna de cobre onde a mãe costumava colocar todo ano um grande vaso de flores estava livre de entulhos. Martin lhe dissera que os gramados estavam aparados e as sebes, podadas.

Vincent se sentou no banco e apoiou a bengala ao lado. Ergueu o rosto para o céu. Devia estar nublado, embora não houvesse umidade no ar. E não fazia frio.

Se decidisse permanecer ali por mais um dia – e não tinha certeza de que o faria –, naquela tarde levaria Martin para uma longa caminhada. Por mais que dentro de casa exercitasse vigorosamente diferentes músculos, sempre ficava com vontade de respirar ar puro e sentir as pernas em movimento, de preferência dando longos passos. Ah, adoraria correr!

Queria permanecer um pouco mais na região. Aqueles dois dias haviam sido surpreendentemente agradáveis. Em meio às agitações dos últimos seis anos, esquecera quanto estimava as pessoas de Barton Coombs. Esquecera-se de quantos amigos tinha no vilarejo ou imaginara diversos motivos pelos quais não poderiam mais manter a amizade. Durante a festa, muitos deles tinham prometido visitá-lo.

Entretanto, parte dele desejava partir o mais rápido possível. Na sua cidade natal, a cegueira ficava ainda mais evidente. Conhecera aquele lugar e aquelas pessoas quando enxergava. Penderris Hall e seus amigos mais recentes do Clube dos Sobreviventes, bem como Middlebury Park e seus vizinhos, eram lugares e pessoas que ele só conhecia por intermédio dos outros sentidos. De certa forma, era mais fácil lidar com os últimos, pelo menos do ponto de vista emocional.

Ali, contudo, vivia em constante luta contra o pânico. Achou que tivesse se livrado daquelas sensações ou que elas se tornariam cada vez menos frequentes.

Não tinha certeza de que o desejo de ficar vinha de uma necessidade genuína de retomar o contato com velhos amigos e lugares favoritos enquanto fazia planos definitivos para o futuro ou se era apenas procrastinação, consciente de que, ao voltar para Middlebury, não poderia repetir os antigos padrões de dependência passiva. Em alguns aspectos, tinha conseguido se impor – com sua música, os exercícios físicos, a capacidade de se movimentar em lugares familiares apenas com a bengala e às vezes até sem ela. Mas isso era apenas uma partícula ínfima do que sua vida deveria – ou poderia – se tornar.

Às vezes desejava não amar tanto a mãe. Ela já havia sofrido muito. Queria desesperadamente evitar que sofresse mais ainda. Talvez a resposta *fosse* uma esposa – que ideia infeliz –, mas uma esposa escolhida cuidadosamente por ele. Muito cuidadosamente.

As nuvens não deviam estar formando uma massa muito compacta, pois um raio de sol tinha acabado de encontrá-lo. Sentiu seu calor e direcionou o rosto para ele, fechando os olhos. Não queria danificá-los com a luz direta do sol. Riu sozinho com aquele pensamento absurdo. Fora Flavian que lhe dissera essa besteira certa vez em Penderris, num dia particularmente ensolarado – Flavian Arnott, visconde de Ponsonby, um dos integrantes do Clube dos Sobreviventes.

A saudade dos amigos surgiu como uma dor súbita, uma vontade de que todos estivessem de volta ao casulo seguro da Cornualha, ele inclusive. Perguntou a si mesmo se Hugo teria ido atrás de lady Muir, a dama que passara uma semana em Penderris naquela primavera depois de torcer o tornozelo na praia. Hugo Emes, lorde Trentham, foi quem a encontrou e a levou para a casa. Ele se apaixonou perdidamente por ela – era óbvio até para um cego – e então, bem no estilo de Hugo, convencera-se de que o abismo social que os separava era profundo demais para ser transposto. Hugo era um herói de guerra rico como Creso, mas, por ter origens de classe média e orgulhar-se delas, era um dos homens mais inseguros que Vincent conhecera.

Podia apostar que lady Muir também havia se apaixonado por Hugo.

Hugo *teria* ido atrás dela?

O raio de sol foi engolido novamente pelas nuvens. Um frescor tomou a parte do rosto onde antes sentira calor. Bem, foi bom enquanto durou.

A ideia de encontrar uma esposa, uma esposa cuidadosamente escolhida, fez com que se lembrasse de mais um motivo para deixar o vilarejo. Quase caíra numa bela armadilha na noite anterior. Fora tolo e ingênuo, especialmente porque sabia que os Marches estavam determinados a fisgá-lo. E, mesmo que não soubesse, Martin havia avisado. Quando saiu da estalagem com a Srta. March porque ela reclamara do calor dos salões, reagiu do jeito que ela devia ter previsto, como uma marionete. E ficou sinceramente grato pela chegada da Srta. Fry àquela ruela deserta.

A Srta. Fry, Sophia Fry. Uma pequena dama que possuía leveza. E uma voz suave, ligeiramente rouca. E uma conversa estranhamente agradável que se repetira em sua mente quando se deitou, depois de chegar em casa. Uma troca de sonhos, que de muitas maneiras não eram tão diferentes assim, embora a realidade de cada um não pudesse ser mais diferente. De acordo com Martin, que dançara a noite inteira, Sophia Fry não havia dançado com ninguém e tinha desaparecido cedo, logo depois de conversar com ele.

Sem a intervenção dela, ele teria corrido o risco de acordar como um homem comprometido. E logo com Henrietta March. Não gostava dela quando menina. Não gostava dela naquele momento. Na noite anterior, não conversaram sobre nada além dos amigos bem nascidos, de seus admiradores e de suas relações com os mais altos escalões da sociedade. Era a estrela de todas as histórias e tinha sempre a última e espirituosa palavra em quase todos os diálogos. Sempre detestara sir Clarence March. E Lady March lhe causava arrepios.

Escapara por pouco. Estava seguro agora que estava alerta? Mas também estava alerta antes.

Ouviu passos se aproximando, vindos da casa – as batidas firmes das botas de Martin e de mais alguém. Um homem, quase com certeza. Ah, e um terceiro passo, mais leve, mais feminino.

– Sam e Edna Hamilton vieram vê-lo, senhor.

– Sam! – Vincent se levantou com um sorriso no rosto e a mão direita estendida. – E Edna. Que bom que vieram! Sentem-se. A temperatura está agradável aqui fora? Ou acham melhor irmos para a sala?

– Vincent! – Seu velho amigo e cúmplice agarrou-lhe a mão e sacudiu-a para cima e para baixo. – Mal conseguimos trocar algumas palavras ontem à noite. Estava cercado pelo grupo feminino da Srta. Waddell.

– Vincent – disse Edna Hamilton, originalmente Edna Biggs, dando um passo para a frente para abraçá-lo e encostar o rosto no dele. – Teria esperado sua volta se soubesse que se tornaria um homem tão bonito.

– Ei, ei – protestou Sam enquanto Vincent ria. – Nada disso. Eu não sou de se jogar fora.

– Vamos nos sentar aqui mesmo – sugeriu Edna. – As nuvens estão prestes a desaparecer e ficará um calor delicioso sob o sol. Meus pés estão doendo por causa da noite passada. Dancei até praticamente acabar com eles e ficar só com as pernas.

– Vince vai achar que você não é nada fina, Ed – comentou Sam. – Supostamente, damas da sociedade não devem nem admitir que *têm* pernas.

Conversaram sobre a festa enquanto se acomodavam no banco, depois começaram a falar da infância que passaram juntos. Riram muito. E então Edna mudou de assunto.

– Ah, Vince, soube o que aconteceu com aquela moça que parece uma ratinha, que mora com os Marches?

– Sophia Fry? – perguntou Vince, franzindo a testa.

– É esse o nome dela? – perguntou Edna. – Você se apiedou e conversou com ela por alguns minutos, não foi? Por muito tempo, ninguém sabia dizer se ela era uma criada em Barton Hall ou se era uma parenta pobre, mas os criados desconversavam quando lhe perguntavam. Devíamos ter imaginado, claro, pois está sempre mais malvestida do que a criadagem. Bem, ela foi expulsa de Barton Hall. O reverendo Parsons a encontrou hoje de manhã, pálida e em silêncio, num banco da igreja, com uma mala ridiculamente pequena ao lado. Ele a levou até a casa paroquial, e a Sra. Parsons lhe serviu o desjejum e ofereceu-lhe um lugar para descansar: ela foi expulsa à noite mesmo e passou a madrugada na igreja. Mas ninguém sabe o que será dela, pobrezinha. Não precisam de mais criados na casa paroquial, e, de qualquer maneira, ela não é uma serviçal. Suponho que *alguém* vá arrumar um jeito de ajudá-la.

– Se quiser saber a minha opinião, ela vai estar melhor sem os Marches – disse Samuel. – Qualquer um ficaria. Mas viemos convidá-lo para ir à nossa casa hoje à noite, Vince. Vamos tentar reunir a turma dos velhos tempos para nos divertirmos. Também queremos convidar Martin, se estiver de acordo. O que me diz?

Vincent levou algum tempo para compreender o que acabara de ser dito.

– O quê? Ah, sim, com certeza. Agradeço aos dois. Seria maravilhoso. A que horas?

O casal foi embora logo depois. Vincent continuou sentado no banco por mais alguns minutos e depois foi procurar Martin. Encontrou-o na cozinha. Estava se preparando para aquecer as sobras do cozido do dia anterior e passar manteiga no pão. O almoço estaria pronto em mais ou menos quinze minutos, avisou.

Mas Vincent não estava com fome.

– Preciso ir até a casa do vigário. Quanto antes, melhor. A comida vai estragar?

– Ainda nem comecei – disse Martin. – Não sabia quanto tempo demorariam. Sam sempre foi um tagarela, assim como Edna.

– Preciso ir agora – interrompeu Vincent. – Dê-me o braço, Martin. Será mais rápido do que encontrar meu caminho pelas ruas com a bengala.

– Mal pode esperar para confessar seus pecados, não é? – perguntou Martin.

Surpreendentemente, Sophia tinha conseguido dormir, embora não soubesse dizer por quanto tempo. Sentou-se na beira da cama depois de despertar, sem saber o que fazer. A Sra. Parsons foi a seu encontro e a levou até a sala, onde tomaram café e comeram biscoitos recém-saídos do forno, até que o vigário chegou do escritório, sorrindo e esfregando as mãos, a expressão constrangida.

Quando lhe perguntaram se tinha algum plano, Sophia garantiu que tomaria a diligência para Londres. Sir Clarence March lhe dera dinheiro para chegar à cidade. Sim, ficaria bem, com certeza, conhecia gente por lá. Receberia ajuda para encontrar trabalho. Não precisavam se preocupar. Tinham sido muito gentis.

Sentada na igreja durante a noite, a mente de Sophia tinha ficado entorpecida. Agora, estava tomada por um redemoinho de pensamentos, ansiedades e puro terror, e deveria escondê-lo daquelas pessoas bondosas. Não tinha a intenção de se tornar um fardo.

Estava acostumada a se esconder das pessoas mesmo quando estava à vista de todos.

Não conhecia ninguém em Londres, ninguém que valesse a pena procurar, de qualquer forma. Não sabia o que fazer para encontrar trabalho, embora devesse ter se preocupado com isso depois da morte do pai. Mas tinha ido morar com tia Mary, como qualquer dama de berço faria, e desde então caíra na armadilha da dependência. Existiam agências de emprego. Teria de encontrar uma e torcer para que seus antecedentes familiares e a total falta de recomendações não tornassem impossível que arranjasse alguma coisa. Qualquer coisa. Mas o que faria enquanto isso? Para onde iria? Sir Clarence sabia o preço da passagem para Londres e lhe dera a quantia exata, nada além, nem para se alimentar durante a viagem.

Tentou se imaginar descendo da diligência em Londres, no fim da jornada, e conseguiu visualizar a cena com clareza.

Imaginou se alguém em Barton Coombs estava precisando de ajuda. O proprietário da Caneco Espumante, talvez. Aceitaria lhe dar um emprego, mesmo se o pagamento fosse um lugar para dormir no armário das vassouras e uma refeição por dia?

Foi como se o vigário tivesse lido seus pensamentos.

– Fiz algumas consultas, Srta. Fry – disse ele, o rosto bondoso transparecendo preocupação –, mas aparentemente não há emprego para uma jovem aqui em Barton Coombs. Ou para qualquer mulher. Minha querida esposa e eu ficaríamos felizes em tê-la conosco por um ou dois dias, mas...

Ele ficou sem palavras, e virou a cabeça para olhar para a Sra. Parsons.

– Ah, mas eu nem sonharia em abusar da sua hospitalidade por mais tempo do que o necessário – disse Sophia. – Partirei amanhã, na diligência, assim que descobrir o horário.

– Vou preparar uma bolsa com comida para que leve na viagem – disse a Sra. Parsons. – Mas não tenha pressa. Pode ficar conosco por uma ou duas noites, se quiser.

– Obrigada. Isso é...

Antes que Sophia completasse a frase, alguém bateu à porta. Tanto o reverendo quanto a Sra. Parsons voltaram imediatamente a atenção para a sala, como se acreditassem que o som viesse dali. De fato, houve uma batida à porta, que foi aberta pela governanta.

– É o visconde de Darleigh, madame – anunciou ela.

– Ah. – O vigário esfregou as mãos e pareceu contente. – Deixe-o entrar, deixe-o entrar. Que honra e que surpresa agradável, devo dizer. Fico feliz por estar em casa.

– É verdade – concordou a esposa, sorrindo calorosamente ao se levantar.

Sophia encolheu-se na poltrona. Era tarde demais para fugir do aposento, embora, se pudesse, não soubesse para onde. Pelo menos ele não a enxergaria.

Seu criado o conduziu para dentro e partiu. O vigário atravessou o cômodo apressadamente e pegou seu braço.

– Lorde Darleigh – disse ele –, que surpresa agradável. Espero que tenha desfrutado da pequena festividade da noite passada. É sempre bom celebrar a volta ao lar com os amigos e vizinhos, não é? Venha aqui e sente-se. Minha querida esposa vai verificar se a chaleira já está no fogo.

– É muito gentil – disse o visconde. – Percebo agora como fui mal-educado em aparecer sem avisar tão perto da hora do almoço, mas eu desejava conversar com a Srta. Fry. Seria possível? Ela ainda está aqui no vicariato?

Ah, pensou Sophia, mortificada, prendendo as mãos com força no colo. Ele *sabia*. Era provável que quisesse pedir desculpas – não que tivesse qualquer culpa. Esperava que ele não se oferecesse para procurar seu tio e interceder por ela. Seria inútil. Além do mais, não voltaria para lá, nem se pudesse. Já tinha sido uma ninguém por tempo demais. A indigência seria melhor do que aquilo – um pensamento irrefletido e tolo, já que nada poderia ser pior do que a indigência. Seu estômago se revirou, ou pelo menos assim lhe pareceu.

Ser uma parenta pobre devia ser a pior coisa do mundo, pensara algumas vezes. Mas havia coisa pior.

– A Srta. Fry se encontra neste exato aposento, milorde! – disse o vigário, indicando-a com o braço, de uma forma que o visconde não poderia saber onde.

– Ah, a senhora também está aqui, Sra. Parsons? Meus modos, com certeza, deixam a desejar. Bom dia, madame. Posso pedir licença para trocar algumas palavras com a Srta. Fry em particular? Isto é, se ela estiver disposta a me conceder esta conversa.

Sophia mordeu o lábio.

– Já soube do que aconteceu, milorde? – perguntou a Sra. Parsons. – Não me importo com o que a Srta. Fry possa ter feito para que sir Clarence e lady March a tenham expulsado de casa no meio da noite... Ela não quer dizer e não insistimos. Mas é uma vergonha que tenham feito isso, e a Srta. Waddell está organizando um comitê de senhoras para dizer isso a eles. Não costumamos interferir...

– Minha querida... – interrompeu o vigário.

– Vamos deixá-lo falar em particular com a Srta. Fry – disse a Sra. Parsons, assentindo e sorrindo de forma encorajadora na direção de Sophia.

O vigário levou o visconde até uma poltrona e logo em seguida ele e a esposa saíram da sala.

Vincent não se sentou.

Sophia olhou para ele desconcertada. O visconde era a última pessoa no mundo que desejava ver naquele dia. Não que o culpasse pelo que havia acontecido. Com certeza *não*. Mas não precisava da sua solidariedade nem que se oferecesse para interceder em seu nome diante de sir Clarence.

*Por que* viera?

Ela considerava a presença dele terrivelmente intimidadora – principalmente estando ele *de pé*. Mal podia acreditar que havia conversado com o visconde na noite anterior, contado seus sonhos mais secretos, ouvido os dele, como se fossem iguais. Às vezes se esquecia de que era uma dama de nascimento.

– Srta. Fry – disse ele –, é tudo minha culpa.

– Não.

Os olhos dele voltaram-se indubitavelmente na direção dos dela.

– Foi expulsa porque frustrou um plano que me envolvia. Eu mesmo deveria ter percebido; sinto vergonha por ter sido necessário que a senhorita me salvasse, um perfeito desconhecido. Tenho uma enorme dívida com a senhorita.

– Não – repetiu ela.

Ele usava um casaco verde elegante e bem ajustado ao corpo, calças bege e botas de cano alto reluzentes, camisa de linho branco e gravata com nó simples. Como de hábito, não havia ostentação em sua aparência, apenas perfeita correção. De algum modo, porém, ele estava tão sufocantemente masculino e poderoso que Sofia se pegou tentando se encolher mais ainda na poltrona.

– Poderia me dizer que esse *não* foi o motivo que a fez ser expulsa? – perguntou ele. – *E*, suponho, também o fato de que fiquei um tempo a seu lado depois que voltamos aos salões?

Ela abriu a boca para falar, pensou em mentir, pensou em dizer a verdade...

– Não, não pode – disse ele, respondendo à própria pergunta. – E quais são seus planos agora? Tem outros parentes a quem procurar?

– Vou para Londres procurar trabalho – respondeu.

– Alguém a hospedará e a ajudará? – perguntou.

– Ah, sim – garantiu Sophia, animada.

Ele continuou de pé, franzindo a testa, os olhos azuis fixos na sua direção, apenas um pouco para o lado do seu rosto. O silêncio se estendeu um pouco demais.

– Não tem para onde ir, não é? – disse ele. Não era exatamente uma pergunta. – Nem tem ninguém para ajudá-la.

– Tenho, sim – insistiu ela. – Tenho.

De novo, o silêncio.

Ele juntou as mãos às costas e inclinou-se ligeiramente.

– Srta. Fry, deve permitir que *eu* a ajude.

– Como? – perguntou ela. E então, apressou-se em acrescentar: – Mas é desnecessário. Não sou responsabilidade sua.

– Permita-me discordar – disse ele. – Se não tem outros parentes que a acolham, precisa de trabalho. Trabalho apropriado a uma dama. Eu poderia falar com minhas irmãs, mas demoraria demais. Tenho um amigo em Londres. Pelo menos, o plano dele era ir para lá na primavera. Ele possui negócios prósperos e variados, e com certeza encontraria alguma atividade adequada para oferecer à senhorita. Ou conseguiria encontrar algo em outro lugar, se eu lhe escrever uma carta de recomendação.

– Faria isso por mim? – Ela engoliu em seco. – E ele lhe atenderia?

– Somos grandes amigos. – Ele franziu a testa. – Se eu tivesse certeza de que ele realmente está em Londres... O duque de Stanbrook também falou em passar parte da temporada em Londres. Talvez esteja por lá mesmo se Hugo não estiver. Mas onde ficaria hospedada enquanto aguarda o emprego?

– Eu... – começou a dizer ela, mas ele não havia acreditado em seus amigos fictícios, então não adiantava continuar mentindo.

– Hugo talvez possa acolhê-la por algum tempo. Se estiver em Londres.

– Ah, não.

– A madrasta e a meia-irmã moram com ele – explicou ele. – Certamente não se importariam.

– Não – repetiu ela, sentindo-se aflita. Uma coisa era bater à porta de alguém com uma carta de recomendação e um pedido de emprego. Outra bem diferente era implorar hospedagem na casa de um desconhecido. – Ah, não, milorde. É impossível. Não me conhece o bastante para dar garantias sobre a minha pessoa a esse ponto, mesmo para seu melhor amigo. Seria imprudente da sua parte, seria uma imposição a ele, à mãe e à irmã, e é algo que eu não conseguiria fazer.

Ele continuava a franzir a testa e a olhar na direção dela.

– Não sou sua responsabilidade – repetiu ela.

Mas sentia um frio na barriga. *O que* ela faria?

O silêncio se estendeu. Deveria dizer algo para dispensá-lo? No entanto, perversamente, não queria que ele fosse embora, percebeu de repente. Havia um vazio aterrador se abrindo diante dela e não tinha certeza se queria ficar sozinha para encarar o abismo. Agarrou-se aos braços da poltrona com ainda mais força.

– Acho que deve se casar comigo – disse ele, abruptamente.

Ela ficou deselegantemente boquiaberta, e foi surpreendente não ter caído da poltrona.

– Ah, não!

– Espero que seja uma exclamação de surpresa e não uma absoluta rejeição – disse ele.

E, de repente, ela ficou irritada.

– Não era minha intenção – explicou-se, ofegante. – *Nunca* foi minha intenção, lorde Darleigh, de alguma forma competir com Henrietta para ver quem poderia armar-lhe uma cilada primeiro e da forma mais eficiente. *Nunca* foi minha intenção.

– Eu sei. – Ele ainda franzia a testa. – Por favor, não se aflija. Tenho certeza de que nunca arquitetou nada para me seduzir, que o que fez na noite passada foi consequência da bondade de seu coração.

Como ele poderia saber?

– E acredita que deve demonstrar sua gratidão *casando* comigo? – perguntou ela.

Ele a encarou em silêncio por alguns instantes.

– O fato é que *estou* grato e me *sinto* responsável. Se tivesse raciocinado, teria me recusado a me afastar da porta da estalagem com a Srta. March, e a senhorita não teria precisado me resgatar e provocar a fúria de seus tios. *Sou* responsável. E gosto da senhorita, embora esse sentimento seja puramente baseado na força do que foi capaz de fazer e em nossa curta conversa em seguida. Gosto da sua voz. Pode parecer terrivelmente tolo, eu sei. Mas quando não se pode enxergar, Srta. Fry, a audição e os outros sentidos se tornam bem mais acurados. É normal que se goste da aparência de alguém por quem se sente atração. Gosto do som da sua voz.

Estava fazendo um pedido de casamento porque gostava da *voz* dela?

E estava dizendo que a achava *atraente*?

– É bom que não possa me ver.

Ele a encarou mais uma vez.

– A senhorita parece uma gárgula, então? – perguntou.

E então fez algo que levou Sophia a se segurar com mais força na poltrona. Lentamente, abriu um sorriso que aos poucos se transformou em outra coisa. Em um sorriso malicioso.

Ah, todas aquelas histórias sobre os tempos de infância do visconde deviam ser mesmo verdade.

Mas ele lhe pareceu subitamente humano, uma pessoa real presa em meio a toda a pompa de um visconde. Aliás, um visconde muito bonito e elegante.

E tinha sonhos.

– Se eu me casasse, as pessoas me notariam. Ninguém percebe minha existência, milorde. Sou uma ratinha. Era como meu pai costumava me

chamar: Ratinha. Nunca Sophia. E nos últimos cinco anos passaram a colocar um "a" antes da palavra, de modo que se tornou também um título.
Não sou uma gárgula, sou uma ratinha.

A expressão maliciosa havia desaparecido, embora o sorriso permanecesse. Ele tinha inclinado ligeiramente a cabeça para um lado.

– Uma vez me disseram que os melhores e mais famosos atores são pessoas invisíveis; ou ratinhos, talvez. Podem se projetar com perfeição nos
personagens que interpretam, mas fora do palco não chamam atenção e
não são reconhecidos nem por seus maiores admiradores. No entanto, toda
a riqueza de seu talento está contida dentro deles.

– Ah! – exclamou ela, um tanto surpresa. – Está dizendo que não sou
*realmente* uma ratinha? Eu sei disso. Mas...

– Descreva-se para mim, Srta. Fry.

– Sou baixa. Pouco mais de um metro e meio de altura. Bem, um metro e 57 centímetros. De qualquer maneira, sou baixa. Tenho a silhueta de
um menino, um nariz que meu pai descrevia como um botão e uma boca
grande demais para o rosto. Mantenho o cabelo bem curto porque... bem,
porque ele é crespo demais e impossível de controlar.

– A cor do seu cabelo? – perguntou ele.

– Castanho-avermelhado. Nada tão definido quanto louro ou preto.
Simplesmente castanho-avermelhado.

Detestava falar sobre o cabelo. Havia sido o cabelo que levara à destrui-
ção de sua alma – embora aquela fosse uma forma ridiculamente teatral de
descrever uma pequena decepção amorosa.

– E seus olhos?

– Castanhos – respondeu. – Ou cor de mel. Às vezes de uma cor, às vezes
da outra.

– Então, definitivamente não é uma gárgula – disse ele.

– Também não sou nenhuma beldade – garantiu-lhe. – Nem perto disso. Às vezes, quando meu pai era vivo, eu me vestia de menino. Era mais
fácil quando... Bem, não importa. Nunca ninguém me acusou de ser uma
impostora.

– Nunca lhe disseram que era bonita? – perguntou ele.

– Eu só teria de olhar no espelho mais próximo para saber que era
mentira.

Ele voltou a fazer silêncio enquanto parecia fitá-la.

– Aceite a palavra de um cego – disse ele. – Tem uma bela voz.

Ela riu. Aquilo a agradou de uma forma absurda, patética.

– *Casa* comigo?

De repente, ela foi envolvida por uma gigantesca tentação. Suas unhas estavam encravadas nos braços da poltrona. Se não tomasse cuidado, deixaria marcas permanentes da mobília do vigário.

– Não posso – disse ela.

– Por que não?

Por mil motivos. No mínimo.

– Deve saber que o vilarejo inteiro não para de falar sobre o visconde. Não ouvi muito, mas ouvi o bastante. Dizem que o senhor saiu de casa há algum tempo, pois sua família estava tentando convencê-lo a se casar a contragosto com uma jovem. Dizem que sua família estava decidida a lhe encontrar uma esposa. Todos especulam sobre a candidata adequada entre suas velhas conhecidas, se é que alguma delas pode ser considerada adequada. E, é claro, meus tios estavam determinados a fisgá-lo para Henrietta ontem à noite. Está cercado de gente que conspira em relação a seu casamento, embora as motivações sejam variadas. Não vou me juntar à multidão, lorde Darleigh, casando-me apenas porque o senhor é bondoso e se sente responsável por mim. *Não é* responsável. Além do mais, me contou ontem à noite que seu sonho não inclui uma esposa.

– Tem alguma real aversão à ideia de casar comigo? – perguntou ele. – Por eu ser cego, por exemplo?

– Não. O fato de não enxergar é uma deficiência física. Mas o senhor não parece tratar dessa forma.

Ela não o conhecia. Mas ele realmente estava bem fisicamente e era bem musculoso. Sabia que estava cego havia anos. Se ficasse sentado na poltrona ou deitado na cama na maior parte do tempo, não teria aquele corpo. E o rosto estava bronzeado.

– Nada mais? – perguntou ele. – Minha aparência? Minha voz? Meu... qualquer coisa?

– N-não.

Nada além do fato de ter um título, de ser um cavalheiro rico e privilegiado, apesar de cego, e de viver em uma mansão maior do que Barton Hall. E de ter mãe e irmãs amorosas. E ganhar 20 mil libras por ano. E de ser bonito e elegante e de lhe dar vontade de se encolher num canto, para adorá-lo a distância – até mesmo de dentro da toca da ratinha. Na verdade, aquilo daria uma caricatura esplêndida, a não ser pelo fato de que ela precisaria captar o esplendor dele sem ridicularizá-lo – e não tinha certeza de que conseguiria. Seus desenhos a carvão em geral retratavam o mundo a partir de um olhar satírico.

– Então peço sua licença para insistir no meu pleito – disse ele. – Srta. Fry, por favor, case comigo. Ah, muito bem. Somos jovens. Nós dois admitimos ontem à noite sonhar com a independência e em desfrutá-la sozinhos, sem o peso de um cônjuge ou de filhos. Mas também reconhecemos que os sonhos nem sempre se tornam realidade. Isto é a realidade. A senhorita enfrenta um problema assustador. Sinto-me responsável, desejo ajudá-la a encontrar uma solução e tenho os meios para solucionar. E nossos sonhos não precisam morrer completamente se nos casarmos. Pelo contrário. Vamos fazer algum tipo de *acordo* que seja benéfico para os dois no futuro próximo e que nos ofereça esperança em longo prazo.

Ela o encarou. A tentação a consumia, mas ela não entendeu muito bem o que lhe era oferecido.

– De que forma o *senhor* seria beneficiado ao se casar comigo, lorde Darleigh, em curto ou em longo prazo? Quero dizer, além de aliviar sua consciência. Como eu seria beneficiada está perfeitamente claro. Não existe sentido em fazer uma lista. Mas o que o senhor ganharia com um acordo desses? E o que quer dizer com a palavra *acordo*? Como seria diferente de um casamento convencional?

Casar-se com ela não lhe traria absolutamente nada. Era simples. Realmente, não havia necessidade de fazer uma lista – não haveria nada para listar. Seria uma página em branco com uma ratinha triste contemplando o vazio do canto inferior da página.

Ele tateou atrás de si em busca dos braços da poltrona para onde havia sido levado pelo reverendo Parsons e, finalmente, sentou-se. Agora estava um pouco menos intimidante. Ou talvez não. Pois havia uma ilusão, como na noite anterior, de que os dois eram iguais, apenas amigos tendo uma conversa agradável. Porém... Bem, não havia nada de igual, a não ser a condição social ao nascer.

– Se considerar os fatos de uma perspectiva puramente prática ou material, formaríamos um casal desigual. A senhorita não tem nada nem ninguém, não tem para onde ir nem dinheiro. Tenho propriedades, uma fortuna e mais parentes amorosos do que sou capaz de lidar.

E era verdade. Não havia mais nada a ser dito.

Ela fitou o abismo e sentiu um aperto na barriga como se o estômago já tivesse descido às profundezas.

– Não existe outra perspectiva – disse ela.

– Existe, sim. – Ele voltou a ficar em silêncio por alguns instantes. – Fugi da minha casa há seis semanas mais ou menos, como deve ter ouvido falar. Minha vida como visconde de Darleigh, de Middlebury Park, não começou bem. Permiti que as pessoas bem-intencionadas ao meu redor mandassem em mim. Agora, decidiram que é hora de eu me casar e não ficarão satisfeitas até alcançarem esse objetivo. Quero mudar as coisas, Srta. Fry. Teria sido mais fácil se eu tivesse sido firme há três anos. Mas não fui e não há como voltar atrás. Então, por onde recomeçar? Talvez levando uma esposa para casa. Talvez eu tenha coragem para passar a agir de forma diferente se tiver a meu lado alguém que é, sem sombra de dúvida, a senhora de Middlebury. Talvez seja exatamente disso que preciso. Talvez esteja me fazendo um favor tão grande quanto o que lhe farei. Se puder persuadi-la a aceitar.

– Mas escolher uma desconhecida?

– Era exatamente o que minha família queria que eu fizesse há seis semanas – disse ele. – Uma jovem foi a Middlebury com os pais, que precisavam que ela fizesse um bom casamento. A moça não tinha nenhum desejo pessoal de estar ali. Não nos conhecíamos. Ela era um cordeiro oferecido em sacrifício. Disse que *entendia* e que *não se importava* em me tomar como marido.

– Ah, mas pode ter certeza de que se importava?

– E a senhorita, se *importaria*?

– Em me casar com um cego? Não. – Mas o que estava dizendo? Não estava concordando em se casar com ele. – Mas me importaria em obrigá-lo a fazer algo que não quer, com alguém que não conhece e que não trará qualquer contribuição para o matrimônio além do fato de não se *importar*.

Ele passou os dedos de uma das mãos nos cabelos, como se estivesse buscando as palavras certas.

– Era esse o *acordo* que mencionou? – perguntou ela. – O senhor me oferece conforto material e eu lhe ofereço coragem para se tornar o senhor de si mesmo?

Ele soltou o ar de forma audível.

– Não – disse ele. – Lembre-se de nossos sonhos.

– Nossos sonhos impossíveis?

Ela tentou rir e então desejou não ter tentado quando ouviu o som patético que produziu.

– Talvez nem tão impossíveis. – Ele de repente inclinou-se para a frente, e seu rosto assumiu um ar sincero, ansioso e juvenil. – Talvez possamos realizar nossos sonhos *e* nos casarmos.

– Como?

Seus sonhos e o casamento lhe pareciam incompatíveis.

– Casamentos – disse ele –, casamentos perfeitamente decentes, acontecem por todo tipo de razão. Em especial nas classes mais altas. Com frequência, são mais alianças do que uniões amorosas. E não há nada de errado com alianças. Muitas vezes há bastante respeito, até mesmo carinho, entre os parceiros. E, em geral, levam vidas bastante independentes. Veem-se de vez em quando e são perfeitamente gentis um com o outro. Mas são livres para levar as próprias vidas como quiserem. Talvez pudéssemos concordar com um casamento dentro desses moldes.

A simples menção àquela ideia a deixou gelada.

Ele ainda parecia ansioso.

– Depois de um tempo, a senhorita poderia ter seu chalé no campo, com flores, galinhas e gatos. E eu acabaria provando que posso ser o senhor de Middlebury e de minha vida, sozinho. Poderíamos nos casar agora, quando tanto precisamos, e ter liberdade, independência e um sonho realizado no futuro. Somos jovens. Temos a vida inteira pela frente, ou, pelo menos, podemos esperar que tenhamos.

– Quando? – Ainda estava gelada... e tentada a aceitar. – Quando poderíamos passar de uma fase para a outra?

Ele fitou por cima do ombro dela.

– Um ano? – perguntou ele. – A menos que haja um filho. Proponho um casamento de verdade, Srta. Fry. E ter um herdeiro é um dever que em algum momento terei que cumprir. Se tivermos um filho, nossos sonhos terão de ser adiados, pelo menos por um tempo. Sem filho, um ano. A menos que prefira mais ou menos tempo. Mas acho que precisaríamos de um ano para nos estabelecermos como visconde e viscondessa de Darleigh, de Middlebury Park. E é o que devemos fazer. Concordaria com o prazo de um ano?

Ela não havia concordado com nada. Sentia-se prestes a desmaiar. Poderia se casar *e* levar uma vida alegre e tranquila? Seriam compatíveis os dois projetos? Precisava de tempo para pensar, muito tempo. Mas não havia tempo. Abaixou o queixo até o peito e fechou os olhos.

– Seria loucura – foi tudo o que ela conseguiu dizer.

– Por quê?

Ele parecia ansioso. Ansioso que ela o recusasse? Ou que aceitasse?

Não conseguia *pensar*. Mas um pensamento lhe ocorreu.

– E se tivermos uma menina? – perguntou ela.

Ele pensou e então... sorriu.

– Acho que eu gostaria muito de ter uma filha – falou, e então riu. – Mais uma mulher para mandar na minha vida.

– Mas e se isso acontecesse? – insistiu ela. – Se ainda precisasse de um herdeiro?

– Então... Hum... – Ele voltou a pensar. – Se nos tornarmos amigos durante nosso ano juntos, e não vejo razão para que isso não aconteça, não precisaríamos ser desconhecidos pelo resto da vida, não é? Não estaríamos nos *separando*, apenas vivendo separados, porque a ideia nos agrada. Talvez ficássemos bem felizes em nos encontrar de tempos em tempos.

Ela ainda se sentia atordoada. Tentou ser racional.

– E se em algum momento o senhor, lorde Darleigh, quiser se casar com alguém por quem tenha se apaixonado?

– É improvável que eu encontre essa pessoa em Middlebury. Espero me tornar menos recluso do que nos últimos três anos, o que, na verdade, estou determinado a fazer, mas é um pequeno vilarejo. Além do mais, é um risco inerente ao casamento, não é? O de um dia encontrar alguém a quem se ame mais? Quando alguém *se casa*, porém, existe uma promessa de lealdade. E é isso.

Devia haver uma lacuna imensa naquela argumentação, com vários poréns. E ela pensou em um deles. Os homens têm *necessidades*, certo? Tinha aprendido isso nos anos em que vivera com o pai e seus amigos. E as necessidades de lorde Darleigh? Segundo o acordo sugerido, ela o deixaria quando ele tivesse 24 anos, a não ser que tivesse esperando um filho.

Como ele satisfaria suas necessidades depois disso? Com amantes?

Sophia abriu a boca e respirou fundo, mas não conseguiu tocar no assunto. Ele mesmo cuidou disso.

– Poderíamos nos encontrar ocasionalmente – disse ele. – Não precisamos nos comportar como desconhecidos. Desde que haja consentimento, é claro.

Houve mais um daqueles breves silêncios.

– E se for *a senhorita* quem se apaixonar? – perguntou ele.

– Eu negaria esse sentimento e seria leal a meu casamento.

Ao dar aquela resposta, havia cruzado a linha e começara a considerar seriamente a proposta?

Ah, não *podia* levar aquilo a sério.

Mas qual era a alternativa?

Ela se abraçou, como se estivesse com frio.

– O senhor nem me conhece – disse ela, percebendo tarde demais que não precisava mencionar esse fato se *não* estivesse considerando dizer sim.

– E também não o conheço.

Ele não respondeu de imediato.

– O que aconteceu com o senhor? – perguntou ela.

– Com minha visão? – perguntou. – O irmão da minha mãe voltou para casa depois de muitos anos no Extremo Oriente. É um comerciante, um homem de negócios muito próspero. Meu pai tinha morrido pouco antes e minha mãe estava com mais dificuldade do que nunca para manter a casa. Meu tio queria levar minhas irmãs para Londres, para que encontrassem maridos, o que fez com grande êxito, e queria que eu me envolvesse em seus negócios. Mas a ideia de passar o dia inteiro atrás de uma mesa, mesmo por alguns anos, até ser promovido, me deixou deprimido. Então implorei que conseguisse para mim um posto de oficial, e lá fui eu para a guerra num regimento de artilharia, aos 17 anos. Não cabia em mim de tanto orgulho e estava ansioso para provar que eu era tão corajoso, talentoso e inabalável quanto o mais experiente dos veteranos. Na primeira hora da minha primeira batalha na Península, eu estava ao lado de um dos canhões quando ele foi disparado. Nada aconteceu. Dei um passo para a frente, com a intenção de checar o problema, resolvê-lo e naquele instante vencer a guerra. O canhão disparou, e a última coisa que vi foi um grande clarão. Eu deveria ter explodido para a glória. Haveria tantos pedacinhos de mim aterrissando na Espanha e em Portugal que ninguém teria encontrado e identificado nem um deles sequer. Mas, quando fui levado ao hospital de campanha, eu estava inteiro, a não ser pelo fato de que, ao recobrar a consciência, não conseguia enxergar nem ouvir.

Sophia soltou uma exclamação de horror.

– Recuperei a audição depois de um tempo na Inglaterra – disse ele. – A visão nunca voltou, nem voltará.

– Ah. E como foi...

Mas ele ergueu uma das mãos em advertência. A outra, ela percebeu, apertava com força o braço da poltrona, assim como as dela fizeram poucos minutos antes. Os nós dos dedos estavam brancos.

– Sinto muito – disse ele, a voz inexplicavelmente ofegante. – Não consigo falar sobre isso, Srta. Fry.

– Perdoe-me.

– E o que eu deveria saber sobre a senhorita? – perguntou. – O que pode me contar que me fará sair correndo pela porta, em busca da liberdade?

– Não sou respeitável. Meu avô era um baronete e meu tio, o filho mais velho, é que hoje detém o título. Mas ambos renegaram meu pai muito antes do meu nascimento. Ele era a ovelha negra da família: um aventureiro, um jogador e um... um canalha. Às vezes ganhava uma fortuna e subitamente vivíamos com luxo. Mas isso nunca durava mais do que alguns dias ou semanas. Apostava mais dinheiro do que tinha, e costumávamos passar semanas e meses cansativos fugindo de cobradores e outros homens a quem ele devia grandes somas. Era bonito e charmoso e... acabou fazendo com que minha mãe o abandonasse por causa das traições que cometia, acredito eu. Embora ela tenha partido com um amante e sem mim, que tinha 5 anos na época. Foi um grande escândalo. Ela morreu no parto três anos depois. E meu pai morreu num duelo há cinco anos. Levou um tiro de um marido traído. Não fora seu primeiro duelo. Ele tinha péssima reputação. Não seria bom que o senhor se associasse a mim.

Sophia voltou a morder o lábio e a fechar os olhos.

Ouviu-o suspirar.

– A senhorita não é nem seu pai nem sua mãe – disse ele.

Levantou-se e deu alguns passos hesitantes na direção dela, temeroso talvez de que houvesse algum obstáculo entre as poltronas.

– Srta. Fry – ele estendeu a mão direita –, colocaria sua mão na minha?

Ela se levantou com relutância, aproximou-se e atendeu ao pedido. Quando ele levantou a outra mão, ela pousou a mão direita sobre ela. Os dedos dele se fecharam nas duas mãos, quentes e fortes.

Então ele se abaixou sobre um joelho.

Ah!

Ele abaixou a cabeça sobre as mãos dela.

– Srta. Fry, me daria a grande honra de se casar comigo? Daria a nós dois a chance de realizar nossos sonhos?

Como pensar direito se, ao olhar para baixo, via aquelas ondas suaves e brilhantes de cabelo louro sobre suas mãos e sentia seu toque firme e caloroso?

Ele era um homem impulsivo, suspeitava. Se ela aceitasse, ele viveria para se arrepender. Em especial, quando, depois de um ano, estivesse sozinho e sem a possibilidade de se casar com outra pessoa, a não ser que ela morresse. O sonho daria certo por um ou dois anos. E o resto do tempo? Suspeitava que ele fosse o tipo de homem que acabaria desejando uma família carinhosa e amorosa por perto.

E quanto a ela? Sophia não tinha escolha. Ou tinha? Poderia escolher entre duas alternativas: o acordo de casamento imperfeito que ele sugeria e a indigência. Não era exatamente uma escolha.

Que Deus a ajudasse, realmente não havia escolha.

– Eu aceito – sussurrou.

Ele ergueu a cabeça. E com os olhos na direção dos dela, sorriu.

Era um sorriso intenso e doce.

# CAPÍTULO 6

Martin não estava falando com Vincent, a não ser que fossem consideradas as vezes em que respondia *Sim, milorde* e *Não, milorde* a cada pergunta ou comentário, a voz quase ressoando de tanta formalidade. Estava emburrado desde a discussão que tiveram a caminho de casa depois da visita ao vigário.

– Você *o quê*? – havia gritado quando Vincent lhe contou que estava noivo da Srta. Fry. – Que diabo você está dizendo? Ficou completamente *doido*? Ela parece um menino, e não acho nem que isso seja justo com os meninos.

– Não me faça bater em você, Martin – dissera Vincent.

Martin manifestou escárnio – de forma audível.

– Sabe que sou capaz. Lembra-se do corte no lábio e do nariz ensanguentado que ganhou daquela vez que duvidou de mim? – ameaçou Vincent.

– Pura sorte – respondera Martin. – E você jogou sujo.

– Foi jogo limpíssimo. Não me faça provar que não foi sorte. A moça é minha noiva e eu a defenderei de qualquer insulto.

Martin exprimiu seu sarcasmo de forma mais discreta e refugiou-se num silêncio magoado.

O reverendo e a Sra. Parsons não chegaram a reagir de maneira tão franca, porém houve um tom de espanto e até de incompreensão em suas vozes quando Vincent os convocou à sala e fez o anúncio. As congratulações foram hesitantes a princípio, como se cogitassem que se tratava de uma brincadeira. Depois, ao se convencerem de que Vincent falava sério, demonstraram um entusiasmo um tanto excessivo. Mas permitiram que a Srta. Fry ficasse na residência paroquial por mais uma ou duas noites, até que ele fizesse outros arranjos.

O problema era que Vincent não sabia muito bem que tipo de arranjo fazer. Ao correr para a residência paroquial de braço dado com Martin, a intenção era descobrir se a Srta. Fry traçara algum plano, se tinha para onde ir, parentes que a acolheriam ou pelo menos amigos. Até então, só precisava pedir sinceras desculpas pelos problemas que lhe causara e talvez lhe oferecer a carruagem com Handry para levá-la aonde quisesse. Nesse meio-tempo, ficaria na Casa Covington e aproveitaria para visitar os amigos por mais alguns dias enquanto aguardava pelo retorno da carruagem e preparava-se para voltar para Middlebury Park.

Em algum lugar no fundo da sua mente, chegou a pensar que poderia ter que pedi-la em casamento, se não houvesse alternativa, mas realmente não esperava chegar a esse ponto.

Só que havia chegado.

O problema era que não tinha pensado em nada além do pedido de casamento.

Não, o problema mesmo era que não havia pensado *sequer* no pedido de casamento!

Martin tinha razão. *Estava* completamente doido.

Deveria levá-la para Middlebury? E se casar com ela lá? Imaginou a consternação da mãe. E também das irmãs, que partiriam para o ataque, de forma que sua vida e suas núpcias não mais lhe pertenceriam. A cerimônia de casamento seria assim, claro, não importava quem fosse a noiva. Mas com qualquer uma, haveria outra família para dar palpites, o que criaria uma espécie de equilíbrio. Não havia ninguém para defender os interesses da Srta. Fry, para apoiá-la e garantir que a cerimônia fosse um evento tão dela quanto dele, ou até mais dela do que dele. Afinal, ela era a noiva e ele, apenas o noivo.

Não seria justo levá-la imediatamente para sua casa.

Lembrou-se das palavras de Edna Hamilton ao contar que a Srta. Fry tinha sido encontrada no banco da igreja, pela manhã, com uma mala ridiculamente pequena. Teria deixado a maior parte dos pertences em Barton Hall simplesmente por não ter condições de carregar mais do que uma mala? Ou todos os seus pertences estariam naquela mala?

Queria poder saber como ela estava vestida quando a visitou em Barton Hall, na festa da noite anterior e na residência paroquial naquela manhã. Podia apostar, no entanto, que ela precisava de roupas, muitas roupas. Então se lembrou também de Edna dizendo que Sophia não podia sequer ser confundida com um criado de Barton Hall, pois não se vestia tão bem quanto eles.

Talvez devesse dar entrada nos proclamas e se casar ali mesmo em Barton Coombs. Mas isso significaria passar um mês esperando e ter que pedir ao vigário e à esposa que estendessem sua hospitalidade por todo o período. A mãe e as irmãs teriam tempo de chegar ao vilarejo, e a cerimônia não seria muito diferente da realizada em Middlebury. Mas os Marches poderiam ficar furiosos e criar confusão. Vincent acreditava que eles seriam capazes inclusive de revelar publicamente o passado não muito respeitável dos pais da Srta. Fry. E, mesmo em Barton Coombs, ela precisaria de roupas. Qualquer noiva deveria se casar com um vestido bonito. Onde encontraria um vestido bonito naquele lugarejo?

Se não ia voltar para Middlebury Park e não ia ficar ali, para onde poderia ir?

Havia apenas uma alternativa.

Londres.

Poderia comprar seu vestido de noiva e o enxoval na capital. Casariam--se depressa, discretamente, por meio de licença especial. Era, sem dúvida, a melhor alternativa.

Vincent experimentava uma pontada de culpa por se casar sem avisar a mãe e as irmãs, mas parecia ser o melhor para a Srta. Fry. Elas se conheceriam em condições menos desiguais.

De qualquer maneira, seria melhor anunciar para a família um fato já consumado, decidiu ele, recordando, com desconforto, a forma como Martin, o vigário e a esposa reagiram à noiva escolhida. Afinal, a mãe e as irmãs queriam vê-lo casado. Com certeza ficariam radiantes assim que se recuperassem do choque de descobrir que ele tinha saído de casa sozinho, encontrado uma noiva e se casado. E se não ficassem contentes, bem, teria uma briga de família para enfrentar.

Por Deus, ele nunca brigava com a família.

Como a Srta. Fry compraria suas roupas em Londres, sem ninguém para ajudá-la? Saberia aonde ir? E como ele obteria a licença especial? Seria preciso procurar a sociedade de advogados, não? Bem, mesmo sem enxergar, encontraria o caminho. Tinha criados, afinal de contas, e sabia falar. Mas como se providenciava uma cerimônia de casamento? *Descobriria.* Onde ficariam durante um, dois ou três dias enquanto providenciavam tudo? Um hotel? Para um homem solteiro e uma mulher solteira?

As perguntas e as respostas menos que satisfatórias davam voltas na sua cabeça enquanto ele comia o ensopado de coelho que Martin aquecera e um pedaço de pão com manteiga. Não adiantaria pedir a opinião de Martin. Ele estava ignorando resolutamente qualquer coisa que não pudesse ser respondida com uma afirmativa ou uma negativa.

Pensar nos problemas práticos que precisavam ser resolvidos pelo menos tirava da sua cabeça as questões mais importantes. Ele oferecera – *prometera* – casamento e liberdade. Ou seja, oferecera o tipo de casamento que sempre deplorara.

Então se lembrou de algo que fez sua mente voltar a se concentrar nos assuntos práticos. Na verdade, havia pensado nisso quando estava com Sophia, embora em um contexto diferente. Um de seus amigos do Clube dos Sobreviventes, Hugo, planejava passar pelo menos parte da primavera em Londres. E, mesmo se ele não estivesse na cidade, era quase certo que sua madrasta e sua meia-irmã estariam. A Srta. Fry não aceitaria ficar com elas como simples candidata a algum posto de trabalho, mas com certeza não teria objeções em fazê-lo na condição de sua noiva. E talvez a Sra. ou a Srta. Emes se dispusessem a acompanhá-la nas compras.

Vincent sorriu consigo mesmo. A maioria dos problemas tinha solução quando se estava determinado a encontrá-la. E ele *estava*. Era infinitamente mais difícil viver de forma independente e se impor quando se havia perdido a visão, claro, mas não era impossível. De repente, sentiu uma imensa vontade de voltar para casa e começar a enfrentar os maiores desafios de sua vida.

– Acho que o ensopado está ainda mais saboroso hoje do que ontem, Martin – disse ele. – E o pão não poderia estar mais fresco.

Na verdade, mal havia tocado na comida.

– Muito obrigada, milorde.

Ah, uma variação sobre um tema. Normalmente, ele usava *senhor*.

– Vou precisar do chapéu e da bengala, por favor, Martin – pediu ele, levantando-se. – Prometi à Srta. Fry levá-la para uma caminhada esta tarde. Não vai chover, vai?

Uma pausa, possivelmente enquanto Martin olhava pela janela.

– Não, milorde.

– Não vou precisar de sua companhia até a residência do vigário – disse Vincent. – Memorizei o caminho.

– Sim, milorde.

– Martin – chamou ele, dez minutos depois, quando saía pela porta da frente e encontrava os degraus com a bengala –, eu me casarei com a Srta. Fry dentro de uma semana, espero. Não haverá cara emburrada no mundo capaz de mudar isso. Talvez, em algum momento dos próximos cinco anos ou mais, você decida me perdoar.

– Sim, milorde.

Bem, era melhor do que *não, milorde.*

Vincent desceu os degraus em segurança e deu alguns passos no caminho que levava à casa, mas se deteve ao ouvir a aproximação de uma carruagem na rua principal do vilarejo, puxada por quatro cavalos, se não estivesse enganado. Havia barulho demais, batidas de casco demais para apenas dois animais. A menos que fosse uma diligência ou alguém atravessando o vilarejo, aquele veículo só poderia pertencer a uma pessoa em Barton Coombs.

O veículo diminuiu a velocidade e se encaminhou para a Casa Covington. Vincent permaneceu onde estava, que esperava que não fosse o meio do caminho, onde os cavalos passariam por cima dele antes que pudesse ser visto.

Não precisava se preocupar.

– Ah, Darleigh – chamou a voz jovial de sir Clarence March. Provavelmente tinha aberto uma das janelas da carruagem. – Dando uma volta na entrada de casa? Tome cuidado.

Vincent inclinou a cabeça sem responder e ouviu as batidas das botas do cocheiro descendo de seu posto. Então, a porta da carruagem se abriu e os degraus foram baixados. Escutou uma grande comoção e percebeu que sir Clarence não estava sozinho.

Uma visita vespertina – em uma carruagem para viagens puxada por quatro cavalos?

– Minhas queridas esposa e filha desejavam dar um passeio pelo campo nessa tarde tão bela – disse sir Clarence. – E como eu poderia resistir ao pedido, Darleigh? Quando tiver esposa e filhas, embora da sua parte seja esperado que também tenha filhos, vai compreender como é ser um marido e um pai tentando se impor e viver a própria vida. Sua própria felicidade depende de fazer a vontade das mulheres. As mulheres da minha casa acharam que o senhor talvez fosse apreciar um passeio pelo campo conosco e talvez até uma parada em algum lugar para uma pequena caminhada. Minhas pernas não são mais o que eram e lady March não consegue ir muito longe sem perder o fôlego, mas os jovens são feitos de material mais resistente. Henrietta ficará feliz em caminhar na sua companhia, se desejar respirar um ar fresco mais tarde. E insisto que volte conosco para o jantar. Uma refeição simples e informal entre amigos.

Ah. Ia ser divertido, pensou Vincent.

– Agradeço pelo gentil convite – disse ele. – Infelizmente, terei que recusá-lo. Samuel e Edna Hamilton me convidaram para passar a noite com eles e alguns de nossos amigos de infância. E, esta tarde, combinei de levar minha noiva para uma caminhada.

Houve um breve silêncio, exceto pelo tilintar dos arreios, o resfolegar dos cavalos e o barulho dos cascos no cascalho.

– Sua noiva? – perguntou lady March.

– Sim. – Vincent sorriu. – Ainda não souberam? Achei que todos em Barton Coombs a essa altura estivessem cientes. Há cerca de duas horas a Srta. Fry aceitou meu pedido de casamento. Não vão me desejar felicidades?

– A Srta.... *a Ratinha*?

A voz de sir Clarence soou quase como um rugido.

– *Sophia*? – disse lady March quase ao mesmo tempo.

– O quê? – acrescentou a Srta. March, parecendo confusa. – *Mamãe*?

– Vamos nos casar em Londres assim que eu tiver organizado tudo – informou Vincent. – Depois, levarei a viscondessa para casa, em Middlebury Park. Não precisa se preocupar com sua sobrinha, lady March. Ela ficará em segurança comigo. E será adorada. Ah, acabei de me lembrar de uma coisa. *Martin*?

Imaginava que a porta da casa ainda estivesse aberta, porque acreditava que Martin fosse manter os olhos nele enquanto estivesse à vista, para garantir que não tropeçasse em nada maior do que um pedregulho nem colidisse com um poste.

– Sim, milorde?

– Martin, pegue minha bolsa de dinheiro, por gentileza – instruiu Vincent –, e separe o equivalente a uma passagem para Londres. Sir Clarence lhe dirá o valor exato. Foi gentil em pagar a passagem para sua sobrinha quando ela deixou Barton Hall ontem à noite, senhor, mas não será mais necessário. Fico feliz em devolver a quantia, com meus agradecimentos.

Vincent continuou a avançar, esperando não estragar sua saída triunfante enredando-se nos cavalos ou dando de cara com a porta aberta da carruagem.

– Mamãe? – repetiu a Srta. March atrás dele, a voz trêmula.

– Ah, fique quieta, Henrietta – disse sua mãe, de mau humor. – Que mulher vil. Depois de tudo que fiz por ela.

Vincent tateou o portão com a bengala e chegou à rua em segurança. Na infância havia brincadeiras assim: uma criança ficava de olhos vendados e, depois de ser rodopiada por outra criança, devia descobrir onde estava. Vincent sempre trapaceava, claro, como todos, supunha ele, olhando por debaixo da venda. Queria poder fazer o mesmo naquele momento. Mas a casa do vigário não era muito distante. Ele a encontraria.

Sempre encontrava seu caminho, pensou, apesar da desagradável sensação no estômago que lhe dizia que havia agido precipitadamente pela manhã e que teria de viver com as consequências pelo resto da vida.

Logo antes de chegar à casa do vicário, ouviu a carruagem de quatro cavalos retornando pela rua na direção de Barton Hall. Aparentemente os planos para um passeio e uma caminhada tinham sido abandonados.

E assim havia pregado mais uma peça em sir Clarence March, pensou. A última e, de longe, a mais satisfatória.

E havia feito *algo* para vingar sua dama.

– Costuma caminhar? Tem algum lugar favorito? – perguntou Vincent à Srta. Fry ao deixarem a casa paroquial pouco tempo depois. – Eu gostava de entrar na viela estreita atrás da oficina do ferreiro, subir os degraus de madeira para passar por cima da cerca e atravessar a campina na direção das margens do rio. Quando éramos meninos, pescávamos e nadávamos por ali. Era proibido, mas nadávamos assim mesmo, até de noite.

– Costumo, sim – disse ela. – Às vezes passeio apenas pelo bosque no terreno de Barton Hall, onde posso ficar sozinha; outras vezes vou mais longe, para onde meus passos me levam. Conheço o lugar que mencionou.

Ela aceitara seu braço, mas devia ter percebido, como na noite anterior, que ele não podia guiá-la com segurança. Era mais provável que ocorresse o contrário, embora ele segurasse a bengala na outra mão.

Ele os virou na direção que precisariam tomar e foram quase imediatamente saudados pela Srta. Waddell, que era vizinha da casa paroquial. Ela por acaso estava no jardim podando algumas flores mortas.

Deve tê-lo visto chegar pela segunda vez no mesmo dia, pensou Vincent. E, como todo mundo, devia saber que o vigário havia encontrado a Srta. Fry na igreja, pela manhã, e que a levara para a casa paroquial, depois de ela ter sido expulsa de Barton Hall no meio da noite. A Sra. Parsons até mencionou que a vizinha planejava levar uma delegação até Barton Hall para protestar.

– É uma bela tarde, lorde Darleigh – disse ela. – E Srta... Fry, não é mesmo? É a parenta de lady March que está hospedada na casa paroquial.

Sua voz soava curiosa e Vincent percebeu com alguma surpresa que a esposa do vigário tinha feito o que ele pedira e não contara a ninguém sobre o noivado.

– Precisa ouvir as boas notícias dos meus próprios lábios, Srta. Waddell – disse ele. – A Srta. Fry hoje me tornou um homem feliz. Ficamos noivos.

– Minha nossa. – Por um momento pareceram lhe faltar palavras – Então precisa receber meus cumprimentos. Bem, é uma notícia inesperada. Hoje de manhã o vigário perguntou a todos sobre as possibilidades de emprego para uma dama... Bem. Minha nossa. É maravilhoso, devo dizer.

Não foi difícil escapar dela, como às vezes acontecia. Vincent supôs que estava louca para espalhar a notícia.

– Peço desculpas – disse Vincent, quando estava de novo a sós com a Srta. Fry. – Fiz o anúncio sem consultá-la. Espero que não tenha se importado.

– Não, milorde – respondeu Sophia.

– Contei para sir Clarence, lady March e a Srta. March, ao sair de casa, agora há pouco. Foram me convidar para um passeio pelo campo e talvez uma caminhada com a Srta. March. Tive enorme satisfação em explicar que ia passear com minha noiva. Queria que estivesse lá para ver suas expressões quando disse quem era minha noiva. Foi mesmo imperdível. Ah, e pedi para Martin Fisk, meu valete, devolver para sir Clarence o dinheiro que lhe deu para ir a Londres.

– Ah! – exclamou ela.

– Quando éramos garotos, costumávamos pregar peças impiedosas nele. Falo no plural, apesar de ter sido eu, em geral, o mentor e o líder do grupo. Uma vez, à noite, escalamos o telhado de Barton Hall antes de sir Clarence receber a visita de um almirante com título de nobreza e a esposa; havia se gabado disso por dias a fio. Prendemos um lençol pintado com uma bandeira pirata na chaminé mais alta e torcemos para que ninguém percebesse antes da chegada do almirante. Ninguém notou, e, para nossa sorte, uma forte brisa soprava naquela manhã. Segundo os criados, e acho que podemos confiar na palavra deles, a primeira coisa que o almirante fez depois de descer da carruagem foi respirar profundamente o ar puro e erguer os olhos para ver o lençol agitando-se alegremente ao vento.

Sophia riu, um som suave e feliz que o encantou.

– Nunca foi apanhado? – perguntou ela.

– Nunca. Embora em algumas ocasiões tenha sido por pouco. Sir Clarence sempre sabia quem eram os culpados, claro, mas nunca conseguiu provar suas suspeitas. Embora alguns dos pais do grupo fossem bem severos, tenho a sensação de que investigaram as queixas de Barton Hall com pouco rigor.

Sophia voltou a rir.

– Teve uma infância feliz, então, milorde? – perguntou ela.

– Tive.

Ele virou a cabeça na direção dela e quase perguntou sobre sua infância. Mas sabia que havia sido difícil e talvez – muito provavelmente – infeliz, e estava tentando deixá-la à vontade.

Imaginou que deviam estar perto da oficina do ferreiro e logo ouviu a saudação do Sr. Fisk, seguida por passos pesados, até que sua mão direita, com a bengala, foi apertada e sacudida para cima e para baixo por uma mão enorme.

– Vincent Hunt! – exclamou o ferreiro com sua voz retumbante. – Eu e minha esposa não conseguimos chegar perto de você ontem à noite. Está parecendo um grande cavalheiro, mas continua o mesmo menino travesso por dentro, não tenho dúvidas. Olá, senhorita. Não é a senhorita que mora em Barton Hall? Não, espere um minuto. É aquela de quem o vigário falava esta manhã. Ele queria saber se a minha patroa precisava de ajuda em casa. Está hospedada na casa paroquial? Bem, imagino que esteja melhor lá do que onde vivia. Não desejaria Barton Hall nem para o meu pior inimigo.

– A Srta. Fry e eu acabamos de ficar noivos – contou Vincent.

O Sr. Fisk apertou-lhe a mão com mais força.

– Ora! – exclamou. – Como é rápido ao fazer a corte, rapaz. Mas nunca foi mesmo um molenga. Poderia lhe contar uma ou duas coisas sobre esse patife, mocinha, coisas de deixar o cabelo em pé. Mas, apesar de tudo, sempre foi um bom garoto e, sem dúvida, será um bom marido. Estou feliz por ter escolhido uma moça do interior e não uma daquelas bonequinhas que os nobres escolhem para casar, Vincent... ou *milorde,* suponho que deveria chamá-lo assim. Desejo-lhes felicidades. A patroa também lhes desejaria, mas está ocupada assando mais pães e bolos para Martin, e não está olhando pela janela. Quer deixar o filho tão gordo quanto o pai.

– Espero que ela compreenda, Sr. Fisk, que também está me fazendo engordar – disse Vincent. – O pão dela é o melhor que já provei, e os bolos acabam com qualquer intenção de uma refeição moderada.

Vincent seguiu em frente com Sophia, e os dois viraram em uma ruela paralela ao rio, mas ainda distante dele.

– Uma moça do interior – repetiu ele. – Seria a senhorita? Sentiu-se ofendida?

Ele sabia tão pouco sobre ela. Foi tomado de novo por aquela sensação de vazio no estômago lhe dizendo que havia feito algo impulsivo e imprudente, mas irreversível.

– Ofendida? Não quando a alternativa seria "uma daquelas bonequinhas que os nobres escolhem para casar" – disse ela. – Parece algo muito indesejável quando se quer obter a aprovação de um ferreiro, não é mesmo?

Ele riu. A resposta o surpreendeu e o encantou. Demonstrava ao mesmo tempo personalidade e senso de humor.

– O Sr. Fisk é pai do meu valete – explicou-lhe. – Martin e eu crescemos juntos. Quando eu estava de partida para a guerra, ele pediu para ir junto como meu ordenança. Depois que fui ferido, insistiu em ficar ao meu lado como valete, e não consegui me livrar dele desde então. Tentei, especialmente nos primeiros anos, quando não tinha condições de lhe pagar por seu serviço e tudo que ele recebia era um quarto e alimentação na propriedade da Cornualha onde convalesci. Recusou-se categoricamente a partir.

– Deve amar o senhor – disse ela.

– Suponho que sim. – Ele nunca havia pensado desta forma antes. Duvidava que Martin também pensasse. – A cerca deve estar bem próxima.

– Mais uns vinte passos – disse ela.

Ele não tinha pensado em como subiria os degraus de madeira para passar por cima da cerca. Havia percorrido trilhas bem mais acidentadas em Lake District, claro, mas naquela ocasião Martin estava a seu lado. Não que o valete tivesse precisado carregá-lo, mas estavam acostumados um com o outro e, juntos, sempre se sentiam à vontade. Martin sabia exatamente que instruções e alertas devia dar e quando.

Ele se lembrava daqueles degraus. Já os subira milhares de vezes.

– Vou na frente – disse Vincent, quando se aproximaram de lá. – Assim, posso pelo menos fingir que estou sendo um cavalheiro.

Prendeu a bengala na barra de madeira que era o degrau mais alto. Ficou feliz por Sophia não tentar tirar a bengala dele nem insistir em ir primeiro para que *ela* pudesse oferecer ajuda. Um homem devia preservar alguma dignidade.

Sentiu-se inseguro e, na verdade, um tanto aterrorizado diante da possibilidade de fazer papel de idiota. Havia duas tábuas de madeira fazendo as vezes de degrau, a primeira a pouco menos de um metro do chão e a segunda pouco mais de meio metro acima dessa – onde havia prendido a bengala. Abaixo da tábua inferior havia uma terceira, mais plana, que passava por baixo dela no sentido perpendicular, mas sem formar um ângulo de 90 graus. Do lado em que estavam, a superfície era coberta de grama. Do outro lado da cerca era desgastada e tinha um declive no lugar onde milhares de pés haviam pisado ao descer. Ficava sempre cheio de lama, um paraíso para um garoto depois da chuva. Por sorte, não chovera nos últimos dias. Ladeando os degraus havia espinheiros altos. Mais adiante, encontrava-se a campina, geralmente pontilhada com generosidade por margaridas, botões-de-ouro e trevos. E mais além estava o rio.

Ele se perguntou se as crianças do vilarejo ainda iam ali. Não ouvia nenhuma agora. Talvez estivessem na escola, aquela desgraça na existência da juventude cheia de energia.

Preocupou-se à toa. Subiu os degraus sem incidentes, feliz por ter se lembrado da inclinação do outro lado; assim, quando pulou do último degrau, não deu muito impulso. Voltou-se para os degraus, encontrou a tábua mais baixa com a bota e estendeu a mão.

– Madame – disse –, permita-me ajudá-la. Não tenha medo.

Sophia voltou a rir, um som vibrante e agradável, que parecia despreocupado, como se ela estivesse se divertindo. Então, Vincent sentiu sua mãozinha na dele, e ela pulou para o seu lado.

– A campina é só nossa? – perguntou ele, embora estivesse quase convencido de que não havia mais ninguém ali.

– Só nossa – disse ela, puxando a mão. – Ah, é uma época do ano muito bonita. A melhor de todas, quando a primavera começa a virar verão. A campina parece um tapete colorido sob os nossos pés. Gostaria que eu a descrevesse?

– Daqui a pouco. Mas não se sinta obrigada a fazer isso. Estou aprendendo a absorver o mundo através de outros sentidos em vez de me esforçar para imaginar o que não consigo ver. Quando me descrever uma cena, descreverei-a também logo depois, mas a minha será cheia de sons, cheiros e, às vezes, tato. Até gosto. Faz sentido para você?

– Faz. Claro que faz. E explica por que o senhor não é uma vítima.

Ele ergueu as sobrancelhas.

– Por que não *se comporta* como uma vítima – explicou ela. – Admiro isso.

Ele inclinou ligeiramente a cabeça.

– Já se sentiu uma vítima em algum momento? – perguntou ele. – Todos nos sentimos, sabe. Mesmo que só de vez em quando. Não há do que se envergonhar, pois às vezes *somos* vítimas. Outras, porém, se tivermos sorte ou formos diligentes, podemos passar por cima da autopiedade. Para mim foi menos difícil do que poderia ter sido, claro, porque herdei uma fortuna dois anos depois de ficar cego. Ganhei uma liberdade pela qual sempre serei grato.

– E vou me *casar* com o senhor – disse ela, quase sem fôlego.

Isso tornaria mais fácil para ela deixar de se sentir vítima da vida? Porque sempre é necessário mais do que sorte para alguém se livrar da autopiedade. Às vezes, esse sentimento está tão impregnado na pessoa que nada consegue persuadi-la a encontrar alegria de viver. *Estaria* a Srta. Fry sofrendo de autopiedade? Ele não a conhecia suficientemente bem para responder à própria pergunta.

– Não posso vê-la. Apenas a ouvi... e toquei na sua mão e a senti em meu braço. Também senti o perfume suave do seu sabonete. Gostaria de conhecê-la um pouco melhor, Srta. Fry.

Ele a ouviu respirar pela boca.

– Quer... me tocar? – perguntou ela.

– Quero.

Não havia intenção sexual. Esperava que Sophia compreendesse. Não conseguiu dizer aquilo em voz alta.

Ela estava bem perto dele, mas não o tocou de imediato nem ele tentou tocá-la. Ele ouviu um farfalhar de tecido e imaginou que ela estivesse tirando o chapéu e talvez a capa. Ouviu a bengala roçar levemente o degrau de madeira. Deve ter pendurado as peças ao lado dela.

Estavam do outro lado da cerca. Esperava que a cerca viva de espinheiros ocultasse os dois de quem passasse pela viela. Não que fosse uma via tão movimentada.

Sophia ficou diante dele. Vincent percebia sua presença. Então sentiu as pontas dos dedos dela roçarem de leve seu peito. Ele ergueu as mãos e encontrou os ombros de Sophia. Eram pequenos, magros, mas fortes. Deslizou as mãos até encontrar a pele lisa e quente do pescoço dela. Sentiu a pulsação constante sob o polegar esquerdo. As mãos subiram pelas laterais de um pescoço esguio, passaram por orelhas pequenas e seguiram para o cabelo – espesso, macio, cacheado e realmente muito curto, como ela dissera.

*Ela parece um menino...*

Vincent abaixou um pouco cabeça. O aroma de sabonete que sentira na noite anterior era mais perceptível no cabelo. Ela o devia ter lavado recentemente. Sentiu o calor da respiração dela na altura de seu queixo.

Explorou o rosto de Sophie com as pontas dos dedos. Uma testa lisa e um pouco larga. Sobrancelhas arqueadas. Olhos fechados – que às vezes eram castanhos, às vezes, cor de mel, dissera ela. Tinha o cabelo castanho--avermelhado. Mas ele não tinha mais interesse nas cores.

Os cílios eram longos. O nariz, curto e reto – mas notou que não havia qualquer semelhança com um botão. Faces mornas tão macias quanto pétalas de rosa, os ossos protuberantes. Um queixo firme, que afinava, e parecia ter a extremidade ligeiramente pontuda.

– Na forma de um coração – murmurou ele.

As mãos envolveram a parte de baixo do queixo, e ele encontrou a boca com os polegares. Grande. Com lábios macios e generosos. Passou os dedos neles, suavemente, e deteve-os nos cantos da boca.

Ela não havia se movido ou emitido qualquer som. Os músculos do rosto estavam relaxados. Ele esperava que os outros também estivessem. Não queria constrangê-la nem assustá-la, mas as pontas dos dedos eram seus olhos.

Inclinou mais ainda a cabeça, até sentir o calor e a respiração perto de seu rosto. Sophia não recuou nem fez qualquer gesto de protesto. Ele tocou os lábios dela com os seus.

Não foi exatamente um beijo. Apenas se deteve ali. Um tatear. Uma forma de provar. Um reconhecimento de que pouco antes haviam concordado em ser noivos. Ela também não o beijou. Mas permaneceu perto dele. Aceitou, talvez, que pertenceriam um ao outro.

Ele se afastou um pouco, levou mais uma vez as mãos ao cabelo dela, enfiou os dedos nele e deu um pequeno passo à frente para que o rosto dela estivesse junto à sua gravata. Deslizou uma das mãos por suas costas para que ela se aproximasse mais dele.

Baixa. Magra, ou pelo menos bem esbelta. As curvas não eram muito discerníveis, embora não tivesse explorado o corpo dela com as mãos, com mais intimidade. Isso ele não faria. Não tinha o direito. Ainda não.

Sophia se rendeu ao toque sem pressionar o corpo contra o dele. Segurou com as duas mãos o casaco de Vincent na altura da cintura.

E assim ficaram por um tempo que ele não soube precisar.

Ela se descrevera de maneira precisa. Não era voluptuosa. Podia até parecer um menino, como Martin dissera. Com certeza não era uma beldade, talvez nem mesmo bonita. Era quase certo que não tinha as qualidades que costumam atrair o olhar masculino. Mas, ao sentir seu calor e a leve pressão de seu corpo contra o dele, ao respirar o perfume do seu sabonete, ele não se importou nem um pouco com sua aparência.

Ela seria dele e, apesar de saber que mais tarde, quando estivesse sozinho, passaria por sua mente todo tipo de dúvida, Vincent agora se sentia curiosamente... ligado a ela.

– Srta. Fry – disse ele, para o topo da cabeça dela. Mas soou totalmente equivocado, pois ela estava em seus braços, e eles procuravam se descobrir de uma forma mais íntima. – Ou poderia chamá-la de Sophia?

A voz dela soou abafada contra os tecidos da roupa dele.

– Poderia me chamar de Sophie? Por favor? Nunca me chamaram assim.

Ele franziu ligeiramente a testa. Havia certa dor naquele pedido. Talvez não fosse exatamente *dor*. Um desejo, certamente.

– Será sempre Sophie para mim, então – disse ele. – Sophie, acredito que seja bonita. E antes de protestar que não é verdade, que seu espelho conta uma história diferente, que eu não teria essa opinião se pudesse *enxergá-la*, deixe-me dizer que uma pérola provavelmente também não parece tão extraordinária enquanto permanece oculta em sua concha.

Ele sentiu uma risada suave no seu peito, então ela se afastou. Um instante depois, sentiu a bengala no dorso de sua mão direita e a pegou dela.

Teria dito algo de errado?

– Vamos caminhar na margem do rio e talvez nos sentar – sugeriu ela. – Vou fazer guirlandas de margaridas e poderá insistir que as margaridas são tão belas quanto a mais valiosa das rosas. Como devo chamá-lo, milorde?

– Vincent – respondeu ele, enquanto ela possivelmente se ocupava em vestir a capa e o chapéu.

Ele sorriu. Talvez não tivesse sido tão precipitado assim, afinal de contas. Tinha a forte sensação de que poderia vir a gostar dela – não apenas por estar determinado a gostar, mas porque...

Bem, porque ela era uma pessoa digna de ser amada.

Ou parecia ser.

Era cedo demais para ter certeza. Ela aprenderia a gostar dele? Seria ele digno de ser amado? Achava que *sim*.

Era cedo demais para saber se ela concordava com ele.

E era cedo demais para pensar no futuro de longo prazo que ele oferecera de forma tão impulsiva. Sempre era cedo demais. O futuro tinha o hábito de nunca ser como o esperado ou o planejado.

Mas o futuro cuidaria de si mesmo.

# CAPÍTULO 7

— Poderia tomar um chá na Casa Covington antes de eu levá-la de volta à casa paroquial? – perguntou lorde Darleigh mais tarde, quando voltavam do passeio. – Nós precisamos fazer alguns planos.

*Nós.*

Nada sobre o futuro havia sido abordado durante o passeio pela margem do rio ou quando se sentaram. Ele falara sobre Barton Coombs e sua infância na região. Sophia fizera uma guirlanda de margaridas, a qual ele tocou e tateou quando ela anunciou que estava pronta. Em seguida ele a pegou das mãos de Sophia e a passou de forma um tanto desajeitada pela cabeça dela, prendendo-a sem querer na aba do chapéu, até chegar ao pescoço.

Os dois riram.

Aquilo era o que Sophia achava mais incrível – os dois riram juntos mais de uma vez. Ah, e havia outras coisas, ainda mais incríveis. Ele a *tocara*. Sabia que ele tinha feito aquilo apenas porque não podia vê-la, mas a tocara com dedos que eram ao mesmo tempo calorosos, delicados e respeitadores. E com os lábios...

E também a abraçara. Tinha sido o mais incrível de tudo. Deixara o corpo inteiro junto ao dela. E, embora Sophia tivesse ficado totalmente perplexa diante daquela masculinidade musculosa, também ficara deslumbrada – ah, totalmente *deslumbrada* – por ser simplesmente abraçada. Como se ele se importasse. Como se de alguma forma ela fosse importante para ele. Como se ela fosse alguém.

Tinha sido um dia estranhíssimo. Começara desastroso, por volta da meia-noite, quando sir Clarence, tia Martha e Henrietta voltaram da festa, um pouco depois de Sophia chegar do mesmo lugar. Entraram no quarto dela sem bater à porta, embora ela já estivesse na cama, com a vela apagada. Como era possível que um dia que tinha começado daquele jeito terminasse assim? E ainda nem tinha acabado. Lorde Darleigh queria discutir os planos para o futuro na Casa Covington durante o chá.

Sem uma acompanhante. Mas Sophia supunha que isso não tinha importância. Estavam noivos e seria em plena luz do dia. Não houve acompanhantes durante o passeio. De fato, nunca havia pensado na necessidade de alguém para acompanhá-la.

– Obrigada – disse ela.

Acreditava que ia gostar dele, e o pensamento fez lágrimas brotarem em seus olhos e um nó se formar na garganta. Havia conhecido pouquíssimas pessoas de quem gostasse nos últimos cinco anos, e ainda menos antes disso. Ah, era um pensamento cheio de autopiedade! Aprendera muito tempo antes que a autopiedade também era uma forma de se sabotar. Então tinha transformado o sentimento em sarcasmo e encontrado uma válvula de escape por meio de seus desenhos. Não havia nada de cômico no visconde Darleigh, nada para rir – nem mesmo a forma desajeitada como ele colocara a guirlanda no seu pescoço.

Sophia se perguntou se *ela* era uma pessoa digna de ser amada. Nunca tinha pensado nisso antes. Quando chegaram à Casa Covington, a porta foi aberta pelo Sr. Fisk, o valete de lorde Darleigh. Seus olhos permaneceram fixos em Sophia enquanto o visconde pedia para que o chá fosse servido no salão. O rosto era inexpressivo, como o rosto dos criados costumava ser. Mas Sophia leu acusações e até mesmo desagrado em seus olhos. Teria se sentido intimidada mesmo sem isso. Ele era mais alto e mais forte que seu senhor e se assemelhava mais a um ferreiro do que a um valete.

Sophia não sorriu para ele. Não se sorria para criados. Eles desprezariam você. Tinha feito essa descoberta quando fora morar com tia Mary.

A casa sobre a qual havia tecido tantas fantasias sobre família e amizade nos últimos anos parecia mais majestosa por dentro do que esperava. O salão era grande, quadrado, com mobília confortável e de aparência antiga, uma lareira, portas envidraçadas que se abriam para o que deveria ter sido um jardim, mas ainda era bem-cuidado. Havia um piano num canto e o estojo de um violino sobre ele.

– Sente-se – disse lorde Darleigh, gesticulando na direção da lareira.

Sophia dirigiu-se a uma poltrona ao lado dela. Já reconhecia a ligeira inclinação de cabeça quando o visconde estava ouvindo com atenção. Ele caminhou sem hesitar até a poltrona do outro lado da lareira e se sentou.

– Acho que devemos ir para Londres nos casar, Sophie – disse ele. – Com uma licença especial. Pode ser feito em uma semana, eu diria. Depois a levarei para Gloucestershire. Middlebury é uma mansão enorme, imponente. O terreno é imenso, cercado de fazendas. É uma região com muitas atividades e bastante próspera. Pode lhe parecer uma perspectiva assustadora, eu sei, mas...

Ele interrompeu a frase diante da chegada do Sr. Fisk com a bandeja de chá. O criado a pousou em uma mesinha perto de Sophia, olhou diretamente em seus olhos, ainda sem demonstrar qualquer expressão, e se retirou.

– Obrigado, Martin – disse o visconde.

– Senhor.

Sophia serviu o chá e colocou uma xícara e um pires perto do visconde. Pôs um bolinho num prato, que colocou na mão dele.

– Obrigado, Sophie. Peço perdão. Disse que *nós* precisávamos fazer planos, não foi? E depois lhe disse quais eram.

– Dentro de uma semana? – perguntou ela.

A realidade ameaçava esmagá-la. Deixaria o vilarejo com o visconde Darleigh. Viajariam para Londres e lá se casariam. Em uma semana, seria uma mulher casada – lady Darleigh. Teria uma casa. E um marido.

– Seria o melhor dos planos, acredito – disse ele. – Tenho uma família amorosa e muito próxima, Sophie. Eles me amam e me protegem de uma forma especial porque sou o único homem e também o mais jovem. E, para completar, sou cego. Minha família me sufocaria se fosse cuidar da cerimônia de casamento. Você não tem parentes para equilibrar o entusiasmo deles, para mimá-la e cercá-la de cuidados. Seria injusto levá-la diretamente para Middlebury.

Sophia tinha duas tias, dois tios e dois primos, se Sebastian, o enteado de tio Terrence, fosse levado em conta. Mas o visconde estava certo. Não havia ninguém interessado em comparecer a seu casamento, muito menos disposto a ajudá-la a planejá-lo.

– Sophie, aquela mala que estava com você na igreja de manhã... Disseram-me que não era grande. A maior parte de suas roupas e pertences ficou em Barton Hall? Devo enviar Martin lá para pegar suas coisas? Ou você trouxe tudo?

– Deixei algumas roupas para trás.

– Você as quer?

Ela hesitou. Sem as peças que haviam ficado, não lhe sobrava quase nada, mas todas tinham sido de Henrietta e caíam mal nela. Algumas estavam muito surradas. Tinha pegado o caderno de desenhos e o carvão, além de uma muda de roupas.

– Não.

– Tudo bem. Então terá tudo novo. Em Londres poderá comprar tudo de que se necessita.

– Não tenho dinheiro – disse ela, franzindo a testa. Sua xícara retiniu ao colocá-la no pires. – E não posso lhe pedir...

– Não pediu. Mas vai ser minha esposa, Sophie. Vou cuidar de suas necessidades. Certamente a vestirei de forma adequada à sua posição social.

Ela devolveu o pires e a xícara à bandeja e recostou-se na poltrona. Mordeu a ponta do dedo indicador.

– Eu adoraria partir imediatamente para Londres, deixá-la fazendo compras enquanto cuido da licença especial para nos casarmos em um dia. Mas não será possível fazer tudo tão rápido. Tenho certeza, porém, de que será bem-vinda na casa de meu amigo Hugo, lorde Trentham. Mencionei-o antes.

A simples ideia a aterrorizava – mas também a empolgava a ponto de ter náuseas. Ficou feliz de não ter comido o bolo.

– Sophie? No fim das contas, estou impondo as coisas a você, não estou? Mas não consigo pensar em alternativas. Você consegue?

A única alternativa seria tomar a diligência no dia seguinte e partir para o desconhecido. Mas ela sabia que não faria aquilo. Naquele momento, tinha uma opção tentadora demais.

– Não – disse ela. – Mas tem certeza...

– Ah. Tenho muita, muita certeza. Vamos fazer com que isso funcione. Vamos, sim. Diga que acredita em mim.

Ela fechou os olhos. Queria tanto esse casamento. Ela o queria tanto – sua doçura, o senso de honra, seus sonhos, o entusiasmo, até sua vulnerabilidade. Queria alguém para si. Alguém que a chamasse pelo nome, que a abraçasse para que se sentisse segura e que risse com ela. Alguém belo e dolorosamente atraente.

Alguém que a ajudasse a deixar para trás a imagem estilhaçada que tinha de si mesma.

E alguém que...

– Pretende me sustentar mesmo depois que eu o deixar? – perguntou.

– Mesmo depois que... – Ele fitou na direção dela. – Será sempre minha esposa, portanto, minha responsabilidade, Sophie. E vou incluí-la no meu testamento de forma adequada, naturalmente. Mas... neste momento, deveríamos pensar no futuro longínquo? Eu preferiria pensar no futuro imediato. Estamos prestes a nos casar. Vamos pensar em nos *casar*, em ir para casa e deixar que o resto se resolva? Que tal?

Ele parecia intenso e ansioso novamente.

E ela também estava ansiosa – não porque seu sonho poderia não se realizar. Mas porque poderia se realizar.

– Sim – disse ela, e ele sorriu.

– Então partiremos amanhã de manhã. Estaria bom para você?

Tão depressa?

– Sim, milorde.

Ele inclinou a cabeça.

– Sim, Vincent – disse ela.

– Gostaria de me ouvir tocar violino? – perguntou ele. – O que é o mesmo que dizer que tocarei violino para você, pois estou certo de que é educada demais para dizer não.

– Aquele é seu violino? Gostaria mais que tudo no mundo que tocasse para mim.

Ele riu ao se levantar, e atravessou o aposento até o piano, tateando o caminho, mas sem segurar em nada.

Abriu o estojo e retirou o instrumento. Colocou-o sob o queixo, pegou o arco e o apertou, ajustando a afinação. Então tocou, parcialmente voltado para ela. Sophia imaginou que poderia ser uma obra de Mozart, mas não estava certa. Não tinha tido muitas oportunidades para conhecer música. Não importava. Apertou as mãos, segurou-as perto da boca e pensou que nunca tinha ouvido nada tão lindo em toda a vida. O corpo dele se movia ligeiramente com a música, como se estivesse completamente envolvido por ela.

– Em Penderris Hall, dizem que, quando toco, faço todos os gatos da casa e da vizinhança uivarem. Devem estar enganados, não acha? Não ouvi nenhum gato uivar por aqui – disse ele ao terminar a execução e devolver o violino ao estojo.

Durante a caminhada, tinha contado a ela sobre Penderris Hall, na Cornualha, lar do duque de Stanbrook. Ele ficara anos lá, depois de voltar da Península, aprendendo a lidar com a cegueira. E um grupo de sete pessoas – seis homens e uma mulher, incluindo o duque – criou um forte laço de amizade e se intitulava o Clube dos Sobreviventes. Todos os anos, passavam algumas semanas juntos em Penderris.

Que crueldade desses amigos caçoar do desempenho dele ao violino, pensou Sophia. Mas ele estava sorrindo, como se a lembrança do insulto fosse terna. Estavam brincando, claro. Eram *amigos dele*. Vincent contou como todos no grupo se encorajavam e provocavam uns aos outros para saírem da apatia, quando algum afundava na depressão.

Como devia ser bom ter amigos... Amigos que até tomariam a liberdade de implicar.

– Talvez porque *não haja* gatos por aqui – disse Sophia.

O coração dela se acelerou.

– Ui! – Ele se contraiu de forma teatral e depois riu. – Você é tão má quanto eles, Sophie. Sou incompreendido, como todos os gênios, lamentavelmente. Aposto que o piano está terrivelmente desafinado. Ninguém o toca há muitos anos.

Sophia sentiu-se muito feliz. Tinha feito uma piada, e ele riu e a acusou de ser *tão má quanto seus amigos*.

– Também toca piano? – perguntou Sophia.

– Tive aulas dos dois instrumentos nos últimos três anos. Não toco bem nenhum dos dois, mas estou melhorando. A harpa é outra história. Tem cordas demais e já fiquei com uma vontade louca, em mais de uma ocasião, de atirá-la pela janela mais próxima. Mas como o problema é meu e não da harpa, e como eu não gostaria de ser jogado pela janela, em geral consigo me controlar. E estou determinado a *dominar* a harpa.

– Não aprendeu a tocar piano quando menino?

– Não passou pela cabeça de ninguém, nem pela minha – disse ele. – Era coisa de menina. No geral, fico feliz por na época eu não ter aprendido. Eu teria odiado.

Ele se sentou no banco longo do piano e abriu a tampa. Sophia observou-o tatear as teclas pretas até encontrar, com o polegar direito, a tecla branca no meio do teclado.

Tocou algo que Sophia tinha ouvido Henrietta tocar – uma fuga de Bach. Tocou-a mais lentamente, com mais dificuldade que a prima dela, mas com perfeição. O instrumento *estava* desafinado, mas apenas de forma a tornar a melodia bastante melancólica.

– Pode segurar seus aplausos ruidosos para o final do recital – disse ele ao erguer as mãos.

Ela aplaudiu e sorriu.

– Isso é uma sugestão de que o recital já acabou? – perguntou ele.

– De forma alguma – disse ela rapidamente. – O aplauso, em geral, sugere um bis.

– E o aplauso *educado* em geral sinaliza o fim de um recital – retrucou ele. – Seu aplauso foi decididamente educado. Além do mais, estou quase no fim de meu repertório. *Quer* tentar produzir música a partir deste triste instrumento? Sabe tocar?

– Nunca aprendi.

– Ah! – Ele olhou na direção dela. – Ouvi uma nota tristonha em sua voz? Em breve, Sophia, vai poder fazer o que quiser. Dentro do razoável.

Ela fechou os olhos brevemente. Era uma noção muito complexa para compreender. Sempre quis... ah, apenas *aprender*.

– Você canta? Conhece alguma canção popular? Mais especificamente, "Early One Morning"? É a única música que consigo tocar com algum grau de competência.

Ele tocou as primeiras notas.

– Conheço – disse ela, atravessando a sala e se aproximando dele. – Posso cantar, mas sem dúvida nunca serei convidada a me apresentar nos principais teatros de ópera do mundo.

– Nossas vidas ficariam absurdamente vazias de música se só permitíssemos que aqueles de grande talento pudessem produzi-la. Vá em frente! Cante enquanto toco.

As mãos dele, as mesmas que tocaram o rosto dela, eram finas e bem desenhadas, de unhas curtas e bem cuidadas.

Ele voltou a tocar os primeiros compassos, e ela cantou.

A cabeça dele estava curvada sobre o teclado, os olhos fechados.

Era uma música triste. Por que havia um número tão grande de músicas tristes? Porque a tristeza mexia mais com o coração do que a felicidade?

Ela cantou do início ao fim, e, quando terminou, ele pousou as mãos no teclado e permaneceu com a cabeça baixa.

Sophia voltou a sentir uma aspereza na garganta. A vida normalmente era tão triste, tão cheia de decepções e partidas.

Então ele recomeçou a tocar, agora uma melodia diferente, com mais hesitação, errando várias notas. E cantou.

Tinha uma voz agradável e leve de tenor, embora também nunca fosse cantar no palco de um grande teatro de ópera. O pensamento a fez sorrir.

Quando Vincent chegou ao fim da música, estava sorrindo.

– A linguagem do amor pode ser maravilhosamente extravagante, não é? – disse ele. – E pode acertar a pessoa bem aqui. – Ele bateu na barriga com o punho fechado. – Acreditaria em um homem como o da canção, que lhe dissesse ser capaz de abrir mão de tudo por sua causa, Sophie?

– Duvido que algum homem fizesse algo assim. Teria que ser dono de um coração nobre, e existem poucos por aí. Mas caso ele fosse, e eu tivesse certeza de que ele me ama acima de tudo, sim, eu poderia acreditar. E se eu também sentisse por ele esse tipo de amor eterno. Crê nesse tipo de amor, milorde?

Ela podia ter ficado quieta, mas já era tarde demais para retirar o que dissera.

– Creio – disse ele, tocando suavemente uma escala com a mão direita. – Não acontece com todo mundo, mas acontece. Deve ser maravilhoso. A maioria das pessoas se satisfaz com uma relação amigável. E não há nada de errado nisso.

Sophia decididamente se sentia *des*confortável.

Ele olhou para ela e sorriu.

– É melhor levá-la de volta à casa paroquial – falou. – Suponho que não tenha sido muito apropriado trazê-la aqui, não é? Mas estamos noivos e vamos nos casar em breve.

– Não precisa me acompanhar.

– Preciso, sim – disse ele, levantando-se. – Quando minha dama tiver que ir a algum lugar que não seja minha casa ou a dela, eu a acompanharei sempre que puder.

Parecia possessivo demais, mas ela compreendeu a necessidade dele de não se deixar limitar por sua deficiência.

*Minha dama.*

Era o que se tornara – *sua dama*?

*A maioria das pessoas se satisfaz com uma relação amigável*, ela se lembrou quando saíram da casa juntos. *E não há nada de errado nisso.*

Ah, não havia.

Mas... uma relação amigável no lugar do tipo de amor romântico eterno que ele havia cantado?

E talvez nem uma relação amigável durasse.

Estavam a caminho de Londres, no meio do segundo dia da viagem. Estava tediosa, como costumam ser as viagens. Mal haviam conversado.

Vincent tentava não se arrepender de tudo o que havia feito nos últimos dias, a começar por quando aceitara o convite de sir Clarence March para ir a Barton Hall. Ou talvez pela decisão de ir para Barton Coombs em vez de voltar para casa.

Tinha pedido uma perfeita desconhecida em casamento – e um casamento nada convencional. Era aquilo que mais lhe incomodava. Desde os primeiros dias, o casamento viveria sob a sombra de uma possível separação. O comportamento impulsivo sempre fora seu pecado recorrente. E com frequência acabava por se arrepender. Certa vez, impulsivamente, dera um passo à frente para ver por que um grande canhão não havia disparado.

No entanto, sentira uma necessidade desesperada de convencer Sophia Fry a se casar com ele, e não parecia existir outra forma de fazer com que ela dissesse "sim". Ela *precisava* dizer "sim".

O quase completo silêncio em que viajaram durante um dia e meio era tanto culpa dele quanto dela. Talvez mais dele. Vincent acreditava que ela estava se sentindo um pouco intimidada por ele, por sua carruagem luxuosa e pela grandiosidade da vida que a aguardava. E pelo fato de estar entrando em terreno desconhecido.

A noite anterior não contribuíra em nada para que a viagem ficasse mais descontraída. Haviam feito a parada em uma das mais obscuras estalagens do caminho, escolhida por Martin e Handry, e pedido dois quartos, um para Martin e o outro para o Sr. e a Sra. Hunt. Vincent dormira no quarto de Martin, mas durante toda a noite ele se preocupara com a situação imprópria e o possível perigo que Sophia corria sozinha no quarto, sem nem mesmo uma criada para lhe dar auxílio.

Tentou pensar em algo para dizer, alguma forma de puxar conversa, talvez até uma risada. O riso de Sophia era encantador, embora tivesse ficado com a nítida impressão, dois dias atrás, de que ela raramente ria. Tinha levado uma vida terrivelmente solitária, a julgar pelo pouco que lhe contara.

Antes que ele abrisse a boca, ela fez isso.

– Olhe só a torre daquela igreja – disse ela, a voz alegre e animada. – Já havia reparado nela antes e sempre me espanta que algo tão alto e esguio possa permanecer de pé sob ventos fortes.

Ele esperou que ela percebesse o problema do que havia dito, o que aconteceu bem depressa. Ouviu-a suspirar profundamente.

– Sinto muito – disse ela, a voz bem mais baixa.

– Fale-me sobre a torre.

– É de uma igreja do pequeno vilarejo do qual nos aproximamos. O vilarejo é encantador, mas isso não lhe diz absolutamente nada de significativo, não é? Deixe-me ver. Há alguns chalés caiados, com telhado de palha, ladeando a estrada. Puxa, um deles é rosa vivo. É bem alegre! Imagino quem deva morar ali. A igreja está logo adiante. Pronto, agora consigo vê-la por inteiro. Fica em um dos lados do parque e não tem nada de notável, fora a torre. Diria que os moradores ficaram tão insatisfeitos com a igreja e tão envergonhados quando recebiam visitantes de outras aldeias mais afortunadas que decidiram construir a torre para recuperar seu orgulho. Há algumas crianças jogando críquete no parque. Você costumava jogar críquete. Já ouvi falar sobre isso.

Ele ouvia com interesse. Sophia era observadora e tinha imaginação para exagerar nos detalhes de um jeito divertido. E havia calor e animação em sua voz.

– Não posso lhe dizer qual é o nome do vilarejo – continuou. – Não há nada a ser dito. Talvez não importe. Não temos que dar nome a tudo que é bonito, não é mesmo? Percebe que uma rosa não chama a si mesma de rosa? Nem as flores e as árvores que a cercam.

Ele se pegou abrindo um sorriso torto na direção dela.

– Como sabe? – perguntou. – Fala a língua da rosa ou das flores?

Ela riu, aquele som suave e encantador de que ele se lembrava de dois dias antes.

Vincent hesitou, e então decidiu confiar na conclusão a que estava chegando sobre ela.

– Acredito que um daqueles meninos que jogavam críquete ou talvez, mais provavelmente, o pai dele ou até o avô, um dia bateu na bola com efeito, fazendo com que sua rota fosse um arco tão alto que ela acabou no telhado da igreja. Foi antes de construírem a torre, naturalmente.

– Mas nem sabe por qual vilarejo passamos – protestou ela, parecendo um tanto confusa.

Ah. Talvez ele estivesse enganado.

– Os paroquianos – prosseguiu ele – ficaram irritadíssimos com os meninos que escalaram as paredes cobertas de hera da igreja para recuperar a bola. Ela ficou cheia de falhas, nada pitoresca; a hera, é claro. Foi por isso que decidiram construir a torre, para impedir que o sacrilégio se repetisse.

Houve um breve silêncio.

– E a construíram ainda mais alta para desencorajar Bertha – disse Sophia.

*Bertha?* Ele deu um sorriso maroto.

– Bertha era a garota, não era? – perguntou ele. – Aquela que subia em tudo que via pela frente antes mesmo de aprender a andar? Ninguém podia detê-la.

– Essa mesma – disse ela. – Deu muito trabalho ao pais, que a viviam resgatando de árvores e do topo das chaminés e ficavam apavorados pensando que um dia ela cairia e quebraria a cabeça.

– Sem falar do pescoço. E é claro que não ajudava o fato de ela conseguir *subir*, mas não conseguir *descer*. Na verdade, ela não aguentava olhar para *baixo*.

– Então chegou o dia fatídico em que o mesmo jogador, excelente em lançar a bola o mais alto possível sem perceber que o que importa é a distância e não a altura, esse mesmo jogador conseguiu colocar a bola na pontinha da torre.

– Quis o destino que Berta, que, justamente naquele dia, deveria estar visitando os avós maternos a 30 quilômetros dali, *não* tivesse viajado, porque o avô pegou um resfriado e o médico incompetente que o examinou declarou que se tratava de tifo e deixou todo o seu vilarejo em quarentena.

– Então Bertha subiu na torre – disse Sophia – e lançou a bola lá de cima enquanto todas as crianças aplaudiam e vibravam e os adultos cobriam os olhos com as mãos e prendiam o fôlego ao mesmo tempo. E o vigário e todo o coral da igreja se ajoelharam para rezar. Quer dizer, os integrantes do coral que não estavam aplaudindo.

– E depois – disse Vincent. – E *depois*. Dan, cego como um morcego, considerado o idiota da aldeia durante seus 17 anos de vida por não conseguir enxergar nem mesmo... um morcego... mostrou quem era e desde então passou a ser considerado o grande herói, o mito do vilarejo. Existe até uma estátua para ele em algum lugar, mas não no parque, a pedido de várias gerações de jogadores de críquete. Dan subiu no telhado, escalou a torre e desceu com Bertha, pois, claro, não tinha medo de altura como todo mundo, pelo simples motivo de não poder enxergar. Bertha ainda estaria lá em cima se Dan não tivesse escalado a torre para resgatá-la.

– A essa altura – disse Sophia –, Bertha tinha 16, quase 17 anos. E é claro que se apaixonou por Dan, em quem nunca tinha prestado muita atenção antes. Descobriu que ele era maravilhosamente forte e atraente e que não era, claro, nada idiota, apenas cego como um morcego. E ele confessou que sempre a adorara em segredo, porque ela tinha uma voz de anjo. Eles se casaram na igreja da torre alta e viveram felizes para sempre.

– E ela nunca mais voltou a subir em nada mais alto do que uma cadeira – disse Vincent –, e, mesmo assim, tinha que ser uma cadeira bem forte e só se um camundongo passasse correndo pelos pés dela. Ela sabia que Dan sempre viria em seu socorro, então temia que ele caísse, morresse e que perdesse o amor da sua vida. Os filhos do casal estavam sempre alegremente presos ao solo e nunca demonstraram nenhuma inclinação a subir em nada, nem mesmo a sair do berço.

– Fim – disse Sophia com um suspiro.

– Amém – concluiu Vincent, solenemente.

Os dois desabaram de tanto rir, gargalhar e bufar até que algo – talvez assombro ou constrangimento – fez com que se calassem.

– Sempre contou histórias? – perguntou ele, depois de um breve silêncio.

– Eu *vejo* histórias – disse ela. – Bem, não histórias reais, com um começo, meio e fim. Mas momentos. Coisas tolas. Eu os desenho. Caricaturas.

– Desenha? – Ele virou a cabeça na direção dela. – Pessoas que você conhece?

– Sempre. Embora eu talvez tente fazer uma série de desenhos de Bertha, Dan e da torre da igreja. Seria um novo e divertido desafio.

Ele sorriu para ela.

– E talvez eu escreva a história para acompanhar os desenhos. Precisa me ajudar com as partes que inventou – disse Sophia. – Você leva jeito com as palavras. Você *conta* histórias? Além dessa, quero dizer.

– Eu costumava inventar histórias para botar minha irmã mais nova, Ursula, para dormir, quando ela ficava com medo do escuro, de fantasmas ou trovões. Sempre havia alguma coisa, apesar de ela ser mais velha que eu. Ainda consigo inventar histórias para as crianças na hora de dormir. Na Páscoa, quando toda a minha família estava em Middlebury Park, uma das minhas sobrinhas pediu que eu lesse uma história para todos eles. Eu ouvi Amy, minha irmã mais velha, chamando a atenção da menina e podia imaginar que também estivesse gesticulando e fazendo caretas, tentando lembrar à filha que *tio Vincent era cego*. Contei a história de um dragão que liberta um camundongo de uma armadilha soprando fogo nas cordas que o aprisionavam. Depois disso, toda noite eu tinha que inventar outra aventura para o dragão e o camundongo.

– Ah! Será que eu conseguiria desenhar um dragão? Há um ratinho em quase todos os meus desenhos: um bem pequeno, num canto.

– Sua assinatura? – perguntou ele. – Sempre foi o ratinho que observava os absurdos da vida à sua volta, Sophie?

– O ratinho dos desenhos pode ser pequeno – disse ela –, mas nem sempre é tímido e dócil. Às vezes tem um sorrisinho perverso no rosto.

– Fico feliz que seja assim.

Voltaram a ficar em silêncio, mas por pouco tempo. A carruagem sacudiu subitamente numa curva fechada, e Vincent, segurando a alça da porta para não colidir com Sophia, ouviu o bater dos cascos sobre pedras, provavelmente na entrada de uma estalagem.

– É um pouco mais cedo do que necessário para a troca de cavalos – disse Martin, quando abriu a porta da carruagem e baixou os degraus. – Mas vai cair um dilúvio a qualquer momento e eu fui o maior interessado em persuadir Handry a parar mais cedo, pois tive que viajar ao lado dele. Devo pedir uma sala particular para o Sr. e a Srta. Fry? Pedir o almoço?

Pelo menos Martin tinha voltado a falar, embora mantendo a formalidade.

– Sim, por favor, Martin – disse Vincent.

Ele então pegou a bengala do assento oposto, desceu os degraus sem ajuda – os dois criados sabiam que não deveriam auxiliá-lo – e virou-se para oferecer a mão a Sophia.

Se ao menos pudesse *vê-la*, pensou. E ver seus desenhos – suas caricaturas. Se ao menos pudesse *enxergar*. Só por um minuto. Não era pedir demais. Só por um minuto.

Concentrou-se na respiração. Inspira. Expira. Inspira. Expira.

Estava se tornando um especialista em afastar os súbitos ataques de pânico, tão imprevisíveis. Não era, porém, um especialista completo, pensou pesarosamente. Assim que controlasse a respiração, teria que lutar contra o vergonhoso impulso de verter lágrimas, até de chorar ruidosamente de frustração e autopiedade.

Sorriu e estendeu o braço para Sophia.

# CAPÍTULO 8

A carruagem havia entrado em Londres, onde Sophia passara a maior parte da vida, a não ser pelos dois anos anteriores. Havia estado na cidade durante toda a primavera anterior e parte desta, quando os tios levavam Henrietta a uma série de eventos sociais, em busca de um marido nobre, enquanto Sophia permanecia em seus cômodos alugados e caminhava pelos parques.

Desta vez, ela estava aqui para se casar.

Era um pensamento vertiginoso. Não tinha certeza de que conseguia compreender completamente toda a realidade.

Estavam a caminho da residência de lorde Trentham, amigo de lorde Darleigh, para perguntar se ela poderia ficar hospedada com ele até o casamento. Sophia temia o momento da chegada. O que lorde Trentham e sua família pensariam dela? E da situação? Ele olharia para ela da mesma forma que o Sr. Fisk? Pensaria nela como uma golpista se aproveitando de um homem cego?

Como ele poderia *não* pensar aquilo?

Sentia-se impotente e um pouco enjoada.

A carruagem sacudiu e parou diante de uma casa com aparência muito respeitável em uma rua comprida. Sophia olhou para fora e viu o Sr. Fisk saltar do veículo e subir apressado os degraus para bater à porta, que se abriu depois de alguns instantes. Ele falou com o homem que veio atender – um criado, obviamente, que deu uma espiada na carruagem e desapareceu dentro da casa, deixando a porta entreaberta.

– Acho que um criado foi verificar se tem alguém em casa – disse ela. – Ah, vão achar isso muito atrevimento de minha parte.

Ele esticou o braço no assento e pousou a mão sobre a dela.

– Hugo é um dos meus melhores amigos no mundo – disse ele.

*Isso*, pensou ela, *pode ser parte do problema.*

Não foi o criado que apareceu na entrada. O homem que se encontrava ali, olhando para o Sr. Fisk e depois para a carruagem, e que em seguida desceu correndo a escada e cruzou a calçada, com certeza não podia ser lorde Trentham. Era um sujeito gigante, com uma expressão feroz e carrancuda no rosto e cabelo muito curto, fora de moda.

Não importava quem fosse, lhes diria, sem economizar palavras, como eram atrevidos. Ela via aquilo nos olhos dele.

O homem abriu a porta da carruagem com força e se inclinou.

– Vince, seu patife maldito – berrou enquanto Sophia se encolhia no seu canto, feliz por não estar sentada do outro lado do veículo. – O que significa isso? Hein? Dois dias de atraso. Podia muito bem voltar para o quinto dos infernos de onde você veio, por ter feito isso comigo.

O rosto de lorde Darleigh se abriu em sorrisos.

– Também estou encantado em vê-lo, Hugo. Ou pelo menos ficaria encantado se *pudesse* vê-lo.

O gigante feroz *era* lorde Trentham.

– Saia daí – berrou, curvando-se rapidamente para baixar os degraus da carruagem, enquanto o cocheiro pairava indefeso atrás dele. – Se não vai dar o fora como qualquer homem decente que chega com dois dias de atraso faria, pelo menos saia para que eu possa lhe dar uma boa bronca. Por que diabo não chegou a tempo?

E ele meio arrastou e meio ajudou lorde Darleigh a descer, e então lhe deu um abraço apertado que parecia capaz de esmagar todos os ossos do seu corpo. Em vez de parecer alarmado, lorde Darleigh riu e retribuiu o abraço.

– A tempo do quê? – perguntou. – Dois dias atrasado para quê?

– Para o *meu casamento* – rugiu lorde Trentham. – Perdeu meu casamento e arruinou meu dia. Arruinou minha *vida*, na verdade. George veio, e Imogen, Flavian e Ralph. Ben estava na casa da irmã, no norte da Inglaterra, portanto tinha uma desculpa semidecente para me negligenciar, especialmente porque não dispõe de pernas que possam trazê-lo para cá. Mas você desapareceu da face da terra sem nenhuma consideração aos convites de casamento que poderia receber. Ninguém em Middlebury Park sabia onde você estava. Nem sua mãe.

– Seu casamento? – perguntou lorde Darleigh. – Você se *casou*, Hugo? Com... lady Muir?

– Com quem mais poderia ser? – questionou lorde Trentham. – Ela agora é lady Trentham. Tive um trabalho dos diabos para convencê-la, mas como poderia resistir a mim para sempre? Nenhuma mulher em seu juízo perfeito conseguiria. Entre e a veja, Vince. Ou *não* a veja, para ser mais preciso. Ela vai poder acrescentar mais recriminações às minhas. Você acabou com nossas vidas.

Foi naquele momento que ele olhou para a carruagem e viu Sophia.

– Trouxe alguém comigo – disse lorde Darleigh no mesmo instante.

– Estou vendo. – Os olhos de lorde Trentham permaneceram em Sophia. – Peço perdão, madame. Não a vi. Será que usei linguagem indevida na frente de uma dama? Sem dúvida usei. Por favor, perdoe-me.

Lorde Darleigh virou-se para a carruagem, e Sophia o observou localizar o degrau com o pé, passá-lo na sua extensão e então estender a mão para ajudá-la a descer – assim como fizera alguns dias antes.

Quando chegou à calçada e o examinou, lorde Trentham parecia ainda maior. Estava franzindo o cenho e parecia terrivelmente constrangido.

– Este é Hugo Emes, lorde Trentham, Sophia – disse Vincent. – Hugo, gostaria que conhecesse a Srta. Sophia Fry, minha noiva.

Sophia fez uma reverência curta.

– Noiva – repetiu lorde Trentham, as sobrancelhas tão franzidas que quase encontraram o alto do nariz. – Isso é repentino, rapaz, ou você foi muito discreto em Penderris há alguns meses?

– Podemos dizer que foi paixão à primeira vista – respondeu lorde Darleigh. – Vamos nos casar provavelmente depois de amanhã. Por isso estamos em Londres. Primeiro, tenho que adquirir uma licença especial. E esperava que sua madrasta estivesse disposta a permitir que Sophia passasse as próximas duas noites aqui. Agora esse pedido terá que ser feito a lady Muir... lady Trentham.

– Situação espinhosa, é? – perguntou lorde Trentham, olhando com desconfiança para Sophia. – É melhor entrarem, os dois. Quatro passos adiante, Vince, e cinco degraus até a porta da frente. Onde está sua bengala? Ah, aí vem Fisk. Ele vai ajudá-lo. Srta. Fry?

Hugo lhe ofereceu o braço e lançou-lhe um olhar fixo que ela considerou um pouco mais que assustador. Mas, claro, a maioria dos amigos de lorde

Darleigh, do Clube dos Sobreviventes, era formada por oficiais do exército das últimas guerras. Deviam ser todos cavalheiros formidáveis.

No interior da casa, uma dama apressava-se pelo saguão mancando de forma bem perceptível. Era pequena e esguia, tinha cachos louros e um rosto extremamente belo. Sorria de forma calorosa.

– Lorde Darleigh! – exclamou ela. – Fui olhar pela janela para saber quem era a visita e vi que era o senhor. Que ótimo, embora tenha perdido nosso casamento. Hugo ficou desapontado, mas agora está feliz de novo.

Ela se aproximava de lorde Darleigh enquanto falava e, de certo modo, ele pareceu saber que ela estava com os braços estendidos. Ele ergueu os dele e os dois apertaram as mãos. Ele sorria para ela.

– Temia que Hugo fosse molenga demais para ir atrás da senhora quando ele deixou Penderris – disse Vincent. – Fico contente por tê-lo julgado mal. Achei que era perfeita para ele desde o momento em que a conheci. E o que poderia ser mais romântico do que encontrá-la machucada na praia e carregá-la até em casa? Desejo-lhes felicidades, lady Trentham. Posso beijar a noiva, Hugo, mesmo com dois dias de atraso?

Ele a puxou para perto, sem esperar a permissão, e a beijou, meio na bochecha, meio no nariz.

Os dois riram.

– Obrigada – disse ela, e se virou para olhar Sophia com educada curiosidade. – E sua amiga, lorde Darleigh?

– Srta. Sophia Fry – disse ele. – Trouxe-a na esperança de que a hospedem aqui por umas duas noites até que possamos nos casar depois de amanhã por uma licença especial.

Lady Trentham ergueu as sobrancelhas e olhou com atenção para Sophia, que gostaria de estar em qualquer lugar do planeta, menos ali. Até o canto escuro do salão de Barton Hall de repente pareceu infinitamente desejável. O sorriso no olhar da dama havia desaparecido. Entretanto, ela falou com educação.

– Parece estar exausta, apreensiva e completamente assustada, Srta. Fry – disse ela. – Não tenho dúvidas de que há uma história interessante por trás do anúncio inesperado e do pedido de acolhimento, mas não vamos querer saber de nada neste momento, não é, Hugo?

E ela se aproximou e deu o braço a Sophia. Não era alta, mas, mesmo assim, era meia cabeça mais alta que Sophia.

– Claro que pode ficar aqui – continuou. – Ser amiga de lorde Darleigh e, além disso, sua noiva é uma recomendação suficientemente boa. Deixe-me levá-la ao quarto de hóspedes para acomodá-la. Hugo, sua madrasta não vai se importar se eu cuidar de tudo?

– É a senhora da casa agora, Gwendoline – disse ele –, e sabe que ela a ama. Vou levar Vincent ao salão para vê-la, e Constance... e meu tio. Ficarão encantados. Todos adoram Vincent. Ele não faz caretas nem assusta as criancinhas como eu.

– Ah, Hugo, você *não* faz isso – retrucou lady Trentham, rindo. – Depois de olharem bem elas logo notam que você é apenas um ursinho carinhoso.

Vincent fez uma careta e lady Trentham guiou Sophia na direção da escadaria.

– Parece estar à beira de um colapso – disse ela em voz baixa, quando começaram a subir. – Vamos acomodá-la e eu a deixarei sozinha para descansar, se quiser. Ou podemos descer, se preferir, e poderá me contar tudo ou o que quiser. É muito bem-vinda. Pode relaxar e repousar. Vieram de longe?

Aquele olhar crítico, quase hostil, que lançara a Sophia quando soube de sua relação com lorde Darleigh tinha sido substituído por perfeita gentileza.

E Sophia *estava* mesmo exausta e à beira de um colapso, percebeu.

– De Barton Coombs, em Somerset. E sei o que está pensando. Sei que sou feia, pouco atraente e me visto como um espantalho. Ainda assim, aqui estou eu, prestes a me casar com um visconde rico, encantador, bondoso e belo... e convenientemente *cego*. Sei que deve me desprezar como o pior tipo de aventureira.

E Sophia fez algo que nunca havia feito. Caiu no choro.

Lady Trentham a levara a um belo quarto. A colcha e as cortinas tinham a mesma estampa floral sobre um fundo marfim. Era um quarto alegre.

E ali estava ela, deslocada como um espantalho num salão de baile da alta sociedade.

– Venha se sentar na cama – sugeriu lady Trentham, enquanto Sophia assoava o nariz no lenço. – Ou prefere se deitar? Quer que eu saia um pouco? Faltam duas horas para o jantar. Ou quer me contar como lorde Darleigh veio a pedir sua mão em casamento e por que a trouxe até aqui para se casarem com uma licença especial? E, por favor, perdoe-me se demonstrei espanto quando soube de seu noivado com ele. Não sou de fazer julgamentos precipitados, baseados apenas na aparência. Peço que me dê uma chance de me redimir por meu comportamento rude, mesmo se for apenas lhe deixando sozinha para descansar.

Sophia sentou-se na beirada da cama. Os pés balançavam a alguns centímetros do chão.

– Ele me convenceu de que haveria muitas vantagens para ele no casamento, assim como para mim. É um absurdo, naturalmente, pois sem ele eu estaria sozinha e na miséria, e este fato pesou muito na minha decisão, embora eu tenha tentado resistir à minha natureza mais baixa. Recusei mais de uma vez, com veemência. No entanto, suponho que não estava tão convicta assim, caso contrário, não teria aceitado.

Sophia enxugou as faces úmidas e colocou as mãos sobre o rosto.

– Sinto muito – disse ela. – Sinto tanto. Como devem me odiar. A senhora e lorde Trentham são amigos dele.

Lady Trentham, que havia se sentado ao lado de Sophia, deu alguns tapinhas carinhosos em seu joelho, então levantou-se e puxou o cordão da campainha ao lado da cama. Ficou em silêncio, até que uma leve batida à porta precedeu a entrada de uma criada.

– Traga chá e alguns bolinhos, por favor, Mavis – pediu ela, e a criada voltou a desaparecer.

Sophia secou o rosto com o lenço molhado e guardou-o.

– Nunca choro – disse ela. – Quer dizer, quase nunca.

– Acho que ganhou o direito a um bom choro – disse lady Trentham. – Temos duas cadeiras perto da janela. Podemos nos sentar ali e tomar chá. Conte-me como tudo aconteceu, se quiser. Não a odeio. Meu marido e seu futuro marido são amigos muito próximos. É bem provável que nos encontremos muitas vezes no futuro. Eu realmente queria gostar da senhorita, até mesmo estimá-la. E espero que venha a gostar de mim e me estimar. Quem é a senhorita?

– Meu tio é sir Terrence Fry – explicou Sophia ao se sentar numa das cadeiras. – Nunca tivemos qualquer tipo de relacionamento. Ele é diplomata e passa a maior parte do tempo fora do país. Meu pai foi morto há cinco anos, em um duelo com um marido traído. Desde então morei com duas tias. Sou uma dama por nascimento, mas não levamos uma vida respeitável, meu pai e eu, depois que minha mãe foi embora quando eu tinha 5 anos... ou mesmo antes de ela ir embora. Meu pai era um canalha e um viciado em jogo. Vivia endividado e estávamos sempre nos mudando de um lugar para outro e nos escondendo, nos escondendo e nos mudando. Nunca tive uma preceptora nem fui para a escola, embora tenha aprendido a ler, escrever e fazer contas... meu pai insistiu. Nunca tive uma criada. Não... mereço lorde Darleigh.

– Suas tias a trataram com carinho durante os últimos cinco anos? – perguntou lady Trentham.

– Tia Mary me ignorou por três anos, até morrer. Olhou-me uma vez e declarou que eu era um caso perdido. Tia Martha, lady March de Barton Hall, me deu um teto depois que a irmã morreu, mas tem uma filha para cuidar e casar. E Henrietta é bonita.

A criada voltou com a bandeja, que depositou na mesinha redonda ao lado de lady Trentham antes de se retirar silenciosamente, fechando a porta ao sair. Lady Trentham serviu uma xícara para Sophia e colocou dois bolinhos em um prato, que também entregou a ela.

– Foi em Barton Hall que lorde Darleigh a conheceu? – perguntou ela.

– De certa forma – disse Sophia, que relatou para lady Trentham tudo o que havia acontecido nos dias anteriores.

Na verdade, nem uma semana havia se passado. Que surpreendente. Aquela primeira visão que tivera de lorde Darleigh quando ele chegou à Casa Covington parecia ter sido meses antes.

– Então talvez possa compreender como a oferta foi tentadora, especialmente quando foi repetida depois de recusada. Eu deveria ter sido firme. Sei que deveria – concluiu ela.

O chá estava quase no fim e só havia migalhas no prato, ela reparou com surpresa.

– Posso compreender – disse lady Trentham. – Acredito que também começo a entender por que lorde Darleigh insistiu, depois de sua recusa. Acredito que ele tenha visto algo de que gostou.

– Ele disse que gostou da minha voz – contou Sophia.

– Existem vozes que são belas por vários motivos ou irritantes por outros, não é? Quando podemos enxergar, a voz costuma ser relegada a segundo plano. Mas como é uma característica importante para alguém que não pode ver! A cegueira permanente é algo muito difícil de imaginar. Porém, é fácil compreender que sua voz tem um significado maior para seu noivo do que sua aparência.

– Mas eu não tenho uma boa aparência – disse Sophia. – Pareço um menino.

Lady Trentham sorriu e devolveu sua xícara vazia e o pires à bandeja.

– É por isso que usa o cabelo tão curto? – perguntou. – Você mesma o corta?

– Sim.

– Um cabeleireiro habilidoso poderia deixá-lo com uma aparência melhor. E as roupas certas, com a ajuda de espartilhos, podem tornar atraente a mais reta das silhuetas. Possui vestidos com caimento melhor do que este que está usando?

– Não – respondeu Sophia.

– Eu me pergunto se lorde Darleigh considerou sua necessidade de fazer um enxoval para o casamento – refletiu lady Trentham.

– Ele pensou nisso – garantiu Sophia. – Esperava que talvez a Sra. Emes ou a Srta. Emes pudessem me acompanhar nas compras amanhã.

– Imagino que as duas ficariam encantadas – afirmou lady Trentham. – Mas eu poderia ir no lugar delas?

– Eu não deveria tomar seu tempo – disse Sophia.

– Ah! – O sorriso de lady Trentham alargou-se. – Mulheres adoram fazer compras, Srta. Fry. Com frequência, fazemos compras quando não há nenhuma necessidade e acabamos adquirindo chapéus e bugigangas pelo simples prazer de comprar. Será maravilhoso fazer compras com alguém que simplesmente precisa de tudo. Lorde Darleigh está disposto a assumir a conta?

– Ele disse que sim – falou Sophia, corando. – Mas não me parece correto.

– Seria pior se ele levasse para casa, para conhecer sua família, uma noiva vestida com roupas que seriam rejeitadas até pelos criados; perdoe-me. Deve se vestir bem por ele, Srta. Fry, e deve permitir que ele pague a conta. Acredito que ele seja um homem suficientemente rico para as despesas não fazerem a menor diferença.

Sophia suspirou e disse:

– Está sendo muito gentil. Estou tão...

– Exausta? – sugeriu lady Trentham, levantando-se. – Eu a aconselharia a se deitar e descansar por uma hora. Enviarei minha criada para ajudá-la quando a hora do jantar se aproximar. Poderia emprestar-lhe um vestido para esta noite? Você é menor do que eu, mas nem tanto. Minha criada é muito habilidosa em fazer ajustes rápidos. Ficaria ofendida?

– Não – disse Sophia, sem saber como se sentia. Estava, na verdade, entorpecida e mais cansada do que nunca. – Muito obrigada.

E então ficou sozinha no belo quarto de hóspedes. Tirou os sapatos e estirou-se na cama para refletir. Mas, infelizmente, devido ao estado confuso de sua mente, não houve oportunidade. Caiu no sono instantânea e profundamente.

⌣

Hugo levou Vincent até a sala de estar e apresentou-o à Sra. Emes, sua madrasta, à Srta. Emes, sua meia-irmã, e ao Sr. Philip Germane, seu tio. Hugo explicou-lhes que Vincent acabara de ficar noivo de uma dama que estava no andar de cima com lady Trentham, cansada demais para socializar. Ela passaria alguns dias com eles.

– Viemos para nos casar – explicou Vincent enquanto Hugo o conduzia a um assento. – Sophia não tem família, mas eu tenho. Pareceu-me mais justo que nos casássemos discretamente em Londres, por meio de uma licença especial, e depois fôssemos para casa. Peço perdão pelo inconveniente.

– É um dos amigos de Hugo da Cornualha, lorde Darleigh? – perguntou a Sra. Emes. – Sempre será bem-vindo aqui.

– Hugo ficou decepcionado por não ter comparecido ao casamento – disse a Srta. Emes. – Agora está rindo sozinho de alegria por sua visita.

– Lamento ter perdido – disse Vincent. – Contem-me como foi.

A Srta. Emes não precisou de outro incentivo.

– Ah, foi na igreja de São Jorge, na praça Hanôver, e tenho quase certeza absoluta de que o mundo todo estava lá, embora Hugo insista que só a família e os amigos mais próximos foram convidados. Gwen estava de cor-de-rosa, um belo tom de cor-de-rosa e...

Vincent sorriu e ouviu com metade de sua atenção. Com a outra, se perguntava como estaria Sophia e se preocupava. Aparentava estar exausta, apreensiva e assustada, lady Trentham dissera. Devia ter sido tudo muito opressivo para ela. Mas com certeza bem melhor do que a alternativa. Ela pegaria a diligência para Londres sem saber aonde ir ou o que fazer ao chegar. Só de pensar nisso ele começava a suar frio.

Germane se despediu pouco depois, e Hugo sugeriu que Vincent o acompanhasse a seu escritório.

– Quem diria, hein? – disse ele, batendo com a mão no ombro de Vincent enquanto caminhavam. – Eu com um escritório em casa. Mas devo a meu pai o interesse nos negócios, Vince, e, na verdade, *estou* interessado. Mais que isso, fiquei realmente envolvido. E meu pai estava muito certo a respeito do homem que deixou no comando de tudo. Ele é uma alma inteligente, honesta, conscienciosa, que administra tudo com grande cuidado... exceto pelo fato de não ter o mínimo de imaginação. Nada mudará enquanto ele estiver no comando, e tudo na vida deve mudar ou acaba estagnando e se consumindo, como sabemos muito bem. Sente-se aqui, ficarei na minha escrivaninha de carvalho. É uma pena que não possa ver. Agora me sinto muito importante e imponente, e você parece um pobre pedinte.

– Vai se estabelecer em Londres como um homem de negócios, Hugo? – perguntou Vincent. – O que lady Trentham acha disso?

Ele ouviu Hugo suspirar.

– Ela me ama, Vince. *Me* ama. Do jeito que sou, sem impor qualquer condição. É o maior sentimento do mundo. Aceitaria até se eu quisesse ficar aqui a vida inteira. Mas não quero. Quero passar a maior parte do tempo em Hampshire, em Crosslands, e Gwendoline tem várias ideias de como transformar a casa em um lar, e um grande jardim em parque. Tornei-me uma das criaturas mais patéticas, sabe... Um marido feliz. É fácil dizer isso, suponho, quando estou casado há apenas dois dias. Contudo, tenho confiança de que esse sentimento vai perdurar. Pode me achar ingênuo por acreditar nisso, mas eu *sei*. E Gwendoline também sabe. E, então, chegamos a você.

– Fugi de casa – contou Vincent. – Foi por isso que ninguém sabia onde eu estava quando os convites chegaram. Fugi porque minha mãe e minhas irmãs tinham decidido que eu teria mais conforto se estivesse casado. Começaram uma séria campanha depois da Páscoa e convidaram uma jovem e sua família para se hospedarem em Middlebury. Logo ficou óbvio que ela fora não para ser cortejada, mas para aceitar meu pedido de casamento. Chegou a me dizer que *compreendia* e *não se importava*.

Hugo riu e Vincent também. Teria esperado ouvir palavras de compaixão?

– Então, fugi – repetiu Vincent. – Martin e eu passamos algumas semanas de perfeita alegria em Lake District e, então, por impulso, seguimos para a velha casa de Somerset. Minha intenção era descansar em tranquila solidão, sem que ninguém soubesse que eu estava lá. Mas logo tive que abandonar a ideia.

Em seguida, ele fez um breve relato de todos os acontecimentos após sua chegada a Barton Coombs.

– E aqui estou eu – concluiu. – Aqui estamos *nós*.

– E não conseguiu pensar em outra alternativa além de se casar com ela – refletiu Hugo.

– Nenhuma que fosse satisfatória – disse Vincent.

– Então lorde Darleigh marchou cegamente para o resgate da dama – ironizou Hugo.

– Preciso de uma esposa, Hugo – explicou Vincent. – Minha família não me deixará em paz até que eu me case. Sophia precisa de um lar e de alguém que cuide dela. Ninguém jamais cuidou dela realmente, sabe. Vai dar certo. Vou me esforçar para que dê. *Nós* vamos.

Mesmo se aquilo significasse um dar ao outro a liberdade para viver sozinho – a mais estúpida de todas as ideias estúpidas.

– Você vai conseguir – suspirou Hugo. – Tenho total confiança em você, Vince.

A porta do escritório se abriu naquele instante.

– Interrompo alguma coisa? – perguntou lady Trentham.

Vincent virou a cabeça.

– Sophia está em sua companhia?

– Está deitada – respondeu lady Trentham. – Suspeito que tenha dormido. Vai descer para o jantar. Enquanto se ocupa dos arranjos para o casamento, lorde Darleigh, levarei a Srta. Fry para fazer o enxoval, se me permitir. Precisa de muitas coisas e também de um bom corte de cabelo. Posso partir do princípio de que temos autorização para gastar o que for necessário?

– Claro. E, por favor, não deixe que ela a convença de que precisa apenas do mínimo, daquilo que for mais simples e barato. Tenho certeza de que tentará.

– Pode confiar em mim – disse lady Trentham. – Ela estará apresentável quando terminarmos.

– Ela me diz que não é suficientemente feia a ponto de as pessoas se virarem para outro lado – contou Vincent. – Mas acredita que é irremediavelmente pouco atraente.

– Ela não é feia para fazer ninguém virar para outro lado – garantiu Hugo. – Eu nem a notei na carruagem assim que chegou.

– Não são muitas as mulheres de beleza estarrecedora – disse lady Trentham. – As assombrosamente lindas são em ainda menor número. Mas nós, mulheres, somos especialistas em tirar o máximo proveito do que temos. Amanhã farei o meu melhor para mostrar à Srta. Fry como aproveitar seus recursos. O cabelo tem uma cor linda e que combina com a dos olhos. Tem uma boca grande e um sorriso lindo, embora eu só o tenha visto uma vez. E ela é dona de uma silhueta esguia que vai parecer leve e elegante quando estiver usando as roupas certas. Mas acredito, lorde Darleigh, que já tenha descoberto um de seus maiores atrativos. De fato, ela tem uma voz bonita, suave e um pouco rouca. Eu talvez não tivesse reparado se ela não houvesse mencionado que você disse isso a ela. Nós, que temos visão, costumamos negligenciar a importância do som.

Vincent sorriu para ela.

– Se está tentando me tranquilizar, madame – disse ele –, agradeço, mas não há necessidade. Não me importo com a aparência de Sophia. Gosto dela.

– É ela que precisa ser tranquilizada – retrucou lady Trentham. – E deve se importar com a aparência dela, lorde Darleigh. Toda a sua família e seus amigos a verão e reagirão à sua aparência. E ela reagirá ao que enxergar no espelho e nos olhos daqueles que a contemplarem. O senhor precisa se importar. Mas é claro que se importa, pois a trouxe para fazer compras. Ela parece uma criança abandonada, sabe. A tia deveria ter tido vergonha por lhe destinar roupas que até os criados se recusariam a usar. E ela cortou o próprio cabelo e fez uma bagunça. E parece um tanto subnutrida. Os olhos são grandes demais para o rosto. Precisa se importar com a aparência dela.

Vincent franziu a testa. Lady Trentham tinha razão, concluiu ele. Era muito fácil dizer a Sophia que ele não se importava. Quando *ela* provavelmente se importava.

– Passará a noite aqui? – perguntou Hugo. – Será muito bem-vindo.

– Ficarei em um hotel, se puder me recomendar algum – disse Vincent.

– Podíamos ir visitar George depois do jantar – sugeriu Hugo. – Ele vai passar uma ou duas semanas na cidade. E Imogen está hospedada na casa dele. Veio para o casamento, para minha surpresa e gratidão eternas. Flavian também está por aqui em algum lugar... Foi meu padrinho, na verdade. E Ralph está na cidade. Sem dúvida, George vai insistir que fique com ele. Você sempre foi o preferido.

Nos primeiros dias de Vincent em Penderris Hall, quando também estava surdo além de cego, foi George Crabbe, o duque de Stanbrook em pessoa, que passou quase todos os minutos de todas as horas de todos os dias em seu quarto, fazendo-lhe companhia, acariciando sua mão e sua cabeça, com frequência aninhando-o em seus braços para que ele pudesse ter o único tipo de contato humano a seu alcance – o tato. Em mais de uma ocasião, Vincent havia lutado como um louco contra aqueles braços que o acolhiam, reagindo com toda a força de seu terror, mas os braços nunca hesitaram, ou ficaram tensos, ou tentaram aprisioná-lo. Nunca o abandonaram.

Vincent tinha dúvidas de que teria sobrevivido sem George. Ou, caso tivesse, sabia que teria se tornado um louco furioso antes de recuperar a audição.

– Será bom revê-lo em tão pouco tempo. E Imogen – disse ele.

Imogen Hayes, lady Barclay, a única mulher a fazer parte do Clube dos Sobreviventes, perdera o marido na Península, depois de torturado. Tortura que ela testemunhara.

– E é bom revê-lo também, Hugo. Eu ficava me perguntando se teria procurado lady Muir depois de Penderris. Estou feliz que tenha feito isso.

– Pois é, também estou, embora ela não tenha facilitado as coisas – disse Hugo.

– Se tivesse ouvido a primeira vez que ele me pediu em casamento, lorde Darleigh, não ficaria surpreso – disse lady Trentham.

Vincent abriu um sorriso torto. Os dois pareciam apreciar a companhia um do outro. Era possível sentir a alegria em suas vozes.

# CAPÍTULO 9

Sophia ia cortar o cabelo. Um absurdo, pensou ela ao receber a sugestão de lady Trentham, pois seu cabelo já estava bem curto. Mas lá estava ela, a mercê do Sr. Welland, de suas tesouras e seus dedos voadores.

– Ele corta meu cabelo quando estou na cidade – explicou lady Trentham. – Eu o escolhi, assim como escolhi minha modista, porque ele não fala com sotaque francês. Não tenho qualquer objeção a um sotaque francês vindo dos lábios de um francês ou de uma francesa, mas não acreditaria, Srta. Fry, no número de ingleses e inglesas que imitam o sotaque por acreditarem que ele sugere uma habilidade superior e que por isso atrairá clientes superiores.

*Como sir Clarence e lady March fazem*, pensou Sophia.

O Sr. Welland examinou o cabelo de Sophia com ares de desaprovação e declarou, com um sotaque bem característico do East End londrino, que seu último cabeleireiro deveria ser chicoteado até a beira da morte, no mínimo.

– Meu último cabeleireiro fui eu mesma – confessou Sophia, um tanto envergonhada.

Ele voltou a emitir um som de desaprovação e pôs-se a trabalhar.

Não estavam sozinhos no salão. Lady Trentham ficou sentada diante deles e observava a cena com aparente interesse. O mesmo fazia a condessa de Kilbourne, sua cunhada, que na noite anterior mandara um bilhete perguntando se poderia visitar lady Trentham pela manhã, e fora convidada a trocar a visita pelas compras.

– Não se sinta intimidada pelo título dela – garantiu lady Trentham. – Não existe ninguém menos arrogante do que Lily. Ela foi criada acompanhando o exército, pois era filha de um sargento, e se casou com meu irmão quando o pai morreu. Uma saga muito, muito longa seguiu-se a esse evento, mas não vou perturbá-la agora com a história completa. Posso convidá-la a nos acompanhar?

– Sim, claro – disse Sophia, mesmo assim intimidada.

E, na manhã seguinte, depois de chegar à casa de lorde Trentham, cumprimentar a cunhada com um abraço e desejar bom-dia à Sra. e à Srta. Emes com um grande sorriso, a condessa foi apresentada a Sophia e a olhou da cabeça aos pés, sem disfarçar. Sophia usava um de seus vestidos, depois de recusar o empréstimo de lady Trentham.

– Você é a noiva de lorde Darleigh? – perguntara. – Ah, minha querida, vamos nos divertir *muito* esta manhã. Não vamos, Gwen?

E ela assustou Sophia ao correr e abraçá-la. Era uma mulher belíssima, com um rosto que parecia estar sempre sorridente.

Então o Sr. Welland pareceu ter terminado. Sophia ficou alarmada com a quantidade de cabelo que caíra aos seus pés. Teria sobrado alguma coisa na cabeça? Ele não a deixara diante do espelho, como ela imaginara.

– Dei forma a seu cabelo e diminuí o volume; vai compreender – disse ele, entregando-lhe um espelho e convidando-a a erguê-lo diante do rosto. – Não quer dizer que eu *desejava* deixar seu cabelo mais curto. Deveria estar mais longo.

Sophia olhou atônita para sua imagem. O cabelo envolvia sua cabeça em cachos suaves e emoldurava seu rosto com ondas delicadas. Estava arrumado, domado, e em nada lembrava o habitual arbusto selvagem.

– Está muito chique – disse lady Kilbourne. – Valoriza seu rosto em forma de coração. E a cor é adorável.

Lorde Darleigh havia explorado seu rosto com as mãos quando estavam a caminho do rio e tinha lhe dito, ao chegar ao queixo, que ele tinha o formato de um coração. Sophia sempre pensara que seu rosto era redondo.

– Se a senhorita quiser parecer um querubim, manterá o cabelo desse jeito – disse o Sr. Welland. – Mas ele não vai ressaltar os melhores atributos de seu rosto. Vou lhe mostrar o que quero dizer.

Enquanto Sophia se olhava no espelho, o cabeleireiro enfiou os dedos nos cabelos dela nos dois lados da cabeça, puxando-os para trás de seu rosto, esticando-o sobre as têmporas e as orelhas.

– Está vendo as linhas clássicas das maçãs do rosto? – perguntou. – Se quiser usar o cabelo puxado para trás e preso no alto, as maçãs do rosto ficarão proeminentes, o pescoço, mais elegante, e os olhos, mais sedutores. O mesmo acontece com a boca.

Sophia se examinou no espelho e viu alguém que parecia, por alguma ilusão, não exatamente bonita, mas pelo menos feminina.

– Minha nossa, o senhor está certíssimo – disse lady Trentham. – Mas é a Srta. Fry quem deve decidir se vai deixar o cabelo crescer. Mesmo que não queira, porém, há muito o que pode ser dito a favor dos querubins.

– Especialmente se forem querubins bem vestidos – acrescentou lady Kilbourne, levantando-se. – E é assim que a Srta. Fry estará quando tivermos terminado o dia. Podemos ir?

A conta deveria ser enviada para lorde Darleigh, Sophia sabia. Não tinha ideia de quanto seria, mas se o Sr. Welland possuía clientes com título, era provável que o valor não fosse insignificante. Sentiu-se desconfortável, mas o que poderia fazer? Ainda precisava se acostumar com a ideia de ser rica. Talvez ficasse mais fácil depois do casamento.

Seguiram-se horas de compras de tudo no mundo, ou pelo menos foi o que pareceu a Sophia. Espartilhos, roupa íntima, camisolas, meias, sapatos, chapéus, luvas, ligas, sombrinhas, bolsas, leques, capas, *spencers*, entre outras coisas. E, claro, havia os vestidos, que estavam em duas categorias. Havia aqueles que já estavam prontos e que precisavam apenas de pequenos ajustes, todos a serem feitos no mesmo dia ou no máximo até o dia seguinte. E havia aqueles feitos sob medida, que seriam entregues em Middlebury Park.

– Não é possível que vá precisar de tantos assim – protestou ela quando lady Trentham fez uma lista de tudo que era necessário, *para começar*.

– Mas não são apenas para seu prazer e conforto pessoal – acrescentou a condessa. – Vai se tornar lady Darleigh, deve se lembrar disso. Sua aparência vai refletir em seu marido.

– Vão achar que me casei com ele pelo título e pelo dinheiro – protestou Sophia. – Vão achar que criei uma armadilha porque ele é cego.

Lady Trentham olhou para ela como se a avaliasse.

– Mas claro que vão – disse ela, surpreendendo Sophia. – Devo confessar que, por uma fração de segundo, também pensei assim. E o que vai fazer em relação a isso, Srta. Fry?

Sophia encarou-a de olhos arregalados, esperando que a resposta fosse ser dada por ela. Será que lady Kilbourne havia pensado a mesma coisa? E lady Trentham ainda teria dúvidas sobre ela? Inconscientemente, ela ergueu o queixo.

A condessa trocou olhares com a cunhada, os olhos agitados de alegria.

– Exatamente – disse ela. – É *exatamente* o que deve fazer.

– Eu *gosto* dele – falou Sophia, com intensidade. – E sou imensamente grata a ele. Vou tornar sua vida tão confortável que ele nem vai *sentir falta* da visão. Vou... Ah, podem dizer o que quiserem. Não vou me importar. E *ele* não vai se importar. Vai estar ocupado demais desfrutando da vida confortável que vou proporcionar a ele.

*Por um ano.*

Ele não *queria* mais uma mulher se preocupando com ele.

– Ah, bravo! – disse lady Trentham, rindo. – Lily, precisamos parar de provocar a pobre dama.

– Mas conseguimos a respostas que esperávamos – observou lady Kilbourne, rindo também. – Baixinhas costumam ser mais ferozes, e você é bem baixa, Srta. Fry. Menor ainda do que Gwen e eu. Talvez devêssemos formar uma liga de baixinhas. Aterrorizaríamos o mundo. E então o dominaríamos.

E, surpreendentemente, Sophia também começou a rir. Ah, como era bom dividir as risadas e os absurdos da vida com outras pessoas.

– Vou fazer um desenho – disse ela –, e vamos usá-lo como estandarte quando sairmos em passeata... Até onde marcharemos?

– White's Club – respondeu lady Kilbourne, sem hesitação – Aquele bastião do orgulho viril e da suposta superioridade masculina, lugar de que nenhuma mulher decente ousa se aproximar. A Liga das Baixinhas fará uma passeata até o clube e exigirá igualdade de direitos.

As três deram uma boa risada.

Sophia suportou ser medida e cutucada pelo que lhe pareceu uma eternidade, e examinou revistas de moldes até não ser mais capaz de distinguir um do outro. Selecionou tecidos, cores e enfeites até que achou que não conseguiria mais. E durante todo o tempo ouvia os conselhos e as opiniões de suas acompanhantes, embora nunca fossem impositivas e sempre deixassem a última palavra para ela. No entanto, as duas usaram de firmeza para mantê-la longe das cores mais vivas que a princípio estava inclinada a escolher, pois lhe parecia que toda peça de roupa que possuíra nos últimos cinco anos era desbotada e quase sem cor. Mas tons intensos, explicou lady Trentham, a engoliriam e a fariam desaparecer dentro das roupas.

– E acredito que já tenha sido invisível por tempo demais, Srta. Fry.

Elas também a mantiveram longe dos tecidos pesados, como os brocados e alguns veludos, que Sophia teria escolhido para diversas roupas, pois tinha a impressão de que havia passado frio durante a maior parte da vida. Mas os tecidos pesados a derrubariam, disse lady Kilbourne, e o fato de ser pequena e delicada era uma qualidade que deveria enfatizar. Sophia descobriu que a boa lã, leve, de textura fina, protegia do frio tão bem quanto alguns dos tecidos mais pesados. E xales e estolas – ah, e havia tantos e tão lindos – eram maravilhosos para aquecer e podiam ser muito atraentes e embelezar um vestido simples.

Entre os vestidos já prontos, comprou alguns para o dia, um para a noite, um para caminhar e outro para viajar. Todas as peças precisaram de bainha e de ajustes na cintura e no busto. E ela encomendou outros vestidos para tantos tipos de ocasião que simplesmente perdeu a conta e acatou a opinião de suas acompanhantes, em quem confiava, apesar de conhecê-las tão pouco. Depois, lembrou-se de um traje mais do que qualquer outro, pelo simples fato de ter feito a modista erguer as sobrancelhas quase até o final da testa e lady Kilbourne sorrir de tal maneira que não seria impreciso descrever como um sorriso escancarado. Sophia encomendou trajes de montaria que incluíam calças e uma saia.

– Você monta sem sela lateral? – perguntou lady Trentham.

– Nem uma coisa nem outra – admitiu Sophia. – Mas lorde Darleigh me disse que poderei fazer o que quiser quando nos casarmos, e eu sempre quis montar. Ele deve ter cavalos em seu estábulo.

– Acho que tem mesmo – concordou lady Trentham.

E houve outra roupa comprada pronta cujo ajuste era prioridade para que pudesse ser entregue na casa de lorde Trentham ainda naquela noite.

O vestido de noiva.

– Mas a cerimônia terá apenas lorde Darleigh, eu e o sacerdote – protestou Sophia a princípio. – Com licença especial.

– De qualquer maneira, não deixa de ser o dia do seu casamento – disse lady Trentham. – É o dia de que vai se lembrar com mais nitidez pelo resto da vida, Srta. Fry. E vai sempre se lembrar do que usou. Vai ser uma *noiva*.

Sophia segurou as lágrimas que brotaram em seus olhos e parou de protestar.

– Lorde Darleigh ficou hospedado na casa do duque de Stanbrook ontem à noite – disse lady Trentham. – Lady Barclay também está hospedada lá. Veio a Londres para nosso casamento. Não ficaria surpresa se, depois de obter a licença especial, lorde Darleigh descobrir que outros integrantes do Clube dos Sobreviventes o esperam na casa do duque. Hugo foi para lá. Sabe sobre o clube, imagino.

Sophia assentiu.

– Tenho certeza de que todos vão querer comparecer ao casamento de lorde Darleigh – continuou lady Trentham. – Ele é muito querido. É o mais jovem e o mais doce deles. A madrasta e a meia-irmã de Hugo adorariam comparecer. E eu também. E, pela forma como Lily me olha, acredito que também vá querer estar lá com meu irmão. Eu gostaria de organizar um café da manhã depois da cerimônia. Tenho sua permissão, Srta. Fry? Não quero obrigá-la a fazer nada contra a sua vontade. Deve dizer se prefere um casamento completamente particular. E, claro, também precisamos consultar lorde Darleigh sobre suas vontades. Mas... *você* nos permite?

– Por favor? – acrescentou lady Kilbourne. – Faz *séculos* que não vou a um casamento. Já se passaram três dias desde as núpcias de Gwen.

Sentada na carruagem, Sophia olhava para uma e depois para a outra. Ela era a Ratinha. Ninguém a via, ninguém falava com ela. Nunca tivera amigos – pois bem, quase nunca. Ninguém a amara, exceto o pai, de seu jeito descuidado, e sem demonstrar muito, a não ser desarrumando seu cabelo quando dizia que precisavam conter os gastos mais uma vez, por algum tempo, pois ele havia passado por uma onda de azar nas mesas de jogo ou nas corridas de cavalo.

Entretanto, naquele momento, umas dez pessoas queriam comparecer à sua cerimônia de casamento? Uma delas desejava organizar um café da manhã comemorativo? Era tudo por lorde Darleigh, entendia. Mas lady Kilbourne, pelo que Sophia sabia, nunca havia conhecido o visconde. A Sra. Emes e a filha o haviam visto brevemente na noite anterior, e tinham passado toda a noite e parte da manhã com ela.

Lorde Darleigh havia abdicado de uma cerimônia de casamento com sua família por causa dela. Agora, tinha a chance de ter perto dele alguns de seus melhores amigos. E ela, a chance de ter a seu lado algumas damas que pareciam gostar dela. Era incrível. O novo corte de cabelo tinha alguma relação com aquilo tudo? Mas a Sra. Emes e Constance ainda não tinham visto seu novo visual e mesmo assim ambas tinham sido gentis e simpáticas na noite anterior e durante o desjejum.

Seria possível que finalmente tivesse amigas? Mordeu o lábio inferior.

– Ah, sim – disse ela –, se for da vontade de lorde Darleigh.

As duas damas trocaram olhares que exibiam idêntica satisfação.

As compras estavam finalmente encerradas, e elas voltaram para casa. Lady Trentham declarou que precisava trabalhar. Tinha um café da manhã para organizar. Embora antes precisasse escrever um bilhete para lorde Darleigh e enviá-lo à Casa Stanbrook.

Até então, o Clube dos Sobreviventes só havia se reunido em Penderris Hall, na Cornualha, na primavera. Parecia estranho e maravilhoso se encontrarem em Londres – o que Vincent ainda não sabia. Somente Ben, sir Benedict Harper, não estaria presente. Ele estava de visita à irmã no norte da Inglaterra.

Vincent havia passado a noite na Casa Stanbrook, na Grovesnor Square, com o duque de Stanbrook e Imogen, lady Barclay, sua prima distante, e tinham conversado até tarde. E naquele dia, depois de passar a manhã na companhia de George solicitando uma licença especial e em seguida fazendo os arranjos para que as núpcias fossem celebradas no dia seguinte na igreja de São Jorge, na praça Hanover, ele voltou para a Casa Stanbrook e encontrou Hugo e Ralph – Ralph Stockwood, conde de Berwick –, além de Flavian Arnott, visconde de Ponsonby.

Como planejado, a Srta. Fry tinha sido levada às compras para ser vestida da cabeça aos pés para a cerimônia de casamento e sua nova vida, Hugo informou-lhe. Estava acompanhada de lady Trentham, esposa dele, bem como pela condessa de Kilbourne, sua cunhada.

Vincent esperava que Sophia não fosse se sentir oprimida.

– Elas tomarão conta dela, meu rapaz – garantiu Hugo, como se tivesse lido os pensamentos de Vincent. – O poder feminino ou qualquer coisa terrível assim. É melhor ficar bem longe e deixá-las cuidar do que precisa ser feito.

– Minha nossa! – murmurou Flavian com um suspiro. – É mesmo você, Hugo? O herói de Badajoz? O gigante feroz e carrancudo? Isso é resultado de três dias de casamento? Estremeço só de p-pensar no que uma semana completa poderá fazer.

– Chama-se aquisição da sabedoria – disse Hugo.

– Que os anjos me protejam – falou Flavian em voz baixa.

– Renegaria todo o poder feminino? – perguntou Imogen com doçura.

– Ah, não. Não o seu, Imogen – apressou-se em dizer. – Não, não, o seu não. Não desejo ser trespassado por seu olhar severo sempre que a encaro. Seu olhar severo é perverso e tende a interferir na minha digestão. Vamos mudar de assunto. Conte-nos sobre sua n-noiva, Vince, meu garoto. E conte por que está se casando com essa pressa indecente. Imogen se recusou a compartilhar um único detalhe. Diz que a história não é dela. Foi o que afirmou antes de você voltar com George. Ela é uma *péssima* fofoqueira.

Vincent contou tudo, omitindo os detalhes mais insanos, naturalmente. Quando terminou, ficou surpreso ao descobrir que uma de suas mãos estava entre as mãos de Imogen. Ela não costumava fazer tais demonstrações de carinho.

– Casar com a Srta. Fry é o que desejo fazer – disse ele, como se tivesse havido uma série de protestos da parte dos amigos. – Pode parecer que fui coagido a pedi-la em casamento, e admito que, se as circunstâncias fossem diferentes, eu não faria o que estou prestes a fazer. Mas não lamento o que aconteceu. E quero deixar isso perfeitamente claro... a *todos vocês*. – Ele moveu a cabeça de um lado para outro, como se pudesse enxergá-los. – Quero deixar claro que ela não fez, em hipótese alguma, *qualquer tipo de manobra* para que eu fosse obrigado a me casar com ela. Ela é totalmente inocente. Foi um trabalho árduo convencê-la a aceitar meu pedido, embora estivesse prestes a enfrentar um futuro sombrio se o recusasse.

– Vince, parece até que você está prestes a nos desafiar coletivamente para um duelo de pistolas ao amanhecer – disse Ralph.

Vincent relaxou um pouco e riu.

– Ela é b-bonita? – perguntou Flavian. – Ou você *ouviu* dizer que ela é bonita? Hugo? Você já a viu.

De forma significativa, Hugo não disse nada.

– Pode surpreendê-lo, Flave – começou Vincent –, mas não me importo minimamente com a aparência dela, a não ser na medida em que essa aparência afete sua felicidade. Ela se descreve de forma depreciativa. É baixa e sem curvas. Isso eu sei. Tem cabelo curto e encaracolado, castanho-avermelhado, e olhos que ela não sabe dizer se são castanhos ou cor de mel, um pouco dos dois. Tem o rosto liso e a boca grande. Tem uma voz atraente. Gosto da voz dela e gosto dela. Hugo, você teria algo a acrescentar?

– Não quando você me pergunta nesse tom, rapaz – respondeu Hugo, apressado. – Gwen e Lily cuidarão dela, pode confiar. Acredito que a ida ao cabeleireiro era o primeiro compromisso na agenda dessa manhã. E, depois, muitas modistas. A tia com quem ela morava deveria ser chicoteada. As roupas dela parecem sacos puídos, e, aparentemente, ela não vinha se alimentando de forma adequada. Mas tudo isso pode ser resolvido.

– Sim – concordou Vincent. – Pode e será resolvido.

Imogen fez um carinho no dorso da mão do amigo.

– Vince – disse Ralph –, você é bom demais para nós. É bom demais para este mundo. Era assim quando enxergava?

– Pretendo ser feliz – afirmou Vincent, com um sorriso torto. – O casamento às vezes traz felicidade, ao que parece. Olhem para Hugo. Não posso fazer isso, claro, mas posso *ouvi-lo*.

– De dar enjoos, não é? – disse Ralph.

Vincent continuou a sorrir.

– E, em breve, seremos dois. E o Clube dos Sobreviventes talvez não sobreviva ao choque.

– Sobrevivemos a guerras – disse George. – Arrisco dizer que também sobreviveremos a dois casamentos decentes. Como sua família não estará presente amanhã em seu casamento e a Srta. Fry não tem parentes dignos, podemos ir? Ou prefere que ninguém vá?

Uma cerimônia de casamento sem convidados parecia um evento sombrio – embora necessário. Havia pensado nisso ao planejar.

– Eu realmente adoraria que todos estivessem lá – disse ele. – Mas tenho que perguntar a Sophia se ela se importa. A ideia de vir para cá em vez de ir para Middlebury Park era evitar que os convidados fossem quase todos meus.

Houve uma batida à porta naquele exato momento e o mordomo de George murmurou que um bilhete tinha sido entregue por mensageiro particular – para Vincent Darleigh.

– É a letra de minha esposa – disse Hugo.

Vincent levantou-se abruptamente. Teria acontecido algo a Sophia?

– Alguém pode ler para mim? George? – pediu Vincent.

Ele ouviu o farfalhar do papel. Houve uma breve pausa, enquanto George possivelmente examinava seu conteúdo.

– Ah – disse ele. – Lady Trentham pergunta, Vincent, se você teria alguma grande objeção quanto a ela organizar no dia do casamento um café da manhã para treze pessoas, na casa dela. Treze? Minha nossa. Ah, ela fez uma lista e estamos todos incluídos. Assim como a Sra. e a Srta. Emes, o Sr. Philip Germane... seu tio, acredito eu, Hugo... e o conde e a condessa de Kilbourne. Aparentemente, a Srta. Fry já aprovou o evento e a lista de convidados.

Vincent sorriu e voltou a se sentar.

– Então, ao que parece, estão todos convidados para o casamento – disse ele. – Na igreja de São Jorge, amanhã, às onze horas. Não pude chegar a tempo para o seu casamento, Hugo, mas vou compensar com meu próprio casamento.

– Droga – praguejou Flavian. – *Mais um* casamento? Talvez eu não sobreviva a tantas provações. Mas por você, Vince, vou correr o risco. Estarei lá.

– Como você se queixa, Flavian – brincou o duque. – E tenho outro casamento em pouco menos de um mês e precisarei permanecer na cidade por esse motivo. Assim como Imogen, pois tem relação com nossa família. Meu sobrinho.

– O herdeiro, George? – perguntou Ralph.

– Ele mesmo – respondeu o duque. – Julian foi um menino um tanto travesso, mas encontrou uma mulher de quem parece gostar de verdade. Trouxe-a até aqui anteontem, para que eu a avaliasse, suponho. Não para que eu a aprovasse, fico feliz em dizer. Ele não me pediu nada. A pobre garota estava visivelmente aterrorizada.

– Claro que estava – interveio Imogen. – Você sempre parece indiferente nessas ocasiões, George, e, além do mais, já é bastante imponente quando *não está* com o ar de indiferença. Pobre Srta. Dean. Senti pena dela.

– Srta. Dean? – perguntou Vincent, surpreso.

– Srta. Philippa Dean – respondeu George. – Você a conhece, Vincent?

– Ah, acho que sua família é de Bath – respondeu Vincent. – Minha avó morou por anos na cidade antes de se mudar para Middlebury Park para fazer companhia a minha mãe. Os Deans eram amigos próximos.

– Devo escrever a lady Trentham com sua resposta, Vincent? – perguntou Imogen. – Imagino que queira um retorno rápido. Organizar um desjejum festivo em menos de 24 horas não é nada fácil.

*... alguém de quem parece gostar de verdade.*

Ah, Vincent esperava que fosse verdade e que a estima fosse correspondida. Martirizava-se pela culpa em relação à Srta. Dean desde que fugira. E ela se casaria com o herdeiro de um duque? A família ficaria feliz.

– Não será preciso, Imogen – disse Hugo. – Vou para casa e darei a resposta pessoalmente a Gwendoline. Tenho a impressão de que me casei com uma mulher capaz de lidar com situações como essa.

– Se seu peito inchar um pouco mais de orgulho, Hugo, talvez descubra que não consegue enxergar os pés – disse Flavian. – Também estou de partida, George. Toda essa conversa sobre matrimônios me d-deixou necessitado de espaço e ar fresco.

– Vou com você, se me permite – atalhou Vincent. – Quero ouvir da própria Sophia que tudo isso não está sendo demais para ela.

– Prometo não fazer ar de indiferença amanhã, quando conhecê-la no casamento – disse George. – Aparentemente, já sou bastante imponente.

– Não vai me deixar esquecer isso, não é? – comentou Imogen.

Meu bom Deus, pensou Vincent, enquanto Hugo pegava seu braço. Seu casamento seria no dia seguinte.

*No dia seguinte!*

# CAPÍTULO 10

Três dos vestidos de Sophia foram entregues no fim da tarde, o de noiva entre eles.

Ela o usava naquele momento, na manhã seguinte, e olhava com timidez para o espelho de corpo inteiro que tinha sido colocado no seu quarto de vestir, onde acabara de se arrumar com a ajuda da criada de lady Trentham. Estava... diferente. Não parecia um menino. Nem uma criança abandonada. Nem um espantalho.

O vestido era cinza-esverdeado, quase prateado. O tom destacava seu cabelo avermelhado. Tinha um corte simples, a cintura alta chegava à altura do busto, com uma faixa combinando, e a saia caía em dobras suaves quase até os tornozelos, onde terminava com babados. O decote era baixo, mas discreto, e o acabamento das mangas bufantes trazia versões em miniatura dos babados da barra. Sophia usava sapatos dourados e luvas. Um chapéu de palha de aba curta com as bordas enfeitadas por minúsculos botões de rosa branca aguardava na penteadeira, pronto para ser colocado.

Talvez o item mais notável de seu traje de casamento fosse algo que não podia ser visto: o espartilho. Nunca havia usado nada parecido. Não era tão desconfortável quanto imaginara. Pelo menos, não até o momento. Lady Trentham e lady Kilbourne se uniram para persuadi-la a experimentar, e, depois de amarrado sob o vestido que a costureira ajustava para ela, Sophia compreendeu a razão para tanta insistência. De algum modo, apesar da forma básica e das linhas retas da saia, o espartilho lhe dava cintura e quadris. Mais do que isso, deixou-lhe com o busto cheio, pois ergueu seus seios. Não era um busto muito impressionante, mas *era* um busto, e, pela primeira vez na vida, achou que estava parecendo uma mulher.

O espartilho podia acabar se mostrando quente e desconfortável. O dia seria de muito calor, conforme informara lorde Trentham no desjejum, franzindo a testa para Sophia com seriedade e depois surpreendendo-a com um sorriso torto.

– É uma coisa boa que nunca tenha pensado em ganhar a vida como cabeleireira, moça – dissera ele. – Ontem, nesta mesma hora, seu cabelo parecia um arbusto selvagem que tinha atravessado um furacão.

– Ah, meu querido Hugo!

– Hu-go!

A Sra. e a Srta. Emes o repreenderam ao mesmo tempo.

– É apenas o jeito de Hugo de dizer que seu cabelo hoje está encantador, Srta. Fry – dissera Lady Trentham.

– Foi exatamente o que eu disse – concordou Hugo, sorrindo para a esposa.

Ela estava bem, decidiu Sophia, olhando pensativamente para sua imagem no espelho. De fato, se por um momento abandonasse, na privacidade de sua própria mente, toda a modéstia, diria que estava muito bem. Sorriu.

E foi arrebatada pela realidade. Era o dia de seu casamento. Com o visconde de Darleigh. Vincent. Ela o vira rapidamente no jantar, havia duas noites, antes de lorde Trentham levá-lo para a Casa Stanbrook. E o vira outra vez no dia anterior, na hora do chá. Em nenhuma das ocasiões, pôde ficar sozinha com ele nem tiveram qualquer tipo de conversa particular. A sensação era de que não se falavam havia muito tempo.

Ele parecia um desconhecido.

Ele *era* um desconhecido.

Por um momento, Sophia sentiu a ameaça do pânico. Nunca deveria ter concordado com aquilo. Bastava pensar nos amigos dele: lorde e lady Trentham, o duque de Stanbrook, lady Barclay, o visconde de Ponsonby, o conde de algum lugar que não lembrava. Todos tinham título e pertenciam a um mundo completamente diferente do dela. Mais tarde, naquele mesmo dia, seria apresentada a eles. Tinha concordado com um desjejum comemorativo.

Não devia prosseguir. Não era justo com ele.

Mas ele já fora apenas Vincent Hunt, ela lembrou a si mesma, o rapaz educado na escola local pelo pai, que era professor, e cujos amigos eram as outras crianças do vilarejo. Ela era neta e sobrinha de um baronete. *Era* uma dama.

Então desejou não ter pensado em quem era. Tinha família. Havia sir Terrence Fry, que nunca conhecera, e havia tia Martha, sir Clarence e Henrietta. Nenhum deles estava ali para acompanhá-la – assim como não havia ninguém da família de lorde Darleigh. No caso dele, era apenas porque não sabiam do casamento. Mas o tio dela também não sabia. Se soubesse, viria? Era provável que nem estivesse na Inglaterra.

Ela balançou a cabeça. Quase no mesmo instante, ouviu uma batida à porta. Lady Trentham entrou, seguida pela Srta. Emes, que olhava sobre o ombro da outra.

– Ah, Srta. Fry, como está linda! Dê uma voltinha para que possamos ver melhor.

Sophia obedeceu e olhou ansiosamente para as duas.

– Como estou?

Lady Trentham abriu lentamente um sorriso.

– Não paro de me lembrar do Sr. Welland dizendo que, se mantiver o cabelo curto, vai parecer um querubim – disse ela. – Estava certo. Você se parece com uma espécie de fada, pequena e delicada, Srta. Fry. Está muito bem mesmo.

– Devo ajudá-la com o chapéu? – perguntou a Srta. Emes, entrando no quarto de vestir. – Não quer amassar seus cachos, não é? Ah, como é lindo e delicado. Pronto. Ficou perfeito. Amarrei o laço no ângulo correto, Gwen?

– O pobre Hugo vai acabar gastando os ladrilhos do saguão de tanto andar de um lado para outro se não descermos logo – disse lady Trentham. – Aparentemente, ficou muito nervoso no nosso casamento, há apenas quatro dias, e agora está nervoso de novo, pois tem a responsabilidade de entrar com a noiva na igreja e entregá-la àquele canalha safado do lorde Darleigh. São as palavras dele, não as minhas. E ditas apenas de brincadeira, claro. Mas ele se sente responsável porque você não tem ninguém da família para acompanhá-la. Vamos descer?

As palavras de lady Trentham, ditas de forma casual, trouxeram de volta a sensação de solidão e abandono. Mas era fácil ignorá-la. Sophia não tinha expectativas de ter um casamento normal – não que soubesse muita coisa sobre casamentos normais. Imaginara uma cerimônia simples, com apenas ela, o visconde de Darleigh e o sacerdote presentes. Ah, e uma ou duas testemunhas, talvez o Sr. Fisk e o Sr. Handry. Mas, de repente, a cerimônia se transformara em um casamento de verdade. Haveria convidados e um padrinho – o duque de Stanbrook – e alguém para levá-la ao altar. Lorde Trentham se oferecera na noite anterior e ela aceitara. Ele a amedrontava – e ao mesmo tempo não a amedrontava. Sophia ainda não tinha conseguido entendê-lo muito bem. Ele parecia um guerreiro feroz e obstinado. Ao mesmo tempo, era capaz de dar um abraço de urso, bem apertado, em lorde Darleigh e contemplar a esposa como se fosse dela que o sol nascesse e se pusesse todos os dias. Suspeitava que lorde Trentham se sentisse mais à vontade por trás da máscara de durão para que seu lado mais frágil não ficasse à mostra nem pudesse ser ridicularizado ou ferido.

Se não tivesse gostado dele, teria feito uma caricatura. Mas não o fez. Só sentia um pouquinho de medo dele.

Lorde Trentham andava de um lado para outro do saguão, aos pés da escada. Parou quando viu que elas desciam, os pés calçados com botinas afastados e as mãos unidas atrás do corpo, a postura absolutamente ereta, como um soldado num desfile, não completamente à vontade. Os olhos passaram pela esposa e pela irmã com clara aprovação, depois se detiveram em Sophia.

– Moça, está realmente encantadora. É uma pena que Vincent não possa vê-la – disse ele.

Ela parou dois degraus antes do fim da escada. As outras duas damas já tinham descido. Lorde Trentham deu dois passos na direção de Sophia, enquanto a encarava com um olhar que certamente já deixara seus soldados tremendo de medo.

– Ele é um amigo muito querido – falou baixinho.

Continuou a encará-la, e ela quase recuou para o terceiro degrau. Mas manteve-se no lugar e ergueu o queixo.

– Vai ser ainda mais querido para mim – disse ela. – Vai ser o meu marido.

Ele manteve os olhos nela por mais uma fração de segundo, então sorriu, parecendo inesperadamente bonito.

– Vai – disse ele. – E repito que é uma pena que não possa vê-la. Parece uma fada.

Pelo menos não parecia uma ratinha no dia de seu próprio casamento.

– A carruagem está à espera, Hugo – disse lady Trentham.

Ela e a Srta. Emes os acompanhariam até a igreja. A Sra. Emes saíra mais cedo na companhia do Sr. Philip Germane, tio de lorde Trentham, que Sophia suspeitava estar cortejando a madrasta de Hugo.

Lorde Trentham ajudou Sophia a entrar na carruagem e insistiu que ela sentasse ao lado de sua esposa, no assento de frente para os cavalos.

Era isso, pensou ela. O dia de seu casamento. Um dia quente de verão. O azul do céu era profundo, sem uma única nuvem visível. Nenhuma noiva poderia desejar dia mais bonito.

Sophia virou a cabeça para o lado enquanto a carruagem sacudia sobre seus eixos e seguia adiante. Não queria se distrair com conversas. Queria... se sentir uma noiva, deixar de lado todas as inseguranças, ficar animada e apenas um pouco ansiosa, mas no bom sentido.

Lady Trentham conversara com ela na noite anterior e explicara o que aconteceria naquela noite. Era constrangedora sua falta de conhecimento, considerando que já tinha 20 anos. Lady Trentham havia garantido que tudo soava muito pior – mais embaraçoso, mais doloroso, mais aterrorizante – do que realmente era.

– Na verdade – dissera ela com as bochechas coradas –, vou me deitar com Hugo pela quarta noite depois de nosso casamento assim que sair daqui, Srta. Fry, e mal posso esperar. Deve ser... não, minto, *é*, com toda certeza, a coisa mais gloriosa que existe no mundo inteiro. Você verá. Logo vai recebê-lo de braços abertos.

Sophia achou que ela talvez tivesse razão. Seu maior sonho, seu sonho mais secreto... Bem, ela não o compartilhara na festa de Barton Coombs. Como poderia? Estava conversando com um homem.

O homem com quem estava prestes a se casar.

Lady Trentham tomou sua mão e a apertou com força.

Estavam entrando na praça Hanover.

Vincent enfrentava todo tipo de dúvidas. Sua cabeça não parava de examinar mil pensamentos.

Realmente, devia parar de pensar.

A não ser pelo fato de que tentar não pensar era tão eficiente quanto tentar conter as ondas do mar.

A cerimônia tinha virado um casamento de verdade, com convidados, numa das igrejas mais elegantes de Londres. Entretanto, a mãe, a avó e as irmãs não sabiam de nada. Nem conheciam a noiva. Mas ele também não a conhecia de verdade, conhecia? Eram praticamente desconhecidos.

Ele nem queria se casar.

Mas, sendo obrigado a se casar – e a família não lhe daria paz enquanto isso não acontecesse –, preferia que fosse com Sophia. Ele realmente gostava dela – ou achava que gostava.

Ele não a *conhecia*.

Nem ela o conhecia.

No entanto, era o dia do casamento deles.

E de uma alguma forma perversa – graças a Deus! –, o pensamento o empolgava. Sua vida estava prestes a mudar, e talvez ele também mudasse – para melhor.

– Está com a aliança? – perguntou Vincent para George, sentado ao seu lado na primeira fila da igreja.

– Estou – disse George. – Assim como quando me perguntou há três minutos.

– Perguntei?

– Perguntou. E ela ainda está comigo.

O dia do seu casamento. O padrinho estava a seu lado. Os amigos estavam atrás dele. Embora não falassem alto, alguns sussurravam, e ele podia ouvir o ruído de seus movimentos e as tossidelas ocasionais. Sentia o cheiro das velas, os vestígios do incenso e aquele odor de pedra fria e livro de orações peculiar às igrejas. Sabia que o grande órgão soaria.

Haveria uma pequena recepção, depois da cerimônia, na casa de Hugo, uma ideia ligeiramente assustadora, apesar da companhia dos amigos. Não gostava de fazer as refeições em público.

E haveria uma noite de núpcias na Casa Stanbrook. Tudo tinha sido providenciado sem que ele fosse consultado. Imogen ficaria na casa de Hugo depois da recepção, e George passaria a noite na residência de Flavian. Vincent e Sophia teriam a Casa Stanbrook para eles. Por uma noite, estariam sozinhos. Exceto pelos criados, claro.

Pelo menos aquilo era algo pelo qual podia esperar ansiosamente.

– Está com a aliança? – perguntou ele. – Não, esqueça. Já perguntei, não foi? Ela está atrasada, George? Ela vem?

– Faltam dois minutos para ela estar atrasada – garantiu-lhe George. – Na verdade, acho que ela está dois minutos adiantada. Lá vêm lady Trentham e a Srta. Emes.

Mas Vincent já havia escutado a pequena comoção na entrada da igreja. E ouviu o sacerdote pigarrear. Ele se levantou.

O órgão começou a soar e ficou tarde demais para mudar de ideia. Estava prestes a se casar.

Sophia e Hugo deviam estar atravessando a nave na direção dele. Sua noiva. Podia ouvir os passos lentos e regulares das botas de Hugo sobre a pedra. Desejou poder vê-la. Ah, *como* desejava. Estava com roupas novas. Roupas bonitas. Estariam ajudando-a a se sentir melhor?

Ele sorriu, embora não pudesse vê-la. Ela precisava saber que estava sendo bem recebida pelo noivo. Quantas dúvidas teriam passado pela cabeça dela naquela manhã?

Então sentiu seu perfume, aquele suave aroma de sabonete que passara a associar a ela. E sentiu um leve calor da presença de alguém à sua esquerda.

A música parou.

E o sacerdote deu início à cerimônia.

Ah, permita que ele seja adequado. Permita que ele seja um marido digno para esta pobre menininha sofrida com quem está se casando. Permita que ele seja um bom companheiro e amigo. Permita que seja um amante decente. Permita que a proteja de todo o mal pelo resto de suas vidas. Sophia era inocente. Ela o havia salvado naquela noite e teria sido castigada pelo resto de seus dias se ele não a tivesse convencido a se casar. Permita que ela nunca se arrependa de sua decisão. Permita que ele cuide dela. Permita que deixe de lado todas as dúvidas e hesitações a partir deste momento. Estava se casando. Permita que ele se torne um homem casado e fique feliz com sua decisão. Permita que nunca, nem por um momento, se arrependa, não importa o que o futuro lhes reserve. Permita que ele cuide dela.

Ele fez seus votos, observou, sem se lembrar de uma palavra. Ela pronunciou os dela sem que ele ouvisse uma palavra sequer. Pegou a aliança e a colocou no dedo de Sophia sem se atrapalhar nem deixar cair. E o sacerdote anunciou que agora eram marido e mulher.

Estava feito.

Houve murmúrios vindos dos bancos da igreja.

Ainda era preciso assinar o registro. Aquilo só se tornaria legal e oficial depois da assinatura. Sophia deu-lhe o braço e o guiou até a sacristia sem puxá-lo. Havia notado durante o passeio em Barton Coombs que eram pouquíssimas as pessoas que confiavam na capacidade dele de se orientar seguindo pequenas deixas.

O sacerdote não esperava sequer que seria capaz de assinar o nome, mas certamente ele era. Sentou-se diante do livro de registros, George entregou-lhe a pena e guiou sua mão até o início da linha onde deveria escrever. Rabiscou seu nome e se levantou.

Sophia assinou, seguida pelas testemunhas – George e Hugo. Depois, voltou a dar o braço a Vincent e o levou até a porta. O órgão começou a tocar um hino alegre, e eles percorreram a curta distância da frente da igreja e depois a nave. Vincent sentia a presença dos amigos, e sorria para a esquerda e para a direita.

– Lady Darleigh – disse ele, baixinho.

– Sim.

A voz dela tinha um tom mais agudo do que o normal.

– Minha esposa.

– Sim.

– Feliz? – perguntou ele.

Era provavelmente a pergunta errada.

– Não sei – disse ela, depois de uma breve pausa.

Ah, a sinceridade.

Caminharam em silêncio, e de repente ele sentiu a diferença no ar. Ela o fez parar ao atravessarem as portas da igreja e encontrarem o ar fresco. O som do órgão ficou um pouco mais distante.

– Há degraus – disse ela.

Sim, ele se lembrava deles.

– Ah, e há pessoas.

Ouvia conversas, risos, assovios e até aplausos. Sempre havia gente reunida do lado de fora da igreja de São Jorge, haviam lhe dito, para assistir às cerimônias da alta sociedade.

– Vieram ver a noiva – disse ele, sorrindo e erguendo a mão livre para agradecer as saudações. – E hoje você é a noiva.

– Ah, e há dois homens.

– Dois homens?

– Estão com um sorriso maroto – disse ela. – E os dois estão com as mãos cheias de... Ah!

E Vincent sentiu pelo menos dois leves e perfumados mísseis passando perto de seu nariz. Pétalas de rosa?

– Não adianta se encolher, Vince! – exclamou Flavian.

– Venha, traga sua esposa para a carruagem. Se tiver coragem – acrescentou Ralph.

– Uma caleche aberta – disse Sophia. – Ah, está toda decorada com flores, fitas e laços.

Vincent sentiu o calor do sol.

– Vamos? – sugeriu ele. – Aqueles são meus amigos. Estão armados com pétalas de rosa?

– Estão – disse ela, rindo... Aquele som suave e belo que já ouvira algumas vezes. – Ah, Deus, vamos ficar cobertos de pétalas.

Ela lhe falou onde estavam os degraus e se agarrou ao braço dele enquanto percorriam a curta distância até a caleche, fazendo parecer que ele a conduzia, não o contrário.

– Chegamos – disse Sophia, enquanto pétalas de rosa choviam sobre e ao redor deles.

Vincent percebeu que os outros convidados haviam deixado a igreja.

Em vez de subir imediatamente no veículo, Sophia esperou que Vincent encontrasse o degrau mais baixo e lhe oferecesse a mão. Ela aceitou e subiu. Ele a seguiu, tomando cuidado para se sentar ao lado dela, não em cima dela.

Os sinos da igreja soavam.

– Pois bem, lady Darleigh. – Ele buscou a mão dela e a apertou com força. Ela usava luvas macias. – Parece um casamento tanto quanto eu consigo perceber?

– Parece.

Ele ouviu a porta da caleche se fechar e sentiu o movimento das molas do assento quando o cocheiro subiu ao seu posto.

– Está se sentindo oprimida?

– Estou.

– Sophie, não fique assim. Você é a noiva. Todos os olhares estão sobre você.

– E é exatamente esse o problema – disse ela, rindo de maneira efusiva.

– Descreva o que está usando – pediu ele.

Ela atendeu ao pedido, começando pelo chapéu. Antes que pudesse chegar aos pés, a caleche entrou em movimento e começou a se afastar da igreja – fazendo um tremendo estrondo.

– Ah! – exclamou ela.

Ele fez uma careta e então sorriu. Uma velha brincadeira da qual havia participado mais de uma vez quando garoto.

– Acho que temos todos os utensílios da cozinha de alguém presos ao veículo. Agora, você *realmente* está em evidência.

Ela não respondeu.

– Parece estar vestida de forma encantadora, Sophie – disse ele, precisando erguer a voz para ser ouvido em meio ao barulho. – Está todo mundo olhando?

Ele sentiu-a se virar para checar.

– Está.

– Posso beijá-la? – perguntou ele. – É o que todos estão esperando.

– Ah – fez ela mais uma vez.

Ele considerou aquela interjeição um consentimento. Sabia que Sophia estava de fato se sentindo oprimida, e essa compreensão fez com que surgisse nele um profundo carinho por ela.

Estendeu o braço livre e tocou o rosto dela, sob a pequena e rígida aba do chapéu que ela descrevera. Envolveu suas faces com a mão, encontrou o canto da boca com a ponta do polegar, abaixou a cabeça e a beijou.

Desta vez, foi mais como um beijo de verdade, embora Vincent não tenha tentado aprofundá-lo. Os lábios deles estavam ligeiramente abertos. Os dela, macios, quentes e úmidos – ela devia ter acabado de passar a língua neles.

Ele sentiu seu corpo reagir e antecipar com prazer o encontro na cama.

Apesar de toda a barulheira provocada por diversas chaleiras e panelas ou o que quer que estivesse sendo arrastado pela rua, Vincent ouviu uma reação entusiasmada.

– Sophie. – Ele ergueu a cabeça, mas não tirou a mão do rosto dela. – Se não pode dizer que está feliz, poderia pelo menos me garantir que não está *infeliz*?

– Ah, claro que não – disse ela. – Não estou infeliz.

– Ou arrependida? Não está arrependida?

– Também não – afirmou ela. – Não tenho coragem de estar arrependida.

Ele franziu a testa.

– Temo que *você* esteja arrependido – acrescentou ela.

Vincent esperava que qualquer mulher com quem se casasse pudesse se arrepender, pois ele era cego e não poderia levar uma vida completamente normal ou vê-la e apreciá-la. Mas essa noiva, percebeu ele, era quase desprovida de autoestima, mesmo naquele momento, em que estava bem vestida, com roupas caras, o cabelo devidamente arrumado e o título de viscondessa de Darleigh.

Ele *sabia* que ela havia sofrido muito. Talvez não tivesse se dado conta de quão profundamente aquilo a afetara. Fora machucada *demais*? Mas ele se lembrou do dia em que ela fez guirlandas de margaridas e riu quando ele tentou colocá-la no seu pescoço. Lembrou-se de suas piadas sobre gatos quando ele tocou violino. Lembrou-se da absurda história de Bertha e Dan que inventaram a caminho de Londres e de quando ela admitiu que fazia caricaturas de pessoas que conhecia e das quais não gostava.

– Nunca. Nunca vou me arrepender. Vamos encontrar alegria um no outro. Prometo.

Como poderia prometer uma coisa dessas?

Poderia prometer tentar. De qualquer maneira, naquele momento, não tinha escolha. Estavam casados. E ele faria tudo que estivesse ao seu alcance para recuperar a autoestima dela. Se conseguisse isso, ficaria satisfeito.

– Suponho – disse ele, encostando-se no assento – que estamos chamando atenção de um público e tanto.

– Ah, sim – concordou ela, e riu.

Ele apertou sua mão.

# CAPÍTULO 11

O duque de Stanbrook era um cavalheiro alto, elegante e de aparência austera, e tinha um cabelo escuro que começava a ficar grisalho nas têmporas. O visconde de Ponsonby era um deus louro que gaguejava ligeiramente e tinha uma expressão zombeteira. O conde de Berwick era jovem, talvez apenas alguns anos mais velho que lorde Darleigh e seria muito charmoso, não fosse pela cicatriz que cortava diagonalmente um dos lados de seu rosto. Lady Barclay era alta e dona de uma beleza fria, tinha o cabelo louro-escuro e liso, as maçãs do rosto proeminentes em um rosto oval e longo. Junto com lorde Darleigh, lorde Trentham e o ausente sir Benedict Harper, formavam o Clube dos Sobreviventes.

Sophia achou todos assustadores, apesar de a terem cumprimentado educadamente antes da recepção e beijado sua mão – a não ser por lady Barclay, claro, que apenas desejou felicidades.

Podia imaginar que todos a olharam e a consideraram desprovida de atributos. Consideravam-na uma oportunista, uma golpista, alguém que se aproveitara não apenas da boa índole de alguém, mas da boa índole de um *cego*. E eram os amigos mais queridos dele. Praticamente irmãos e irmã, ele dissera. Talvez fosse esse o problema. Talvez quisessem protegê-lo e por isso suspeitassem dela. Sophia sentia calafrios.

O conde de Kilbourne, irmão de lady Trentham, era outro cavalheiro bonito, de aparência imponente. Também havia sido oficial do exército.

Todos eram amáveis. Todos se esforçavam para manter a conversa e a leveza do ambiente, versando sobre questões gerais para que todos pudessem participar. A Sra. Emes era filha de um comerciante e viúva de um próspero homem de negócios, mãe da Srta. Emes. O Sr. Germane também era um homem de negócios, membro da classe média. Não foram excluídos da conversa, percebeu Sophia. Nem foram tratados como inferiores.

Mas ela, uma dama de nascimento, sentia-se sufocada pela grandiosidade dos convidados de seu casamento, pelos amigos de seu marido.

Seu marido!

Entretanto, aquela era apenas uma palavra – que despertava uma forte sensação na boca do estômago. Por mais estranho e tolo que pudesse parecer, foi apenas durante a cerimônia que ela compreendeu que *estava* se casando, consentindo em se tornar propriedade de um homem pelo resto da vida. Não queria pensar dessa forma sobre seu casamento. Lorde Darleigh não *era* assim. Mas a lei da Igreja era. E a lei do Estado também. Ela era sua propriedade, para que ele fizesse o que desejasse, quer exercesse esse poder ou não.

Queria se sentir alegre. Por alguns momentos fugazes, durante o dia, conseguira: naquela manhã, quando caminhara pela igreja enquanto o órgão tocava e vira o visconde de Darleigh esperando-a com um sorriso caloroso no rosto; quando saíram da igreja e encontraram a luz do sol, um grupo de espectadores e uma chuva de pétalas de rosa; quando ouviu as panelas chacoalhando e batendo atrás da caleche; quando lorde Darleigh a beijara; quando um cavalheiro idoso parou na calçada para ver a caleche passar, tirou o chapéu para saudá-la e deu uma piscadela.

Mas o café da manhã era quase uma provação. Por mais que tentasse, não conseguia participar das conversas e respondia com monossílabos sempre que uma pergunta era dirigida especificamente a ela. Sabia que não estava causando uma boa impressão. Como poderia esperar que gostassem dela?

Praticamente não comeu. Não provou nada.

Lorde Trentham se levantou para propor um brinde à noiva, e Sophia forçou-se a abrir um sorriso, olhar para todos à mesa e acenar em agradecimento. O visconde de Ponsonby levantou-se e brindou com Vincent, despertando risadas. Sophia obrigou-se a rir também. Lorde Darleigh levantou-se e agradeceu a todos por terem tornado aquele dia tão memorável e feliz. Depois procurou a mão de Sophia e inclinou-se para beijá-la, provocando alguns murmúrios das damas e o aplauso de todos.

Sophia relaxou um pouco quando todos se dirigiram à sala de estar e Constance Emes veio sentar-se a seu lado.

– É meio assustador, não é? – começou ela, falando baixo para que a conversa ficasse apenas entre as duas. – Todos esses títulos? Toda essa nobreza?

Hugo me levou a vários bailes este ano, a meu pedido. Fiquei apavorada, quase fora de mim, na primeira e na segunda vez. Depois acabei percebendo que são apenas pessoas. E que algumas delas, embora nenhuma das que estão aqui, são bem desinteressantes porque não têm nada para fazer além de serem ricas e tentarem se divertir pela vida inteira. Tenho um pretendente, sabe. Bem, é uma espécie de pretendente. Ele insiste que sou jovem demais para ser cortejada formalmente e acha que devo procurar alguém de um nível superior, mas, com o tempo, vai mudar de ideia. Eu o amo perdidamente, e sei que ele me ama. É dono de uma loja de ferragens ao lado da mercearia de meus avós e nunca me sinto mais feliz do que quando estou ali. Precisamos descobrir o que nos faz feliz, não é? Acho que lorde Darleigh é um dos cavalheiros mais gentis que conheço. E ele é gloriosamente bonito. E gosta de você.

– Conte-me sobre o dono da loja de ferragens – pediu Sophia, sentindo que relaxava.

Ela sorriu, depois soltou uma gargalhada enquanto ouvia – e percebeu o olhar fixo e pensativo de lady Barclay sobre ela. A dama fez um leve aceno com a cabeça e se virou para responder a algo que o conde de Kilbourne havia lhe dito.

Então, depois que o chá foi servido, chegou a hora de partir. O mordomo acabara de avisar no ouvido de lady Trentham que a caleche estava à porta. A noite de núpcias de Sophia seria na Casa Stanbrook, uma das grandes mansões da Grovesnor Square. Felizmente, o duque não estaria lá. Nem sua hóspede, lady Barclay. Naquela manhã, as roupas novas de Sophia foram embaladas pela criada de lady Trentham, depois que todos saíram para ir à igreja, e enviadas para a Casa Stanbrook. Instruções foram dadas para que as outras roupas novas que não haviam chegado fossem entregues diretamente lá.

Em sua cabeça, Sophia contou os dias que haviam se passado. O dia anterior tinha sido de compras. O anterior a esse foi o segundo dia de viagem e o anterior, o primeiro dia de viagem. Então, houve o dia do pedido de casamento e, antes desse, o dia da festa e, finalmente, o dia em que saíra de casa antes do amanhecer e vira lorde Darleigh chegando à Casa Covington.

Seis dias.

Menos de uma semana.

Uma semana antes, ainda era uma ratinha. Ainda era o espantalho com cabelo mal cortado e roupas de segunda mão.

Menos de uma semana.

Agora era uma noiva. Uma esposa. Sua vida havia mudado de repente e de forma drástica. E ela ainda se comportava como uma ratinha assustada.

Às vezes, é preciso esforço e determinação para não se deixar simplesmente levar pela vida, sem mudar. A mudança tinha chegado e ela tinha a chance de mudar – ou não.

Levantou-se.

– Lady Trentham, lorde Trentham, Sra. Emes, Srta. Emes – disse ela, olhando para cada um deles. – Agradeço de todo o meu coração por terem me aberto as portas de sua casa, por serem tão bondosos, por organizarem esse maravilhoso café da manhã. Sr. Germane, lorde e lady Kilbourne, lady Barclay, lorde Ponsonby, lorde Berwick, Vossa Graça, muito obrigada por terem comparecido à nossa cerimônia de casamento, muito obrigada por estarem aqui. Pretendíamos ter um casamento discreto, mas acabou sendo bem diferente disso. E eu sempre me lembrarei deste dia com alegria. Vossa Graça, muito obrigada por nos hospedar em sua casa até amanhã.

As conversas se interromperam abruptamente. Todos olharam para Sophia – com surpresa, pensou ela, que também se perguntou se seu coração pararia de martelar dentro do peito ou se simplesmente pararia de bater. Conseguiu até sorrir.

Lorde Darleigh também se levantou.

– Tirou as palavras da minha boca, Sophie – disse ele. – E não há nada que eu possa acrescentar.

– Já disse o bastante à mesa, Vince – apontou o visconde de Ponsonby. – É a vez da sua esposa. P-pessoalmente, espero que seja o último casamento de um Sobrevivente pelo menos nas próximas duas semanas. Meu v-valete vai ficar sem lenços secos para me fornecer.

– É um prazer, lady Darleigh – disse o duque de Stanbrook com um olhar que era ao mesmo tempo penetrante e... aprovador.

Então ficaram todos de pé, e as damas a abraçaram – até lady Barclay –, e os cavalheiros beijaram de novo sua mão. Todos conversavam e riam, e, de alguma forma, ela e Vince foram arrastados para a rua e para dentro da caleche.

– Tiraram as panelas e as chaleiras? – perguntou lorde Darleigh.

– Sim – respondeu Sophia.

– E o resto? – perguntou ele. – Havia laços e fitas, imagino. E flores? Não, elas *continuam* aqui. Sinto o perfume.

– Continuam.

– Você só vai ser o noivo uma vez, Vince – lembrou-lhe lorde Trentham. – E lady Darleigh só será a noiva uma vez. Aproveite e deixe que o mundo inteiro saiba disso.

E entre muitas risadas, muita vibração e muitos desejos de felicidade, eles partiram.

– Obrigado – disse lorde Darleigh, pegando a mão de Sophia. – Obrigado por suas palavras. Foi lindo. Sei que foi tudo uma provação para você.

– É verdade – concordou ela. – Mas de repente percebi que estava vendo tudo através dos olhos da ratinha que fui a maior parte da vida. A timidez não é atraente, concorda?

– Então a ratinha será banida para sempre?

– Só vai reaparecer no canto de alguns de meus desenhos – disse ela. – Mas essa ratinha é, em geral, uma criaturinha atrevida, que pisca, olha com desdém, parece francamente perversa ou satisfeita consigo mesma.

Ele riu.

– Viu alguma coisa satírica hoje? – perguntou ele.

– Ah, não, milorde – garantiu-lhe ela – Não, hoje não houve nada para ser ridicularizado.

Houve um breve silêncio.

– Não houve – concordou ele. – Mas vou continuar sendo *milorde*, Sophie? Você é minha esposa. Estamos indo para nossa noite de núpcias.

Teve uma sensação estranha, uma espécie de pontada na parte inferior do corpo e percebeu que estava tensionando os músculos internos e lutando contra a falta de ar.

– Vincent.

– Acha difícil falar meu nome? – perguntou ele.

– Acho.

– Apesar de seu avô ter sido um baronete, de seu tio *ser* um baronete e de seu pai ter sido um cavalheiro?

– Sim.

Ela se perguntou o que diria sir Terrence Fry se soubesse que havia se casado com o visconde de Darleigh. Ele algum dia saberia? Aparentemente, um comunicado fora enviado aos jornais matutinos. O tio estaria no país?

E daria importância ao comunicado? Sebastian o veria? O que *ele* acharia? Contaria ao padrasto?

Vincent ergueu a mão enluvada de Sophia e a levou aos lábios. Os transeuntes sorriam e apontavam ao ver o veículo passando. Alguns até acenavam, ela percebeu.

– Pense em mim como Vincent Hunt, aquele menino travesso que à noite costumava sair escondido pela janela do porão da Casa Covington para nadar pelado no rio – disse ele. – Ou, se a imagem for indecorosa demais, pense em mim como aquele Vincent Hunt muito irritante que costumava se esconder nos galhos das árvores aos 7 anos, prendendo o riso e jogando galhos, folhas e bolotas nas cabeças dos inocentes moradores do vilarejo que passavam.

Ela riu.

– Assim é melhor – disse ele. – Diga de novo.

– Vincent.

– Obrigado. – Ele beijou sua mão. – Não tenho a menor ideia do horário. Ainda está claro? É de tarde ou de noite?

– É algo entre uma coisa e outra. O dia ainda está bem claro.

– Algo deve estar errado – disse ele. – Já era para estar escuro. Ao chegarmos à Casa Stanbrook, já deveria estar na hora de eu levar minha noiva para a cama.

Ela não falou nada. O que havia a ser dito?

– Você está preocupada? – perguntou ele. – Com a noite de núpcias?

Ela mordeu o lábio inferior e voltou a sentir aquela pontada intensa e pouco familiar na parte inferior de seu corpo.

– Um pouco – admitiu.

– Não quer?

– Quero – respondeu. E, claro, falava a verdade. – Sim, quero.

– Que bom. Não vejo a hora de conhecê-la melhor. De todas as formas, é claro, mas no momento me refiro mais especificamente ao sentido físico. Quero tocá-la. Todo o seu corpo. Quero fazer amor com você.

Ele ficaria profundamente desapontado, ela não conseguiu deixar de pensar.

– Eu a assustei? – perguntou ele.

– Não.

Vincent beijou-lhe outra vez a mão e a manteve sobre a própria coxa.

Tinham trocado de roupa e feito um jantar leve. Em seguida, ficaram sentados na sala de estar conversando sobre o dia. Ela descreveu as roupas usadas por alguns convidados; ele descreveu os aromas da igreja. Ela descreveu a forma como a caleche tinha sido decorada; ele descreveu os sons das ruas – ou melhor, o que ele conseguira ouvir apesar de toda a barulheira – e o perfume das flores. Ela contou sobre o jovem pretendente de Constance Emes e do romance entre a Sra. Emes e o Sr. Germane. Ele contou-lhe como havia sido o primeiro encontro de lorde Trentham com a atual esposa, então conhecida como lady Muir, que ocorrera numa praia em Penderris. Os dois concordaram que devia ter sido um dia memorável.

– Já escureceu? – perguntou ele, por fim.

– Não.

Era o início do verão. Só escurecia bem tarde.

– Que horas são? – perguntou ele.

– Quase oito horas.

Oito horas *ainda*?

Ela havia tomado o braço dele para entrar na casa e na sala de jantar, e depois na sala de estar. Afora esses momentos, os dois não haviam se tocado. Entretanto, era o dia de seu casamento.

– Existe uma hora antes da qual não é permitido se recolher ao leito?

– Se existe alguma lei, nunca ouvi falar – respondeu ela.

O corpo de Sophia estremecia com o desejo de consumar o casamento. Embora ela tivesse admitido estar um pouco preocupada, também lhe garantira que desejava o mesmo. Quanto mais tempo ficassem ali sentados, mais preocupada e nervosa ela ficaria.

Por que ele se sentia na obrigação de esperar que chegasse uma hora decente para irem para a cama? Nervosismo da parte dele, talvez? Nunca estivera com uma virgem. E não era uma experiência que não precisaria ser repetida se não fosse agradável para ele – ou para ela. Era importante que ele acertasse. Nessa primeira vez não queria assustá-la, desagradá-la ou machucá-la, então não faria nada de mais. Mas também nada de menos. Não queria desapontar a ela, nem a si mesmo.

Era importante acertar.

– Vamos para a cama? – perguntou ele.

– Vamos.

Na caleche, a caminho dali, ela dissera que precisava se livrar da ratinha, seu alter ego. Não seria fácil, percebeu Vincent. Deu um meio sorriso ao se lembrar do discurso breve e determinado feito pouco antes de deixarem a casa de Hugo. Tinha sido um gesto bonito e gracioso. A surpresa e atenção dos amigos e dos outros convidados eram quase tangíveis.

– Pegue meu braço, então – disse ele, levantando-se

– Sim. – Ela o fez.

E, então, voltou a surpreendê-lo ao saírem da sala e subirem dois degraus rumo ao andar superior. Ela parou e falou com alguém – supostamente um criado.

– Por favor, mande o Sr. Fisk ao quarto de vestir de lorde Darleigh – disse ela. – E Ella ao meu.

Ella devia ser a criada que George designara a Sophia naquela noite.

– Sim, milady – murmurou uma voz de homem, respeitosamente.

– *Milady* – disse ela em voz baixa.

– Ainda me pego com vontade de olhar para trás quando as pessoas se dirigem a mim como *milorde* – disse ele. – Provavelmente o faria se pudesse enxergar.

Ele sabia o caminho para o quarto, o quarto que *dividiriam* naquela noite. Sempre memorizava as direções e as distâncias com rapidez quando estava em um ambiente desconhecido. Não gostava de se sentir perdido, de depender dos outros para levá-lo aonde precisasse ir.

Deteve-se quando julgou que se encontrava do lado de fora de seu quarto de vestir. A porta do dormitório era a seguinte, e depois o quarto de vestir de Sophia, que não tinha sido necessário até aquele dia.

– Posso continuar sozinha – disse-lhe Sophia.

– Vamos combinar uma coisa? Ficarei aqui até ouvir sua porta abrir e fechar. E voltarei a vê-la no quarto, dentro de meia hora? Ou menos?

– Menos – disse ela, desvencilhando-se do braço dele.

Ele sorriu e esperou ouvir a porta. Assim que ela a fechou, escutou atrás dele os passos firmes de Martin no corredor. Martin tinha sido extremamente formal naquela manhã – e desde o anúncio do noivado.

– Martin, foi ao meu casamento como lhe pedi? – perguntou Vincent quando a porta do quarto de vestir se abriu e ele entrou antes do valete.

– Sim, senhor – respondeu.

Vincent esperou que dissesse algo mais, porém, tudo o que ouviu foi Martin pousando a jarra de água no lavabo e preparando o material para barbeá-lo. Suspirou. Teria ganhado uma esposa e perdido um amigo? Martin era um amigo, sempre havia sido.

– Hoje ela não parecia um menino – disse Martin de repente, enquanto Vincent tirava o paletó e o colete e o valete o ajudava com a gravata antes de retirar-lhe a camisa pela cabeça. – Parecia uma criaturinha do mundo das fadas.

As palavras foram pronunciadas com brusquidão e má vontade. Todavia, *uma criaturinha do mundo das fadas* se assemelhava mais a um elogio do que a um insulto.

– Obrigado – disse Vincent. – Ela não fez isso deliberadamente, Martin, você sabe. Por outro lado, eu o fiz.

– Eu sei – falou Martin. – Idiota que é. Fique com a cabeça parada agora ou vou cortar seu pescoço. E ainda vai ficar se perguntando se fiz isso deliberadamente. Se estiver vivo para se perguntar qualquer coisa, é claro.

– Confio em você. – Vincent riu para ele. – Confio minha própria vida.

Martin resmungou.

– Ainda bem, porque costumo ficar perto de você com uma navalha aberta pelo menos uma vez ao dia. Tire esse sorriso do rosto ou vai levar um corte assimétrico para exibir à sua dama.

Vincent ficou imóvel.

A paz foi declarada, pensou ele.

*Uma criaturinha do mundo das fadas.* Ele lembrou-se de quando a segurara na escada em Barton Coombs. Sim, ele acreditava nisso. Ela era o oposto de exuberante. Sempre preferira as mulheres exuberantes – e que homem de sangue quente não preferia? Mesmo assim, estava ansioso por ter sua noiva consigo.

*Uma criaturinha do mundo das fadas.*

Depois de dispensar Martin, abriu a porta que dava acesso ao dormitório. Conhecia o ambiente. Sabia onde ficavam a cama, a mesa, as mesas de cabeceira, a lareira, a janela. E, assim que entrou, soube que não estava sozinho.

– Sophie?

– Estou aqui. – Ele ouviu uma leve risada. – Você sabe onde é *aqui*?

– Acho que está próxima à janela – disse ele. – E ainda não escureceu, imagino.

– A vista do quarto dá para os fundos da casa – comentou Sophia, enquanto ele se aproximava. – Para um jardim. É muito bonito. Quase dá para esquecer que estamos em Londres.

Ele esticou os braços e alcançou o parapeito da janela. Podia sentir o calor de Sophia perto dele.

– Gostaria de esquecer? – perguntou ele. – Não gosta de Londres?

– Prefiro o campo – disse ela. – Sinto-me menos solitária lá.

Era uma coisa estranha de dizer, talvez, ao se considerar o número de pessoas que vivem na cidade e no campo.

– Sinto-me um ser menos solitário – explicou ela. – Parte de algo vasto e complexo. Desculpe, não faz muito sentido, faz?

– Na cidade, a ênfase está apenas em seus habitantes? – sugeriu Vincent. – E, no campo, a população é parte da natureza e do próprio universo?

– Ah. É isso – disse ela. – Você entende.

Ele pensou no pequeno e tão sonhado chalé, com um jardinzinho bonito na frente e vizinhos amigos. Ah, Sophie...

Vincent esticou os braços e tocou o ombro dela. Suas mãos fecharam-se nele. Ele a puxou para si. Ela usava uma camisola sedosa, ele pôde sentir. Um item de seu enxoval? Esperava que sim. Esperava que estivesse se sentindo bonita e desejável. Ouviu quando ela inspirou profundamente.

Vincent vestia apenas um leve robe de brocado de seda. Talvez devesse ter pedido que Martin lhe pegasse um camisolão – se houvesse um em sua bagagem. Era mais provável que não houvesse, pois sempre dormia nu.

Ele moveu as mãos e encontrou o queixo dela com os polegares, e a boca com a sua – aquela bela boca de lábios generosos de que se lembrava. Umedeceu os próprios lábios antes de uni-los aos dela, esperou que o tremor dela cessasse e então, com a ponta da língua, fez carícias em seus lábios, até que se abrissem. Deslizou a língua na sua boca e sentiu um estremecer de desejo e um suave gemido.

Ele moveu as mãos para passar os dedos no cabelo dela. Era macio e sedoso, não tão espesso como da última vez que o sentira. E estava bem curto.

– Sophie. – Ele a beijou nos lábios com suavidade. – Estamos fazendo uma cena para quem por acaso esteja passeando pelo jardim?

– Provavelmente não – disse ela. – Mas vou fechar as cortinas.

Depois que ela deixou seus braços, Vincent ouviu as cortinas deslizarem pelo trilho.

– Pronto. Agora ninguém nos verá – disse ela.

E voltou a encostar o corpo no dele e passar os braços por sua cintura. Ah. Então ela não estava relutante.

– Estou feliz por você não poder me ver – disse ela, respirando ruidosamente. – Ah, não tinha a intenção de ofendê-lo.

– Porque você não é digna de ser olhada? – perguntou ele. – Sophie, quem destruiu toda a sua autoestima? E não me diga que foi o espelho. Bem, não consigo vê-la nem nunca conseguirei. Nunca poderei contradizê-la ou concordar com o que diz. Mas *posso* tocá-la.

– O que é quase tão ruim.

Ele riu baixinho, e ela também, um tanto pesarosamente, ele achou.

– Você é tão bonito...

Ele voltou a rir e deslizou as mãos por dentro da camisola dela, na altura dos ombros, a abriu e a deslizou por seus braços. Deu um passo para trás, levantou os braços dela e sentiu a roupa escorregar até o chão.

Ela respirou fundo.

– Não se preocupe – disse ele. – Não posso vê-la.

A respiração dela estava trêmula.

Vincent a tocou. Explorou-a com mãos leves e pontas de dedos delicadas – ombros e antebraços magros, seios pequenos, macios e quentes, que cabiam em suas palmas, cintura minúscula, quadris pouco menos estreitos que a cintura, uma barriga macia e lisa, um traseiro pequeno – cada nádega cabia na palma de sua mão, como os seios –, pernas finas, porém fortes, até onde ele conseguia sentir.

Sua pele era macia, sedosa, quente. Sophie não era ossuda como muitas pessoas magras. Era apenas pequena e não tinha exatamente um corpo bem desenhado. Nem um pouco voluptuosa. De qualquer maneira, se sentia excitado. Ela era sua noiva. Era *dele*, e esse pensamento lhe provocava certo entusiasmo. Ele a encontrara, e os dois se casaram sem a ajuda de ninguém. Olhos nem sempre eram necessários.

Voltou a colocar as mãos no rosto dela, envolvendo-o, beijando-lhe os lábios mais uma vez.

– A colcha da cama foi retirada? – perguntou ele.

– Foi.

– Então deite-se.

– Sim.

Ela voltara a ser a ratinha? Sua voz estava mais aguda do que o normal.

Ou era apenas uma noiva virgem em sua noite de núpcias?

Vincent tirou o robe antes de se deitar ao lado dela. Era impossível saber se Sophia tinha ficado chocada ao ver sua nudez. Desde o início, sua respiração estava audível e ligeiramente ofegante.

As mãos dele voltaram a explorar o corpo dela. Ele abaixou a cabeça para beijar sua boca, uma face, uma orelha – colocou o lobo entre os dentes e mordiscou. Beijou-lhe o pescoço, os seios. Sugou um dos mamilos enquanto acariciava o outro suavemente com o polegar e o indicador.

Ela permaneceu parada, embora a respiração se acelerasse e a pele esquentasse. Os mamilos endureceram ao serem tocados.

Ele beijou sua barriga, encontrou o umbigo e passou a língua enquanto a mão deslizava entre suas coxas cálidas e subia até encontrar o centro de sua feminilidade. Ela estava quente e surpreendentemente úmida.

Sophia respirou fundo e ficou tensa.

– Sophie. – Ele ergueu a cabeça, sem tirar a mão nem parar de acariciá--la com leveza, explorando as dobras com os dedos, fazendo círculos bem acima do local onde sua carne se abria. – Está com medo? Constrangida?

Suspeitava que as duas coisas.

E além disso ela não se considerava fisicamente atraente.

Ele pegou uma das mãos dela e levou-a até sua ereção. Fez com que seus dedos se fechassem em torno do órgão e o segurassem.

– Sabe o que isso quer dizer? – murmurou em seu ouvido. – Quer dizer que eu a quero, que eu a considero atraente. Minhas mãos, minha boca, minha língua, meu corpo, todas as partes a tocaram e ficaram muito satisfeitas.

– Ah.

Ela ainda o segurava, mas depois o soltou.

Vincent não estava mentindo.

– Vou entrar em você – disse ele. – Temo que vá doer nesta primeira vez, embora eu vá fazer o máximo possível para que não doa.

– Você não vai me machucar – disse ela. – Mesmo se houver dor, Vincent, você não vai me *machucar*. Ah, por favor. Venha.

Ele sorriu, surpreso. Ela também o desejava.

Sophia abraçou-o enquanto ele subia nela e deixava seu peso cair sobre ela. Sophia afastou as pernas antes que ele pudesse afastá-las com as dele. Quando ele deslizou as mãos por baixo do corpo dela, Sophia ergueu-se e acomodou o traseiro em suas mãos. E quando ele se posicionou para penetrá-la, ela pressionou as pernas contra as de dele e ergueu os quadris.

Para Vincent, a excitação tinha se tornado quase dolorosa. Desejou, de repente, não ser tão grande. Ela era tão pequenina. E, ao fazer uma pressão lenta para entrar em seu corpo, ele encontrou uma estreiteza e um calor que o preencheram com sensações conflitantes de felicidade e terror. Felicidade porque não havia sensação mais erótica nem tão promissora para um homem; terror porque ela era tão pequena que parecia que ele estava prestes a rasgá-la e causar uma dor que ela não poderia ignorar.

Sophia gemia e pressionava o corpo contra o dele.

Ele sentiu a barreira. Pareceu-lhe impenetrável. Ia machucá-la.

– Venha – disse ela, encorajando-o. – Venha, por favor.

E ele esqueceu a delicadeza. Penetrou-a com uma estocada firme e permaneceu inteiramente abrigado dentro dela. A princípio, ela ficou ofegante, tensa, e então começou a relaxar – até que enrijeceu os músculos internos e inspirou devagar.

– Vincent – sussurrou ela.

Ele encontrou seus lábios e a beijou com a boca aberta, enfiando a língua.

– Sophie – disse ele, junto aos lábios dela. – Desculpe.

– Não se desculpe.

Ele se apoiou nos antebraços para não esmagá-la enquanto se movimentava, então a possuiu com estocadas profundas, adiando o próprio prazer, pois sabia que havia mais a conquistar e porque sabia que ela queria tudo, embora fosse ficar dolorida depois.

Podia ouvir a umidade erótica do ato consumado.

Ela era uma mulher doce, úmida, quente. Cheirava a sexo e suor. E era dele.

Era sua esposa.

*Uma criaturinha do mundo das fadas.*

E uma mulher que transbordava de intensa sensualidade.

Ele ficou dentro dela por longos minutos, até que não conseguiu mais se segurar. Penetrou-a, manteve-se em seu interior e deixou sua semente fluir até estar esgotado e completamente relaxado.

Quando voltou a si, alguns minutos depois, a primeira coisa que lhe ocorreu foi seu egoísmo. Pretendia ser delicado e contido na primeira vez. Em vez disso, havia se envolvido vigorosamente e por tempo demais. E agora, todo seu peso estava sobre ela. Ele a sentia deliciosamente quente e úmida. Tinha um aroma sedutor.

Afastou-se da forma mais delicada possível e deitou-se ao lado dela. Encontrou sua mão e prendeu-lhe os dedos.

– Sophie?

– Sim.

– Machuquei-a muito?

– Não.

Ele se virou sobre o corpo como se fosse encará-la.

– Fale comigo.

– Sobre o quê? – perguntou ela. – Disseram-me que seria maravilhoso. Lady Trentham me contou. Foi mais maravilhoso do que eu imaginava.

Ela nunca deixaria de surpreendê-lo e encantá-lo?

– Não a machuquei?

– Machucou – disse ela. – Machucou-me no princípio e machucou-me perto do fim. E está doendo agora. É a sensação mais maravilhosa do mundo.

*O quê?*

– Maravilhosa?

– Maravilhosa – repetiu ela. – Algumas dores são maravilhosas.

– Está falando sério?

Ele sorria para ela.

– Estou. – Houve uma breve pausa. – Eu o desapontei?

Ah, tinham voltado àquele ponto.

– Pareço desapontado? – perguntou Vincent. – Você *sentiu* que eu estava desapontado?

– Não tenho uma silhueta curvilínea. Sou quase tão reta quanto era quando menina. Alguém... Deus?... Se esqueceu de me deixar crescer.

Seria cômico se também não fosse triste.

– Sophie, você me pareceu uma mulher a cada centímetro. Eu não poderia ter tido mais prazer.

– Como você é gentil – disse ela.

– Só lamento não podermos fazer tudo de novo esta noite.

– Mas ainda nem escureceu – disse ela. – Ainda está anoitecendo.

O que Sophia estava dizendo? Tinha realmente gostado, apesar da dor? Não era um amante muito experiente, para dizer o mínimo, e sem dúvida estava longe de ser o melhor do mundo. Mas talvez isso não importasse realmente. Os dois eram solitários – sim, do ponto de vista sexual ele *era* solitário. O conforto e o prazer que podiam compartilhar com toda certeza seriam mais importantes que experiência e prática.

– Talvez, quando esta noite se tornar quase manhã, possamos tentar de novo, que tal? Mas só se estiver disposta. Só se não estiver dolorida demais – disse ele.

– Não estarei – afirmou Sophia com tanta convicção que Vincent riu e trouxe-a para seus braços, junto a seu peito.

Então parou de rir e descansou o queixo no topo da cabeça dela. De repente, sentiu vontade de chorar.

Aquele maldito *acordo*. Algum dia conseguiria tirá-lo da cabeça? E ela? Seriam capazes de simplesmente relaxar e levar uma vida de casados?

– Agora durma – disse ele. – Nosso dia de casamento oficialmente acabou, Sophie. No fim das contas, o dia foi bom, não foi?

– Foi.

Ela se aconchegou e adormeceu quase imediatamente.

E assim começava o resto da vida dele – como homem casado.

Para o melhor ou para o pior.

Vincent tentou não pensar qual dos dois seria.

# CAPÍTULO 12

Quando Sophia despertou, sentia-se aquecida, protegida e ligeiramente desconfortável. Tentou ignorar o desconforto. Os braços de Vincent a envolviam, ela estava aninhada ao corpo dele. Percebeu, por sua respiração regular, que ele dormia. Toda aquela beleza masculina e musculosa, toda aquela força viril...

E ele era dela. Era seu marido.

Voltou a fazer as contas – duas vezes, para ter certeza de que não havia esquecido algum dia no meio do caminho. Mas não. Já era quase de manhã – reparou na luz fraca do alvorecer por trás da cortina. Fazia quase exatamente uma semana que estivera em meio a árvores acima da Casa Covington, observando a chegada da tão esperada carruagem, vendo primeiro o Sr. Fisk e depois o visconde de Darleigh saltarem diante da porta da casa.

Um desconhecido, na época. Seu marido, naquele momento.

Tinha sido apenas *há uma semana*.

De vez em quando – quase sempre, na verdade – sete dias se passavam e, ao olhar para trás, não era capaz de se lembrar de um único fato significativo. Não era o que acontecera naquela semana.

Não queria se mexer. Queria agarrar-se àquele momento de forma que não fosse roubado nem perdido para sempre. Ele tocara em todo o seu corpo. Tinha se derramado dentro dela e passado longos minutos ali. Não tinha sentido repulsa. Havia gostado e a mantivera em seus braços a noite inteira. Ainda estavam nus.

Fechou os olhos e esforçou-se para voltar a dormir, ou pelo menos para se manter deitada, aquecida e sonolenta, desfrutando da sensação de estar sendo abraçada, de ter sido desejada. Mas o conforto diminuiu progressivamente e, por fim, ela não conseguiu mais ignorar as necessidades de seu corpo.

Desvencilhou-se delicadamente dos braços de Vincent e levantou da cama sem despertá-lo. Pegou a nova camisola de seda, que devia estar toda amarrotada depois de passar uma noite inteira no chão, dirigiu-se até o quarto de vestir e aliviou-se. Estava um pouco dolorida, mas não era nada tão incômodo assim. Parecia até bastante agradável quando pensava no que provocara a dor. Por sorte, havia sobrado água na jarra, embora não estivesse quente. E havia panos e toalhas limpas. Ela se lavou e se secou. Não, não sentia nenhuma dor aguda, apenas um discreto latejar por ter sido uma noiva na noite anterior.

Enfiou a camisola pela cabeça e desfrutou da sensação do tecido deslizando sobre seu corpo. Era, de longe, a mais bela roupa de dormir que já possuíra.

Esperava não ter incomodado Vincent. Queria voltar para a cama e se aconchegar junto ao corpo dele, aquecer-se e recordar. Aquela tinha sido sua noite de núpcias. A consumação fora o clímax do ritual do dia. Talvez nunca mais fosse igual. Talvez...

Não, não pensaria assim. Voltaria para a cama e apenas se recordaria. Lembraria-se dele com o roupão de seda. Como um homem conseguia ficar tão másculo vestindo *seda* da cabeça aos pés?

Ela voltou para a cama com cuidado e se arrastou até bem perto dele. Um dos braços de Vincent estava sobre o travesseiro dela. Sophia apoiou a cabeça ali, e ele murmurou algo incoerente e a puxou para perto de si. À meia-luz, percebeu que o cabelo dele estava sedutoramente despenteado. Os músculos do tórax, ombro e antebraço eram bem definidos, o que indicava que ele havia encontrado um jeito de se manter em forma. Aliás, mais do que simplesmente em forma.

Sophia fechou os olhos e lembrou-se do que sentira quando ele tirou sua camisola e ela ficou nua diante dele – embora não pudesse vê-la. Lembrou-se do toque da sua boca e das suas mãos. Em todas as partes. Quente, minucioso e... aprovador? Como podia saber? Não tinha percebido em seu corpo nenhum sinal de desapontamento enquanto ele a beijava e a tocava. Nem em seu rosto. E, depois, ao lhe perguntar, ele confirmara com palavras.

Lembrou-se do corpo dele ao retirar o roupão. Belo, magnífico, de proporções perfeitas. E...

Estranhamente, ela não ficara assustada ao ver que aquela parte dele era enorme. Nem quando a tocou e sentiu que era dura como uma pedra. Não, pedra era uma péssima comparação, pois também a sentiu quente e sedosa sob os dedos, com a ponta úmida. E, quando ele a penetrou, cada centímetro rígido e grosso forçou passagem e doeu – e também lhe despertou emoções que não poderiam ser descritas com palavras.

Continuou doendo durante os minutos que se seguiram. Era estranho a dor ser tão parecida com o prazer. Dor intensa, prazer intenso. Ela estava terrivelmente dolorida quando chegou ao fim e terrivelmente triste também, pois não queria que acabasse, e ficou com uma sensação de incompletude.

Necessitava avidamente de algo mais.

Não tinha como esperar outra noite como aquela, supôs. Mas podia esperar que seu casamento durasse pelo menos algum tempo – essa parte dele, assim como sua mera existência. Vincent precisava de uma esposa e de uma companheira, e ela era os dois. Ele precisava daquilo. Os homens precisavam, e ela era a mulher disponível. Ele queria filhos, especificamente um herdeiro. Era com ela que ele os teria, com ninguém mais. Pois nenhuma outra mulher era sua esposa – nem seria – enquanto ela vivesse.

Faria tudo ao seu alcance para que ele fosse feliz, ou pelo menos se sentisse satisfeito, enquanto estivessem juntos.

Seria possível?

*Tudo* era possível.

– A cama está virando? – perguntou uma voz suave em seu ouvido.

– Hã?

– Você está me abraçando com tanta força que pensei que a cama estivesse virando – disse ele.

– Ah. – Ela afrouxou o toque. – Sinto muito.

Ela o acordara e agora a noite de núpcias tinha chegado ao fim. Que tola.

– Já amanheceu? – perguntou ele.

Na noite anterior, ele lhe perguntara isso algumas vezes. Um dos múltiplos aspectos perturbadores da cegueira devia ser a desorientação em relação à hora do dia.

– Não completamente – disse ela. – Está começando a clarear. O sol nasce muito cedo nesta época do ano.

– Hum. – Ele suspirou, sonolento. – Está de camisola novamente.

– Sim.

– Sentiu-se nua sem ela?

Ele esfregou o nariz no cabelo dela.

Sophia riu.

– É uma das coisas mais bonitas que já tive. Eu devo usá-la. Você pagou por ela.

– Paguei? Devo estar apaixonado por minha noiva.

Era só uma brincadeira. Mesmo assim, ela sentiu um calor descer até a ponta dos pés.

– Espero que sim. Gastou uma fortuna comigo.

– É mesmo? – Ele apoiou o queixo no alto da cabeça dela. – Será que estou detectando a influência de lady Trentham? Devo me lembrar de agradecê-la.

– Fiquei chocada. Teria ficado feliz com dois ou três vestidos novos. Teria ficado felicíssima, na verdade. Mas ela me lembrou de que eu não seria mais Sophia Fry, e sim a viscondessa de Darleigh e que seria ruim para você se eu não me vestisse bem. Por você, devo manter a melhor das aparências, ela me disse. Embora até a minha melhor...

Um dos dedos deles pousou com firmeza sobre sua boca.

– Ontem, você me prometeu obediência – disse ele.

– Sim.

Ela engoliu em seco, desajeitadamente.

– Aqui vai uma ordem, então. E exigirei obediência absoluta, Sophie. Ficarei genuinamente bravo se me desobedecer. A partir deste momento, você vai parar de se depreciar. Não posso vê-la, mas acredito em sua palavra quando diz que não é bonita de acordo com os padrões de beleza da sociedade. Talvez não seja surpreendentemente bonita a um observador casual, embora você mesma tenha admitido que não é feia. É pequena, dona de uma silhueta esguia que combina com sua altura. Tem seios pequenos, braços e pernas delgados e uma cintura estreita, que não é muito mais fina do que seus quadris. Suponho que tenha aparado o cabelo para se parecer mais com um garoto, já que, de qualquer forma, já achava que se parecia com um. Reparei que foi arrumado, apesar de estar mais curto do que antes. Para minhas mãos e meu corpo, Sophie, você tem proporções agradáveis, pele quente e sedosa, e uma boca capaz de dar inveja a qualquer mulher. Tem cheiro de mulher e sabonete. E dentro de você existe uma feminilidade quente, úmida, macia e acolhedora. Você é minha e é toda a beleza que eu poderia desejar. Não permito que deprecie o que é meu. Não admitirei que ameace o bem-estar e a felicidade do que é meu. Compreendeu?

Ela nunca tinha ouvido Vincent falar de um jeito tão severo. Fechou os olhos com força e pressionou a testa contra o peito dele.

*Não admitirei que ameace o bem-estar e a felicidade do que é meu.*

Ela era dele.

– Sim.

Sua voz soou baixa e estridente. Sentia-se tão ridiculamente feliz que poderia chorar.

– Não vou exigir que me obedeça para sempre – disse ele, depois de um ou dois minutos de silêncio. – Não é assim que vejo o casamento. Eu o vejo como uma parceria, uma relação de companheirismo.

Sim, companheirismo. Existiam desfechos piores para um casamento.

– O cabeleireiro de lady Trentham acha que devo deixar o cabelo crescer – contou-lhe ela. – Ele acredita que com cabelos mais compridos, mais lisos, minhas maçãs do rosto vão ser valorizadas. Ele as chamou de clássicas. E disse que um penteado que puxasse meu cabelo para o alto acentuaria meu pescoço e o tamanho dos meus olhos. Devo deixá-lo crescer? O que acha?

Ele passou lentamente os dedos por seus cachos.

– Parece ótimo como está. E também ficaria ótimo mais longo. O que *você* deseja fazer?

– Acho que vou deixá-lo crescer.

– Ótimo. – Ele beijou o alto de sua cabeça. – Sempre foi curto assim?

– Não.

– Quando o cortou?

– Quatro anos atrás.

Sophia esperou pela pergunta seguinte e desejou saber se seria capaz de responder. Mas ela não veio.

– Acho que vou deixá-lo crescer – repetiu ela.

Ainda era muito cedo. Havia um relógio sobre a lareira, ela se lembrou. Virou a cabeça e olhou para ele, agora visível com a chegada da luz do dia. Faltava pouco para as seis horas.

*Talvez, quando esta noite se tornar quase manhã, possamos tentar de novo, que tal?*

– A noite virou quase manhã – disse ela. – São quase seis horas.

Sophia inclinou a cabeça para olhar o rosto dele. Vincent soube o que ela quis dizer com aquilo, ela percebeu.

– Ontem à noite, fui mais bruto do que pretendia, Sophie – disse ele. – E a machuquei.

– Foi agradável.

Ela mal conseguia acreditar na própria ousadia.

Ele sorriu.

– Talvez não seja tão agradável agora de manhã. Talvez devêssemos...

– Acho que seria agradável – disse ela, antes que ele pudesse concluir.

Ela sentiu, na altura do abdômen, que algo nele voltava à vida.

– Parece gulosa – disse ele.

– Sim.

Ele abriu um sorriso torto.

– Fico feliz por você também querer. Não suportaria se fosse apenas um dever.

– Não é – garantiu ela.

Vincent segurou o queixo de Sophia entre o polegar e o indicador de uma das mãos.

– Você precisa me fazer parar se eu a machucar. Promete?

– Prometo.

E ele a beijou e ela retribuiu o beijo daquela forma deliciosa que homens e mulheres se beijam, daquela forma desconhecida até a noite anterior – de boca aberta, úmidos, com a língua, com movimentos intensos e profundos de entradas e saídas que a faziam tensionar os músculos internos ao sentir uma expectativa que era quase dor e uma súbita umidade entre as coxas.

Imaginou que fosse passar a vida inteira sem isso. Era o que previra, embora não tivesse ideia até então do que era *isso*. Não passava de um desejo vago e triste.

Vincent fez com que ela se deitasse de costas e ela se abriu e se ergueu para ele, e, ao ser penetrada, sentiu ao mesmo tempo uma dor aguda e o assombro de viver tal intimidade. Pressionou os músculos em torno dele.

– Sophie, estou machucando você? – perguntou ele.

– Está – disse ela. – Mas não pare. Ah, por favor, não pare.

Foi mais lento e delicado do que na noite anterior. E por não haver o choque diante de algo tão estranho, tão pouco familiar, foi capaz de senti-lo, sua rigidez e dimensão, o ritmo firme de seus movimentos, o desejo crescendo dentro dela, subindo até seus seios, até o pescoço e mesmo atrás do seu nariz. E quando ele acabou, ela sentiu um jato quente dentro de si, como na noite anterior, e então o abraçou, deixou que os sentimentos se apaziguassem e se perguntou se eles algum dia a levariam a algum outro lugar além de uma ligeira e vaga... decepção.

Mas como poderia ficar desapontada? Ela se sentia... maravilhosa.

Ele saiu de dentro dela e se virou, levando-a com ele.

– Está confortável? – perguntou.

– Hummm.

– Posso considerar isso uma afirmativa?

– Hummm.

Quando percebeu, já passava das oito e meia.

Ele afagava seu cabelo com os dedos.

O duque de Stanbrook chegou às dez, como combinado, junto com lady Barclay, embora pudesse tranquilamente ter ido com lorde e lady Trentham, pois os dois tinham sido convidados para o café da manhã. O conde de Berwick e o visconde de Ponsonby também foram convidados.

– Nunca será possível dizer que um de nós t-tem permissão de partir em viagem com discrição quando há outros Sobreviventes por perto para se despedirem dele em grande estilo – comentou o visconde de Ponsonby quando estavam todos à mesa. – Ou para se despedirem dela, eu acrescentaria, antes que Imogen me corrija.

– A grande despedida de hoje será bem-vinda, Flave, desde que não venha acompanhada por panelas e chaleiras – disse Vincent.

– Panelas e chaleiras? – O visconde de Ponsonby franziu a testa. – Quem seria tão infame? Chamaria atenção das pessoas se você saísse por aí fazendo estrondo. Seria um constrangimento t-tremendo.

– Alguém teve notícias de Ben? – perguntou o duque de Stanbrook a todos. – Além do fato de ele estar com a irmã no norte da Inglaterra?

Ninguém tinha notícias.

– Queria que estivesse aqui – disse Vincent. – Poderia ter dançado no meu casamento.

Houve risadas generalizadas.

– Sir Benedict Harper teve as duas pernas esmagadas por seu cavalo – explicou lorde Trentham a Sophia – e recusou-se a permitir que fossem amputadas no hospital de campanha, como lhe aconselharam fortemente. Disseram-lhe que nunca mais voltaria a andar, mas ele anda, do seu jeito. Jura que um dia vai dançar, e nenhum de nós se atreve a duvidar. Um sujeito bravo, nosso Ben, quando é contrariado. Ou mesmo quando não é.

– O mais importante, lady Darleigh, é o fato de que realmente não duvidamos do que ele diz. Se diz que vai dançar, ele vai dançar. Nós acreditamos nele – disse lady Barclay.

– T-também acreditaríamos que existem fadas nos fundos de seu jardim, Imogen, se você nos contasse isso – brincou lorde Ponsonby.

– Pois bem, lá vem você, Flavian – disse ela. – Mas eu não diria esse tipo de coisa, não é? Nossa confiança recíproca foi conquistada por meio da honestidade.

– A menos que realmente tenha visto as fadas – atalhou Vincent, rindo.

– Claro – disse ela. – Lady Darleigh, deve estar nos achando fúteis. Fadas nos fundos do jardim, francamente!

– Não estou – respondeu Sophia. – Tenho uma linda imagem mental das fadas. Talvez eu as desenhe e Vincent crie histórias sobre elas para os sobrinhos. Na verdade, vamos criar histórias juntos.

Sophia havia projetado o corpo para a frente e olhava com entusiasmo para os rostos à mesa, um por um. Percebeu surpresa e divertimento. E ouviu as palavras que dissera, observou a própria postura e ficou vigilante à expressão em seu rosto como se estivesse olhando e ouvindo uma desconhecida. Ah, pensariam que havia perdido o juízo. Voltou a se recostar na cadeira.

– Sophie faz caricaturas – explicou Vincent. – Não vi seus desenhos, claro, mas posso apostar que são perversamente satíricos. E agora ela quer experimentar seus talentos na ilustração e contação de histórias.

Sophia sentiu as faces ficarem ruborizadas. Estava sendo observada por um duque, um conde, um visconde, um barão e sua esposa, pela viúva de um nobre e por seu próprio visconde cego.

Apenas uma semana antes...

Mas nada era mais como uma semana antes.

– É só uma bobagem – murmurou ela, segurando o guardanapo.

O rosto austero do duque voltou-se para Vincent com inconfundível afeição e depois para Sophia com... bem, certamente com alguma gentileza. Todos a olhavam de um jeito parecido. Ninguém franzia a testa nem debochava de sua estupidez ou soltava exclamações como se dela tivesse brotado mais uma cabeça – ou como se tivesse se esquecido de seu lugar no canto da sala.

– O entusiasmo e a criatividade nunca são bobagens – disse lady Barclay.

– Muito menos os prazeres compartilhados – acrescentou lady Trentham. – Especialmente com a pessoa amada.

– E há quanto t-tempo está casada, lady Trentham? – perguntou o visconde de Ponsonby. Ele levantou as sobrancelhas para lorde Trentham. – Hugo, seu canalha.

– Você realmente conta histórias, Vince? – perguntou o conde de Berwick. Vincent pareceu envergonhado.

– Bem, quando seus sobrinhos imploram para que você leia uma história para eles na hora de dormir e sua irmã pede que se calem muito constrangida e, sem dúvida, com gestos significativos feitos na direção de meus olhos enquanto pronuncia sem emitir som *Tio-Vincent-é-cego*, é preciso se tornar inventivo por uma questão de respeito próprio.

– Mantenha-o contando histórias, lady Darleigh – disse o visconde Ponsonby. – Talvez se esqueça do v-violino.

– Mas eu não deixarei que ele esqueça – garantiu-lhe Sophia.

O café da manhã durou apenas uma hora. No início, Sophia estava extremamente constrangida, sobretudo por estar sentada de frente para o duque, que ocupava a cabeceira da mesa. Terminou a refeição bem menos amendrontada com os Sobreviventes e um pouco mais orgulhosa de si mesma por não ficar completamente muda, como no dia anterior.

Já não se sentia tão farsante. Talvez seu casamento não fosse ser algo temporário, afinal de contas. Vincent dissera que precisavam deixar de pensar assim, e ela concordava. Em primeiro lugar, não devia ter aceitado aquele acordo. Casamento era casamento. Não era correto manipulá-lo e distorcê-lo para servir a um propósito.

Lady Trentham deu-lhe o braço um tempo depois, quando a carruagem de Vincent foi trazida até a entrada e os lacaios, sob as ordens do Sr. Fisk, carregavam-na com mais bagagem do que quando haviam chegado. Os dois foram cercados por todo o alvoroço das despedidas.

– Lady Darleigh – disse ela –, esse novo traje de viagem é mesmo muito elegante e insisto em levar pelo menos parte do crédito. Não posso levar o crédito por *você*. Deve sempre sorrir e estar feliz, minha querida, como esta manhã. E *bonita*. Por favor, seja feliz. Conheço lorde Darleigh muito pouco, mas tenho grande estima por ele, pois foi gentil comigo em Penderris Hall e também porque Hugo o adora.

Sophia sentiu-se terrivelmente constrangida. Se naquela manhã estava diferente do dia anterior, todos pensariam...

Bem, claro que pensariam.

Mas... *bonita?*

– Vou fazê-lo feliz – disse ela impulsivamente. – Nunca tive a oportunidade de fazer alguém feliz.

– Mas você também deve ser feliz. E, quanto a seu marido, lembre-se do cachorro de Lizzie – disse lady Trentham, apertando a mão de Sophia antes de soltá-la para ser abraçada por Imogem e ter a mão beijada por todos os cavalheiros.

O duque de Stanbrook, ao abraçá-la, murmurou em seu ouvido:

– Estou muito esperançoso. Na verdade, nesta manhã fiquei particularmente esperançoso que você seja o anjo que rezei que enviassem para meu Vincent, lady Darleigh.

Ela não teve tempo de fazer nada além de olhá-lo de relance, surpresa. Estava na hora de subir na carruagem. Vincent já estava de pé, perto da porta aberta, esperando para ajudá-la.

*O cachorro de Lizzie*, pensou ela enquanto se acomodava no assento e abria espaço para Vincent. Dois dias antes, lady Trentham e lady Kilbourne tinham lhe contado sobre a filha de uma prima, uma garotinha cega que vivia correndo pela casa e pelos jardins com grande ousadia e alguns raros tombos, graças a um cachorro cheio de energia que parecia entender que a segurança da criança era sua responsabilidade quando estava de coleira. Com um pouco mais de treino e disciplina, explicara lady Kilbourne, o cachorro de Lizzie poderia ajudá-la, como nenhuma bengala ou memória cuidadosa poderia, a levar uma vida enfrentando não muito mais dificuldades que uma pessoa com visão.

O Sr. Handry subiu para seu posto, seguido pelo Sr. Fisk, e a carruagem entrou em movimento. Sophia aproximou-se da janela para acenar para o duque e os convidados, todos reunidos nos degraus e na entrada para acompanhar sua partida. De alguma forma, pareciam menos imponentes do que no dia anterior. Vincent também sorriu e acenou.

– Sophie – disse ele, quando a carruagem saiu da Grovesnor Square. Ele se encostou, pegou a mão dela e a apoiou em sua coxa. – Eu a trouxe a Londres para não se sentir oprimida por minha família pelo menos até estarmos casados. No fim, acabei expondo-a à energia tempestuosa dos meus amigos. Sentiu-se muito incomodada?

– Não. Eles foram gentis. E pude praticar como não ser uma ratinha.

– Percebi. E apreciei seu esforço. Foi muito difícil?

– Foi. Toda vez que abro a boca espero ser ignorada ou encarada com total incompreensão ou espanto. Ou ultraje.

– Meus amigos gostaram de você.

Seu primeiro instinto foi negar. Mas prometera na noite anterior obedecer à única ordem que ele lhe dera até aquele momento, talvez a única que receberia. Além do mais, era verdade. Ou, pelo menos, havia a possibilidade de ser verdade. Lorde e lady Trentham examinaram-na com perceptível desconfiança quando ela apareceu na casa deles. Os outros Sobreviventes observaram-na com considerável reserva e uma preocupação não muito bem disfarçada em relação ao amigo. Naquela manhã, haviam demonstrado bem mais simpatia. Todos, até o cínico visconde de Ponsonby e o austero duque de Stanbrook, que claramente amava Vincent como a um filho.

*Na verdade, nesta manhã fiquei particularmente esperançoso que você seja o anjo que rezei que enviassem para meu Vincent, lady Darleigh.*

Meu Vincent.

Ela havia sentido um frio no estômago quando ouviu aquelas palavras.

– E gosto deles – completou ela. – Será que sir Benedict Harper conseguirá dançar?

– Ele anda com a ajuda de duas bengalas – contou-lhe Vincent. – Às vezes, dá alguns passos sem elas. É uma visão dolorosa. E inspiradora também, pois disseram a ele que suas pernas seriam apêndices inúteis pelo resto da vida, que poderiam ficar doentes e até ameaçar sua saúde. Ele vai dançar, Sophie. Não tenho dúvidas de que conseguirá.

– E você? – perguntou ela. – Vai dançar?

Ele virou a cabeça bruscamente e sorriu.

– No escuro?

– Por que não? – disse ela. – Nunca dancei, embora tenha observado as pessoas dançarem. Observei na festa da semana passada. E observei Henrietta com o professor de dança. Ele a ensinou a valsa. Acho que valsar deve ser uma das sensações mais maravilhosas do mundo. Eu dançaria se tivesse uma oportunidade, mesmo no escuro.

– Ah, Sophie, gostaria? Também nunca valsei, embora tenha visto uma vez num baile do regimento, antes de... Bem, antes de meu único momento glorioso em batalha. Considerei uma linda dança para ser compartilhada com a parceira certa.

Ela olhou para ele pensativamente.

# CAPÍTULO 13

Viajar era bem tedioso, em especial quando não se podia ver a paisagem campestre. E também desconfortável, mesmo quando se era o dono de uma carruagem com boas molas, estofados espessos e macios. Mesmo assim, Vincent não estava com pressa para o fim da jornada.

Era um covarde.

Embora parte dele estivesse empolgada diante da perspectiva de voltar para casa e de começar uma vida completamente nova. E seria nova em parte porque as circunstâncias haviam mudado e em parte porque estava determinado a viver sem a passividade de antes.

Viajaram em silêncio boa parte do tempo. Mas não era um silêncio constrangedor. Também conversavam. Ela descrevia pontos interessantes pelos quais passavam. Chegou a ficar quase meia hora discorrendo sobre tudo que *não* era interessante – o céu cinzento e nublado; um bosque com troncos e galhos enegrecidos e sem folhas; um monte de estrume cheio de moscas; vacas preguiçosas demais para ficarem sobre as quatro patas; um campo aberto com dezenas, talvez centenas, de ovelhas, nenhuma das quais negra; uma extensão de terra plana, sem um único morro para interromper a monotonia –, até que Vincent não aguentou mais de tanto rir.

Sophia tinha um olhar afiadíssimo para o ridículo. E um senso de humor precioso – comedido, seco e irresistível. Era o tipo de humor que poderia esperar de Flavian – e o surpreendia que a esposa e o amigo tivessem algo em comum.

– Convenceu-me, Sophie – disse ele. – A visão não é tudo.

– A falta dela o poupa de muita chatice – garantiu-lhe ela.

Ela lhe falou mais sobre o pai quando ele perguntou – atraente, charmoso, carismático, sempre alimentando a esperança de ganhar riqueza incalculável, e que tinha nos lábios a frase "um dia meu navio vai chegar, Ratinha". E o tempo todo fugindo de senhorios, de comerciantes que não recebiam o que lhes era devido e de maridos furiosos. Mas depois que a esposa o deixou, ele alimentara, vestira e abrigara a filha, a não ser em situações especialmente difíceis. Ele a educara, até certo ponto, para que fosse capaz de ler, escrever e fazer contas suficientemente bem para perceber que os exíguos e precários recursos financeiros de que dispunham jamais permitiriam que vivessem com estabilidade. Então, um dia, ele não foi rápido o bastante e recebeu de um marido enganado uma luva no rosto – literalmente. E no duelo que se seguiu, levou um tiro entre os olhos antes mesmo de levantar a pistola para atirar.

– Você sabia do duelo? – perguntou Vincent.

– Sabia.

Houve um longo silêncio, e ele sentiu que ela estava desolada.

– Fiquei esperando. E rezando. E tentando pensar em outros assuntos. E esperando. E rezando. Demorou muito para alguém aparecer. Só veio alguém no fim da tarde, embora o duelo tivesse ocorrido ao amanhecer. Acredito que tenham se esquecido de mim.

Aquele dia provavelmente lhe pareceu um mês inteiro. E a sensação de abandono e talvez insignificância deve ter se impregnado em seus ossos de forma permanente.

– Ele havia escrito três cartas, e o Sr. Ratchett, seu amigo e auxiliar no duelo, recebeu instruções de entregá-las se ele morresse – explicou ela. – Eram para seu irmão, sir Terrence Fry, e para as irmãs, tia Mary e tia Martha. Sir Terrence estava fora do país, como de costume. Tia Martha não respondeu nem tia Mary, mas ela morava em Londres, e o Sr. Ratchett me levou para lá e lá fiquei.

– E ela a acolheu de boa vontade? – perguntou ele.

– Não me virou as costas. Não sei o que faria se ela não me recebesse. Mas eu raramente a encontrava. Disse que eu era um caso perdido assim que me viu. Ela me comprava roupas quando eu precisava e de vez em quando me dava dinheiro para pequenas coisas, que eu usava principalmente para comprar papel e carvão. Ela passava a maior parte do tempo em seus aposentos particulares ou fora de casa com os amigos.

– Não havia primos? – perguntou ele. – Ela não tinha filhos?

Houve uma pausa breve.

– Não. Ela não teve filhos.

Ele tinha se tornado sensível ao som ou, às vezes, à ausência dele. E à atmosfera, aquela ligeira tensão, algo inexplicável e indefinível, que pairava no silêncio ou mesmo, ocasionalmente, em meio ao ruído.

Por que aquela breve pausa quando a resposta era um simples não?

Ele não perguntou.

– Então ela teve uma febre e morreu depois de três semanas. Deixou o dinheiro para a caridade.

– E lady March a acolheu.

– Ela e sir Clarence estavam no funeral e um grupo de amigas de tia Mary a elogiou por ter acolhido aquela *garota que parece uma ratinha* – contou Sophia. – Eram damas influentes. Todo tipo de fofoca perversa partia delas quase diariamente. Podiam destruir a reputação de uma pessoa com uma única palavra no ouvido certo.

– Então ela se sentiu obrigada a assumir você – supôs Vincent. – Tem uma caricatura das fofoqueiras?

– Ah, sim, com certeza. Com corpos longos, pescoços longos, sacudindo seus pincenês, os narizes trêmulos, e tia Martha acuada, na altura de seus joelhos.

– E a ratinha no canto? – perguntou ele.

– Com braços cruzados e uma expressão sombria – disse ela. – Eu tinha 18 anos. Devia ter procurado trabalho. É que... eu não tinha ideia do que fazer. Ainda não tenho. Deveria ter ido para Londres na semana passada. Na diligência, quero dizer. Procurar trabalho.

– Não gosta de nosso acordo, então? – perguntou ele, que desejou, no mesmo instante, não ter usado aquela palavra.

– Tenho sido passiva até agora. Só recebi e nada dei em troca. Só minhas roupas devem ter custado uma fortuna.

– Não foi totalmente passiva na noite de núpcias – lembrou-lhe ele. – Nem ontem à noite.

Tinham feito amor três vezes no quarto da estalagem, e, apesar de Sophia não ser uma parceira particularmente ativa, também não demonstrara falta de disposição. Tinha, com certeza, dado todas as demonstrações de estar desfrutando do que faziam.

– Ah, isso – disse ela, com desdém, e talvez um pouco constrangida.

– Sim, *isso*. – Ele franziu a testa. – E não venha me dizer, Sophie, que não gostou. Eu seria obrigado a me comportar de forma pouco cavalheiresca e chamá-la de mentirosa. E, independentemente de seu próprio deleite ou falta dele, você me deu prazer.

– Mas isso não é muita coisa – disse ela.

Se ele não tivesse ficado preocupado com mais esta prova da baixa autoestima de Sophia, teria dado um sorriso.

– Não é muita coisa? – repetiu ele. – Acredito que saiba pouco sobre os homens, Sophie. Não sabe da importância que o sexo tem em nossas vidas? Perdoe-me a franqueza. Tenho 23 anos. Finalmente estou casado. Espero nunca pensar em você como uma simples e conveniente fornecedora de sexo regular, mas nunca será apenas *ah, isso* ou *mas isso não é muita coisa* para mim.

Percebeu que ela estava rindo baixinho e riu junto.

– Não é o tipo de conversa que um cavalheiro imagina ter com a esposa dois dias depois do casamento – disse ele. – Foi indelicado, para dizer o mínimo. Perdoe-me.

Passaram-se vários minutos de silêncio, mas, por fim, ele percebeu que o raciocínio dela continuava seguindo a mesma linha.

– O que você vai fazer quando o período de um ano se passar? – perguntou ela.

Ele fechou os olhos como se pudesse bloquear os pensamentos e a visão.

– Vai arranjar uma amante? – perguntou ela, quando ele não respondeu.

Seus olhos se abriram e ele virou a cabeça na direção dela.

– Sou casado com *você*.

Mas o que ele *faria* se ela o deixasse? Depois de um ano. Depois de cinco anos. Depois de dez anos. Meu Deus, ele teria apenas 34 anos.

– Você arranjaria um *amante*?

Tinha chegado ao ponto da fúria, ele percebeu.

– Não.

– Por que não?

– Porque sou casada com você – respondeu ela, a voz baixa e monótona.

– Você *gostaria* de ter? – perguntou ele.

– Não. E você?

– Não sei – disse ele, cruelmente. – Talvez sim. Talvez não.

O silêncio que se seguiu foi repleto de tensão.

Talvez *precisasse* encontrar amantes. Não era um monge, afinal de contas. Mas a ideia só o deixou mais enfurecido.

Um silêncio tempestuoso se seguiu.

– Essa foi nossa primeira briga? – perguntou ela, baixinho.

– Sim, droga, foi.

Ele sentiu a mão dela sobre a dele, e riu, arrependido.

– Logo estaremos em casa – disse ele pouco depois. – E não sentirá mais que só você ganha e eu nada recebo. Vou precisar de você. Em termos de desenvolvimento pessoal, fiz progressos dos quais posso me orgulhar, mas não desempenhei tão bem o papel de senhor de Middlebury Park. Permiti que outros cuidassem de mim e governassem meu mundo. Promover essa mudança não será fácil, pois aquelas pessoas me amam e sentem uma vontade caridosa de facilitar minha vida. Mas a mudança acontecerá. Estou determinado. Porém, precisarei da sua ajuda.

– Para assumir a função que agora é exercida pelos outros?

– Não. Não pretendo transferir para você a dependência que tenho da minha mãe e do meu administrador. Só quero que me ajude a chegar ao ponto em que não precisarei...

– Nem de mim? – perguntou ela quando ele parou abruptamente, percebendo que as últimas palavras provavelmente pareceriam ofensivas, embora não tivesse sido essa sua intenção.

– Só não quero *depender* de você, Sophie. Nem de ninguém – disse ele.

– E, no entanto, eu sou totalmente dependente de você. Sem você, eu estaria passando fome pelas ruas de Londres.

– É a natureza do casamento, Sophie – disse ele com um suspiro. – A esposa sempre depende do marido no aspecto material. E ele depende dela para outras coisas, algumas tangíveis, a maioria não. Mas detesto a palavra *dependência*. Deveria ser eliminada do dicionário. Prefiro pensar no casamento como uma troca entre as partes.

Os dois voltaram a ficar em silêncio.

O ombro dela tocou o dele depois de um tempo, e, pela respiração dela, ele pôde perceber que estava quase adormecida. Vincent virou, passou um braço em seus ombros e o outro sob seus joelhos. Colocou-a no colo e apoiou os pés no assento a sua frente.

Ela suspirou e aconchegou a cabeça no ombro dele, que baixou o rosto e a beijou. Ela retribuiu com uma boca quente e lânguida – com a *boca*, não apenas os lábios. E ele se recusaria a crer que ela não tinha a boca mais bela do mundo, mesmo que alguém com a visão perfeita lhe dissesse que estava errado. Ele não estava excitado, nem queria ficar. Não ali. Mas sua boca demorou-se na dela e sua língua explorou lentamente os lábios e a carne macia por trás deles. A mão dela estava em seu ombro e depois atrás de seu pescoço.

– Nunca fiz nada na vida – disse ela. – Apenas suportei e observei e sonhei e ri diante da tolice que vejo à minha volta. Sempre vivi à margem. Agora serei a senhora de Midddlebury Park. Não, *não serei*. Já *sou*.

– Assustada? – perguntou ele.

Ele sentiu em seu ombro que Sophia assentia. Seria estranho se não estivesse assustada.

Sophia bocejou e ele acomodou a cabeça dela sob o queixo e ajeitou-a mais confortavelmente no seu colo. Ele fechou os olhos e começou a se deixar levar pelo sono.

Não se tratava de um trecho particularmente acidentado da estrada. Tinham sacudido bem mais no último dia e meio. Mas aconteceu exatamente quando Vincent pairava entre a vigília e o sono, e ele despertou com o solavanco, completamente desorientado, e abriu os olhos para ver o que estava acontecendo.

E foi tomado por uma imensa sensação de pânico.

Não conseguia enxergar.

Não conseguia respirar

Não conseguia *enxergar*.

– O que houve? – sussurrou uma voz em seu ouvido.

Não podia falar mais alto? *Mais alto?* MAIS ALTO!

Ele afastou-a bruscamente e inclinou o corpo para a frente até conseguir tocar o painel atrás do assento. Tateou até encontrar a janela e a tira de couro a seu lado. Agarrou-a e lutou para respirar. Não havia ar suficiente.

*Não havia ar suficiente.*

– Vincent? O que houve?

Sophia parecia assustada. Terrivelmente assustada.

Ela não podia *falar mais alto*?

Ela tocou-lhe o braço, mas ele a repeliu. Ele segurou-se ao assento da frente, agarrou-se à beirada e abaixou a cabeça.

Não havia ar.

Ele não conseguia *enxergar*.

– Vincent? Ai, meu Deus, Vincent? Quer que eu peça para a carruagem parar e chame o Sr. Fisk?

Martin colocaria um braço sobre seu peito, abaixo do queixo, e daria batidas firmes em suas costas com a outra mão. E lhe diria sem rodeios, com calma, que ele era cego. Era só isso. Ele era cego.

Havia certa magia no tratamento de Martin. Podia até chegar ao ponto de dizer para Vincent que ele estava se comportando como um boboca. O único problema ali era sua cegueira.

Mas era humilhante, depois de todo aquele tempo, ainda ter que contar com Martin para acalmá-lo.

– Não – disse, ofegante. – Não.

Recuperou o fôlego e concentrou-se na respiração para não ficar sem ar de novo. Ouvia o ar entrando pelas narinas e saindo pela boca.

Inspira. Expira.

– Desculpe – disse ele.

Sentiu o toque hesitante dela em suas costas. Quando ele não a afastou, Sophia começou a acariciá-lo, com movimentos leves e circulares. Não disse nada – nem fez qualquer tentativa de parar a carruagem.

Inspira. Expira.

Havia muito ar. Claro que havia.

Ele não havia conseguido ouvi-la com clareza porque ela falara baixo, praticamente sussurrara, e os cavalos e as rodas da carruagem faziam barulho suficiente para abafar sua voz. Mas *ele tinha ouvido o barulho*. O que havia de errado, como Martin teria lhe dito, era sua cegueira.

Era um problema administrável.

A vida ainda valia a pena, ainda era rica de significados e possibilidades.

Ele não estava mais concentrado na respiração, percebeu. Respirava por instinto.

Havia machucado Sophia? Física ou emocionalmente? Assustado-a?

– Desculpe – repetiu, ainda com a cabeça baixa, ainda se segurando na beirada do assento à frente. – Eu a machuquei, Sophie?

– Não.

A voz dela estava um pouco fraca.

Ele voltou a se recostar. Sentia as fortes batidas do coração em seu peito, mas estavam se acalmando.

– Sinto muito – disse ele mais uma vez. – Por alguns meses... – Ah, ele nunca falava naquele assunto. Sua respiração ameaçou voltar a perder o ritmo. – Por alguns meses, fiquei surdo, além de cego. E nunca parecia haver ar o bastante. Ahhh. Sinto muito. Não consigo...

A mão dele estava entre as suas, e ela a segurava junto ao rosto.

– Não precisa – disse ela.

– Depois de uma eternidade, apareceram braços – disse ele. – Os mesmos braços o tempo todo. Eles me abraçavam, me alimentavam e me davam ar.

– Sua mãe?

– George – corrigiu. – Eram os braços do duque de Stanbrook. Ele me ajudou a me manter vivo e são, embora eu certamente fosse enlouquecer se não tivesse recuperado a audição. Mas ela voltou, a princípio fraca e imprecisa, depois completa. Mas de vez em quando...

– Tem ataques de pânico – completou ela. – Precisa ser abraçado quando eles acontecem, Vincent, ou prefere ficar sozinho?

Ela precisava saber. Era sua esposa. Com certeza voltaria a acontecer na sua presença. E era impossível prever quando.

– O contato humano geralmente ajuda na recuperação, depois dos primeiros instantes – explicou ele. – Mas tenha cuidado para não se machucar nessa hora. Ah, Sophie!

Ela beijou o dorso da mão dele.

– Estou feliz por não ser a única que precisa de cuidados em nosso casamento – disse ela. – Não que esteja feliz por você ser cego ou por ter esses ataques. Mas estou feliz que você não seja uma espécie de pilar de força sobre-humana. Eu não conseguiria sobrepujá-lo. Sou fraca demais, frágil demais. Nas nossas fraquezas, talvez possamos encontrar forças.

Ele estava muito cansado para compreender o que ela dizia. Mas sentiu-se mais tranquilo, maravilhosamente reconfortado. Ao mesmo tempo, sentiu que poderia chorar.

– Volte para o meu colo – disse ele. – Quer dizer, se confia que não vou empurrá-la de novo.

Ela se sentou no colo do marido e se aninhou com um braço no pescoço dele. Ele apoiou de novo os pés no assento da frente, enroscou os dedos nos cachos dela e sentiu-se seguro. E, de alguma forma, apreciado.

Ele dormiu.

Sophia sentia-se aquecida e confortável apesar dos sacolejos da carruagem. Estava aninhada nos braços de Vincent, a cabeça entre o ombro e o pescoço, segurando-o com um dos braços. Não estava dormindo, embora ele estivesse. Recordou-se de como Vincent era nas primeiras vezes em que o vira. Não que ele houvesse mudado. A percepção dela sobre ele que havia.

Elegante, belo, cortês. *Um visconde*. Alguém para se admirar a distância. Alguém de um mundo diferente do seu. Alguém quase intocável. Lembrou-se de seu choque quando ele ofereceu a ela o braço para que voltassem ao salão e ela o tocara pela primeira vez.

Era como se estivesse tocando em um deus.

Agora era sua esposa. Ela o conhecia intimamente – *muito* intimamente. Apesar de sua beleza quase inacreditável, era apenas um homem. Apenas uma pessoa. Como ela, era vulnerável. Como ela, vinha levando uma vida em muitos aspectos passiva. Como ela, sentia a necessidade, o intenso desejo de *viver*. De levar a melhor sobre a vida em vez de simplesmente suportá-la. De ser livre e independente...

Não eram tão diferentes quanto ela pensara.

E estavam a caminho do *lar*. Saboreou a palavra. Tinha morado em numerosos cômodos e casas nos primeiros quinze anos de vida, alguns luxuosos, a maioria decrépitos. Depois, vivera com tia Mary em Londres e depois com os Marches em Barton Hall. Mas nunca houve cômodo ou casa que pudesse chamar de *lar*.

O lar sempre fora apenas um sonho.

Mas Middlebury Park *seria* um lar? Ou apenas outra casa onde viveria por algum tempo antes de se mudar? Não pensaria nisso por enquanto – em se mudar para outro lugar. Ele estava certo no dia do casamento. *Agora*, eram casados. *Agora*, Middlebury Park seria seu lar. Desejava – ah, como *desejava* não ter revelado seu sonho na festa, pois fora totalmente baseado em sua convicção de que nunca se casaria, de que ninguém *desejaria* se casar com ela. E sempre tinha sido um daqueles sonhos impossíveis, aparentemente inofensivo justamente por ser impossível.

Chegariam a qualquer momento. Na última parada para a troca de cavalos, ouvira o Sr. Handry dizer que aquela provavelmente seria a última.

Estava apavorada.

O que faria em relação àquilo? Ia se esconder em um canto seguro? Ou fingir que não tinha medo?

Estava prestes a descobrir quem ela era, percebeu, e do que era feita.

De repente vislumbrou seu próximo desenho: um rato enorme, quase preenchendo a página, com puro terror nos olhos, como se um gato gigante estivesse preparando um ataque, um sorriso tolo e doentio no rosto. E uma série de linhas retas saindo dele e convergindo no canto inferior, onde exatamente o mesmo ratinho, em dimensões extremamente reduzidas, encolhia-se covardemente em segurança.

Sophia sorriu e sentiu o corpo estremecer junto ao de Vincent, e controlou o ataque de riso que ameaçava se tornar audível.

– Humm – disse ele. – Eu estava roncando?

– Não.

– *Alguma coisa* foi engraçada.

– Ah. Não muito.

– Você dormiu? – perguntou ele. – Acho que eu dormi.

– Eu estava ocupada demais me sentindo confortável – disse ela. – Essa é uma das vantagens de ser pequena. Consigo me aninhar em seu colo.

Era uma coisa que havia descoberto sobre si mesma. Conseguia relaxar e conversar com ele. Não ficava mais tão paralisada na sua presença como acontecia uma semana antes.

– Pode fazer isso quando quiser. Bem, nos limites do razoável, suponho. Meu administrador talvez fique um pouquinho desconcertado se você se aninhar no meu colo quando eu estiver com ele em seu escritório. Mas o tato é importante para mim, Sophie, talvez mais importante do que para a maioria dos homens. Nunca tenha medo de me tocar.

Ela não havia pensado dessa forma sobre sua necessidade. Por um momento, achou que fosse chorar. Mas se distraiu quando percebeu que a carruagem estava diminuindo o ritmo e fazendo uma curva.

– Ah.

Ela endireitou o corpo e sentiu o estômago revirar.

– Acho que chegamos – disse ele. – Descreva o lugar para mim, Sophie.

– Altos mourões de pedra – começou ela, arregalando os olhos –, com portões de ferro. Estão abertos, de modo que não vamos precisar parar. Um muro de pedra meio escondido sob o musgo e a hera se estende para os dois lados. Um estrada sombreada, com bosques que a ladeiam. Vejo carvalhos e castanheiras e outras árvores cujos nomes não sei. Sou péssima com nomes de árvore.

– E o que isso importa, já que as plantas não se dão nomes? – retrucou ele. – Ou pelo menos foi o que você mesma me disse há algum tempo.

A propriedade devia ser imensa. Não havia ainda sinal da casa ou dos jardins. Pareciam estar nas profundezas do interior.

– Vejo água – disse ela em seguida, saindo do colo dele e sentando-se para ver melhor pelas janelas. – Deve haver um lago, não é? Ah, sim, lá está ele. Um grande lago. Tem até uma ilha no meio com um pequeno templo ou algo parecido. Que pitoresco! E uma casa de barcos. E juncos. E árvores.

– Já saí com um desses barcos – disse ele. – Preciso que alguém me acompanhe, claro, ou acabo remando direto para as margens, os charcos ou as ilhas e outros variados obstáculos que insistem em aparecer no meu caminho.

– Precisa aprender a olhar para onde vai – disse ela. – Melhor ainda, leve--me com você e *eu* olharei para onde está indo. Vou gritar quando estiver prestes a colidir com alguma coisa. Ah. Ah, Vincent.

Admiração e terror tomaram conta dela em igual medida.

A casa agora estava à vista. Casa. Até parece! Era uma mansão. Era um *palácio*. Era... era Middlebury Park. Seu novo lar. Ela era sua nova senhora.

– Ah, Vincent.

– Ficou sem fala diante dos meus encantos, não foi? – perguntou ele. – Ou viu algo que deu um nó na sua língua?

– A segunda opção – respondeu. – Vi a casa. A estrada se torna reta e vai até os portões. Os dois lados são gramados, com pequenas topiarias. E lá na frente, vejo canteiros com mais arvorezinhas, flores e estátuas. E a casa. Ah, *como* poderia descrevê-la?

– Tem um bloco central, elevado e imponente – disse ele –, com doze degraus que levam a portas colossais. Longas alas dos dois lados e torres arredondadas nos quatro cantos. O estábulo fica à esquerda. Em breve, vamos virar à direita e passar entre o gramado e os jardins para nos aproximarmos da casa pelo lado leste. Atrás da casa, os jardins se estendem pelas colinas, que são cobertas por muitas árvores, e depois descem quase até a horta. É um pouco selvagem lá nos fundos. Cada lateral da propriedade tem 3 quilômetros, um total de 12 quilômetros de perímetro. Eram necessárias duas horas e meia para uma volta completa por fora do muro, num ritmo tranquilo. Já levei três horas e meia. As fazendas ficam além dos muros.

– Espiou quando ninguém olhava – disse ela.

– Meu segredo foi revelado. – Ele tomou a mão dela. – Está impressionada com a grande importância de seu marido, Sophie?

*Impressionada?* A palavra não chegava nem perto de descrever o que ela sentia, e também nenhuma outra em seu vocabulário.

– Ah, Vincent – foi tudo o que conseguiu dizer.

A carruagem de fato virou à direita e depois à esquerda e de novo à esquerda até parar aos pés de uma escadaria de mármore. Acreditava nas palavras dele de que eram doze degraus.

– Devo considerar isso um sim? – perguntou ele.

– Estou impressionada com *minha* importância – disse ela, tentando desesperadamente transformar terror em humor. – Sou a senhora de tudo isso, não sou?

Os grandes portões, que agora podia ver, abriram-se, e uma dama apareceu. Ela seguiu para o alto da escada enquanto Sophia observava.

A mãe de Vincent?

O Sr. Handry saltou da frente da carruagem, abriu a porta e baixou os degraus.

Sophia ergueu o queixo. O que mais poderia fazer?

# CAPÍTULO 14

Vincent saltou da carruagem e foi imediatamente envolvido pelo abraço da mãe, que observava o veículo se aproximando. Devia estar esperando sua chegada. Provavelmente, recebera uma dezena ou mais de cartas de Barton Coombs e passara dias vagando diante da janela.

Ele sentiu uma onda de culpa e amor familiar.

– Vincent! – exclamou ela. – Ah, finalmente em casa, em segurança. Quase fiquei doente de preocupação. – Ela se agarrou a ele, e, por algum tempo, ficou sem palavras. Depois o soltou e segurou-o pelos ombros. – Mas o que você fez? Diga que não é verdade. Por favor, diga-me que não fez nada tão tolo assim. Estou sem dormir de tanta preocupação desde que tive as notícias. Todos estamos.

– Mamãe.

Ele se virou ligeiramente, o que permitiu que ela enxergasse o interior da carruagem. Ela tirou as mãos dos ombros do filho e ficou em silêncio. Ele levantou a mão e ajudou Sophia a descer.

– Mamãe, deixe-me apresentar a você Sophia, minha esposa. Minha mãe, Sophia.

Sophia não tirou a mão da dele. Estava de luvas, ele sentiu.

– Ah, Vincent – disse a mãe com a voz fraca, enquanto Sophia descia os degraus. – Então você *se casou* mesmo com ela.

– Sra. Hunt.

Vincent supôs que Sophia fazia uma reverência.

– Eu não queria acreditar nisso – dizia a mãe. – Nem quando a própria Elsie Parsons me escreveu. Eu esperava que recuperasse a razão antes que fosse tarde demais.

– Mamãe – disse ele rispidamente.

– Lá vêm a sua avó e Amy – disse ela. – O que vão pensar disso?

Amy foi a primeira a chegar.

– Vincent! – exclamou ela, dando-lhe um abraço apertado. – Seu garoto levado. Mamãe está descontrolada desde que você desapareceu no meio da noite como se fosse um menino travesso. E voltou a perder o controle depois que soubemos de suas últimas aventuras. O que você estava *pensando* ao fazer tudo isso?

Sophia, em suas próprias palavras, sempre se mantivera praticamente invisível. A ratinha silenciosa em seu canto silencioso.

– Vincent. Meu querido!

Era a voz da avó, cheia de afeto, e Amy soltou Vincent para permitir que a senhora pudesse abraçá-lo.

– Vovó e Amy – começou ele –, permitam-me apresentá-las a minha esposa, Sophia. Minha avó, a Sra. Pearl, Sophie, e minha irmã mais velha, Amy Pendleton.

– Ah, então *de fato* se casou – exclamou Amy. – Não acreditei, embora Anthony tenha me dito que é claro que você se casaria, se a tivesse comprometido a ponto de levá-la a Londres sem uma acompanhante.

Ele deveria ter imaginado que pelo menos uma de suas irmãs estaria ali, convocada, sem dúvida, para ajudar a lidar com a nova crise familiar. E Amy era a mais próxima, do ponto de vista geográfico. As outras duas provavelmente estavam a caminho.

A primeira a recuperar os modos foi a avó.

– Sophia, minha querida – disse ela –, está tão pálida, parece que vai desmaiar. Está com a aparência que fico quando sou obrigada a fazer uma longa viagem de carruagem. Diria que precisa de uma boa xícara de chá quente e de algo para comer, e vamos providenciar as duas coisas lá em cima, na sala de estar. Que chapeuzinho lindo o seu. Suponho que esteja no auge da moda, pois veio de Londres.

– Sra. Pearl – disse Sophia, a voz baixa e um pouco trêmula. – Sim, nós nos casamos em Londres e Vincent insistiu que eu adquirisse roupas novas... Bem, uma xícara de chá seria ótimo. Muito obrigada.

– Sophia, é sobrinha de lady March, pelo que soube – disse Amy, numa saudação cerimoniosa.

– Sim, meu pai era irmão dela – explicou Sophia.

– Bem, o que está feito está feito – disse a mãe de Vincent rapidamente –, e devemos todos tirar o melhor proveito disso. Sophia, entre, por favor, com a minha mãe. Amy e eu vamos ajudar Vincent.

Uma em cada braço, sem dúvida, caminhando bem devagar, guiando-o, mantendo-o distante de qualquer obstáculo que pudesse surgir no seu caminho. Vincent já sentia aquela velha irritação. Embora não fosse justo. Tinham boas intenções. Elas o amavam.

– Não precisa se incomodar, mamãe – disse ele. – Martin? Minha bengala, por favor. Sophie? – Ele estendeu o braço e sentiu a mão dela na dele.

– Vou levá-la até a sala, enquanto depositam nossa bagagem nos quartos. Uma xícara de chá viria bem a calhar, vovó. Foi uma viagem longa. Lamento ter causado tanta ansiedade, mamãe, embora tenha pedido a Martin que lhe escrevesse uma ou duas vezes. Estivemos em Lake District. Contarei mais sobre minhas andanças quando estivermos sentados, e sobre nosso casamento, embora eu acredite que Sophie contará melhor todos os detalhes. Chegou recentemente, Amy? Anthony e as crianças estão com você?

– Estão. Chegamos ontem no fim do dia. Viemos assim que recebemos a notícia. Embora eu estivesse convencida de que você não se casaria com tanta pressa. Na verdade, tinha certeza de que não se casaria, especialmente por haver fugido há tão pouco tempo diante da mera perspectiva do matrimônio.

– Aquela era a Srta. Dean, Amy – disse ele. – Esta é Sophia. A Srta. Dean não foi a minha escolhida. Sophia foi. E é.

Ele caminhava enquanto falava. Quando Martin colocou a bengala em sua mão, também o orientara, com um ligeiro toque, a seguir na direção correta. Sentiu o primeiro degrau com a bengala e os contou enquanto subia, sem deixar de conversar.

– O sol deve estar brilhando. Está?

– Está – respondeu Sophia.

– Sinto o calor nas minhas costas. Estou feliz. Vai conhecer Middlebury Park em seu melhor momento, Sophie, pois há bem mais para ser visto do que os canteiros, a fachada da casa, os bosques e o lago.

Ele parou quando chegaram ao saguão. Sabia que era imponente. O piso era revestido com quadrados pretos e brancos e havia muito mármore branco nos bustos clássicos colocados em nichos. O teto era pintado com cenas da mitologia, e os frisos eram dourados. Havia uma grande lareira de mármore de cada lado, que oferecia ao menos a ilusão do calor, o aconchegante crepitar da madeira e o perfume da lenha a quem chegava à casa num dia frio.

– Então? – disse ele.

– Ah, é *magnífico* – respondeu ela quase num sussurro.

Sim. E tinha a intenção de provocar admiração nos visitantes mais humildes. Não necessariamente na própria senhora da casa.

– É um dos mais belos saguões da Inglaterra, Sophia, pelo menos foi o que me disseram – contou a mãe de Vincent.

Ele avançou, contando silenciosamente os passos. Atravessou o grande arco nos fundos do saguão e foi para a direita até que a bengala bateu no primeiro degrau da escadaria de mármore. A mão de Sophia em seu braço, de alguma maneira, lhe trazia segurança. Sabia que ela corrigiria qualquer passo em falso mais grave, e além disso era uma guia gentil e discreta.

A sala principal ficava sobre o saguão, na parte da frente da casa, e tinha três janelas imensas que davam para o trecho da estrada entre os canteiros e o pequeno jardim de rosas, as árvores a distância. Era uma vista magnífica em um cômodo inundado de luz durante o dia.

Ou, pelo menos, foi o que haviam lhe descrito. Ficava feliz por ter enxergado no passado. Pelo menos, podia imaginar. E talvez o lar que imaginava fosse ainda mais magnífico que a realidade.

– Os quartos e as salas ficam todos aqui, na ala oeste – explicou ele enquanto subia a escada. – A ala leste raramente é usada. É a ala nobre, onde ficam o balcão e o grande salão de bailes. No passado, havia bailes e muita diversão por aqui.

Um criado devia estar à espera na entrada da grande sala. Ouviu as portas se abrirem e entrou com a esposa.

– Ah! – exclamou Sophia, parando à porta.

Ele a ouviu respirar fundo.

– Vincent, meu rapaz!

Era a voz animada de Anthony Pendleton, seu cunhado. Vincent escutou o som dos passos dele atravessarem o aposento e então sua mão direita foi apertada com firmeza; a bengala já havia sido dispensada.

– E que história é essa que ouvimos por aí? Que travessura andou aprontando quando sua mãe e suas irmãs não estavam por perto para cuidar de você e controlá-lo? Pela visto, se casou mesmo, como eu disse a Amy. Ou quem está em seu braço é sua noiva ou uma amiga casual?

– Anthony!

Amy parecia horrorizada.

– Sophie, este é Anthony Pendleton, marido de Amy – apresentou Vincent. – Minha esposa, Anthony. Sim, me casei de verdade. Há dois dias, em Londres, na igreja de São Jorge, na praça Hanover. Estamos casados.

– E estou orgulhoso de você – disse Anthony, batendo-lhe no ombro. – Você é mesmo uma miúda, Sophia. Exatamente como escreveram aquelas fofoqueiras em todas as cartas.

Vincent ouviu um beijo estalado.

– Sr. Pendleton – cumprimentou Sophia.

– Deve me chamar de Anthony, afinal, é a minha concunhada.

– Anthony.

– Na igreja de São Jorge? – perguntou a mãe de Vincent. – Não foi clandestino, como temíamos? Não poderia ter esperado, Vincent? Bem, agora é tarde demais. – A voz voltou a ficar ríspida. – Sophia, vá se sentar perto da lareira. A bandeja de chá chegará em um minuto. Deixe-me pegar suas luvas e o chapéu. Anthony, poderia deixá-los em algum lugar? Minha nossa, seu cabelo é curto. Ouvi dizer que era. Bem, pelo menos tem lindos cachos. Mãe, vá se sentar ao lado de Sophia. Vincent, venha aqui e se sente na poltrona perto da janela para sentir o calor do sol. Sei que é sua favorita.

Então segurou no braço dele com firmeza.

Ele quase obedeceu.

– Obrigada, mamãe – disse ele –, mas passei tempo demais sentado e preciso esticar as pernas. Vou ficar em pé diante da lareira, perto de Sophia.

Caminhou até ela sozinho, sem a bengala. Esperava não fazer papel de tolo e passar longe da lareira ou se chocar em alguma coisa, embora conhecesse muito bem o aposento. Estendeu a mão quando achou que estava próximo e ficou aliviado ao descobrir que a cornija estava apenas um pouco mais longe do que esperava. Apoiou a mão nela e deu meia-volta para encarar a poltrona onde se encontrava a esposa.

– É realmente curto – disse a avó, possivelmente se referindo ao cabelo de Sophia. – Mas tem uma cor linda.

– Muito obrigada, senhora – falou Sophia. – Lady Trentham, que é casada com um dos amigos de Vincent, levou-me a seu cabeleireiro e ele conseguiu domá-lo. Sempre cortei sozinha, mas nunca ficou muito bom. Ele me aconselhou a deixá-lo crescer.

– Talvez deva mesmo, para tirar vantagem dessa linda cor – disse a avó.

– Acho que realmente deveria – completou Amy. – Agora entendo por que em Barton Coombs dizem que você parece um menino.

Anthony pigarreou.

– Não que esteja se parecendo com um menino agora – acrescentou Amy. – Mas parece muito... jovem. Sempre teve o cabelo curto?

– Não, mas era muito difícil cuidar dele – explicou Sophia.

– Uma boa criada pode cuidar de qualquer tipo cabelo – disse a mãe de Vincent. – Não trouxe uma criada?

– Não, madame. Nunca tive uma.

– Nem nós – disse a mãe dele. – Só quando as meninas se casaram e eu me mudei para cá. Quer dizer, a não ser pela Sra. Plunkett, quer dizer, nossa governanta na Casa Covington, que também cozinhava, cuidava das crianças, ajudava a me arrumar, encontrava objetos perdidos, impedia garotos travessos de serem pegos em flagrante. Sim, Vincent! E muitas outras coisas.

– Ela sempre foi minha maior aliada – acrescentou Vincent.

A Sra. Plunkett morava com eles desde que ele podia se lembrar.

– Fiquei bem triste quando ela decidiu se aposentar e foi morar com a irmã – disse a mãe dele. – Uma das arrumadeiras da casa é irmã da minha criada, Sophia, e, ao que parece, sua grande ambição é trabalhar para uma dama. Cuidou muito bem do meu cabelo certa noite, quando dispensei minha criada para que se recuperasse de um resfriado. Você poderia fazer um teste com ela e ver se lhe agrada.

Vincent olhou com gratidão em direção à mãe. Ela estava se recuperando. Podia estar chateada – com certeza, estava –, mas seguiria o próprio conselho e tiraria o melhor da situação. Sempre fora boa nisso.

– Obrigada, madame – disse Sophia.

– Pode me chamar de mamãe – falou.

– Sim, mamãe.

– Ah, aqui está a bandeja de chá – disse Amy, enquanto Vincent ouvia a porta da sala se abrir. – Posso servi-la, mamãe? Não, desculpem-me. Posso servi-la, Sophia?

– Ah, sim, por favor, Sra. Pendleton – falou Sophia.

– Amy, por favor. Somos cunhadas. Ah, é tão estranho. Tenho dois cunhados; é minha primeira cunhada. Vincent, seu levado, nunca o perdoarei por ter fugido para Londres para se casar e nos privar da agitação e angústia de organizar uma cerimônia de casamento. Ellen e Ursula também não vão ficar contentes. Espere e verá.

– Enquanto Amy serve o chá e Anthony, o bolo, quero ouvir tudo sobre o casamento – disse a mãe de Vincent. – Todos os mínimos detalhes.

– A começar pelo seu vestido de noiva, por favor, Sophia – pediu a avó.

Sophia contou a maior parte da história, a princípio com a voz baixa e hesitante, mas foi logo ganhando mais confiança. Contou das compras com lady Trentham e lady Kilbourne, do vestido de noiva e da roupa de Vincent, a decoração da igreja, os convidados, a forma como ele assinou o registro e o olhar atônito do sacerdote, das lágrimas nos olhos de lorde Trentham e do duque de Stanbrook quando deixaram a igreja, a pequena e animada multidão do lado de fora, o sol, as pétalas de rosa e os cavalheiros que as jogavam, a decoração da caleche e o estrondo das panelas, o café da manhã, os brindes. Vincent preenchia as lacunas, explicando a presença dos amigos na cidade para o casamento de Hugo e os pedidos para que comparecessem ao dele e organizassem a recepção para o casal.

– E *lamento tanto* não terem podido estar presentes – acrescentou Sophia, voltando a ficar ofegante. – Mas lorde Dar... Mas Vincent ficou muito sensibilizado por eu não ter uma família... minha própria família, por assim dizer. E estava preocupado porque eu não dispunha de roupas decentes e parecia um espantalho, sem condições de ser trazida para cá e apresentada à família dele. E ele não queria uma permanência demorada em Londres, que permitisse a chegada de todos, porque eu não tinha onde ficar, embora, no fim das contas, acredito que poderia ter me hospedado por mais tempo com lorde e lady Trentham. Foram muito gentis. Mas não sabíamos. Lamento *muito*.

– Também lamento, Sophia – disse a mãe dele com um suspiro. – E lamento que vocês não tenham se permitido mais tempo para se conhecerem melhor e terem certeza de que ficarão bem juntos pelo resto da vida. Mas agora é tarde demais para me preocupar com essas coisas.

– Sophia e eu não estamos preocupados, mamãe – garantiu Vincent enquanto alguém, Anthony, ao que lhe parecia, pegou-lhe o prato vazio e substituiu-o por uma xícara e um pires. – Fizemos o que pareceu o melhor para nós e ainda não tivemos um único momento de arrependimento.

Ele esperava estar dizendo a verdade – em relação aos dois.

– Em dois dias de casamento, Vince? – perguntou Anthony dando uma risadinha. – É bom ouvir isso.

– *Tentarei* compensar o fato de não termos feito o casamento aqui – disse Sophia, a voz perceptivelmente trêmula. – Suponho que os vizinhos teriam sido convidados? Farei visitas, se puder. Seria essa a forma correta de agir? E eles talvez retribuam as visitas. Quem sabe no futuro não convidamos algumas pessoas para uma espécie de recepção? Até mesmo um baile, como os que haviam no passado.

Houve breve e confuso silêncio.

– Ah, minha querida – disse a mãe de Vincent. – Eu a acompanharei se desejar fazer algumas visitas, mas não incentivamos ninguém a nos visitar. Vincent não... socializa. Não é fácil para ele. Qualquer tipo de divertimento excessivo está fora de questão.

Ele *tinha sido* uma espécie de recluso em Middlebury. Não tinha tomado nenhuma iniciativa para socializar com as pessoas do lugar e a culpa era inteiramente dele.

– No entanto, houve visitas em Barton Coombs, há menos de duas semanas – disse Vincent. – Metade dos moradores apareceu lá em casa e Martin serviu café e os bolos da mãe dele para todo mundo. Houve uma festa em minha homenagem na Caneco Espumante e eu gostei bastante, embora não tenha podido dançar.

– Mas era Barton Coombs. Você conhece todo mundo lá – retrucou a mãe.

– E deveria conhecer todo mundo aqui. Afinal de contas, moro aqui há três anos. Meu tio era, acredito, um homem sociável. Devo ser uma decepção para quem vive nas imediações.

– Ah, mas eles entenderão, Vincent – solidarizou Amy.

– Entenderão o quê? – perguntou ele à irmã. – Que sou cego e, portanto, totalmente incapacitado, além de mentalmente frágil? Vou visitar os vizinhos com você, Sophie. Está na hora de me conhecerem. E esta é a oportunidade perfeita. Middlebury Park tem uma nova viscondessa, a primeira em dezoito anos, se fui devidamente informado. Vamos começar a pensar na possibilidade de organizar uma recepção e um baile.

– Muito bem, Vince – incentivou Anthony. – Sempre suspeitei que havia mais em você do que aparentava. Afinal de contas, existem todas aquelas histórias sobre sua infância...

– Todos ficarão encantados – disse a avó de Vincent. – Todos nutrem profunda simpatia por você, eu sei, em especial porque foi ferido durante uma batalha. De qualquer modo, ouvi rumores de que muita gente sente falta dos velhos tempos, quando o visconde não ficava trancado em Middlebury Park e todo o resto do lado de fora.

Era desolador. *Ele* tinha sido desolador.

– Obrigado, vovó – disse. – Vou mudar isso. *Nós* vamos. Sophia e eu.

Ele olhou na direção dela e sorriu. Sophia tinha dado início àquilo. Seria capaz de levar adiante? Mas não teria de fazer tudo sozinha.

– Sophia – falou Amy –, você está cansada demais para conhecer as crianças? Provavelmente já souberam que tio Vince voltou para casa e devem estar dando pulos de alegria, especialmente se descobriram que ele trouxe uma nova tia. William tem 4 anos e Hazel, 3. Os dois parecem ter energia infinita, a não ser quando estão dormindo.

– Não estou tão cansada – respondeu Sophia.

– Meu amor? – disse Amy, possivelmente para Anthony. – Vamos trazê-las? Você se *importaria*, Vincent?

Estava *pedindo* para o marido? Suas parentas em geral lhe diziam o que fazer. Embora nem sempre tivesse sido assim. Houve uma época em que era bem independente.

– Sempre me pareceu estranho que nas casas grandes as crianças ficassem confinadas a um cômodo separado na maior parte do tempo – disse Vincent. – Nós não ficávamos, ficávamos?

– Eu teria menos cabelos brancos se tivessem ficado confinados. Especialmente *você*, Vincent – disse a mãe.

Todos riram.

E ocorreu a Vincent que nos últimos três anos tinha havido poucas risadas naquela casa. Costumavam rir muito, com certeza, nos tempos em que viviam na Casa Covington.

Ele tomou o chá e esperou o ataque das crianças.

Sophia afundou nas almofadas confortáveis de um sofá na sala particular de Vincent, que agora também era dela. Seus aposentos eram na torre sudoeste e ninguém aparecia sem um convite expresso, ele lhe dissera, a não ser Martin Fisk e agora Rosina, sua nova criada.

As primeiras horas de sua chegada a Middlebury Park foram uma provação terrível. A própria casa lhe enchera de assombro, e ela se sentira desconfortável junto à família, embora todos tivessem sido educados depois dos primeiros minutos, esforçando-se para tratá-la com gentileza. Se tivesse sido ignorada ou recebido permissão para se isolar, ficaria bem mais confortável, mas claro que isso estava fora de questão – tanto para eles quanto para ela. Sophia era agora a esposa de Vincent e todos o amavam. Não podiam ignorá-la. E ela estava determinada a fazer o necessário para se tornar a senhora de Middlebury Park. Não sabia se o faria no dia seguinte, na semana seguinte ou no mês seguinte. Mas, se não perseverasse desde o início, isso nunca aconteceria.

Estava exausta.

Adorou a torre leste assim que a viu. Era arredondada, assim como a sala de estar. O formato criava uma ilusão de aconchego, apesar de o cômodo não ser pequeno. No andar de cima havia dois dormitórios e duas salas de vestir com as mesmas dimensões. As grandes janelas da sala davam para o jardim e o parque em três direções diferentes. No dia seguinte, descobriria como era ser vista daquela janela.

– Cansada?

Vincent sentou-se ao lado dela.

Não estava tarde. Depois do jantar, no grande salão da ala leste, tinham ido até o quarto das crianças, como prometeram na hora do chá, desejar boa-noite aos filhos de Amy e Anthony, e ficaram para lhes contar duas histórias. A pedidos, Vincent contou a versão original da história do dragão e do camundongo do campo. Depois, os dois contaram a história de Bertha e Dan e da torre da igreja, que eles ouviram com muito interesse, gritinhos de ansiedade e milhões de perguntas. Depois, voltaram à sala de estar para tomar chá, e então Vincent pediu licença. Todos pareciam concordar que deviam estar exaustos depois da longa viagem.

– Estou – respondeu ela.

Ele pegou sua mão.

– Foi um dia muito agitado para você. Uma viagem um tanto longa e depois um novo lar e uma nova família.

– Sim.

Ele era amado pela família e retribuía esse amor. Durante o jantar, todos ouviram atentamente cada palavra de seu relato sobre as semanas passadas em Lake District. Assim como ela. Vincent tinha escalado montanhas íngremes. E andado a cavalo.

– As crianças são encantadoras – disse Sophia. Quase não tinha contato com crianças. Ficara surpresa com a energia, o afeto, a pouca capacidade de concentração e as perguntas muito diretas. – Elas adoraram as histórias, não foi? Vou fazer ilustrações e colocá-las em livros com histórias. Acha que vão gostar? Embora eu ache que vão sempre preferir as histórias que você conta direto da sua imaginação.

– As histórias que *contamos* – corrigiu ele. – Acho que a história de Bertha e Dan foi a preferida.

– Vamos ter que repensar essa história – disse ela. – Não devemos nos apressar em casá-los e condenar Bertha a uma existência presa ao chão pelo resto de seus dias, pobrezinha. Foi bom não termos feito referência ao casamento esta noite.

– Eles têm que viver mais aventuras?

A cabeça estava na direção dela, e ele tinha um sorriso torto no rosto. Sophia gostava daquela expressão. Fazia com que parecesse mais jovem – e bonito, claro.

– Como naquela vez em que o gatinho subiu na árvore – disse ela.

– Porque era tão adorável que todo mundo queria fazer carinho e ele teve que fugir para algum lugar para ficar sozinho?

– Isso, exatamente. E, claro, ninguém conseguia fazê-lo descer e ele começou a miar desesperado, e a noite já estava chegando.

– Entra Bertha, à esquerda do palco.

– Apressada – completou ela. – E sobe a árvore atrás do tal filhote. Não é fácil. A árvore é muito alta. Embora o tronco seja robusto na maior parte da subida, afina e não parece nada robusto lá em cima.

– Mas ela chega lá no alto, balançando com a brisa, pega o gatinho com um braço e fica paralisada.

– Mas o filhote não fica – disse ela. – Ainda está infeliz e não quer ser tocado, o pequeno ingrato, e se liberta dela e corre até o chão. O que acaba deixando Bertha na mesma situação difícil que o bichinho estava antes. Só que ela não pode simplesmente descer correndo. Nem olhar para baixo.

– Dan vai salvá-la?

– Ele tem de ser *muito* corajoso – disse ela –, pois, apesar de não enxergar a altura, *sente* o balançar da árvore. Na verdade, quando chega ao alto e põe a mão com firmeza na cintura de Bertha, o vento uiva em seus ouvidos e a árvore balança de um lado para outro como se fosse um enorme cavalinho de madeira. Na verdade...

– ... balança tanto que quase chega ao chão, e os amigos de Bertha conseguem tirá-la dos braços de Dan para sua imediata segurança, antes de ele ser lançado de volta para a posição vertical – completou ele.

– E, dessa vez, ele fica lá no alto – continuou Sophia –, porque há menos peso para o tronco suportar e o vento subitamente para. E Dan desce em segurança e é recompensado com uma salva de palmas e tapinhas nas costas. Além de um grande abraço de Bertha.

– E um beijo?

– Um beijo, com certeza – disse ela. – Bem nos lábios. Fim.

– Amém.

Ele riram e seus ombros roçaram.

– Todas aquelas pessoas serão desconhecidas – disse ela.

Ele virou para ela, confuso diante da abrupta mudança de assunto e de tom.

– Nossos vizinhos? – perguntou. – São mais ou menos desconhecidos para mim também. Mas lembraremos de quem somos: o visconde e a viscondessa Darleigh, de Middlebury Park. Somos de longe a família mais importante em muitos quilômetros. Em circunstâncias normais, esperariam que eu estivesse à frente da vida social desde minha chegada, há três anos. Fui uma decepção. Isso vai mudar. E talvez eu seja perdoado. Afinal de contas, eu era um homem solteiro lidando com um problema recente. Agora tenho uma jovem viscondessa. Todos estarão morrendo de curiosidade e esperando que haja mudanças.

– Minha nossa. Não sei bem se...

Ele apertou a mão dela.

– Não faço ideia de como agir como uma viscondessa e senhora de um lugar tão vasto e imponente – prosseguiu. – Nem faço ideia de como ser graciosa e sociável.

– Confio muito em você – disse ele.

– Que bom que um de nós confia – retrucou ela, e depois riu.

Vincent riu junto.

– Percebi uma coisa esta tarde, na hora do chá – disse ele. – E isso explicaria em parte por que nunca me senti muito... feliz em Middlebury Park nesses três anos, apesar de cercado pela minha família, que me cobre de cuidados e a quem amo muito. Era um lugar sem risadas, Sophie. Todos se sentiam oprimidos pela minha cegueira e pela necessidade de parecerem *alegres*. Rio muito quando estou em Penderris Hall. Rio com você praticamente desde a primeira vez que nos vimos. E você e eu não somos os únicos a rir desde nossa chegada.

– Todos riram na hora do chá quando contei como fiquei em cima de um estrado enquanto a modista e suas ajudantes me beliscavam e me furavam com alfinetes. Não teve graça.

– Mas você contou de uma maneira engraçada e todo mundo riu – disse ele. – Foi bom, Sophie. Nossa família costumava rir.

– Suponho que a Srta. Dean fosse bonita – disse ela.

– Garantiram-me que era uma beldade.

– Queriam uma esposa bonita para você, porque você também é bonito – disse ela.

– Em vez disso – disse ele, sorrindo –, encontrei uma esposa que definitivamente não se parece com um menino, apesar da opinião de algumas pessoas de Barton Coombs, mas que parece, sim, muito jovem. E uma criaturinha do mundo das fadas, me disseram no dia do casamento.

– Ah, é? Quem?

– Não importa – disse ele. – Foi um elogio.

Ela suspirou e voltou a mudar de assunto.

– Tem algum cachorro aqui? Ou gatos? – perguntou ela.

– Deve haver algum caçador de ratos nos estábulos – disse ele. – Mas se está se referindo a gatos domésticos, e cachorros de estimação, nunca tivemos permissão para tê-los quando éramos crianças, embora Ursula e eu vivêssemos pedindo um cão para mim e um gato para ela. Minha mãe costumava dizer que já dávamos muito trabalho e ela não queria também se preocupar com bichos de estimação.

– Deveria haver um gato para ficar sentado no parapeito da janela pegando sol – disse ela. – E para ronronar no seu colo ou no meu. E deveria haver um cão para guiá-lo e para você não precisar depender de ninguém ou da sua bengala.

Ele ergueu as sobrancelhas.

– Lady Trentham e a condessa de Kilbourne têm uma prima cuja filha é cega de nascença – contou Sophia. – A menina tem um cachorro que a acompanha e que a impede de colidir com os objetos, cair da escada ou sofrer centenas de acidentes diferentes. Ele não foi de fato treinado; às vezes é rebelde e nem sempre impede que se machuque. O pai da garota está treinando um cachorro maior para que seja menos agitado, mais obediente e responsável. Imagine ter um cão como seus olhos, Vincent.

Só falar naquele assunto a deixava empolgada.

– E deixam que ela saia sozinha? – perguntou ele.

– Sozinha, não. Com o cachorro. O pai dela é o marquês de Attingsborough.

– Que raça?

– Não sei – admitiu Sophia. – Acho que não pode ser muito pequeno e temperamental, como um poodle. Talvez um cão pastor. Eles arrebanham e guiam as ovelhas. Precisam ser inteligentes, astuciosos e obedientes.

– Deve haver cães pastores nas redondezas – disse ele, virando-se um pouco no assento. – Com certeza, há ovelhas. E um gato para você? Já tinha me dito antes que gostaria de ter um gato.

– Havia um gato velho na casa de tia Mary, o Tom – contou ela. – Não podia sair da cozinha. Sua função era manter os camundongos longe da despensa. Mas às vezes eu o levava para cima escondido e ronronávamos de satisfação. Mas ele ficou velho demais para caçar os camundongos. Não tinha mais utilidade para ninguém. Então foi levado...

– Pobre Sophie – disse ele. – Vamos encontrar um filhote, que tal?

– *Posso* ter um gato?

Ele se recostou no sofá e suspirou.

– Sophie, você pode ter qualquer coisa que queira – disse ele. – Você não é mais pobre.

– Um filhote ou até mesmo um gato adulto serve. Por enquanto.

– E um cachorro para mim. – Ele ergueu o braço livre e esfregou a testa com o dorso da mão. – Acha que vai funcionar? Acha, Sophie?

Ela mordeu o lábio inferior e piscou. Havia tanto desejo e vontade naquela voz. Ah, ela lhe devolveria os olhos, ou faria o melhor possível, nem que levasse a vida inteira para isso. Vincent queria que ela o ajudasse a se tornar independente para então não precisar mais dela. Muito bem. Ela o ajudaria. Encontraria uma centena de formas ou mais. Ele já lhe dera tanto – nada menos que a própria vida, na verdade. Ela retribuiria lhe dando a independência.

– Estou certa de que vai funcionar – disse ela. – E não custa tentar.

Ele soltou a mão, deslizou-a pelos ombros dela e encontrou a boca de Sophie com a sua, e beijou-a.

As palavras dele a encheram de tanto desejo que ela sentiu a garganta doer.

– Está na hora de ir para a cama? – perguntou ele. – Por favor, não olhe para o relógio e me diga que está cedo demais. Apenas diga que sim.

– Sim.

Eram 21h25.

# CAPÍTULO 15

Ainda sonolenta, Sophia tentou se acomodar junto ao calor que a acompanhara a noite inteira e descobriu que havia apenas um vazio frio. Ficou inteiramente desperta e abriu os olhos.

Ele tinha saído. Havia luz do dia, mas parecia ainda ser muito cedo. Ergueu a cabeça e olhou o relógio. Eram seis e quinze. Fez uma careta e voltou a se deitar.

Para onde teria ido?

Mas sabia a resposta. Tinha ido para o porão se exercitar. Por que precisava ser no porão quando existiam tantos cômodos sem uso acima do solo, ela não sabia dizer. Mas ele lhe dissera que era para lá que sempre ia.

Considerou a hipótese de fechar os olhos e voltar a dormir. Mas, agora que estava desperta, sentiu um leve aperto no estômago. Não era fome. Na verdade, não conseguia nem pensar em comida. Mas havia uma nova vida a ser vivida fora de seus aposentos particulares e havia se comprometido com a vida em vez de recolher-se a um canto a observá-la com olhos satíricos.

Afastou as cobertas e sentou-se na beirada da cama, sentindo o corpo estremecer com o frio da manhã. Dormir sem roupa era bom só até a pessoa ficar sem coberta.

Vestiu a camisola amassada, que tinha sido deixada ao lado da cama mais uma vez, e atravessou o quarto para abrir as cortinas da longa janela.

Ela dava para o sudoeste. Podia ver o estábulo de um dos lados e um grande gramado pontilhado por árvores antigas. O terreno descia gradualmente até o lago. Ao centro se via uma ilhazinha e a réplica de um templo. Do outro lado do lago, a vegetação era densa, repleta de árvores verdejantes naquela época do ano. Deviam ser impressionantes no outono.

O imenso lago provavelmente era artificial. Tinha sido posicionado com cuidado, assim como a ilha e o templo, para criar exatamente aquela vista a partir do principal dormitório.

Sophia foi tomada por uma súbita e inesperada onda de pesar por seu marido, que nunca seria capaz de desfrutar daquela vista.

Porém, analisando de forma prática, como ele poderia ir até o lago sem alguém a seu lado? O gramado tinha subidas e descidas agradáveis ao olhar e até para um passeio, ela imaginou, desde que a pessoa enxergasse.

Franziu a testa e refletiu sobre o problema.

A janela do outro dormitório, que nominalmente pertencia a ela, devia contemplar a outra direção, o sudeste, onde ficavam os jardins, os canteiros e o jardim de topiaria. Ela os admiraria em outro momento, porque, naquele, desejava fazer algo mais. Queria ver Vincent, descobrir que tipo de exercícios ele fazia. Não tinha ideia de onde ficava o porão. Não tinha ideia de onde era quase nada, mas não fazia sentido se sentir intimidada. Descobriria o caminho. Podia perguntar e lhe ocorreu que os criados da casa não a ignorariam, como se ela não existisse. Era a viscondessa Darleigh, a senhora da casa.

Por algum motivo, não foi um pensamento reconfortante.

Não convocou Rosina para ajudá-la a se vestir. A ideia parecia um tanto absurda depois de passar a maior parte da vida fazendo isso sozinha. Além do mais, ainda não passava das seis e meia da manhã. Lavou as mãos e o rosto com a água fria da noite anterior, colocou um dos vestidos novos sem o espartilho e passou a escova no cabelo.

O porão ficava ao lado da despensa do mordomo, na área da cozinha. Era fácil de encontrar. Caminhou pelo saguão principal e assustou um lacaio que estava destrancando a porta da frente. Ele a levou até o local e mostrou-lhe a porta de acesso ao porão.

– Devo anunciá-la a lorde Darleigh, milady? – perguntou.

– Não, obrigada – disse ela. – Não quero incomodá-lo.

A escadaria era muito escura, mas havia luz lá embaixo. Devagar, Sophia desceu alguns degraus até conseguir enxergar o caminho. Então, sentou-se em um deles, abraçando os joelhos.

Vincent e o Sr. Fisk estavam ali embaixo, num salão grande e quadrado. Sob a luz de três lamparinas era possível ver que havia um cômodo interno, com as paredes repletas de prateleiras e cheias de garrafas. Era a adega, claro, junto à despensa.

As lamparinas eram supostamente para o Sr. Fisk. Ocorreu a Sophia o terrível pensamento de que um lugar daqueles ficaria completamente escuro sem as lamparinas, mas para Vincent isso não o diferiria do salão iluminado no andar superior. Por um momento, sua respiração acelerou e ela temeu desmaiar. Não era de surpreender que ele tivesse ataques de pânico.

Vincent estava despido da cintura para cima e descalço – os dois estavam, na verdade. Usava apenas uma calça justa. Estava deitado de costas, num tapete no chão, os pés presos na barra de um banco, as mãos atrás da cabeça. Ele se sentava e se deitava numa rápida sucessão de movimentos; os músculos do peito e do abdômen se desenhavam enquanto ele se exercitava, reluzente de suor.

O Sr. Fisk pulava corda, aumentando e diminuindo a velocidade, cruzando a corda diante de si, e nunca se enredando nela.

Sophia contou 56 exercícios abdominais até que Vincent parou – e ele havia começado antes de ela chegar. Como era possível...

– Ufa – disse ele, ofegante. – Estou enferrujado, Martin. Só consegui fazer oitenta hoje.

O Sr. Fisk grunhiu e largou a corda.

– Agora a barra? Vinte e seis repetições?

– Seu carrasco – disse Vincent, se levantando.

– Seu fracote.

Sophia ergueu as sobrancelhas, mas Vincent apenas riu.

– Então serão 26 – disse ele. – Só para provar que consigo.

Havia uma barra de metal presa paralelamente ao teto. O Sr. Fisk guiou Vincent, que ergueu os braços e a alcançou, agarrando-a com força, subindo o corpo até que o queixo estivesse na mesma altura da barra. Repetiu 26 vezes.

Parecia pura tortura.

As costelas e o abdômen pareciam um tanque de lavar roupa, pensou Sophia. Os músculos dos ombros e dos braços estavam inchados. Mantinha as pernas unidas e a ponta dos pés esticada.

Não era um homem grande. Não era nem tão alto nem tão grande quanto o valete, mas estava em forma, tinha belas proporções e era gloriosamente másculo.

Sophia apoiou o queixo nos joelhos.

– Já provou – disse o Sr. Fisk. – Nada de pesos hoje. Já usei todos eles, de qualquer forma. Basta por hoje?

– Traga as almofadas – ordenou Vincent. – Vamos ver se consigo machucá-lo mesmo com elas.

O Sr. Fisk bufou e disse algo rude que deixou Sophia com as bochechas coradas. Pegou duas grandes almofadas de couro, prendeu-as nos braços e segurou-as diante de si como se formassem uma espécie de escudo. Vincent estendeu o braço e tocou nelas, sentiu as bordas. Então, fechou os punhos e assumiu a postura de um lutador. Socou a almofada num dos braços do Sr. Fisk com a mão direita.

Era quase como assistir a uma dança. O Sr. Fisk se movia com agilidade, desviando dos golpes, enquanto Vincent dançava com leveza, desferindo socos com a mão esquerda, ocasionalmente socando forte com a direita. Alguns de seus socos erravam o alvo, mas o criado resmungava quando o golpe saía da sua guarda e o atingia no ombro. Então ele ria.

– Peguei você agora, Martin – disse Vincent numa dessas vezes. – Admita.

– Um soco de nada – retrucou o Sr. Fisk, e Vincent voltou a investir, aproximando-se, usando os punhos com força.

– Diga quando quiser que eu pare – falou ele, ofegante. – Não quero deixá-lo com muitos hematomas. Nem quebrar-lhe uma ou duas costelas. Posso ser acusado de maus-tratos.

Ele riu e o Sr. Fisk também, e soltou uma série de impropérios, e então olhou para o alto e viu Sophia, apesar da escuridão.

– Temos companhia – disse ele, baixando o tom de voz. – Milady?

Ele abaixou os braços e desapareceu.

– Sophie? – chamou Vincent, virando inequivocamente para a escadaria, com as sobrancelhas arqueadas.

– Ah. – Ela levantou-se, terrivelmente perturbada. – Lamento incomodá-lo. Fiquei curiosa.

Tinha entrado em um domínio puramente masculino, percebeu ela tarde demais.

Com uma das mãos tateando a parede, Vincent chegou ao pé da escada e olhou para cima.

– Então eu a acordei? – perguntou ele. – Perdoe-me. Tentei não acordá-la. Há quanto tempo está aí?

Ele começou a subir a escada.

– Fiquei aqui observando – disse ela. – Não devia ter feito isso, devia ter ido embora.

As palavras ditas pelo criado não eram nada adequadas a seus ouvidos femininos e ainda ressoavam em sua cabeça. Sabia que eram sujas e profanas, pois já as havia escutado nos tempos de seu pai, embora nunca da boca dele.

Ele parou alguns degraus abaixo dela. O cabelo estava grudado na cabeça, cachos úmidos pendendo junto ao pescoço. Estava todo suado. Não era para estar atraente, mas estava. Embora, na verdade, mal conseguisse enxergá-lo na escuridão.

– Terminamos por hoje – disse ele.

– Já estou saindo – falou Sophia no mesmo instante. – Vou dar uma volta lá fora.

– Vou tomar um banho, me arrumar e então a encontrarei lá fora – disse Vincent. – A família de uma das criadas da cozinha encontrou um gato na semana passada, mas não sabe o que fazer com ele, porque já tem vários em casa. Ele é malhado, um tanto magro e maltratado, 1 ou 2 anos de idade, provavelmente não muito bonito.

– Ah – retrucou ela. – Você já o pediu?

– E o irmão da cozinheira, um dos arrendatários, está com uma ninhada de collies. A mãe e o pai são bons pastores. Acabaram de ser desmamados, e apenas um ainda não tem dono. Talvez isso queira dizer que ele é a raspa da ninhada, mas ela me garantiu que o filhote tem todos os membros no lugar, assim como olhos, orelhas e focinho.

– E agora *todos* têm dono? – perguntou ela, apertando as mãos contra o peito.

– Agora todos têm.

Ela abriu um sorriso radiante.

– Não quero chegar mais perto de você, Sophie – disse ele. – Estou fedendo. Posso sentir meu próprio cheiro.

– Verdade – concordou ela. – Estou indo.

E ela deu meia-volta e saiu do porão.

Teria um gato. Um gato malhado e magricela, que não era nenhuma beldade. Já o amava.

E ele teria um cão. Um pastor que seria capaz de guiar um homem, em vez de ovelhas, e lhe devolver boa parte de sua liberdade. Tinha certeza de que aquilo poderia dar certo.

Sorriu diante daquele pensamento, e o lacaio, o mesmo que a levara até a entrada do porão e que estava de volta ao saguão, retribuiu o sorriso, um tanto inseguro, abrindo as portas da entrada quando ficou óbvio que ela queria sair. Como se ela não pudesse ter feito isso sozinha! Ninguém abria portas para ela na casa da tia Mary nem na de sir Clarence.

A manhã estava fresca, ela descobriu, e provavelmente ficaria mais confortável usando uma capa, mas não queria voltar a seu quarto de vestir. Não lhe ocorreu pedir ao lacaio.

Ficou no alto da escadaria olhando ao redor. O parque se estendia em todas as direções, até onde seu olhar conseguia alcançar e além. Era projetado para o esplendor visual, para o exercício tranquilo e o prazer daqueles que conseguiam enxergar sua vastidão. Certamente não havia sido planejado para um cego. Mais importante, nos três anos em que Vincent vivera ali, não havia passado por qualquer modificação para que ele pudesse usá-lo. Haveria algo a fazer nesse sentido?

Olhou em volta com mais atenção.

Vincent parou no degrau superior, a bengala na mão direita e a capa de Sophia na outra. Eram apenas sete e meia. O restante da família ainda demoraria um pouco para se levantar.

Martin tinha ficado mal-humorado, provavelmente por extremo constrangimento.

– Não estou com muito mais roupa do que você – dissera ele depois que a porta do porão se fechou. – E ela escutou o que eu disse.

– Somos dois homens juntos e não havia nenhuma perspectiva de sermos vistos ou ouvidos por uma mulher – apontara Vincent. – Ela vai compreender. Pedirei desculpas por você.

Martin resmungara enquanto deixavam o porão e ele entregava a bengala a Vincent antes de sair apressado para se certificar de que a água do banho tinha sido levada ao quarto de vestir.

– Estou aqui. – Era a voz de Sophia. – Nos jardins.

Curiosamente, ela não viera correndo para ajudá-lo. Ele gostava daquilo.

Desceu os doze degraus da escada e atravessou o pátio coberto de cascalho – dez passos médios ou doze pequenos. Deu dez passos e encontrou a lateral de uma urna de pedra que, na companhia de outra idêntica, do outro lado, servia de entrada para os jardins de flores. Não havia degraus. Nada em que tropeçar ou colidir além das urnas.

– Ah, você trouxe minha capa – disse ela, já bem perto dele. Sophia a pegou. – Muito obrigada. Está um pouco fresco. – Ela deu-lhe o braço quando ele o ofereceu. – Deseja passear ou se sentar num banco aqui perto?

– Passear – respondeu ele, virando os dois para a direita, sentindo a margem do caminho de cascalho com a ponta da bengala. – As rosas estão em flor.

– Têm um perfume delicioso. E são de tantas cores, todas lindas. Não consigo decidir qual é a minha favorita.

– As amarelas – disse ele.

– Você acha?

Vincent percebeu o sorriso na voz dela.

– Da cor da luz do sol. Para combinar com você.

– É um elogio muito gentil.

– O quê? Nenhuma referência a espelhos e ao que costumam dizer quando se olha neles?

– Recebi ordens – lembrou-lhe Sophia.

– E fui um oficial militar *muito feroz* – lembrou ele. – Os homens saltavam para cumprir minhas ordens antes mesmo que eu as vociferasse.

Os dois riram. Ah, sim, ele gostava de tê-la ali com ele. A vida parecia... diferente.

A bengala não tateava mais a margem da trilha e, de repente, havia apenas o solo pedregoso. Uma esquina. Ele virou e tomou a direção sul. Ela não tentara arrastá-lo na hora de virar. Que bênção.

– Quando você sai sozinho, quais são os limites dos jardins? – perguntou ela.

– Os canteiros e as topiarias – disse ele. – Posso me orientar sem quebrar o pescoço e sem a sensação de que me perdi nos confins do universo. Posso encontrar o estábulo e voltar, embora às vezes seja preciso usar meu olfato e o encantador perfume de estrume para me manter no rumo certo. Assim não fico confinado à casa.

Ele soava um tanto defensivo, percebeu ela.

– Talvez o cachorro torne o parque maior para mim, depois que for treinado – disse ele. – Assim não vou depender de você, de Martin ou de minha mãe quando desejar caminhar para mais longe.

– Pode me chamar quando quiser. Não porque precisa. Alguém já pensou em fazer adaptações nos jardins?

– Adaptações?

Os dois tinham alcançado outra esquina. Ele virou para leste. Havia um banco logo ali, posicionado de forma a contemplar a casa.

– Que tal sentarmos um pouco?

– Mais três passos – disse ela.

Eles se sentaram e ele apoiou a bengala ao lado.

– Se fizessem um caminho de cascalho ou mesmo pavimentado entre o terraço e o lago... E se uma cerca ou um corrimão fosse instalado em toda a extensão dos jardins e você pudesse andar por onde quisesse. Você sabe nadar? Claro que sabe. Costumava nadar no rio, em Barton Coombs, à noite. Já nadou aqui?

– Não – disse ele. – Mas já saí de barco. Duas vezes.

– Então você faz todos os seus exercícios no escuro – disse ela.

– Sim. Sempre na escuridão.

– Ah. – Ela soou horrorizada. – Sinto muito. Mas quis dizer no subsolo, em vez de nos cômodos sobre o solo, onde há janelas para serem abertas. Ou melhor, ao ar livre, onde há todos os sons e cheiros da natureza e nada além de ar puro.

– Caminhei, escalei e montei em Lake District – lembrou ele. – E remei. Foi tão maravilhoso! O movimento para a frente é tão mais estimulante do que os exercícios parados. Chegamos a galopar, Sophie. Você não imagina como foi emocionante. E não imagina como sonho em trotar ou até mesmo *correr*.

Ele franziu a testa ao perceber o tom da própria voz. Em geral, não se permitia demonstrar tristeza. As pessoas que tinham pena de si mesmas não eram particularmente atraentes.

– Ah – disse ela. – Como deve ser maravilhoso *cavalgar*! Estar sobre o dorso de um cavalo, no topo do mundo, sendo carregada por toda aquela potência e beleza.

Também havia tristeza na voz dela.

– Nunca andou a cavalo? – perguntou ele.

– Nunca. Mas deixei a costureira de lady Trentham escandalizada quando encomendei trajes de montaria que incluíam calças e saias. Achei que talvez você pudesse me ensinar.

– A montar? – Ele deu um sorriso torto. Só mesmo Sophia para acreditar que um homem cego podia lhe ensinar a montar. – Claro que sim. E ensinarei.

– E o caminho para o lago? – perguntou ela. – Não vai estragar a aparência do parque, garanto. Na verdade, se ele acompanhar as ondulações do gramado, vai ficar bem bonito. E ficará muito elegante com um corrimão de ferro forjado. Vai mandar construí-lo?

Como seria libertador poder caminhar até o lago e voltar sozinho, sempre que quisesse. Por que ninguém havia pensado naquilo antes? Por que *ele* não havia pensado naquilo?

– Vou. E vou conversar com meu administrador ainda esta manhã. Preciso ter muitas conversas com ele, na verdade. Tenho que participar mais ativamente da administração da propriedade, mesmo que a maior parte do trabalho continue sendo executada por ele. Vou mencionar o caminho e o corrimão e dar ordens para que a construção seja iniciada.

– Vou passar a manhã com sua mãe – contou ela. – Vamos nos encontrar com a governanta e ver a casa inteira e...

A voz dela foi sumindo aos poucos.

Vincent procurou sua mão, encontrou-a e a segurou.

– Minha mãe vai amá-la, Sophia – garantiu ele. – Vai querer amá-la por mim, mas vai acabar amando-a por você ser quem é. Não deve se preocupar. Por favor, não se preocupe. Nem sei ao certo se ela realmente gostava de ser a senhora daqui. Era feliz na Casa Covington. Fala disso com frequência. Todos os seus amigos mais queridos estão em Barton Coombs. Veio para cá porque achou que eu precisava dela. E tinha razão. Mas ficará bastante aliviada em abrir mão dessas responsabilidades.

– Será?

– Está se sentindo oprimida, Sophie? – perguntou ele.

– Estamos sentados aqui e posso ver a casa. É... *imensa* – disse ela. – E lá atrás tem o vilarejo e à nossa volta todos os vizinhos que devem ser visitados, ouvidos e convidados para virem aqui. E estou olhando para a ala nobre e lembrando-me de que costumava haver grandes eventos e bailes e que agora somos o senhor e a senhora daqui. E estou pensando que realmente deveríamos voltar a oferecer algumas dessas distrações, e estou me sentindo... não sei exatamente *como estou me sentindo*.

– Oprimida. – Ele apertou sua mão. – Conheço a sensação. Mas nem tudo precisa ser feito em um dia só. Nem em uma semana, nem em um mês. Vamos fazer nossa primeira visita esta tarde? Apenas uma? À casa paroquial, talvez?

– Sim – concordou Sophia. – Muito bem. Talvez o vigário e a esposa sejam tão gentis quanto o Sr. e a Sra. Parsons.

– Já os conheço – disse Vincent. – São muito simpáticos.

Ele apertou a mão dela mais uma vez e a soltou.

– Vamos tomar o café da manhã? – sugeriu Vincent. – Ah, prometi pedir milhões de desculpas por Martin. Tanto por sua aparência esta manhã quanto por sua escolha específica de vocabulário ao alcance de seus ouvidos.

– Ao que me pareceu, os dois estavam se divertindo bastante – disse ela.

– Ah, estávamos – garantiu ele. – Sempre nos divertimos. Existem partes do corpo piores de se perder do que os olhos, Sophie.

Talvez fosse até verdade. Ele pensou em Ben Harper e nos ataques de raiva que às vezes era incapaz de controlar durante aqueles anos em Penderris Hall porque suas pernas eram inúteis e recusavam-se a obedecer às suas ordens.

Levantou-se, pegou a bengala e ofereceu o braço a ela.

– Pode avisar ao Sr. Fisk que ele foi perdoado – disse Sophia. – E você pedirá desculpas em meu nome, por favor, porque eu não deveria estar ali. Não voltarei a fazê-lo. Respeitarei sua privacidade e a dele. Pode lhe garantir isso.

Só mesmo Sophia para se preocupar com os sentimentos – e a privacidade – de um criado. Porque, oficialmente, era essa a posição de Martin, embora na realidade ele fosse o melhor amigo de Vincent. Ou talvez estivesse no mesmo patamar dos Sobreviventes, embora Vincent passasse muito mais tempo com ele do que com os outros.

# CAPÍTULO 16

O primeiro mês da nova vida em Middlebury Park foi exaustivo, até mesmo desconcertante, para Sophia. Aprendeu a se orientar na casa. Familiarizou-se com os criados, em particular com a cozinheira e a governanta, com quem lidava quase diariamente. Estudou o inventário e a contabilidade da casa até entendê-los e ser capaz de conversar com propriedade sobre eles. Visitou os vizinhos com Vincent e recebeu visitas em retribuição. Conheceu sua nova família. Ellen, o marido e os filhos chegaram três dias depois deles, e Ursula e sua família, uma semana depois.

Fizera longas caminhadas solitárias pelos imensos jardins e observara cada parte do terreno com olhar crítico. A construção da trilha de cascalho até o lago já estava quase finalizada, apesar de naquele mês ter chovido mais do que o habitual. Sophia descobriu que havia uma trilha rústica nas colinas atrás da casa, embora agora houvesse mais mato do que trilha. Poderia ser capinada, decidiu ela, tornando-se mais segura depois de nivelada e cercada por corrimãos de ferro forjado – ou talvez algo bem rústico, em madeira, mais adequado a um terreno que simulava um recanto selvagem. E poderiam plantar árvores e arbustos perfumados – azaleias, lavanda e outras coisas. *Queria* saber mais sobre plantas. Plantas aromáticas seriam muito importantes, uma vez que as vistas da colina para o parque e o campo não poderiam ser desfrutadas por seu marido.

Aliás, Vincent não era mais um integrante passivo da família e da casa, como parecia ser antes do casamento. Passava boa parte do tempo trancado com o administrador e diversos arrendatários ou percorrendo a propriedade. Estava se familiarizando com vizinhos que antes mal conhecia.

Faziam um pelo outro o que havia sido combinado. Sophia estava sempre bem arrumada. Deixara de ser uma ratinha, apesar de com frequência desejar ficar sozinha e quieta. Era *Sophia* ou *Sophie* ou *milady*. E Vincent não era mais paparicado a todo instante. Em breve poderia se movimentar com bem mais liberdade.

O casamento podia ser considerado um sucesso. E havia os momentos que passavam a sós, embora parecessem raros a Sophia – a não ser à noite, claro, quando continuava a ser maravilhoso. Tinha até aceitado o incrível fato de ele achá-la atraente.

Certa tarde, as irmãs de Vincent e suas famílias saíram para um piquenique em um castelo que ficava a alguns quilômetros. Vincent e Sophia estavam na sala de música, onde ele vinha lhe dando lições de piano. Não havia sido muito mais bem-sucedida do que nas aulas anteriores, apesar de ter aprendido a identificar uma escala maior não importando a nota por onde começava. Por que tinha de haver teclas pretas e brancas para confundir tudo, ela não sabia.

A Srta. Debbins, professora de música de Vincent, logo retornaria de uma visita ao irmão em Shropshire. Vincent tinha certeza de que adoraria ter Sophia também como aluna.

– Mais do que adoraria, na verdade – dissera ele. – Você *enxerga* e ela poderá ensiná-la a ler partituras. Ela precisou ter paciência infinita comigo, além de muita criatividade.

Vincent tocava violino enquanto Sophia desenhava fadinhas em um jardim. Achava mais difícil desenhá-las do que um dragão ou um rato, mas não tanto quanto Bertha e Dan, que no papel não pareciam exatamente como imaginava. Mas insistiria. As crianças adoravam as histórias que ela e Vincent contavam quase todas as noites e gritavam de alegria com os desenhos.

De vez em quando, parava para observar o marido e fazer carinho nas costas de Tab. O gato malhado, desgrenhado e feio tinha ficado elegante depois de algumas semanas.

Shep ainda não estava com eles. Quando o dono do cachorro soube para quê o visconde Darleigh queria o animal, insistiu na necessidade de um adestramento básico e garantiu ser o melhor para a tarefa, pois tinha uma vida inteira de experiência. Assim que o treinamento acabasse, passaria a visitá-los diariamente, com a permissão do visconde, e juntos trabalhariam nos ajustes finos, enquanto cão e dono se conheciam.

O dono do animal se entusiasmara com a ideia e não via motivos para que não desse certo, embora nunca tivesse adestrado um cão com esse propósito.

– Se um cachorro pode ser treinado a reagir a um apito ou a um grito de comando e levar um rebanho inteiro de ovelhas a um lugar específico, distante, passando por todo tipo de obstáculos, inclusive porteiras estreitas, então não há motivo para não fazer o mesmo com um homem que segura sua coleira. Aposto minha reputação como melhor treinador da região. E ninguém jamais me acusou de ser modesto – dissera ele.

Depois riu com entusiasmo, apertou com força a mão de Vincent e balançou para cima e para baixo, e abriu um sorriso para Sophia.

– Parece ser garantia o suficiente para mim, Sr. Croft – respondera Vincent. – Obrigado.

– Ai! – exclamou Sophia quando ele errou uma nota.

Estava tentando aprender uma peça que Ellen tinha tocado muitas e muitas vezes ao piano, na noite anterior. Algo de Beethoven.

Abaixou o violino.

– Tab não está uivando – disse ele. – Não posso estar tocando tão mal assim, Sophia.

– Uma nota errada entre quantas? Quinhentas? – perguntou ela. – Claro que basta uma nota errada para arruinar o efeito da melodia inteira.

– Uma plateia crítica é tudo de que eu preciso quando estou tentando aprender algo novo – resmungou ele. – Meu repertório é lamentavelmente pequeno.

– Toque de novo. E toque aquela nota corretamente.

– Sim, senhora.

Ela sorriu enquanto desenhava um vaso de plantas virado de cabeça para baixo com uma portinhola e uma janela redonda com cortinas xadrez esvoaçantes – um abrigo para fadas. Uma varinha de condão abria a porta. Adorava provocar Vincent – e ser provocada. Eles gostavam um do outro. Era um sentimento maravilhosamente acalentador. Confortava-a nos dias mais difíceis. A família dele era gentil, até afetuosa, e procurava demonstrar respeito por ela ser esposa de Vincent. Gostava de todos, sem exceções.

Mas não era a família *dela*.

Apenas Vincent era dela.

Gostou de quase todos os vizinhos com quem se encontraram. Pessoas que pareceram realmente felizes em conhecê-los. Olhavam com simpatia e alguma admiração para Vincent, que sabia muito bem ser encantador. E ela era tratada com deferência, como se estivessem honrados em recebê-la. Como *não* gostar deles?

Alguns dos vizinhos mais velhos contaram que o penúltimo visconde – o avô de Vincent – tinha o hábito de abrir Middlebury aos visitantes uma vez por semana. Assim todos podiam aproveitar os gramados para passear, fazer piqueniques na beira do lago, relaxar no gazebo e subir as colinas. Vincent decidiu retomar essa tradição. Sophia logo concordou com ele – e sugeriu também que no verão seguinte organizassem um piquenique para todos, com jogos, competições, diversão e prêmios. A vizinhança, aparentemente, já estava agitada com as duas novidades. O lugar seria reaberto aos sábados assim que o caminho até o lago estivesse concluído.

Só depois ocorreu a Sophia que ela talvez não estivesse mais lá no verão seguinte.

Alguém também havia mencionado os grandes bailes oferecidos ocasionalmente na ala nobre e que a própria Sophia prometera que voltariam a acontecer. Talvez ainda naquele ano, Vincent acrescentara. Talvez depois da colheita, quando todos estivessem no clima de comemoração se a safra fosse boa. E havia muitas indicações de que seria ótima.

Quanto à criação de histórias, os dois melhoravam a olhos vistos trabalhando nas ideias que cada um tinha. Mas *como* planejaria um baile para a colheita e um piquenique de verão? Teria de estar ali para planejar. Às vezes, quase perdia a coragem. Mas sabia que não tinha esse direito. Ganhara uma oportunidade de... *viver*.

Teve algumas aulas de montaria. Usara as calças, para o previsível choque da sogra e o divertimento da avó de Vincent. Até então havia montado um pônei tranquilo, e, mesmo assim, só no picadeiro atrás do estábulo. Vincent lhe ensinara como controlar o animal, como montar e se sentar corretamente. Ajustara os estribos para que os pés se encaixassem de forma confortável. Ensinara como segurar as rédeas e para que serviam – *não* serviam para que se agarrasse nelas como se sua vida dependesse de não soltá-las. Sophia sentia-se assustadoramente distante do chão, e ele riu quando ela lhe disse aquilo e lembrou-a que estava montada em um *pônei*. Caminhara junto dela pelo picadeiro, a mão acompanhando a cerca. Depois de um tempo, deixou que ela andasse sozinha. Mas é claro que o cavalariço principal ficou de olho nela, muito atento, como o próprio Vincent havia feito no início. Vincent a ensinara como desmontar. Àquela altura, já montava e passeava sozinha, mas apenas no picadeiro e sempre com o cavalariço e Vincent por perto.

Estava orgulhosa de si mesma e animada pela própria coragem. Mas como alguém poderia ser tão imprudente a ponto de montar no lombo de um cavalo de verdade e induzi-lo a *galopar* ou mesmo a dar trotes largos?

Todas as roupas novas haviam chegado de Londres. Rosina havia se desmanchado em elogios enquanto as desembalava, pendurando-as cuidadosamente no guarda-roupa ou dobrando-as para guardá-las nas gavetas.

– Basta por hoje – disse Vincent, baixando o violino. – Vou ter que implorar a Ellen que toque de novo aquela peça para saber se estou aprendendo corretamente. Não gostaria de prestar um desserviço maior ao pobre Beethoven do que o que já estou prestando ao simplesmente escolher sua música. Assim que tiver aprendido de forma adequada, serei capaz de desfrutá-la e começar a senti-la. Vou assombrá-la com meu talento. Você sabe nadar?

– Não!

Faltavam-lhe conhecimentos em muitas áreas, lamentavelmente.

– Quer aprender?

– Agora?

– Não está chovendo de novo, está? – perguntou ele. – Amy e Ellen estavam convencidas de que o sol brilharia o dia inteiro.

– O dia ainda está lindo – disse ela. – Acho que tenho um pouco de medo de água.

– Mais uma razão para aprender a nadar. Do outro lado da ilha, o terreno desce gradualmente até o lago, ou pelo menos foi o que Martin me disse quando estivemos por lá. É bem provável que ali seja raso o bastante para não apavorá-la. Mas teríamos que chegar à ilha. Sabe remar?

– Não!

Ela riu.

– Então terei de fazê-lo. – Ele dirigiu-lhe um sorriso torto enquanto guardava o violino no estojo e o fechava. – Será uma verdadeira aventura.

– Fecharei meus olhos e os cobrirei com as mãos para não ver a aproximação do desastre – afirmou ela.

– Eu também – disse ele. – Vamos pegar algumas toalhas.

– O que vamos usar para nadar? – perguntou ela.

– Além da água? – Ele arqueou as sobrancelhas. – Acho que pode nadar com a roupa de baixo, se teme que eu veja coisas demais. Mas esqueça o espartilho.

Tab desceu do sofá de dois lugares e acompanhou-os a seus aposentos, disparando à frente e depois esperando que o alcançassem. Assumiu seu posto no parapeito mais ensolarado da sala de estar enquanto os dois subiam para se arrumar.

Estava mesmo um dia lindo. Um grupo de jardineiros erguia o corrimão de ferro forjado no caminho até o lago. Sophia pegou o braço de Vincent e eles caminharam pelo gramado até a casa de barcos.

– Está se sentindo mais no comando de sua propriedade do que antes? – perguntou ela.

– Estou – respondeu ele. – Ah, sei que as pessoas que me cercam vão sempre garantir que eu esteja protegido de qualquer coisa que represente a mínima ameaça, de touros raivosos a galinhas ciscando. Mas tenho insistido em saber o que se passa nas minhas fazendas e sair de charrete para conferir pessoalmente e conversar. Ainda me sinto bastante estúpido quando faço perguntas cujas respostas lhes parecem óbvias, mas vou continuar fazendo. Só assim chegará o dia em que não precisarei mais fazê-las. Vou me tornar um cavalheiro muito enfadonho, Sophie, que não sabe falar sobre nada mais interessante do que o preço do milho ou os novíssimos métodos de tosquiar ovelhas.

– *Existem* diferentes métodos? – perguntou ela.

– Não tenho a mínima ideia.

Os dois riram.

– A Sra. Jones me pediu para ser a presidente honorária do círculo de costura feminino – disse ela.

O Sr. Jones era o vigário.

– Não! – Ele parou de andar para olhar na direção dela com uma expressão de surpresa exagerada. – É uma imensa honra, Sophie.

– Bem, pode fazer piada disso, mas tenho certeza de que é mesmo. Não propriamente uma honra, talvez, mas uma forma de aproximação. Pouquíssimas pessoas tentaram se aproximar de mim. Só não sei bem o que significa o *honorária*. Vou perguntar. Se significar apenas que querem usar meu nome e título para impressionar grupos de mulheres de outros vilarejos, vou recusar. Mas se quiserem que eu participe do círculo de costura ao lado delas, então vou aceitar, embora minha habilidade com a agulha não seja nada admirável. Nunca tive uma amiga *na vida*. Não que as mulheres daqui queiram se tornar minhas amigas íntimas, suponho. Vão pensar tolamente que estou muito acima delas. Mas podemos manter relacionamentos amigáveis, digamos assim.

Ela estava falando demais e os dois ainda não tinham voltado a caminhar. Na verdade, lady Trentham havia escrito várias vezes e estava se tornando uma amiga. Mas à distância.

– Ah, Sophie. Sinto muito. Tenho Martin. Sim, ele é meu amigo de infância, e também tenho os Sobreviventes e muitos amigos em Barton Coombs que negligenciei durante seis anos. Não tinha pensado que, claro, não sou suficiente para você.

– Ah, não é isso...

– Não, entendo o que está querendo dizer. E não acho que você seria suficiente para mim também, Sophie.

Sophia sentiu uma pontada de mágoa e decepção. Ali estava. Um lembrete de que nunca seriam tudo um para o outro, um lembrete de que, apesar da companhia agradável, nunca seriam sequer amigos, muito menos...

– Todo mundo precisa de amigos ou pelo menos de relacionamentos amigáveis com alguém do próprio sexo – disse ele. – Há um tipo de relacionamento com pessoas do nosso sexo que é diferente daquele com alguém do sexo oposto. E devemos cultivá-lo. O que eu quis dizer é que compreendi e estou feliz por você, Sophie. Tenho certeza de que vai gostar do círculo de costura. E seu silêncio me sugere que a cada palavra que digo cavo um buraco mais fundo para mim mesmo. Magoei você?

– Não, claro que não. Fui eu mesma que disse que desejava me juntar ao círculo de costura por querer a companhia de outras mulheres.

Houve um breve silêncio, durante o qual nenhum dos dois se mexeu.

– Eu também aprecio sua companhia – disse ele. – Nós nos damos muito bem, não é mesmo?

Soava um pouco ansioso.

*Nós nos damos muito bem.*

Sim, era verdade. Ela sorriu com alguma tristeza.

– É verdade – disse ela. – Vamos enfrentar o aterrorizante passeio de barco? Ou vamos ficar aqui pelo resto da tarde?

– Ah, o passeio de barco, claro. – Ele ofereceu o braço de novo. – Agradeça por não termos que cruzar um oceano inteiro.

– Podemos descobrir um novo continente – brincou ela.

– Atlântida?

– Ou algum lugar completamente desconhecido – completou ela. – Mas, por ora, acho que ficarei feliz se chegarmos à ilha em segurança.

– Você se colocou aos cuidados de mãos capazes – assegurou-lhe ele.

– Não são suas mãos que me preocupam – disse ela.

Ele riu e os dois continuaram a andar.

Sophia sentiu vontade de chorar.

Era para Sophia estar bem mais preocupada, considerando-se que não sabia nadar. Mas estava ocupada demais dando instruções para se deixar dominar pelo medo. Ele remava com grande energia e habilidade, exceto por não ter senso de direção, claro. A princípio, não parecia importar, desde que ele continuasse remando mais ou menos na direção da ilha. Mas, quando estavam na água, Sophia viu que havia um pequeno ancoradouro onde deveriam atracar. Nos outros lugares, as margens pareciam bastante íngremes.

Com a habilidade dele e a orientação dela, chegaram em segurança. Vincent saltou, pegou a corda das mãos dela e amarrou o bote em uma estaca robusta.

– Madame? – disse ele, fazendo uma reverência e oferecendo-lhe a mão, pelo que ela se sentiu agradecida.

O bote tinha balançado de forma assustadora quando ela tentou saltar sem ajuda.

– Minha nossa! – exclamou. – E mais tarde teremos que remar de volta.

– Nós? – Ele ergueu as sobrancelhas e abaixou-se para tatear em busca das toalhas. – Ou pode voltar nadando, se você se revelar uma pupila acima da média.

Ela pegou as toalhas e passou a mão no braço dele. Vincent havia deixado a bengala na casa de barcos.

– Acho que a construção do templo foi uma extravagância, apenas pelo efeito pitoresco que oferece quando visto da casa – disse ele, enquanto subiam até lá. – No entanto, a última viscondessa ou talvez a mãe dela, um de meus antepassados, de qualquer forma, era bem religiosa, pelo que ouvi, e transformou o templo em uma capelinha.

De fato, havia uma porta no templo, vitrais e, no seu interior, um crucifixo na parede, velas e um livro de orações com encadernação de couro sobre uma mesa. Ao lado, havia uma cadeira com um rosário pendurado no encosto. Nada além disso. Não havia espaço para mais nada.

– Será que a dama remava? – perguntou Sophia.

– Ou nadava?

– Imagino que devia ter um fiel escudeiro que a ajudava na travessia sempre que desejasse. Nossos ancestrais sempre tinham fiéis escudeiros, não é?

– Se habitassem contos de fada, sempre tinham – concordou ele. – Será que Martin gostaria de receber o título de fiel escudeiro?

O sol entrava por uma das janelas e lançava uma luz multicolorida por toda parte. O efeito era glorioso.

– Cheira um pouco a mofo – disse ele.

– É mesmo – concordou ela. – Onde fica a parte rasa?

Ficava atrás do templo, do outro lado da ilha, onde a terra se inclinava mais suavemente até o lago do que na área próxima do ancoradouro. Sophia ainda não estava gostando do que via.

– Talvez fosse melhor apenas nos sentarmos e tomarmos sol – disse ela. – Remar foi um exercício extenuante.

– Agarrar as laterais do barco até os nós dos dedos ficarem brancos também foi extenuante? – perguntou ele.

– É *impossível* que você tenha visto isso, mesmo se fosse verdade, o que não é o caso – disse ela. – O que está fazendo?

Era uma pergunta tola, pois não havia nada de errado com sua visão. Vincent se despia.

– Não tenha medo. – Ele olhou para ela com um sorriso maroto. – Ficarei de ceroulas para lhe poupar os rubores. E você pode ficar com a roupa de baixo, para eu não cair na tentação de espiar.

Sophia abriu a boca para argumentar, mas fechou novamente. Ele não ia mudar de ideia. E se ia entrar na água, tinha de ser com ele. Ele não *enxergava*. Às vezes ela quase esquecia.

Sophia tirou toda a roupa até ficar apenas com a camisola de baixo. Por que estar despida – nem mesmo totalmente despida – parecia bem mais pecaminoso ao ar livre do que nos seus aposentos? Não havia o risco de serem observados. Não havia como alguém vê-los nem mesmo se os estivessem procurando.

O sol iluminou-o como se fosse um deus – um pensamento muito terno e muito tolo. E se havia algum músculo no corpo dele que não estivesse totalmente desenvolvido e delineado pelos exercícios extenuantes e frequentes, ela, com certeza, não conseguia ver. No entanto, ele era delgado e não muito alto. Para ela, era bom que não fosse tão alto.

Vincent era perfeito.

– Você está muito calada. Está com medo?

Não, apenas admirando.

Ela deu alguns passos na direção de Vincent e colocou as mãos nas dele.

Havia esperado que água estivesse fria. Tinha se preparado para o choque. Estava...

– Está *congelante*!

– Está – concordou ele. – Já está bem fria na altura dos tornozelos. Só posso imaginar quando chegar aos joelhos e aos quadris.

Logo descobriram. O declive era mais pronunciado do que aparentava. Era mil vezes pior. Sophia ficou ofegante e não sabia como soltar o ar.

– Acho que deveríamos v-voltar – conseguiu dizer, batendo os dentes de frio.

Sem soltar a mão dela, Vincent tapou o nariz com a mão livre e mergulhou até que apenas o cabelo aparecesse boiando na superfície. Ele voltou à tona e sacudiu a cabeça. Gotículas de água gelada choveram nos ombros de Sophia.

– Ah, está melhor no fundo – comemorou. – Ou vai ficar.

Voltou a mergulhar e a emergir instantes depois.

– Está melhor debaixo d'água. Confie em mim – insistiu ele. – São seus dentes que estou escutando bater?

Improvável. Ela apertava o queixo com toda a força.

– Ah, diabos – praguejou ela, e dobrou os joelhos e foi direto ao fundo até sentir a água se fechar sobre a cabeça.

Voltou à tona, cuspindo água.

– Mentiroso! – exclamou. – Ah, mentiroso.

Ele ria.

– Desça um pouco mais – sugeriu ele, segurando sua outra mão. – Pelo menos até o pescoço. Deixe seu corpo se adaptar à temperatura da água. Ah, Sophie, é *tão* bom.

Apesar do desconforto, olhou atentamente para ele. O cabelo estava grudado na cabeça, gotículas desciam por seu rosto, os olhos estavam arregalados e ele parecia radiante. O coração dela derreteu.

Abaixou o corpo até a água cobrir seus ombros. Já não parecia tão fria. A luz do sol refletia sobre a superfície ondulante. Como deveria ser maravilhoso e libertador saber nadar.

– Venha – chamou ele. – Vamos um pouco mais para o fundo e eu a ensino a boiar.

– Ah, queria que fosse possível, mas acho que não consigo – disse ela.

Mas ela acabou indo mais para o fundo, só por causa da expressão no rosto dele. Estava se divertindo tanto.

– Ah, criatura de pouca fé – disse Vincent. – Deite na água. Vou segurá-la. Assim. Não, não precisa se segurar nem dobrar os joelhos. Assim vai afundar como uma pedra. Estique o corpo sobre a água. Ponha a cabeça para trás. Estenda os braços. Agora, relaxe. Não vou largá-la. Apenas relaxe. Imagine que está deitada no mais macio, no mais confortável dos colchões.

Era incrivelmente difícil relaxar sabendo que havia apenas água embaixo dela – e as mãos dele. Mas a sensação era ótima. E ela confiava naquelas mãos e na promessa de que ele não a largaria.

Mantinha os olhos bem fechados.

– Você não está completamente relaxada – disse ele.

Bem, havia os músculos que mantinham seus olhos bem fechados. E também os músculos da barriga, descobriu ao fazer uma verificação mental.

Abriu os olhos e virou a cabeça um pouquinho. A cabeça dele estava abaixada sobre a dela. E...

Ah, *Deus*, ela o amava.

Encarou-o, abalada – e, ao mesmo tempo, relaxada.

Claro que o amava. Ele a salvara. Ele se casara com ela. E era bonito, doce e gentil. Seria muito estranho se ela *não* o amasse. Não era uma revelação espetacular.

Mas isso não fazia nenhuma diferença.

A não ser pelo fato de fazer seu coração doer mais um pouco.

– Isso – disse ele suavemente. – Agora sim. Confie em si mesma. Confie na água.

E ela sentiu as mãos dele deslizarem e saírem de debaixo dela.

Sophia manteve o olhar no rosto dele. Não afundou. E não precisava das mãos dele. Nunca se permitiria precisar delas. Ou dele, a não ser do ponto de vista puramente material, pois passaria fome sem seu amparo. Mas de nenhum outro jeito. Podia *querer*, mas havia uma diferença entre querer e precisar.

Podia boiar sozinha.

Podia viver sozinha.

Ele boiou ao lado dela, as mãos ocasionalmente tocando as dela. Sophia olhava para o céu. Era vasto, de um azul intenso, com apenas alguns sopros de nuvens brancas.

Tão relaxante. Tão belo. E com um nó apertado na garganta.

Virou a cabeça para olhá-lo, engoliu água e lutou para ficar de pé. A água batia no seu queixo. Deviam ter se afastado enquanto boiavam. Houve um momento quase de pânico enquanto tossia e caminhava para perto da margem, puxando-o pela mão.

– Deve ter boiado sozinha por mais de cinco minutos. Muito bem. Assim que aprender a boiar, pode aprender a nadar bem rápido.

– Hoje não – disse ela. – Permita-me desfrutar do triunfo de uma grande conquista de cada vez.

– Vou nadar então – afirmou ele, e voltou para a água, adentrando o lago com fortes braçadas.

Com água na altura dos joelhos, Sophia observava, quase experimentando o mesmo prazer que ele sentia.

Mas como encontraria o caminho de volta, aquele tolo? Daquela vez o Sr. Fisk não estava ao lado dele.

Saiu da água e enrolou uma toalha na altura dos ombros. Mas não se sentou nem tirou os olhos dele. Protegeu-os do sol com uma das mãos.

# CAPÍTULO 17

Durante diversos minutos Vincent soube o que devia sentir um pássaro ou um animal selvagem ao escapar de uma gaiola. Dedicou toda a energia reprimida ao exercício, desfrutando a liberdade, o poder dos próprios músculos e o maravilhoso frescor da água.

Foi uma euforia que não durou, claro. Pois, apesar da ausência de Martin a princípio ter contribuído para sua animação, não demorou para que ele percebesse como tinha sido imprudente.

Onde se encontrava exatamente? Como voltaria para a ilha? Não tinha ideia do quanto havia nadado nem em que direção.

Parou de nadar e tentou encontrar o fundo. Não conseguiu. A tentação era entrar em pânico. Mas pânico não o ajudaria em nada e aquela situação não era semelhante aos ataques que o assaltavam do nada, sem motivo aparente. Estava à beira do pânico por um motivo concreto. Era algo que podia controlar.

Passou por sua cabeça o pensamento reconfortante de que poderia, na pior das hipóteses, nadar até colidir com uma das margens. Não saberia onde estaria, mas ao menos conseguiria sair da água e esperar que alguém o encontrasse. Não era como se ninguém soubesse por onde andava.

Mas a pobre Sophia ficaria perdida na ilha.

Ele se sentiria um idiota – no mínimo.

– Estou aqui – soou a voz de Sophia do que lhe pareceu uma distância considerável.

O problema era que ao ar livre não era tão fácil saber exatamente a origem de um som, em especial quando estava um pouco distante.

– Aqui – berrou ela.

Ele escolheu uma direção e nadou.

– Para a esquerda – instruiu ela, e ele corrigiu o rumo.

Levou algum tempo. Mas ela o orientou com uma voz que baixava gradualmente, de um grito a um volume não muito mais alto que o de uma conversa.

– Agora você deve conseguir tocar o fundo – disse ela, finalmente. – Caminhe para a esquerda. Estou aqui.

Ela não foi buscá-lo. Sentia-se grato por isso.

Ele a assustara? Podia apostar que sim.

Quando seus pés encontraram terra firme e seca, ela lançou uma toalha sobre os ombros dele.

– Ah, estou ansiosa para que chegue o dia em que poderei nadar com a metade da sua habilidade – disse ela. – Deve ser a melhor sensação do mundo.

No entanto, havia um ligeiro tremor em sua voz.

– Obrigada por me orientar – falou ele. – Sem você, eu poderia ter parado na outra margem e vagado para o ponto mais distante da propriedade.

– Não estava com muita vontade de voltar para casa sozinha remando – retrucou ela. – Embora seja realmente lindo por aqui. Achei que além do lago houvesse somente árvores, mas devem ter sido plantadas para criar um efeito pitoresco ao refletirem na água. Depois delas, há mais gramados, uma alameda e um gazebo. Tem mais espaço do que se poderia saber o que fazer com ele. Eu tenho uma ideia, porém.

Sua voz ainda estava trêmula. Ela sabia que ele poderia ter tido problemas. E ela talvez não tivesse sido capaz de ajudá-lo nem ter corrido para pedir ajuda.

– É mesmo? – perguntou ele, enquanto se secava. – Que ideia?

– Não vou contar. É segredo. Uma surpresa. Talvez seja apenas uma bobagem, mas acho que pode funcionar.

– Detesto surpresas quando tenho que esperar para saber o que é – afirmou ele.

Ela riu. Tinha se sentado na grama, ele percebeu. Ele esticou a toalha e se sentou ao lado dela.

– Sinto muito, Sophie – falou, depois de um ou dois minutos.

– Sente muito?

– Por ter deixado você nervosa. Por ter obrigado você a não tirar os olhos de mim enquanto eu fazia gracinhas. Foi irresponsável de minha parte. Não vai acontecer de novo.

– Ah, não deveria fazer esse tipo de promessa. Vai se sentir obrigado a cumpri-las. Sei como se sentiu.

– Sabe?

Vincent virou a cabeça na direção dela.

– Algumas pessoas escalam montanhas impossíveis. Algumas exploram lugares impossíveis. E o fazem simplesmente porque não conseguem ignorar o desafio do perigo ou da tentativa de realizar algo que parece impossível – disse ela. – Você, às vezes, não consegue resistir ao desejo de se libertar de sua cegueira ou pelo menos levá-la ao limite.

– Talvez eu quisesse apenas nadar – sugeriu ele, humildemente.

– Ah. Chega de discurso bonito.

Ela riu.

Martin não teria inventado desculpas para seu ato. Teria usado uma série de adjetivos, nenhum deles elogioso. E estaria sendo sincero a cada palavra.

Mas Vincent se sentiu bem depois do exercício – um bem-estar diferente do que costumava sentir depois das atividades físicas no porão. E estava sonolento. Sentia o cheiro da grama e da água. Os pássaros cantavam a distância, provavelmente entre as árvores da outra margem. Havia insetos zumbindo nas proximidades. Em algum lugar, uma abelha voava.

A vida em seu momento mais doce.

Dedos mornos e leves como pluma tiravam seu cabelo úmido da testa. Ele permaneceu imóvel até que o deixaram. Ela estava sentada e não deitada ao lado dele. Devia estar olhando para ele.

Casar-se com ela havia sido uma boa decisão, Vincent percebeu. Sempre relaxava ao lado dela. Gostava de suas conversas. Gostava do seu senso de humor. Sentia-se confortável com ela. Gostava dela. Acreditava que ela gostava dele. Gostava de fazer sexo com ela.

Como foram tolos por crer que sonhos de quando eram solteiros e infelizes poderiam sobreviver a um casamento que lhes trazia tanta satisfação.

Esperava que aqueles sonhos estivessem mortos de uma vez por todas e que nunca mais voltassem a ser mencionados.

Ele virou a cabeça na direção dela e estendeu a mão. Encontrou seu joelho desnudo e percebeu que ela estava ajoelhada, olhando para baixo, para ele.

Por quê?

– Sophie? – chamou.

Ela segurou a mão dele entre as suas.

Alguma coisa bloqueou o sol no seu rosto e então ela o beijou.

Se havia no mundo uma boca mais doce que a de Sophia, ele não conseguia imaginar. Ele a envolveu em seus braços, e ela caiu sobre ele e colocou as mãos nos seus ombros. Por um tempo, beijaram-se calorosa e preguiçosamente, as línguas se explorando, os dentes mordiscando de forma suave. Desfrutavam um do outro.

– Hum – fez ele.

– Hum – murmurou ela em concordância.

– Suponho que todos os jardineiros, além de boa parte dos criados da casa, estejam enfileirados no perímetro do lago admirando o espetáculo – disse ele.

– Não há ninguém. Teriam que abrir caminho pelo mato e temos o templo às nossas costas.

– Então temos bastante privacidade?

– Temos. – Os lábios dela tocavam os dele. – Bastante privacidade.

Ele fez menção de tirar as ceroulas, mas ela já estava ajoelhada de novo ao lado dele, os dedos passando por baixo do elástico e puxando a roupa para baixo. Ele ergueu os quadris, e ela o ajudou a se livrar da peça.

Desde quando ela era audaciosa?

Sophia curvou-se sobre Vincent e beijou seu umbigo. Seus lábios continuaram a passear pelo corpo do marido, subindo, beijando-o por onde passavam até voltarem aos lábios dele.

Hum, muito audaciosa!

– O chão não será um colchão muito macio para suas costas, Sophie – disse ele. – Fique em cima de mim.

Era muito conservador, admitiu Vincent para si mesmo, com uma pontinha de vergonha. O sexo entre os dois nunca lhe parecera repetitivo ou monótono. Todos os encontros haviam sido diferentes. No entanto, ela sempre ficava deitada de costas e ele, por cima. Não ganharia nenhum prêmio como um dos amantes mais inovadores do mundo.

Ele a puxou e ela ficou deitada sobre ele, pequena e prazerosamente morna, com perfume de água do lago e calor do verão. Voltou a beijá-la e passou as mãos nas suas nádegas para agarrar as coxas e fazer com que ela abrisse as pernas. A camisola que cobria seu corpo não era longa. Não usava nada por baixo.

Sophia flexionou os joelhos e se apoiou neles. Ergueu-se e ficou ajoelhada com o corpo de Vincent entre as pernas.

A sensação era de que alguém havia jogado mais lenha no sol para que queimasse com mais intensidade. Era como se ele tivesse perdido o último resquício de controle, e sentiu a ereção ainda mais rígida, se é que aquilo era possível. Dobrou os próprios joelhos, deslizando os pés pela grama. Colocou as mãos nos quadris dela para posicioná-la.

Mas ela já o tocava, os dedos movendo-se nele com tanta leveza que achou que ia enlouquecer. Ergueu o queixo, apoiou a cabeça na grama e permitiu que ela assumisse o comando.

Sophia colocou-se em posição e desceu sobre ele em um movimento firme e suave. Ele precisou se conter para não gozar naquele instante.

Sophia soltou um gemido baixo e profundo.

Ela ergueu os quadris quase até o limite e voltou a descer, e depois repetiu o movimento até estar cavalgando sobre ele num ritmo constante. Ela também trabalhava com seus músculos internos e, depois de alguns instantes, passou a fazer movimentos circulares com os quadris, no mesmo ritmo.

Era *Sophie*?

Se ele ignorasse a leve dor de estar tão excitado, e ele *ignorou* por certo tempo, o prazer era arrebatador. Quente, úmida, ela pulsava em torno dele.

Ele se erguia quando ela descia e recuava quando subia, acompanhando os movimentos dela até senti-la mudar o ritmo, sentir que havia alcançado algo que não conhecia nem compreendia. Então agarrou-se aos quadris dela com mais firmeza, entrou e saiu, entrou e saiu. Ela tensionou o corpo e gritou, desmoronando sobre ele. E ele a penetrou de novo despreocupadamente, e a seguiu na glória do êxtase sexual.

Sophia voltou a ficar ajoelhada. Vincent pôs a mão na sua cintura para que ela se abaixasse e deitasse sobre ele. Fez com que ela esticasse as pernas nos dois lados do corpo dele. Passou os dedos no cabelo dela e segurou um dos lados de seu rosto apoiado no ombro dele.

Meu Deus!

– Feliz? – perguntou ele.

– Aham – balbuciou Sophia no ombro dele.

Quando despertou e sentiu-se pouco confortável, percebeu que os dois haviam cochilado.

– Sophie?

– Hum?

– Estamos com calor e terrivelmente suados.

A pele dos dois brilhava de suor. Até a camisola dela estava pegajosa.

– Hum.

– Levante-se, mulher – disse ele. – E leve-me até a água.

Quando estavam no lago, na altura da cintura, ele começou a jogar água nela e ela jogou de volta. Tinha vantagem, claro, porque podia enxergar a direção em que planejava atacar. Por outro lado, ele conseguia nadar debaixo d'água e atingi-la atrás dos joelhos, fazendo-a cair e voltar à tona cuspindo água.

Ele deu um tapinha nas costas dela e envolveu seus ombros com o braço.

– Planeja sobreviver? – perguntou a ela.

– Se eu conseguir parar de tossir – disse ela, voltando a tossir. – Engoli o lago inteiro?

– Não tenho como saber – respondeu ele. – Não consigo ver.

– Mas pode sentir.

E o pé esquerdo dela atingiu-o por trás dos joelhos quando ele menos esperava, permitindo que constatasse que Sophia, na verdade, não tinha engolido toda a água do lago.

Ela estava às gargalhadas – bem animada, em vez de compadecida – quando ele emergiu.

A Srta. Debbins fazia verdadeiros milagres. Depois de duas aulas de música e uma hora de prática por dia, Sophia começou a entender as linhas, os símbolos e as pequenas notas e seus rabinhos riscados numa partitura. Mais importante, conseguia reproduzir os sons daquelas notas no teclado do piano e até tocar com as duas mãos. A princípio, aquilo lhe pareceu impossível, afinal, esperava-se que cada mão tocasse algo diferente. Mas *era* possível, embora estivesse praticando apenas o mais simples dos exercícios.

Além disso, a Srta. Debbins tinha paciência para ajudar Vincent a se aprimorar na harpa a ponto de conseguir tocar melodias simples sem cometer um erro sequer.

Tocar um instrumento nunca seria sua grande paixão, Sophia logo percebeu. Perseverou porque podia e porque lhe faltavam tantos daqueles talentos que uma dama deveria cultivar. E também porque um instrumento musical criava som, som harmônico e belo se fosse bem tocado, e o som tinha grande importância para o marido.

A grande paixão de Sophia nunca poderia alegrá-lo, mas ele *de fato* apreciava conversar com ela sobre o assunto. Sua grande paixão era e sempre seria desenhar. A Srta. Debbins voltara da casa do irmão na companhia de Agnes, sua irmã mais jovem, viúva, que pretendia morar no vilarejo em caráter permanente. E Agnes Keeping era pintora. Trabalhava principalmente com aquarela e seu tema preferido eram as flores silvestres. Sophia achava seus trabalhos muito belos e Agnes se maravilhava com as caricaturas de Sophia, e ria com suas ilustrações, em especial quando ela lia as histórias que as acompanhavam. Sophia teve o cuidado de explicar que elas tinham sido criadas em parceria com Vincent, exceto pela versão original do conto do rato e do dragão, que era de autoria inteiramente dele.

– Que talento vocês têm! – disse Agnes. – É uma pena que apenas os sobrinhos de lorde Darleigh possam ver essas ilustrações e ouvir essas histórias. E eles vão voltar para casa em uma semana, não é? Esses seus livrinhos precisam ser publicados.

Sophia sorriu, feliz.

– Tenho um primo – continuou Agnes. – Bem, na verdade é primo de meu falecido marido. Ele mora em Londres. Ele... Bem, vou escrever para ele, com sua permissão. Posso?

– Claro.

Sophia fechou os livros. Agnes não tinha explicado por que seu primo poderia se interessar por eles, e ela não perguntou. Deixou com Agnes a versão da primeira história de Bertha e Dan.

Agnes tornou-se sua primeira amiga de verdade.

E com as senhoras do círculo de costura, Sophia manteve os primeiros relacionamentos amigáveis, apesar de se sentir intimidada por todas, que, sem exceção, sabiam manipular as agulhas com muito mais habilidade do que ela. Na verdade, pareceu-lhe que foi esse fato que levou as senhoras a se apegarem a ela, pois se mostraram todas ansiosas a ajudá-la, ensinar-lhe e elogiar seus esforços. E ela de fato progrediu sob sua orientação experiente. Começou até a se divertir.

Vincent tinha razão sobre o que dissera naquela tarde enquanto remavam para a ilha, ela agora percebia. Todo mundo precisava de amigos do mesmo sexo.

Ele estabeleceu amizades verdadeiras com os vizinhos. O Sr. Harrison, um cavalheiro casado, poucos anos mais velho do que Vincent – sua esposa fazia parte do círculo de costura –, levou-o para pescar com alguns outros cavalheiros e, de alguma forma, encontraram um jeito bastante eficiente para Vincent pescar. E o Sr. Harrison passara a visitar a casa com frequência para ler os jornais para Vincent. Depois, os dois conversavam sobre política e economia.

Mas isso não significava que ela e Vincent estavam se afastando. Costumavam passar as noites juntos na sua sala de estar privada. Às vezes, saíam para caminhar ou estudavam música. Uma vez, cavalgaram juntos, embora não estivessem sozinhos. O chefe dos cavalariços acompanhou Sophia e o Sr. Fisk cavalgou ao lado de Vincent. Tinha uma lembrança muito boa da ocasião, porque Vincent ficou feliz e despreocupado, e ela, encantada com a própria audácia, apesar de Vincent lhe garantir que, se seguissem mais devagar, acabariam andando para trás.

Certa tarde, quando voltava a pé de uma sessão no círculo de costura, Sophia viu o Sr. Fisk sozinho, saindo dos estábulos em direção à casa. Provavelmente tinha acompanhado o adestramento de Shep no picadeiro. O Sr. Croft vinha em dias alternados agora que o cão estava praticamente treinado. Shep e Vincent estavam cada vez mais acostumados um com o outro e mais capazes de se movimentar como uma unidade harmoniosa. A única decepção de Sophia foi a firme recomendação do Sr. Croft para que o cachorro não fosse tratado como um animal de estimação nem acariciado por ninguém além de Vincent, tampouco encorajado a seguir ou ficar sentado com outra pessoa.

Fazia perfeito sentido, claro. Se o cão se distraísse com facilidade, não seria confiável para ser os olhos de Vincent o tempo todo e sob todas as circunstâncias.

O Sr. Fisk acenou com a cabeça na direção de Sophia e teria se apressado para a casa se ela não o tivesse chamado.

– Sr. Fisk! Por favor, espere.

Não sabia se ele gostava ou não gostava dela. Tinha um pouco de medo dele, verdade seja dita, embora não do ponto de vista físico. Ele nunca a machucaria nem falaria com ela de modo desrespeitoso. Mas era difícil se desfazer de velhos hábitos. Claro, ele era profundamente ligado a Vincent e com toda a certeza não a considerava uma esposa digna de seu patrão e amigo. Mas Sophia não sabia se ele ainda pensava assim. Não importava – exceto que, claro, importava.

Ele arqueou as sobrancelhas e parou.

– Está tudo bem? – perguntou ela. – Com Shep?

– Croft considera seu trabalho aqui encerrado, milady – disse Martin. – O visconde foi até o lago e voltou acompanhado apenas pelo cão, sem tocar no corrimão uma vez sequer.

– Então o corrimão é desnecessário? – perguntou ela.

– Não, milady – respondeu ele. – Qualquer coisa que possa ajudar lorde Darleigh a ter mais liberdade é válida. Além disso, não seria prudente depender inteiramente de apenas uma pessoa ou coisa. Pessoas podem morrer, assim como cães. Cercas podem tombar.

– Queria pedir seu conselho – disse ela.

Martin a observou com alguma cautela.

– Agora que o caminho até o lago foi concluído, vão começar a limpar a trilha rústica para torná-la segura para meu marido e também cheirosa para seu prazer. O jardineiro-chefe sugeriu que também fossem plantadas ervas aromáticas, bem como árvores e arbustos adequados. Mas tenho outro plano que pode ser totalmente tolo e impraticável. Podem até rir de mim. Mas o *senhor* saberá me dizer se é uma bobagem.

Sophia mordeu o lábio inferior, mas ele não disse nada. Apenas a encarava. Alto e corpulento, ele era bastante intimidador.

– Não há quase nada ladeando os muros no lado leste da propriedade – disse ela. – Nada além de grama num trecho de mais de 3 quilômetros. E, na parte sul, o bosque não se estende até o muro do lado leste. Há quase 1 quilômetro de terras inutilizadas. Do lado norte também, as colinas não se estendem até o muro. Há uma larga faixa de terreno plano atrás delas. No total, seria possível caminhar junto ao muro a partir da parte sul até o canto noroeste sem encontrar obstáculos significativos. São quase 8 quilômetros.

Ela sabia. Tinha caminhado toda a distância numa tarde de chuva fina, quando Vincent estava ocupado com o administrador da propriedade e nenhuma de suas irmãs desejava se exercitar ao ar livre.

– Milady.

Ele parecia estupefato.

– Pistas de corrida têm curvas, certo? – perguntou a ele. – Quando os cavalos correm, não costumam correr em linha reta do início ao fim. Fariam curvas mesmo que sem orientação? Quer dizer, em vez de seguirem em frente e atropelarem as cercas.

– Se for uma curva bastante suave. – Ele franzia a testa. – É nisso que está pensando, milady?

– Sim. Acha possível, Sr. Fisk? Ele poderia cavalgar por uma boa distância sem perigo. Talvez até galopar. E se houvesse um corrimão, ele também poderia correr. Se quisesse, poderia correr 8 quilômetros sem intervalo. Dezesseis, ida e volta.

Martin a encarava. Sophia não conseguia decifrar sua expressão. Naquele aspecto, ele se comportava como um típico criado.

– É uma ideia tola?

Sophia voltou a morder o lábio.

– Já perguntou a ele? – quis saber Martin.

Ela fez que não com a cabeça.

– Os jardineiros não dariam conta – disse ele, franzindo a testa. – Seria preciso contratar muitos outros trabalhadores. Custaria uma fortuna.

– Ele *tem* uma fortuna.

Por um momento os lábios de Vincent se curvaram e ele quase sorriu.

Então, ele a surpreendeu.

– A senhora o ama? – perguntou de maneira abrupta, quase ríspida.

Era uma pergunta indiscreta, mas Sophia nem sequer pensou em repreendê-lo nem se sentiu ofendida. Abriu a boca para responder e tornou a fechá-la.

– Ele é meu marido, Sr. Fisk – falou.

Ele assentiu.

– Parece possível – respondeu enfim. – Mas o que sei sobre o assunto? Parece ser um grande projeto. Mas seria a realização de um sonho para ele, não seria?

– Seria – respondeu ela. – Obrigada.

Ela repentinamente deu meia-volta na direção do estábulo, deixando Martin parado, olhando para ela. Sentia-se agitada. Ele a acharia uma idiota. Mas...

*Mas seria a realização de um sonho para ele, não seria?*

A sessão de treinamento tinha chegado ao fim, ao que parecia. Vincent e o Sr. Croft estavam conversando no canto mais distante do estábulo. Shep, o cão pastor preto e branco, estava sentado tranquilo, mas alerta, ao lado de Vincent, que segurava a guia curta nas mãos. O Sr. Croft estava fora do campo de visão de Sophia.

– ... com o corrimão foi ideia de sua senhora – dizia ele. – Assim como o cão. E agora a trilha rústica vai ser aplainada e ganhar corrimãos também?

– Sou um homem de muita sorte – falou Vincent, enquanto Sophia diminuía os passos, sorrindo.

– O senhor tem a casa cheia de damas que cuidam de todas as suas necessidades – comentou o Sr. Croft. – Que homem não o invejaria, milorde?

E ele riu, animado.

– Sim. – Vincent riu junto. – Sempre tive um monte de mulheres para cuidar de mim. E agora minha esposa. Mas aos poucos estou me libertando. Ou melhor, justiça seja feita, minha mulher está descobrindo formas de me libertar.

Então Sophia desejou não ter diminuído o ritmo para ouvir elogios.

*E agora minha esposa.*

*Mas aos poucos estou me libertando.*

Ele não parecia ressentido. Pelo contrário. Dava a ela o crédito pela conquista de maior liberdade.

E ela tinha agido de forma deliberada. No início, desejava retribuir tudo o que ele fizera por ela, procurando formas de tornar a cegueira menos insuportável.

Teria tido êxito demais?

Ah, não queria pensar naquele maldito *acordo* que fizeram. E ele lhe dissera para não pensar. Mas isso não queria dizer que o acordo não existia. Obviamente, ele ainda sonhava com a liberdade.

– Boa tarde, milady – disse o Sr. Croft quando ela apareceu.

Tirou o chapéu, sorriu e inclinou a cabeça.

Vincent virou o rosto para ela e sorriu carinhosamente.

– Sophie, o círculo de costura foi bom?

– Foi. Julia Stockwell levou o bebê e passamos o tempo todo admirando a menininha e costurando. Por que os bebês têm esse efeito sobre as pessoas? Será a forma que a natureza encontrou para que não sejam negligenciados? Como vai, Sr. Croft? A Sra. Croft já se recuperou da queimadura na mão?

– Ainda está cicatrizando, milady, mas o pior da dor parece já ter passado – disse ele. – Obrigado pela preocupação. Direi que perguntou por ela. Acho que a senhora teve uma ideia excelente. Este cão levou seu marido até o lago, ida e volta, sem nenhum incidente. Mesmo ainda sendo muito jovem.

– Acredito, Sr. Croft, que, quando disse que era o melhor treinador de cães da região, não estava exagerando.

– Obrigado, lady Darleigh. E, a partir de hoje, o cachorro fica aqui.

– Fica – confirmou Vincent. – Não vai mais levar meus olhos para casa, Croft. Preciso deles comigo.

O Sr. Croft foi até o estábulo pegar seu cavalo e a charrete, enquanto Sophia e Vincent começaram a caminhada de volta para casa. A bengala não estava à vista, havia apenas Shep ao lado de seu dono. Sophia não lhe deu o braço, como costumava fazer.

*Meus olhos.*

– Sophie, como poderei agradecer-lhe por tudo? – disse ele, buscando-lhe a mão.

– Por contar a você a história de Lizzie e seu cachorro? – perguntou ela. – Mas por que eu deveria manter segredo?

– E tem o caminho para o lago. E, em breve, uma trilha rústica. E vão plantar árvores e ervas aromáticas. De quem foi a ideia?

– As árvores foram ideia minha. Não pensei nas ervas, mas vão funcionar maravilhosamente bem. Acho que vai apreciar o passeio. E tive outra ideia – acrescentou ela com o coração apertado. – Contarei mais tarde.

– O grande segredo? – perguntou ele – Aquele que mencionou no lago?

– O Sr. Fisk acha que é uma boa ideia – disse ela.

– Martin? – Ele virou a cabeça na direção de Sophia. – Falou com ele?

– Acabei de falar.

– Fico feliz. – Ele sorriu. – Ele acha que você me faz bem. Na primeira ou segunda vez que disse isso, parecia de má vontade. Agora não mais. Ele a aprova e admite que fiz uma boa escolha.

Ela era apenas mais uma mulher na vida dele. Ele amava a mãe, a avó e as irmãs. E Sophia acreditava que a estimava. Mesmo assim, ela era apenas mais uma mulher se colocando entre ele e a independência que tanto ansiava.

Shep parou diante da escada e, quando Vincent parou também, foi para a frente do dono e o guiou ao primeiro degrau, e parou de novo, então o ajudou a subir até o fim.

– Vamos para a sala de estar? – perguntou Vincent quando entraram. – Está na hora do chá? Não perderemos, não é?

– Não – garantiu-lhe Sophia. – Fiquei atenta para voltarmos a tempo. Estão todos em casa hoje. Sentiremos falta quando se forem.

– Acho que estão todos aliviados e decepcionados na mesma medida – disse ele. – Aliviados por você ser a esposa que sempre sonharam para mim e desapontados porque não precisam mais organizar minha vida.

Não. Havia Sophia para fazer isso no lugar deles.

O Sr. Croft tinha passado os últimos dois dias na casa com Shep, treinando-o para levar Vincent aos aposentos que mais frequentava. Naquele momento, o cão os guiava pelo saguão, e então escada acima até a sala, onde foram recebidos com um coro de saudações ruidosas. Todos estavam ali, inclusive as cinco crianças, com idades entre 2 e 5 anos. Caroline, filha de Ellen, e Percival, filho de Ursula, brincavam com Tab – mais cedo Sophia havia dado permissão para que o buscassem em seus aposentos, já que ele não parecia se importar em ser abraçado, apertado e carregado como um brinquedo.

Tab sentou-se e olhou para Shep com desconfiança, arqueando as costas e preparando-se para rosnar. Shep devolveu-lhe um olhar de desdém e ficou estabelecido um acordo tácito, como no dia anterior, quando os dois animais se encontraram pela primeira vez: *você fica no seu canto e eu, no meu.*

Sophia sentou-se em um sofá de dois lugares, e Vincent a seu lado.

A mãe dele se horrorizou com a ideia de um cão para guiá-lo, sem qualquer outra assistência, e deixara sua opinião bem clara. Achava que Sophia estava sendo muito negligente com a segurança do filho. Mas no dia anterior havia visto o cão na casa e provavelmente observara, junto com a avó de Vincent, os dois pela janela.

A pequena Ivy, de 2 anos, filha de Ellen, subiu no colo de Vincent, e ele lhe deu seu relógio de bolso para brincar. Sophia achava um tanto comovente o fato de ele ter um relógio quando não podia usá-lo para ver as horas, mas ele sempre usava.

– Ah! – exclamou a mãe de Vincent assim que chegou a bandeja com o chá. – Chegou uma carta para você, Sophia. Mandei que a deixassem nos seus aposentos.

Sophia sempre ficava empolgada quando recebia uma carta. Era algo que nunca acontecia antes do casamento e que também não acontecia com tanta frequência agora. Mas ela tinha recebido notícias da Sra. Parsons, de Barton Coombs: sua tia Martha, sir Clarence e Henrietta aparentemente haviam voltado para Londres para o fim da temporada. E também recebeu algumas cartas de lady Trentham, uma de lady Kilbourne e até uma da austera lady Barclay, que havia voltado para a Cornualha, onde morava.

– Obrigada.

Sophia sorriu. Ela a leria mais tarde e então teria todo o prazer de sentar à sua escrivaninha e responder.

– Tab ganhou um pouco de peso – disse ela, enquanto tomava o chá. – E o pelo está mais macio e brilhante.

– Você também ganhou peso, Sophia – observou Anthony.

– *Anthony*! – Amy lançou um olhar para o teto. – É exatamente o que toda mulher deseja ouvir.

– Não, não. Não quis dizer que está ficando *gorda*, Sophia. Apenas que você perdeu aquela expressão quase esquálida de quando chegou. Seu rosto está mais cheio e seus traços ganharam vida. O peso extra é bem-vindo. Vou fechar a boca antes que Amy faça isso por mim.

Vincent lançou-lhe um sorriso torto, a avó sorriu e assentiu com a cabeça, quase piscando para Sophia. A mãe dele também sorriu e assentiu.

Seria tão óbvio assim para elas, embora ainda não tivesse detectado nenhum ganho de peso? Como poderia? Tinha se casado havia menos de dois meses. Mas, sem dúvida, era verdade. Tinha ouvido a conversa das mulheres do círculo de costura e estava com todos os sintomas, se *sintomas* fosse a palavra correta a ser usada para algo que não era doença.

Olhou para as mãos e esperou não estar corando de forma muito perceptível. E, de repente, se sentiu *péssima*. Pois, embora Vincent fosse com certeza ficar feliz com a possibilidade de ter um herdeiro, ele na verdade não queria a sobrecarga de uma mulher e filho. Nunca quis. Pelo menos, por enquanto. E havia algo que os dois não tinham discutido. Se decidissem viver separados, quando a hora chegasse, *com quem ficaria a criança?*

Suspeitou que permaneceriam juntos, mas sem qualquer grau de felicidade. Não que felicidade fizesse parte do acordo. Contentamento. Os dois viveriam em perfeito contentamento.

Tab se acomodara ao lado dela no sofá, e Percival subiu no seu colo para passar a mãozinha no pelo do gato.

Sophia sorriu para ele e sentiu no fundo do peito a dor das lágrimas não derramadas.

# CAPÍTULO 18

As irmãs de Vincent com as famílias logo voltariam para casa. A avó planejava voltar para Bath no outono. Tinha saudades dos amigos e da vida que levava. Por razões semelhantes, a mãe contemplava seriamente a ideia de voltar para Barton Coombs e a Casa Covington. A Sra. Plunkett poderia ser convencida a lhe fazer companhia, ela tinha certeza.

Vincent ficaria triste com tantas partidas. Nutria uma estima genuína pela família, que só aumentara desde que todas elas haviam parado de cercá-lo a cada passo e tentar fazer tudo por ele.

Tinham aceitado Sophia e até mesmo passado a estimá-la, ele acreditava. A mãe falava com um tom de aprovação a respeito de tudo que sua esposa havia feito naqueles dois meses, embora tivesse dúvidas quanto ao cachorro.

Ficaria triste, mas também feliz. Elas poderiam ficar tranquilas e cuidar da própria vida sem se preocupar com ele a cada instante. Vincent, por sua vez, estaria sozinho com Sophia. Dissera a ela, mesmo antes de se casarem, que acreditava que os dois poderiam ficar bem juntos, e era verdade. Pelo menos, ele estava bem. E acreditava que ela também estava apreciando a vida em sua companhia.

Esperava que os dois pudessem viver assim pelo resto da vida. Esperava de verdade. Apesar de cada vez mais independente – em boa parte, graças aos esforços de sua mulher –, não conseguia imaginar a vida sem Sophia. Na verdade, era um pensamento terrível demais.

Era noite e estavam sentados lado a lado num sofá de seus aposentos particulares. Naquele mesmo dia, Croft declarara que o adestramento de Shep fora concluído. O gato se deitara aos pés da esposa, o rabo no pé de Vincent.

Shep estava do lado do sofá, perto dele. Podia esticar o braço e tocar na cabeça do cão. Ouviu quando ele soltou um suspiro profundo e se deitou para dormir. Ainda não conseguia entender completamente a maravilha daquilo tudo. Era quase como ter os olhos de volta. Bem, não exatamente, mas com certeza recuperaria boa parte da sua liberdade de ir e vir.

Porém, naquele momento, não estava pensando exatamente no cão nem na sua independência. Ouvia Sophia ler *Joseph Andrews*, de Henry Fielding, um livro que apreciaram juntos nas últimas semanas. Ela colocou o volume de lado quando terminou de ler um capítulo.

– Viver numa casa com uma biblioteca grande é um pouco como viver no paraíso – disse ela.

– Eu poderia até achar que *estou* no paraíso se não estivesse atormentado por um segredo não revelado.

– Ah, isso – disse ela, hesitante. – Talvez considere uma bobagem ou uma grande intromissão de minha parte. Pensei que poderíamos construir meia pista de corrida junto dos muros leste e norte da propriedade e também do muro da parte sul, onde não tem árvores. Teria um calçamento adequado, corrimãos dos dois lados e curvas suaves para que um cavalo pudesse contorná-las obrigatoriamente, sem uma orientação específica. Teria quase 8 quilômetros de extensão e você poderia andar a cavalo, até galopar. E também poderia usar a pista para correr, com a mão no corrimão ou mesmo com Shep. O cão, sem dúvida, gostaria do exercício. Você poderia ter bastante liberdade.

Seu primeiro instinto foi rir. Era uma ideia absurdamente ambiciosa. Só mesmo Sophia...

No entanto, não riu. Em vez disso, visualizou a pista. Quase 8 quilômetros de extensão. Sem obstáculos. Projetada de forma que um cavalo pudesse galopar sem receber orientação. Desenhada de maneira a permitir que *ele* corresse. Movimentando-se para a frente sem qualquer restrição, por quilômetros. Ar fresco batendo no rosto.

Liberdade.

– Seria uma tarefa grandiosa demais para os jardineiros – disse ela. – Haveria a necessidade de contratar operários. E um projetista. Provavelmente levaria muito tempo para planejar e construir, e sairia bem caro.

Ele engoliu em seco e umedeceu os lábios.

Quase podia sentir a sensação de cavalgar – sozinho. De fazer o cavalo trotar. Galopar. Por 8 quilômetros. Era possível sentir que corria, que alongava os músculos, entrava no ritmo do movimento e se exauria em 8 quilômetros de corrida. Talvez em 16 quilômetros, se voltasse correndo. Ou apenas caminhar, dando passadas rápidas sem temer para onde o próximo passo o levaria.

Fazia seis anos que havia ficado cego. Por que só agora...

Porque antes não conhecia Sophia. Aquela imaginação vívida não servia apenas à fantasia.

– O Sr. Fisk acha uma boa ideia – disse ela. A voz de Sophia soava curiosamente monocórdia, e ele se deu conta de que não havia compartilhado seus pensamentos em voz alta. – Talvez você não concorde. Talvez ache que estou me metendo demais na sua vida.

Ele virou a cabeça e sorriu para ela.

– Você montaria comigo, Sophie? – perguntou ele. – Poderíamos levar uma cesta de piquenique para recuperarmos nossas energias na metade do caminho.

– Como você é horrível! Não sou tão lenta *assim* sobre um cavalo – reclamou ela.

– Vou ensiná-la a cavalgar veloz como o vento – prometeu ele.

– Acha uma ideia ridícula? – perguntou ela. – Ou que ando tendo ideias demais? Devo me preocupar mais com a minha vida?

Ela soava estranhamente insegura. Pensava que ela já havia superado aquela fase.

– Estou maravilhado. De onde vêm tantas ideias?

– Acho que de uma vida inteira em que só pude observar e nunca *fazer*. Tenho vinte anos de inércia para compensar.

– Deus me ajude, então. Da próxima vez, vai me construir uma máquina voadora capaz de atravessar os céus e encontrar sozinha o caminho de volta.

– Ah, Vincent... Isso *seria* ir longe demais. Mas poderíamos criar histórias maravilhosas com essa ideia. Poderíamos...

Mas ele estava rindo, e ela parou de falar para rir com ele.

– Acho sua ideia brilhante! Acho *você* brilhante. Já leu sua carta?

– Minha... Ah, minha *carta*. Tinha esquecido. – Sophia levantou-se. – Está ali, sobre a lareira, olhando para mim enquanto estamos sentados aqui.

Ele ouviu-a atravessar o aposento.

– Não reconheço a letra – disse ela. – Quem será...

– Existe uma forma de saciar sua curiosidade, sabia? – ressaltou Vincent.

Ouviu o lacre sendo rompido e o farfalhar do papel.

– Talvez seja de um de seus amigos, Vincent, me escrevendo para que eu leia em voz alta para você – disse ela.

Houve um silêncio um tanto demorado.

– O que foi? – perguntou ele.

– Meu tio... A carta é de sir Terrence Fry.

Ele ficou irritado no mesmo instante.

– Está de volta à Inglaterra – prosseguiu ela. – E ouviu falar do meu casamento.

Houve outro longo silêncio.

– Venha aqui – chamou Vincent, enfim, estendendo uma das mãos.

Sophia voltou a se sentar ao lado dele, mas não pegou a mão do marido.

– Está lhe enviando congratulações?– perguntou ele. – Ou repreendendo-a?

Vincent sentiu a hesitação dela.

– Um pouco dos dois, suponho – respondeu ela. – Está feliz que eu tenha garantido segurança social e financeira pelo resto da vida.

E lamentando que ela tivesse se casado com um cego. Não disse isso em voz alta. Não precisava.

– Não tem o direito. – A voz dela estava trêmula. – Não tem o *direito*.

Não, com certeza não tinha. Vincent ergueu a mão, encontrou a nuca dela e lhe fez um carinho reconfortante.

– Ele falou com tia Martha – contou ela. – Ou melhor, ela falou com ele. Contou sobre a cilada que armei para você.

– Ela usou essas palavras?

– Mas ele não tem certeza se acredita nela. Quer ouvir a história da minha própria boca.

– Espera que você vá a Londres visitá-lo?

– Não. Deseja vir até aqui.

Vincent abriu a boca para dizer exatamente o que pensava daquela ideia descarada. Mas tornou a fechá-la. Sir Terrence Fry era parente dela, um dos pouquíssimos.

– Ele é casado? – perguntou ele.

– A esposa morreu há muitos anos.

– Tem filhos?

– Nenhum que tenha sobrevivido à primeira infância. Apenas Sebastian.

– Sebastian?

– O enteado dele – explicou ela. – A esposa do meu tio era viúva quando eles se casaram.

– E ele nunca entrou em contato com você antes? Nunca fez uma visita a seu pai? Não compareceu ao enterro? Nem ao enterro de sua tia, a irmã dele?

– Estava fora do país – contou Sophia. – É diplomata. E não, nunca o encontrei nem tive qualquer conversa com ele diretamente. Até agora.

– Diretamente – disse Vincent, franzindo a testa. – E indiretamente?

– Ele escreveu para Sebastian e pediu que me visitasse quando fui morar com tia Mary. Queria saber se eu estava sendo bem cuidada e se estava feliz.

– É mesmo? – Vincent mantinha a testa franzida. – E o enteado a *visitou*?

Ele devia ter feito alguma visita, uma vez que Sophia tinha conhecimento do pedido.

– Sim. Uma série de vezes.

E então ele se lembrou da vez em que lhe perguntou se tia Mary tinha filhos e se Sophia tinha primos em Londres. Sophia na ocasião respondera que não, mas com alguma hesitação. Ele tinha reparado. Às vezes, a hesitação era um mundo de significados.

– Ele é mais velho que você? – perguntou.

– Ah, sim – disse ela. – Oito anos mais velho.

Sophia tinha 15 anos quando o pai morreu. O enteado do tio teria 23 anos à época. A idade de Vincent naquele momento.

Ele massageou a nuca da esposa e percebeu que o queixo dela estava mais baixo do que o necessário para a leitura da carta. Imaginou que estivesse com o queixo perto do peito e os olhos fechados.

– Fale-me dele – pediu Vincent. – Conte-me sobre essas visitas.

– Ele era muito atraente e simpático, cheio de vitalidade e confiança – disse ela.

Ele aguardou.

– E muito gentil. Ficamos amigos e conversávamos muito. Ele me levava para caminhar e fazer passeios no seu cabriolé. Levou-me a galerias, igrejas antigas e uma vez até o Gunter, para tomar sorvete. Eu estava arrasada pela morte de meu pai. Ele me ajudou a aliviar a dor.

Vincent esperou de novo. O ar estava carregado com alguma dor terrível. Esperava que não fosse aquilo que suspeitava.

– Fui muito tola. Eu me apaixonei por ele. Não chega a ser surpreendente, suponho. De fato, teria sido surpreendente se eu não tivesse me apaixonado. Mas eu me declarei. Tolamente, achei que ele se sentisse da mesma forma. Eu me *declarei*.

– Você tinha 15 anos, Sophie – disse ele, a mão detendo-se no pescoço dela.

– Ele riu de mim.

Ah, Sophie. Tão jovem e frágil. Naquela idade, devia ser mais vulnerável, mesmo que tivesse sido forte como uma rocha antes.

– Ele riu e disse que eu era uma mocinha tola e ingrata. O que era verdade. Meu coração ficaria partido de qualquer maneira. Eu me sentiria ferida e humilhada por suas risadas e teria vergonha da minha própria ingenuidade. Mas teria me recuperado. Acho que teria. Suponho que não seja incomum que meninas se apaixonem perdidamente por homens atraentes e então sofram grandes desilusões.

– Por que você não se recuperou? – perguntou ele, quando ela não prosseguiu.

– Estávamos na sala de estar de tia Mary e havia um espelho. Era comprido. Sebastian me levou para diante dele e ficou atrás de mim me explicando por que era absurdo e até um pouco insultante que eu me apaixonasse por ele e esperasse ser correspondida. Ele me obrigou a olhar para o meu corpo, meu rosto, meu cabelo, que era muito volumoso no alto da cabeça e na altura dos ombros, porque eu não sabia arrumá-lo. Disse que eu era uma criaturinha esquálida e feia. Que gostava bastante de mim, mas apenas como a priminha de quem havia prometido cuidar, como o padrasto pedira. Ele ria enquanto falava. Era um tipo de risada afetuosa, acho, mas me pareceu grotesca. Depois que ele foi embora, fui para o quarto e cortei o meu cabelo. Ele nunca mais voltou e eu não ia querer vê-lo de novo, mesmo se ele tentasse.

Vincent a envolveu nos braços e a trouxe para junto de si, até que a cabeça estivesse apoiada em seu ombro.

– Perdoe minha linguagem, Sophie, mas *que desgraçado*! – disse ele. – Queria ter apenas cinco minutos a sós com ele.

– Foi há muito tempo.

– Ele tinha *a minha idade*. Seu pai havia acabado de morrer. Sua tia a negligenciava. Você estava com 15 anos. Ainda não era uma adulta. Além disso, você era *um ser humano*. E ele era um *cavalheiro*. Ah, Sophie, minha doce Sophie. Mesmo naquela época, você devia ser linda. Eu sei que agora é.

Ela riu com o rosto no pescoço dele e então chorou.

E chorou e chorou.

Aquele desgraçado. Aquele... *maldito desgraçado.*

Vincent pegou o lenço e entregou a ela.

– Sophie – falou quando os soluços dela se tornaram mais espaçados. – Você é linda. Acredite na palavra de um cego. Você é a mulher mais linda que eu já conheci.

Ela riu e soluçou, e Vincent riu suavemente, acariciando seu cabelo e se esforçando para não chorar com ela. Ela assoou o nariz e devolveu-lhe o lenço.

– Sua camisa e sua gola estão molhadas – disse ela.

– Vão secar. – Ele manteve um braço nos ombros dela. – Então seu tio não a ignorou por completo.

– Não, suponho que não.

– Ele é a sua família. O irmão de seu pai.

– Sim.

– Então, vamos convidá-lo para nos visitar – sugeriu ele. – Pelo menos vocês se conhecem, Sophie, e depois você decide se vai querer voltar a vê-lo. Encontre-o na sua casa, em seus próprios termos. Deixe que ele mesmo veja se caí na armadilha de uma mulher perversa e conspiradora e se você é vítima de um casamento deprimente com um homem pela metade.

– Ele não teria me procurado se eu não tivesse me casado – disse ela. – Ainda mais com um visconde.

– Talvez – admitiu ele. – Ou talvez sempre tenha tido a intenção de saber como você estava quando voltasse ao país para uma estada mais longa. Você ficou com uma tia, irmã dele, e depois com outra, e também com uma prima quase da sua idade. Talvez ele supusesse que você estava onde deveria, onde gostaria de estar. Talvez tenha considerado seu dever cumprido ao ter certeza de que estava sendo bem cuidada pelos parentes.

– Ele só não cogitou me perguntar – disse ela.

– É verdade.

Ele pôde ouvi-la dobrando a carta.

– Você sente falta de uma família – disse ele, trazendo-a para ainda mais perto. – Quando esteve com minha família, você sentiu falta. Não estou errado, estou?

– Não – admitiu ela, depois de uma breve hesitação. – É terrível estar sozinha no mundo. Sua família tem sido gentil comigo e passei a amá-la. Mas... às vezes sinto um vazio. Talvez não pesasse tanto se eu realmente fosse sozinha no mundo, se todos os meus próprios familiares estivessem mortos.

– Deixe que seu tio venha – disse ele. – Talvez não seja uma visita alegre. Mas talvez seja. Nunca saberá se não permitir.

Ele sabia que temeria aquela visita com todas as fibras do seu ser. *Não tinha* bons sentimentos em relação a qualquer parente da esposa. Mas precisava se lembrar de que poucas semanas antes ela tinha chegado ali para conhecer sua família inteira, sabendo que as circunstâncias em torno do casamento criariam uma predisposição para que a julgassem com severidade. Mas ela fora capaz de superar aquilo tudo. E havia conquistado todo mundo, embora Vincent soubesse que não tinha sido fácil para ela. Fora a ratinha silenciosa pela maior parte da vida e precisara se afirmar para ser aceita.

Sophia suspirou.

– Amanhã escreverei para ele. Vou convidá-lo para nos visitar na época do baile da colheita. Será em breve, não?

Então ela não desistira da ideia? Não, claro que não. Tinha falado sobre o evento com gente demais para recuar. Além do mais, Sophia não era do tipo que recuava.

– Sim. Convide-o para o baile. Minha família estará de volta na ocasião. Será apropriado que a sua também esteja presente. Será como uma recepção de casamento tardia. Podemos até descrever o evento assim. Talvez você possa convidar os Marches. Provavelmente vão recusar, embora eu não fosse apostar dinheiro nisso.

– Ficou louco?

Sophia respirou fundo.

– É possível – admitiu ele. – Tenho a forte sensação de que *não* recusariam. A sobrinha deles, viscondessa Darleigh e tudo o mais.

– *Está* louco – disse ela, e começou a rir de um jeito que lhe soou como uma alegria lacrimosa.

Ele virou a cabeça e a beijou.

– Deve estar na hora de irmos para a cama – falou. – Estou certo?

– Está certo – respondeu ela sem virar a cabeça para consultar o relógio.

A hora preferida de Vincent.

Na manhã seguinte, Sophia estava sentada diante da escrivaninha na sala de estar do casal. Roçava a pena sob o queixo, de um lado para outro, pensando nas palavras que usaria na carta ao tio. Até então, havia chegado a "Prezado Tio", depois de ter rejeitado "Prezado sir Terrence", "Prezado Senhor" e "Prezado tio Terrence". Atingiu o equilíbrio correto entre formalidade e informalidade.

Tab deitou sobre seu pé, depois de abandonar o lugar cativo no parapeito da janela leste, quando ela se sentou à escrivaninha.

Ainda não havia decidido se também convidaria tia Martha, sir Clarence e Henrietta. Não conseguia definir quais seriam suas motivações para convidá-los. Fazer uma oferta de paz? Aproveitar a oportunidade para tripudiá-los? Fazer uma tentativa desesperada de ter a própria família?

Desesperada, de fato. Mas tão impossível assim? Desenvolvera genuína estima pela família de Vincent. Mas ver como eram próximos, fazer parte dela, só tornava o vazio provocado pela ausência de sua própria família ainda maior.

E Vincent compreendia, abençoado fosse.

Por alguns instantes, distraiu-se com lembranças da noite anterior. Ele sempre se mostrara um amante vigoroso, capaz de satisfazê-la, especialmente desde aquela tarde na ilha – ainda pensava nela todos os dias. Tinha sido maravilhoso, *ele* tinha sido maravilhoso, e desde então...

Bem.

A noite anterior tinha sido um pouco diferente das outras. Na noite anterior, ele a tocara e a amara com o que ela só conseguia descrever como ternura.

Talvez, quando o viu conversando com o Sr. Croft, ele não estivesse querendo dizer aquilo que ela achou que quisesse. Talvez sim. Talvez...

Ah, *como queria* parar de pensar.

"Recebi sua carta ontem", escreveu ela.

Grande progresso.

*Fiquei encantada ao recebê-la?*

"Foi gentil de sua parte escrevê-la", foi o que escreveu.

Foi mesmo? *Gentil?* Mas não importava de verdade, importava? Havia certas formalidades que precisavam ser seguidas.

Por que *exatamente* ele havia escrito? Só porque agora ela era uma viscondessa e seu marido, um homem rico? Porque se importava um pouco e temia sua infelicidade ao lado de um cego? Porque a conversa com tia Martha poderia ter levantado suspeitas sobre a vida que levava na casa da tia?

Vincent tinha razão. Sophia realmente precisava vê-lo para ter resposta a todas essas perguntas. Mas não *queria* vê-lo. Ao mesmo tempo, pensava nele. Era o *irmão* de seu pai, que às vezes lhe contava histórias da infância. Não com muita frequência, era verdade, mas de vez em quando. E tio Terrence sempre aparecia naquelas histórias. Os dois tinham sido grandes amigos quando garotos.

"Ficaria feliz em vê-lo", escreveu ela. Franziu a testa ao reler. Aquelas palavras bastariam. Não queria ter que refazer tudo.

Então ouviu passos se aproximando do outro lado da porta. Passos firmes e seguros. O Sr. Fisk? Um lacaio? Fosse quem fosse, não se deu o trabalho de bater antes de entrar. A maçaneta girou, a porta abriu e Vincent apareceu com Shep, ofegante, a seu lado.

– Sophie? – chamou.

– Estou aqui. Na escrivaninha. Escrevendo para meu tio.

– Que bom.

Ele se aproximou e colocou uma das mãos no ombro dela. Seu rosto estava corado e os belos olhos azuis brilhavam.

– Caminhamos até o lago. Quero dizer, Shep e eu. E demos uma volta, fomos até o gazebo. Ficamos ali sentados um pouco antes de voltar. Eu a teria chamado para ir comigo, mas queria provar a mim mesmo que era capaz.

– E provou – disse ela. – Não parece estar molhado. Não caiu no lago?

– Nem tropecei ou quebrei o nariz. Você ainda estava dormindo quando fui me exercitar. Mamãe me disse que você se atrasou para o café da manhã. Está se sentindo mal?

– De modo algum. – Ela pousou a pena na mesa e se levantou. – Na verdade, estou ótima.

Ele ergueu as sobrancelhas.

Ela pegou a mão dele e a beijou.

– Vamos ter um filho – contou Sophia. – Ainda não consultei um médico, mas estou certa.

Ele parecia encará-la, os olhos arregalados. Apertou a mão dela, e ela olhou para ele com desconfiança.

– Sophie?

Ele abriu lentamente um sorriso e começou a rir.

– Sim.

Ela voltou a beijar-lhe a mão.

Vincent soltou a guia de Shep e estendeu a mão para Sophia. Envolveu-a em seus braços e abraçou-a com força, de forma que ela sentiu o corpo todo em contato com o dele, dos ombros aos joelhos.

– Sophie? É verdade? Um filho?

– Sim. Verdade.

Ela o ouviu engolir em seco.

– Mas você é tão pequena.

Ele ainda estava sussurrando.

– Mulheres pequenas podem ter filhos com bastante segurança – garantiu ela.

Esperava estar certa. Não havia garantias quando se tratava de um parto. Mas era tarde demais para preocupações e temores.

Ele apoiou uma das faces sobre o alto da cabeça dela.

– Um filho – falou, voltando a rir. – Ah, Sophie, um *filho*!

Continuaram abraçados por muito tempo. A carta ao tio foi esquecida. Shep se acomodou aos pés de Vincent para tirar uma soneca. Tab voltou ao parapeito para tomar sol.

# CAPÍTULO 19

Eentão, claro, poucas horas depois, Vincent tinha que ter um ataque de pânico.

Sophia fora ao vilarejo com Ursula e Ellen. As irmãs dele queriam comprar alguma coisa, e Sophia aproveitaria para visitar Agnes Keeping e lhe mostrar algumas ilustrações para uma nova história de Bertha e Dan que haviam criado na semana anterior – sobre um menino limpador de chaminés que fica preso no alto de uma grande chaminé de uma construção muito alta. Um dos desenhos aparentemente mostrava Bertha resgatando-o pelo alto, o corpo visível apenas dos pés à cintura, o resto escondido dentro da chaminé.

Andy Harrison e sua esposa viriam para um chá mais tarde. Nesse ínterim, ele tinha algumas horas livres, uma vez que seu administrador passaria o dia fora a trabalho. Então, Vincent decidiu explorar a trilha de terra, embora o trabalho nela tivesse acabado de começar. Afinal de contas, em Lake District, ninguém tinha ido antes dele para aplainar as colinas. Mas, naquela ocasião, não fora sozinho.

Também não estava sozinho agora. Sentia que vinha negligenciando Martin nos últimos tempos. O que era tolo de sua parte, pois Martin provavelmente apreciava ter mais tempo livre. Vincent ouvira rumores de que o amigo e valete estava namorando a filha do ferreiro local – o que parecia apropriado.

Ele levou Martin e a bengala para explorar a trilha e constatou que o solo era bastante rochoso e tinha mato crescido nas margens assim que passaram da área em obras.

– A natureza não demora muito a reclamar o que é seu – disse ele.

– Bom para a natureza, eu diria. A humanidade pode fazer coisas vergonhosas com ela, é só ter uma chance – retrucou Martin.

– Está pensando em minas de carvão e coisas assim? – perguntou Vincent.

– Estou pensando mais naquelas árvores idiotas na entrada da propriedade – disse Martin. – Podadas e modeladas para ficarem com uma aparência ridícula, como alguns poodles.

Vincent soltou uma gargalhada.

– As topiarias? – Vincent riu. – São mesmo ridículas? Disseram-me que são belas e pitorescas.

Martin resmungou.

– Tem uma pedra grande a quatro passos – avisou ele. – Contorne-a pela esquerda. Se for pela direita, pode rolar colina abaixo.

– Sophia me falou sobre a pista de corrida – disse Vincent. – Acha que pode funcionar, Martin?

– Não haverá nenhuma grande corrida de cavalos sendo disputada nela, mas vai funcionar – respondeu Martin. – Vai poder cavalgar sem precisarmos temer pelo seu pescoço.

– Sophia pediu sua opinião – disse Vincent.

– Sem dúvida concluiu que, se era para rirem da ideia, melhor que fosse eu e não você. Ela venera o chão em que você pisa, você sabe.

– Ah, bobagem. – Vincent riu. – Ela está esperando um filho meu, Martin.

– É o que a cozinheira e todas as criadas estão dizendo – falou Martin. – Algo a ver com o rosto mais redondo, o olhar e outras bobagens. Mas parecem sempre acertar. Não sei como as mulheres fazem isso. Como sabem dessas coisas, quero dizer.

– Vou ser pai.

– Se a viscondessa está grávida, então espero que seja o pai, senhor – concordou Martin.

Vincent parou de caminhar e pensou em como a esposa era esguia, como seus quadris eram estreitos. E em quantas gestações terminavam com natimortos ou com a morte da mãe. Ou com as duas coisas. E em como ele nunca poderia ver a criança, mesmo que ela vivesse, nunca poderia brincar com ela como um pai normal, nunca...

Martin agarrou-o pelo antebraço.

– Tem um banco logo ali – disse. – Está bem dilapidado, mas vai suportar seu peso.

Era tarde demais. Não havia ar para respirar e ele *não conseguia enxergar*. Segurou a mão de Martin com força, sem saber se queria livrar-se dela ou agarrar-se a ela.

Inspira. Expira. Inspira. Expira.

Ele era cego. Só isso.

Era como um mantra.

Era seu primeiro ataque de pânico desde o da carruagem, com Sophia. Agora eram mais raros. Talvez com o tempo parassem totalmente. Talvez chegasse o tempo em que seu inconsciente, assim como sua mente consciente, finalmente aceitaria o fato de que ele nunca mais enxergaria.

– Tirei sangue da sua mão, Martin?

– Nada que um pouco de unguento não resolva, senhor. Será uma razão para todos os criados na cozinha fazerem piada comigo. Vão brincar que foi Sal quem fez isso.

– A filha do ferreiro? – perguntou Vincent. – Ela é bonita?

– É – respondeu Martin. – E se encaixa muito bem nos meus braços. Mas é só isso que vou conseguir, infelizmente. Aquela ali quer se casar, tenho certeza absoluta.

– E?

– Não estou com pressa. Talvez eu me canse dela. Talvez ela se canse de mim. E talvez eu venha a pensar que, se a única forma de eu conseguir levantar as saias dela for casando... Bem, ainda não cheguei a esse ponto e, se eu fizer minhas orações à noite, como um bom garoto, como minha mãe me ensinou, talvez eu nunca chegue lá. Mas ela tem um jeito tão sensual de balançar os quadris.

Vincent riu.

– Quando fizer suas orações, Martin, precisa saber o que quer. Caso contrário, Deus pode ficar confuso.

Curiosamente, Martin suspirou.

Vincent achou que as pernas já poderiam sustentá-lo. Levantou-se, usando a bengala. Os tremores tinham quase ido embora.

Mulheres pequenas tinham filhos o tempo todo. A própria Sophia tinha dito isso.

E não era preciso enxergar para tocar um bebê. Ou para segurá-lo.

Ou para brincar com ele.

Ou amá-lo.

*O bebê.*

Seria menino ou menina?

Não importava. Não importava mesmo. Desde que sobrevivesse. Desde que fosse saudável.

Desde que Sophia sobrevivesse.

Por favor, Deus, deixe que ela sobreviva. Não havia qualquer ambiguidade naquele pedido.

– Vou começar a economizar para o presente de casamento – disse ele.

Martin resmungou novamente.

Vincent pensou com mais alegria sobre a futura paternidade, enquanto desciam a trilha. Não fazia sentido pensar em todas as coisas que poderiam dar errado. E não fazia sentido lamentar o fato de não ser capaz de ver os filhos.

Pelo menos haveria um filho.

Dele e de Sophia.

E agora, claro, ela ficaria com ele, e os dois finalmente deixariam para trás aquela sugestão absurda que ele fizera quando tentava convencê-la a se casar com ele. Pois, apesar de terem levado em consideração a possibilidade de uma gravidez adiando o plano de viverem separados, nenhum dos dois pareceu ter considerado o que fariam com a criança quando *tomassem* caminhos separados.

Por nada nesse mundo permitiria que o afastassem de seu filho, mesmo sem poder *enxergá-lo*. E apostaria toda a sua fortuna que seria impossível arrancar um filho de Sophia.

Isso significava que os dois ficariam juntos.

Estava tão feliz que aqueles absurdos tivessem ficado para trás. Achou que Sophia também ficaria feliz. Talvez abordasse o assunto mais tarde, e então os dois finalmente poderiam se esquecer de tudo.

Ouviu vozes femininas vindas da direção do que ele supunha ser os canteiros do jardim. Ouviu Ursula e Ellen. Ah, e então Sophia. Estavam de volta do passeio ao vilarejo.

– Ah, olha só *isso* – dizia Ursula enquanto ele se aproximava. – É adorável. É real, Sophia?

– Não. É o chalé dos meus sonhos, a casa onde eu mais gostaria de viver.

– Adoro chalés com telhados de palha – disse Ellen. – Como são *lindos* esses desenhos, Sophia. Tem *tanto* talento. Olhe essas flores. Ah, e tem o gato. E um cãozinho sentado na entrada.

– Não prefere morar em Middlebury Park? – perguntou Ursula, rindo.

– Ah, Middlebury é real – disse Sophia. – O chalé é sonho. Nunca vou morar lá, claro. É um faz de conta. Mas, por Deus, que paz! Que tranquilidade! Que *felicidade!*

Vincent ficou petrificado. Martin parecia ter desaparecido.

– Espero que seja igualmente feliz aqui, na vida real – desejou Ellen. – Você *parece* feliz e nunca vi Vincent com um ar tão satisfeito.

– Ah, mas precisamos saber distinguir a ficção da realidade – disse Sophia. – Ou ficaremos para sempre insatisfeitos. O faz de conta é justamente isso. Vivo aqui com grande alegria. Sou a mais sortuda das mulheres.

– Bem, estou muito impressionada com seus desenhos – comentou Ursula. – As crianças vão sentir falta deles quando voltarmos para casa. Dos desenhos e das histórias que você e Vincent contam com tanta harmonia. Ah, Vincent. É melhor tomar cuidado. Sophia está nos mostrando o desenho do chalé onde ela vai morar quando não aguentar mais viver em sua companhia.

– Ah – disse Sophia. – Aí está você. Foi caminhar?

– Fui até a trilha com Martin e sobrevivi para contar a história – respondeu ele. – O passeio ao vilarejo foi agradável?

Sophia deu-lhe o braço e os dois seguiram para casa.

O ânimo de Vincent estava no chão, sob a sola de suas botinas.

– Desenhei o chalé porque reparei que as crianças ficam curiosas com *tudo*, e já começaram a perguntar sobre as fadas no fundo do jardim – disse ela. – Pensei em colocar o chalé na capa do primeiro livro dessa série. Gostou do passeio? Martin foi com você?

Ela sabia que ele tinha escutado.

Sir Terrence Fry aceitou o convite.

Assim como sir Clarence e lady March. Henrietta iria com eles, embora estivesse sendo muito requisitada para festas de verão, onde era cercada pela atenção de cavalheiros com título, nenhum deles à altura de seus padrões elevados.

Sophia sorriu ao ler a carta da tia e ao mesmo tempo sentiu certo desânimo. *Queria* mesmo que eles viessem? Mas os havia convidado. Devia recebê-los calorosamente e ser atenciosa com eles.

Queria que o tio viesse?

Descobriu que temia a vinda dele por um motivo em particular. Tinha medo de se decepcionar. Talvez não tivesse escrito pela memória de seu pai ou por lamentar não ter feito questão de conhecê-la antes. Talvez não fosse capaz de dar uma explicação satisfatória para sua longa negligência. Talvez viesse para demonstrar seu desagrado por ela ter roubado Vincent de Henrietta – se essa era a história que tia Martha havia lhe contado.

Bom, teria de esperar para ver.

Ao mesmo tempo, sonhava com aquela visita. Esperava um bebê. Nunca faltaria atenção e amor para seu filho ou sua filha da parte de toda a família paterna. E a família *dela*? Haveria alguém da família dela que também amaria aquela criança?

Ou Sophia?

As irmãs de Vincent tinham voltado para casa, mas retornariam para o baile da colheita. A avó dele já estava pronta para ir para Bath. Tinha até alugado uma casa. Partiria depois do baile. A mãe de Vincent estava cada vez mais inclinada a voltar para Barton Coombs e reencontrar os amigos, mas ficaria até o parto de Sophia, esperado para o início da primavera.

O baile da colheita havia capturado a atenção de todos que viviam num raio de quilômetros de distância, embora na verdade não fosse mais chamado por esse nome. Era conhecido agora como recepção e baile nupciais. Tardios. *Muito* tardios quando parecia ser de conhecimento geral que a noiva estava grávida de alguns meses, embora a ligeira protuberância ainda não fosse visível sob as saias folgadas dos vestidos de cintura alta.

Sua sogra a ajudava a fazer planos, embora não tivesse muito mais experiência do que a própria Sophia com um evento desse porte. Preocupava-se sobretudo com Vincent.

– Embora você tenha feito extremamente bem a meu filho, Sophia – admitiu ela, quase a contragosto, quando estavam na biblioteca fazendo listas de tudo que precisava ser organizado. Pelo menos, de tudo em que conseguiam pensar. Havia sempre algo a mais que ocorria a uma ou a outra e que as levava a entrar em pânico. – Não sei como você faz isso. E às vezes preferia que não fizesse. Como foi que passou pela sua cabeça a ideia de construir uma pista de corrida na propriedade? E como Vincent vai comer em público ou se portar em um salão de baile?

– Vai fazer os dois com a maior facilidade, mamãe – garantiu-lhe Sophia.
– Fez em Barton Coombs e fará aqui. Estará entre parentes e amigos.

– Espero que esteja certa – disse a sogra, com um suspiro.

O baile da colheita, a recepção de casamento, ou que quer que fosse, estava marcado para o início de outubro. O verão se transformava em outono cedo demais, como sempre acontecia, mas o outono também tinha sua beleza. Em breve, as árvores mudariam de cor e perderiam as folhas e, antes que recuperassem o verdor, haveria um bebê em Middlebury Park. Mas ainda era cedo demais para pensar no assunto.

Sir Terrence e os Marches chegariam no mesmo dia, embora não fossem vir juntos. As irmãs de Vincent chegariam alguns dias depois, assim como o visconde de Ponsonby, que estava visitando um parente idoso não muito longe dali e se mostrara encantado em passar alguns dias na propriedade.

"Fica-se rouco de tanto berrar em uma corneta acústica", escrevera ele. "Minhas cordas vocais precisam de um descanso, assim como o resto da minha pessoa. Aceito seu gentil convite apenas por esse motivo."

O visconde de Ponsonby via o mundo através de olhos satíricos, concluiu Sophia ao ler a carta inteira em voz alta para Vincent. Seria por infelicidade, como tinha acontecido com ela? Não sabia muito sobre ele, a não ser que era um dos melhores amigos de Vincent, um dos Sobreviventes. Não havia nele sinal de sequelas físicas, a não ser pelo ligeiro gaguejar. Tinha um olhar de quem já vira coisas demais. No entanto, não podia ter mais de 30 anos, talvez nem isso.

Os Marches foram os primeiros a chegar, no início da tarde. Sophia e Vincent foram recebê-los, Vincent guiado por Shep.

– Tia Martha – disse Sophia, dando um passo para a frente assim que o cocheiro ajudou a mulher a sair da carruagem.

E ela deu-lhe um abraço pela primeira vez na vida.

– Sophia? – A tia arqueou as sobrancelhas, surpresa, e os olhos vistoriaram a sobrinha da cabeça aos pés. – Você com certeza cuidou muito bem da sua vida. Middlebury Park é tão imponente quanto ouvimos falar. Quase tão imponente quanto Grandmaison Hall, onde Henrietta passou duas semanas recentemente, a convite do conde de Tackaberry.

– Espero que sua viagem não tenha sido cansativa demais – disse Sophia.

– Lorde Darleigh – dizia tia Martha quando Sophia se virou para cumprimentar o tio, que olhava em volta, as mãos às costas.

– Você realmente venceu na vida, menina – observou ele, enquanto Sophia cogitava abraçá-lo.

Mas acabou desistindo da ideia.

Em vez disso, sorriu.

– Espero que tenha feito uma viagem agradável, tio.

Henrietta descia os degraus da carruagem, mas de repente parou e deu um grito.

– Papai! – exclamou. – Um cachorro!

– É meu guia, Srta. March – explicou Vincent. – Fica a meu lado o tempo inteiro e é inofensivo.

– Mamãe?

Henrietta ficou encolhida no último degrau da carruagem.

– Henrietta teve uma experiência traumática quando criança – explicou tia Marta. – Foi fazer carinho em um cachorro bravo do vilarejo quando voltávamos da igreja e ele a atacou. Teria mordido se o pai não o tivesse espantado com um pedaço de pau. O dono também jurou que ele era inofensivo, lorde Darleigh.

– Eu o levarei para nossos aposentos enquanto Sophia lhes mostra seus quartos – disse Vincent. – Devem estar precisando restaurar as forças, talvez dormir um pouco. Ficarei feliz em recebê-los de forma mais apropriada para o chá na sala de visitas. Fique tranquila, Srta. March, que Shep jamais machucará a senhorita ou qualquer pessoa. Ele é apenas meus olhos. Estou feliz por terem chegado em segurança. Sophia estava ansiosa para ter a família a seu lado.

E ele se virou e subiu os degraus, entrando na casa com Shep.

– Seus *olhos*? – disse sir Clarence, as sobrancelhas erguidas. – Que interessante.

Henrietta desceu da carruagem e foi abraçada por Sophia.

– Seja bem-vinda a Middlebury Park, Henrietta.

– Espero que esteja feliz aqui – disse Henrietta. – Casou com um cego para ter tudo isso; só espero que tenha valido a pena.

– Sim. – Sophia sorriu. – Casei com Vincent e sou feliz aqui. Por favor, entre. Tio Terrence chegará em breve.

Sophia deu o braço à tia e conduziu-a para dentro da casa.

Ela não queria realmente saber as razões que os levaram a visitá-la. A curiosidade os trouxera até ali, assim como a esperança de descobrirem que estava arrependida do casamento ou que Vincent estava arrependido. Ou então para constatarem que Middlebury Park não era tão grandioso quanto se dizia. Ou para de alguma forma voltarem para casa mais conformados por Henrietta não ter se casado com lorde Darleigh.

Devia ser uma coisa horrível, pensou Sophia, se agarrar a tanta infelicidade e defendê-la de todos durante uma vida inteira. Entristecia-se por saber que tinha uma tia, um tio e uma prima que nunca seriam realmente sua família. Mas durante os poucos dias de sua visita, pretendia cobri-los de atenção, cortesia e até mesmo carinho.

O tio chegou mais ou menos uma hora depois e Sophia e Vincent desceram de novo para recebê-lo. Dessa vez, Vincent estava com a bengala. Quando chegaram, os degraus da carruagem estavam sendo abaixados e de dentro dela descia um cavalheiro alto e elegante.

Por um momento desconcertante, Sophia chegou a perder o fôlego e pensou ter passado todos aqueles anos desinformada. O pai não havia morrido num duelo, afinal de contas. Foi só por um segundo, claro. O rosto do homem era belo, mas austero. Não contava com o charme caloroso e sorridente que emanava do de seu pai, mesmo quando tinha uma montanha de dívidas e havia acabado de perder uma fortuna no jogo. Por outro lado, ele tinha uma presença marcante a sua maneira.

Mas parecia tanto com seu pai.

Deu o braço a Vincent e avançou.

– Tio Terrence? – disse ela.

Ele ficou parado diante dela, examinando-a dos pés a cabeça, mais ou menos como tia Martha havia feito. Tirou a cartola e inclinou a cabeça.

– Sophia? Bem, você é uma mocinha delicada, muito diferente do que me levaram a esperar.

Deveria sorrir? Fazer uma reverência? Perguntar como havia sido a viagem? Abraçá-lo? Ficou paralisada.

Ele estendeu a mão sem luva, e ela ofereceu a sua. Ele a levou aos lábios em um gesto cortês que a fez morder o lábio inferior.

– Na única ocasião em que vi seu pai depois de seu nascimento, ele a descreveu como seu pequeno tesouro cabeludo, aquilo que o prendia à vida sempre que se sentia ameaçado pelo desespero – contou ele. – Ele chegou a lhe dizer isso, Sophia?

Ela fez que não com a cabeça. Estava mordendo o lábio com força. A visão ficou turva e ela percebeu que lágrimas brotavam de seus olhos.

– Com frequência, não dizemos o que está nos nossos corações para aqueles que são mais próximos e mais queridos – disse ele.

Ele deu batidinhas carinhosas na mão dela, antes de soltá-la.

Sophia se recuperou.

– Tio Terrence, permita-me apresentá-lo a meu marido, Vincent, lorde Darleigh.

Vincent estendeu a mão direita e sorriu.

– Senhor, encantado em conhecê-lo.

Quando o tio avançou para apertar a mão de seu marido, Sophia pôde ver a carruagem sem nada para bloquear sua visão. E, pela primeira vez, percebeu que ele não viera sozinho. Outro homem permanecia emoldurado pela porta, nos degraus da carruagem. Um homem atraente, jovem e sorridente.

– Sophia – cumprimentou Sebastian, com a característica ênfase na última letra do seu nome, que outrora ela achava encantadora. – Você com certeza cresceu desde a última vez que a vi.

Ela sentiu como se todo o seu sangue tivesse se esvaído de seu corpo.

– Sebastian?

Ela apertou as mãos diante de si enquanto ele descia. Seus ombros estavam mais largos do que seis anos antes. Estava ainda mais bonito do que no passado. Parecia ainda mais confiante. O sorriso, mais encantador.

– Não pude resistir a acompanhar meu pai – explicou ele. – Queria ver como estava a viscondessa de Darleigh. Sua aparência é excelente.

– Espero que não se importe, Sophia – dizia o tio. – Sebastian estava um tanto ansioso para revê-la. Darleigh, este é meu enteado, Sebastian Maycock.

Sophia nunca tinha visto Vincent com a aparência tão severa. As narinas estavam dilatadas, os lábios formavam uma linha fina. Os olhos, fixos na direção de Sebastian. Sebastian dirigia-se até ele, a mão direita estendida e um sorriso relaxado nos lábios.

– Maycock – disse Vincent, e a severidade também estava na voz.

Sebastian deixou a mão cair ao lado do corpo.

Sophia perguntou a si mesma se o tio havia percebido a mudança no comportamento de Vincent.

– Claro que não nos importamos, tio Terrence – afirmou ela. – Estamos felizes com a presença dos dois. Temos muitos quartos de hóspede disponíveis. Tia Martha e sir Clarence chegaram há pouco com Henrietta. Vão se encontrar conosco na sala de visitas para o chá. Gostariam de ir diretamente para lá ou preferem repousar um pouco em seus aposentos?

Ela segurou o braço do tio.

– Então eles vieram? – perguntou Terrence, parecendo achar graça. – Estou surpreso por você os ter convidado, Sophia. Mas também fiquei surpreso por ter *me* convidado. Surpreso e grato. Estou pronto para tomar chá. E você, Sebastian?

– Mostre-nos o caminho – disse Sebastian.

Sophia percebeu que Sebastian se debatia sobre se deveria ou não conduzir Vincent. Mas o próprio Vincent virou-se sem esperar por ele, chegou à escada e subiu os degraus com a ajuda da bengala, com Sophia e sir Terrence bem na frente dele. Sebastian seguiu por último.

Sir Terrence Fry aparentava ser um homem sensato. Sabia como manter uma conversa e parecia, pelo menos à primeira vista, genuinamente feliz por estar ali e ter, enfim, conhecido Sophia. Sebastian Maycock esbanjava charme e confiança. A mãe e avó de Vincent logo estavam derretidas por ele, por assim dizer. Lady March e a Srta. March sorriam afetadamente ao falar com ele, o que levou Vincent a concluir que ele devia ser, de fato, atraente e provavelmente rico.

A hora do chá transcorreu sem incidentes. Vincent estava contente por Sophia. Se pudesse haver ao menos uma pequena dose de civilidade entre ela e seus familiares, ele ficaria feliz. Mas talvez pudesse haver um pouco mais do que isso, pelo menos no que dizia respeito ao tio. Vincent não conseguia detectar nenhuma semelhança de caráter entre ele e a irmã dele.

Naturalmente, o homem ainda tinha muito a explicar.

Vincent achou a ocasião difícil por um motivo em especial. Ele podia ter conversado com sir Terrence. Podia ter se divertido com os comentários por vezes mordazes dos Marches. Mas estava tomado de uma fúria incapacitante por ter sido obrigado a receber Sebastian Maycock sob seu teto e bancar o anfitrião gentil. Mas tivera opção? O sujeito aparecera sem convite, na companhia do tio de Sophia. Havia um motivo para estar ali. Era o enteado de Fry.

Vincent teria lhe dado um golpe no rosto com prazer.

Tudo havia acontecido muitos anos antes, tentou convencer a si mesmo. Maycock talvez tivesse mudado. Na ocasião, era apenas um jovem. Mas, maldição, ele tinha 23 anos. Não parecera nem um pouco envergonhado ao reencontrar Sophia na entrada. Não parecia envergonhado na sala de visitas. Seria possível que houvesse esquecido? Ou que Sophia tivesse exagerado? Mas se ele tivesse de fato dito metade do que ela se recordava, suas palavras ainda assim eram imperdoáveis.

– Preciso saber de que forma o cão é seus olhos, Darleigh – disse sir Clarence, a voz animada e jocosa, como se ele falasse com uma criança ou um imbecil. – Seu queridinho e tudo o mais? Ou é uma cadela? É melhor não expressar tantos sentimentos diante de sua esposa.

Ele riu da própria piada e Vincent sorriu.

– Shep é um collie, um cão pastor – explicou. – Foi treinado para me guiar da mesma forma que faria com um rebanho de ovelhas se tivesse sido treinado para isso. Suponho que isso quer dizer que não sou muito diferente de uma ovelha, pelo que sou mais do que grato. Recuperei grande parte de minha liberdade desde que ele chegou.

Sir Clarence riu mais um pouco.

– Um dia ele vai avistar um coelho e persegui-lo, e você vai colidir com uma árvore ou cair de um penhasco, Darleigh. De onde saiu uma ideia tão maluca?

– Na verdade, foi ideia da minha esposa – disse Vincent. – Ela ouviu falar de uma criança cega de nascença que tem um cão para guiá-la e me convenceu a experimentar. Eu disse que Shep é meus olhos. Mas, na verdade, é Sophia quem merece essa distinção. Foi ela quem me trouxe Shep e foi ela quem teve a ideia de construir um caminho até o lago com corrimãos e roçar a trilha nas colinas atrás da casa e também colocar corrimãos. Deve estar concluída antes do inverno. E foi ela quem sugeriu a construção da pista de corrida no perímetro da propriedade, para que eu possa cavalgar em segurança ou mesmo galopar. Sir Terrence, ouvi quando o senhor disse que seu irmão considerava Sophia seu tesouro. Ela também é meu tesouro.

– Fico feliz em saber que ela tem demonstrado gratidão adequada pela grande tolerância com que o senhor reagiu a suas aproximações um tanto ousadas – disse lady March. – Isso me tranquiliza. Na época fiquei um pouco constrangida e envergonhada, devo confessar, por ser sua tia e tutora.

– Pelo contrário, madame – retrucou Vincent, sorrindo em sua direção. – Fui eu quem se aproximou da Srta. Fry de forma ousada. Ela rejeitou meu pedido de casamento mais de uma vez, até que eu finalmente a convenci a ter pena de mim.

– Estamos *extremamente* felizes por ela ter aceitado – disse a avó de Vincent. – Sophia é como um anjinho iluminado que desceu na casa de meu neto, lady March. Lamento por tê-la privado de seu convívio, mas uma moça deve se casar, a senhora sabe, quando chega a certa idade. Vincent teve a sorte de encontrá-la primeiro.

– Tia Martha e Henrietta, vocês devem estar desejando um pouco de ar puro depois da viagem – atalhou Sophia, levantando-se do assento ao lado de Vincent. – Deixem-me lhes mostrar os jardins e as topiarias. O clima está sendo muito gentil conosco nesse final de setembro, não está?

– Eu as acompanharei, se não for inconveniente, Sophia – sugeriu sir Terrence.

Vincent apressou-se em falar, antes que o enteado resolvesse também se juntar ao grupo:

– Maycock, meu cão deve estar ansioso para se exercitar depois de passar a maior parte da tarde trancado em meus aposentos. Caminhe conosco até o lago, se desejar.

– Com prazer – disse o sujeito.

E parecia sincero.

# CAPÍTULO 20

— **M**inha boa e velha Sophia – disse Maycock, enfatizando de forma peculiar a última letra do nome. – O cão foi uma ideia brilhante. Mal saberia que estou caminhando ao lado de um cego.

Estavam andando em um ritmo confortável pela trilha que conduzia até o lago. Maycock caminhava ao lado do corrimão. Vincent estava com Shep.

– Não posso dizer que mal percebo que sou cego – disse Vincent. – Mas *digo* que o cachorro me devolveu muita liberdade e confiança. No entanto, foi Sophia quem descobriu que era possível e me convenceu a tentar.

– E você vai mandar construir uma pista de corrida? – perguntou Maycock. – A propriedade parece ser grande o bastante para comportá-la, devo dizer. É linda.

– Sim – concordou Vincent. – Tive muita sorte.

Mantiveram uma conversa agradável sobre assuntos variados enquanto caminhavam. Sob outras circunstâncias, pensou Vincent, ele provavelmente gostaria do sujeito. Era simpático e bem-humorado. E talvez estivesse julgando-o com excesso de severidade. Talvez ele não tivesse tido a intenção de ser cruel nem tivesse noção de que aquelas palavras descuidadas provocariam tanto sofrimento.

– Sophia sempre teve uma mente criativa – disse Maycock, quando Vincent lhe contou de seu projeto de plantar árvores e ervas aromáticas junto à trilha rústica para que ele pudesse desfrutar dela mesmo sem ver a paisagem. – E sempre a achei bastante divertida. Eu a levava a galerias de arte e ela ficava olhando uma obra-prima aclamada, a testa franzida, a cabeça inclinada para um lado, para então comentar sobre algum detalhe que poderia ser aprimorado. Isso foi logo depois que foi morar com aquele dragão, a tia Mary, e pouco antes de eu ir para Viena visitar meu padrasto.

Shep parou de andar e Vincent compreendeu que tinham chegado às margens do lago.

– Sim, ela me falou de você – disse ele.

– Falou? – Maycock deu uma leve risada. – Ela era uma mocinha engraçada.

– Engraçada?

Maycock devia ter se abaixado para pegar algumas pedras. Vincent ouviu quando uma delas quicou na superfície da água.

– Ela era esquelética – continuou ele. – Magra, de rosto pálido, ossudo, olhos grandes. Seria igual a um garoto se não fosse por todo aquele cabelo. Acho que havia tanto cabelo quanto havia Sophia, e ela parecia incapaz de domá-lo.

Ele riu.

– Também era feia, acredito – disse Vincent, virando-se para caminhar à direita dele, junto à margem.

– Hã?

– Era feia – repetiu Vincent. – Pelo menos foi o que você disse a ela.

– Disse? – Maycock soltou uma risada. – E ela se lembra disso? Deve se lembrar, se lhe contou. *Era* feia, sabe. Prometi a meu padrasto que ficaria de olho nela e fiquei. Tia Mary não fazia isso. Tinha um coração de gelo. Eu me divertia com Sophia. Gostava muito de levá-la para conhecer os lugares de Londres e conversar com ela. Mas não me importo de confessar que fiquei ofendido quando imaginou que eu estava apaixonado por ela. Quer dizer, era ridículo, Darleigh. Minha amante, na época, era uma das maiores beldades do *demimonde*. Eu causava inveja em todos os clubes. E tinha Sophia... Bem.

Ele voltou a rir.

– Sophia tinha 15 anos – lembrou-lhe Vincent.

– Peço perdão – disse Maycock. – Não tive a intenção de ofendê-lo com minha risada. Ela está longe de ter a mesma aparência hoje em dia, eu garanto. Você comprou boas roupas para ela, o que tia Mary nunca fez, e o cabelo está sob controle. Também ganhou algum peso. Suponho, no entanto, que para você não faça diferença não ter se casado com uma beldade, não é?

– Mas eu *me casei* com uma beldade – retrucou Vincent.

Maycock deu uma gargalhada e depois se calou.

– Ah, entendi – disse ele quando Vincent não acrescentou mais nada, o riso ainda na voz. – Eu *ofendi* você. Não foi intencional, meu caro. Ela é uma mocinha agradável. Assim que soube que meu padrasto vinha para cá, achei uma boa ideia acompanhá-lo e revê-la. Gostei dela até ela tentar me fazer de idiota. Creio que tenha grande estima por Sophia. É difícil *não* gostar de Sophia. Ela teve muita sorte de encontrar alguém para quem a aparência não é tudo. Fico feliz por ela.

Ele *tivera* a intenção de ofender? Surpreendentemente, Vincent acreditava que não. Era um sujeito simpático, provavelmente bonito e atraente para as mulheres. Só deixava a desejar no quesito caráter. Vincent parou de caminhar e deu meia-volta.

– Sophia tinha acabado de perder o pai de uma maneira um tanto cruel – disse Vincent. – Ele era sua base, e uma base nem tão sólida assim, uma vez que seu estilo de vida era um tanto quanto condenável. Era ignorada pela tia que assumiu sua guarda. Além disso tudo, tinha 15 anos e todas as inseguranças e vulnerabilidades da juventude. E, de repente, tinha um amigo, alguém que conversava com ela, que a ouvia, que a levava a lugares interessantes. Por que seria tão surpreendente que ela tivesse se apaixonado por você?

– Ah, na verdade...

Vincent interrompeu-o com um gesto.

– *Claro* que não poderia corresponder – disse ele. – Ela era praticamente uma criança. Deixou-o em uma situação complicada e constrangedora quando se declarou. Precisou explicar-lhe a realidade. Não podia permitir que ela continuasse a se iludir. No entanto, não queria magoá-la. *Queria*?

– Ela era um pequeno espantalho, Darleigh – respondeu Maycock, rindo de novo. – Precisava vê-la. Daria uma boa gargalhada, especialmente por ela ter imaginado que eu estava apaixonado por ela. Depois eu ri da história toda. Mas fiquei tremendamente irritado na época. Deus do céu! Todas aquelas tardes de que abri mão para ficar com ela. Achei que ficaria *grata*.

Vincent abriu a boca para argumentar. Mas de que adiantaria? Até naquele momento, Maycock só foi capaz de pensar no efeito que a declaração de Sophia teve sobre ele. O fato de ela ainda se lembrar da história não chamara a atenção dele para o fato de que Sophia havia ficado profundamente magoada?

Como poderia vingar a pobre Sophie de 15 anos? Empurrando o sujeito no lago? Provavelmente, conseguiria. Haveria o elemento surpresa, afinal de contas. Mas parecia uma ideia infantil. E não seria satisfatório.

O que mais poderia fazer? Ele era *cego*.

Então em sua mente surgiu uma ideia. Por ora, deixou-a de lado.

– Temos barcos. Se o tempo continuar bom, pode dar um passeio um dia, se quiser.

– Pode ser – disse Maycock. – Não há nada como um exercício para fazer o sangue circular. Posso levar Henrietta comigo. Ela é linda, embora tenha uma língua afiada.

– Que tipo de exercício você pratica? – perguntou Vincent. – Montaria? Luta? Frequenta o ginásio de Gentleman Jackson quando vai a Londres?

– Sou um dos melhores alunos – disse Maycock. – Vou sempre lá. Às vezes Jackson me concede um ou dois rounds com ele, o que não acontece com qualquer um, como deve saber. Não há nada como assistir a uma boa luta, não é? Ah, sinto muito. Não pode assistir, claro.

– Venha até minha sala de exercícios uma manhã dessas – convidou Vincent e indicou a Shep que estava na hora de voltar para casa. – Meu valete, que foi meu ajudante de ordens, é também meu treinador. Ele adora lutar. Também é muito bom. É robusto como um tronco de árvore. Fica frustrado por não encontrar ninguém à altura de suas habilidades. Talvez...

– Parece então ser homem para mim – disse Maycock. – Mas é melhor avisar que não esqueça os sais medicinais, Darleigh. Ele vai precisar.

– Vou avisar. – Vincent sorriu. – Embora talvez seja a opinião dele de que *você* precisará.

Maycock riu e disse:

– Estou feliz por ter vindo. Vou me divertir por aqui. E preciso dizer a Sophia que ela não é mais feia. Roupas de boa qualidade e um corte de cabelo decente fazem maravilhas, não é?

Martin o chamaria de idiota, bobalhão, lunático, além de outros nomes ainda menos elogiosos, pensou Vincent. Não, provavelmente não faria isso quando soubesse as circunstâncias. A única coisa que Martin desaprovaria seria o fato de não ser ele o único a lutar.

Foi só no meio da tarde seguinte que Sophia conseguiu ficar a sós com o tio. Levou os tios e Henrietta aos salões nobres, e eles concordaram que os salões eram mesmo muito impressionantes, embora *fosse* uma pena que o proprietário não pudesse vê-los. Sophia teve uma breve conversa com Sebastian, quando ele entrou na sala de música depois do almoço enquanto ela praticava um exercício particularmente difícil prescrito pela Srta. Debbins. Por que os dedos se transformavam em dez polegares assim que se sentava ao piano, ela não sabia. Mas se Vincent conseguia dominar a harpa – e estava a caminho do sucesso –, ela também dominaria o piano. Podia pelo menos aprender a ser competente.

– Sophia, você está se tornando uma dama de muitos talentos – comentou Sebastian.

– Duvido que eu tenha coragem de exibir esses talentos em público.

– Você costumava desenhar. Lembro-me de que alguns de seus desenhos eram extremamente inteligentes.

– Agora ilustro histórias – disse ela. – Histórias para crianças. Vincent e eu inventamos as histórias juntos, para o prazer dos sobrinhos dele. Faço os desenhos e criamos pequenos livros.

– É mesmo? – Ele sorriu e o canto de seus olhos se enrugaram de forma atraente. – Precisa me mostrar. Fui a Viena visitar meu padrasto, sabe, e fiquei mais do que pretendia. As diversões que encontrei por lá eram inúmeras. Quando voltei para casa, o dragão tinha morrido e você estava morando com tia Martha. Deve ter sido como se livrar de uma coisa ruim arrumando outra ainda pior. Eu devia ter procurado você. Lembro que tínhamos grande estima um pelo outro.

– Não soube que havia viajado – disse ela, virando-se no banco para enxergá-lo melhor. – Mas fiquei feliz por não vê-lo mais, Sebastian.

– Porque a chamei de feia? – Ele fez uma careta e voltou a sorrir. – Mas você *era*, Sophia. Alguém cuidou de seu cabelo, suas roupas são bonitas e você não está mais tão magra. Sua aparência melhorou muito. Eu não a chamaria de feia agora.

– Mas sabe, Sebastian, eu gostava e acreditava em você.

– Como poderia ser diferente? – Ele riu, um som de pura diversão. – Seu espelho deve ter lhe dito que apenas falei a verdade. Foi há muito tempo, porém. Está quase bonita agora.

Ah. Que elogio. Ela retribuiu o sorriso.

– Vai ficar aliviado em saber que eu não o amo mais, Sebastian – disse Sophia. – Preciso pegar meu chapéu. Vou caminhar com tio Terrence.

– Bem, estou feliz em saber que não está mais decepcionada, Sophia – retrucou ele, abrindo a porta para ela. – Darleigh parece ser mais seu gênero.

– Porque não pode me ver? – perguntou ela.

Ele riu, como se ela tivesse acabado de fazer uma piada.

Era impressionante a diferença que cinco anos podiam fazer para o discernimento. Sebastian era bonito. Charmoso. Simpático. Mas não tinha a menor empatia pelos outros.

Seu tio a aguardava no saguão.

– Entendo por que Middlebury Park é considerada uma obra-prima da Inglaterra – disse ele, enquanto ela se aproximava. – Sua sogra mostrou-me a ala nobre há pouco.

– E os jardins são igualmente magníficos – contou Sophia, passando por ele, atravessando a porta da frente e descendo os degraus. – Vou levá-lo ao lago, e, se estiver com disposição, podemos caminhar até a alameda de cedros e o gazebo. À primeira vista, pode parecer que a propriedade termina junto àquelas árvores do outro lado do lago, mas não.

Ele lhe ofereceu o braço e ela aceitou. Depois de vê-lo algumas vezes, o tio parecia menos com seu pai. Não tinha os encantos nem o sorriso enternecedor dele. Por outro lado, tinha elegância e modos exemplares.

– Melhor nos mantermos na trilha enquanto pudermos – disse ela.

Uma chuva fina havia salpicado os jardins pela manhã, deixando a grama úmida. Mas as nuvens tinham desaparecido pouco depois da hora do almoço. Era uma tarde agradável com apenas um leve toque de outono no ar.

– E esse caminho é recente? – perguntou ele. – Combina muito com a paisagem. Foi ideia sua, Sophia?

– Vincent estava confinado aos canteiros, a não ser que outra pessoa o guiasse. A sensação de depender tanto de outras pessoas não deve ser boa, não é? Nem ficar confinado a uma pequena área do terreno.

– No entanto, é o que cabe a uma criança nessa vida – disse ele, em voz baixa, quase como se estivesse falando sozinho. – O que está certo e é bom se a criança for tratada com carinho e bem alimentada até a idade adulta independentemente. Uma das maiores dores da minha vida foi ter perdido três filhos na primeira infância, Sophia. Eu invejava meu irmão.

Não, *ciúme* é a palavra mais precisa. Rompemos relações quando ainda éramos muito jovens. Não foi por causa do comportamento extravagante dele. Isso era problema dele. Tudo aconteceu quando ele roubou, ou foi isso que considerei na época, a dama que achei que era minha. Sabia disso sobre sua mãe? Então eles tiveram você e você sobreviveu. Fiquei magoado. Fiquei magoado com ele e com você. Se me odeia, Sophia, é o mínimo que mereço.

Sophia estava atordoada pelo que o tio acabara de dizer. O pai nunca lhe contara o que havia acontecido entre ele e o irmão. Suas suposições não estavam corretas. A mãe teria se arrependido de não ter casado com o outro dos irmãos?

– Ofereci-me para cuidar de você quando sua mãe partiu – disse ele. – Talvez não saiba disso. Àquela altura, minha esposa e eu já havíamos perdido dois de nossos filhos.

– O senhor se ofereceu para *cuidar* de mim?

Ela o encarou com algum espanto.

– O estilo de vida de meu irmão não parecia apropriado a uma criança pequena – explicou ele. – Especialmente sem os cuidados da mãe. Mas obviamente ele recusou. E não o culpo. Teria feito o mesmo no lugar dele. Nossa relação continuou estremecida. Minha oferta e sua recusa apenas pioraram a situação.

Ficaram em silêncio enquanto Sophia assimilava aquelas informações. Como as crianças pequenas ignoram os dramas adultos que as cercam!

– Quem projetou o lago com a ilha naquela posição e o templo certamente imaginava que seria pitoresco. Vocês têm barcos?

– Temos – respondeu ela, mas esperava que ele não sugerisse ir até lá.

Não voltara à ilha desde aquela tarde em que Vincent a ensinara a boiar, quando fizeram amor de uma forma diferente e ela tinha se apaixonado perdidamente por ele.

Eles viraram para passar diante da casa de barcos e continuar a caminhada em torno do lago.

– Nossa família era um desastre, Sophia. Não sei bem o porquê, mas nenhum de nós nutria grande afeto um pelo outro, embora eu e seu pai tenhamos sido grandes amigos na infância. Suponho que a culpa tenha sido tanto minha quanto de meu irmão e das minhas irmãs. Meu comportamento tende a ser mais reservado. Minha esposa uma vez me acusou de ser frio, e fiquei magoado porque não me *considerava* frio. Mas quanto pensei sobre a acusação dela, precisei admitir que meus atos podiam ser interpretados dessa forma. Sempre preferi permanecer à margem dos acontecimentos em vez de me envolver diretamente e me tornar parte deles. Talvez seja por isso que tenha optado por uma carreira na diplomacia e não na política ou nas forças armadas.

Sophia não disse nada. Não parecia haver nada a dizer.

– Ah – prosseguiu ele, enquanto contornavam o lago e passavam pelas árvores na sua margem mais afastada. – Entendo o que quis dizer. E entendo por que o paisagista colocou essa alameda aqui, fora do alcance dos olhares de quem está na casa. É possível ter privacidade neste lado. É um bom lugar para ficar à toa e pensar ou para trazer um bom livro. Vê como funciona a minha cabeça? São as primeiras coisas que pensei. Também é um lugar discreto para namorados.

– Sim – concordou Sophia.

– Costuma passear com Darleigh por aqui? – perguntou ele.

– Sim, às vezes.

Tinham caminhado algumas vezes até o gazebo, e ela levara um livro para ler em voz alta. Certa vez, choveu um pouco enquanto estavam lá e Vincent afirmou que o som da chuva no telhado era o mais aconchegante do mundo. E ele a colocou em seu colo e ela pousou a cabeça em seu ombro. Ficaram em silêncio até a chuva passar.

A lembrança da ocasião lhe provocava um nó na garganta, como acontecia tantas vezes com as lembranças.

Mas ele queria ser livre. Ela era apenas mais uma mulher que queria cuidar dele. E ele entreouvira a conversa que ela tivera com as irmãs dele sobre o desenho do chalé que um dia havia feito parte de seus sonhos.

Entretanto, esperava um filho dele. Ficariam juntos. Não o deixaria agora e tinha certeza de que ele não a deixaria.

Juntos, levavam uma vida boa. Eram amigos. Conversavam e riam. Eram amantes. Esperavam um filho desejado pelos dois. Tinham família, vizinhos e alguns amigos próximos. Tinham... tudo.

Por que *tudo* era uma palavra tão pesada?

– É um bom casamento, Sophie? – perguntou o tio.

– É, sim.

E *era*. Ela não estava mentindo.

– Tive essa impressão. Está claro que vocês dois se gostam. É verdade que o escolheu deliberadamente e foi atrás dele de forma ousada?

– Foi o que tia Martha lhe contou? – perguntou Sophia.

– Não a recriminaria se fosse verdade. É dessa forma que a maioria de nós arranja cônjuges. Mas não foi assim no seu caso, eu acho. Suponho que Henrietta o queria, ou que Martha e Clarence o queriam para Henrietta, e que, de algum modo, você se envolveu na história e ele se casou com você. Pelo menos, é a forma como interpretei o que ouvi.

– Houve uma festa – começou Sophia. – Henrietta pediu que Vincent a levasse para tomar um ar. Ela o conduziu a um beco afastado. Fui atrás dos dois carregando um xale e fingindo que pertencia a ela.

Sir Terrence riu baixinho.

– E depois disso houve uma terrível confusão, suponho – disse ele. – E Darleigh lhe propôs casamento para livrá-la da ira de Martha.

– Eu a princípio recusei – contou ela. – Mas ele insistiu e me fez acreditar que nosso casamento seria tão benéfico para ele quanto para mim. Não era verdade, claro, mas mesmo assim me casei com ele.

– Não, não é verdade, Sophia. Acho que ele foi o grande beneficiado.

– Que bobagem. Se não fosse por Vincent eu estaria nas sarjetas de Londres.

O tio deteve-se na alameda e olhou para ela.

– Diga que não está falando sério. Martha não ameaçou expulsá-la de casa, ameaçou?

– Fui expulsa na madrugada seguinte à festa. Abriguei-me na igreja, e o vigário me encontrou na manhã seguinte. Vincent foi para a casa paroquial assim que soube.

O tio fechou os olhos e segurou a mão dela.

– Ah, Sophia. Tenho boa parte da culpa. Sebastian me disse que Mary a negligenciava de forma vergonhosa quando você morava com ela. Estava ocupado em Viena e protelei minha volta para a Inglaterra para ver com meus próprios olhos. Então ela morreu e Martha acolheu-a. Tinha Henrietta, uma filha praticamente da sua idade. Escolhi acreditar que você teria companhia e estaria mais feliz. Eu deveria ter pensado nisso. Realmente deveria. Fiz algumas perguntas discretas a alguns conhecidos meus em Londres. Apesar de me confirmarem a presença de Henrietta em alguns eventos da aristocracia nas últimas temporadas, ninguém havia sequer ouvido falar em você. Não foi apresentada à sociedade? Não foi levada a bailes e outras festas?

– Não – respondeu Sophia. – Tia Martha temia que as pessoas se lembrassem de meu pai e de como ele havia morrido.

– A culpa é minha. Mas acho que seria fácil demais pedir que me perdoasse. Haviam voltado a caminhar e se aproximavam do gazebo.

– Se as pessoas não puderem pedir perdão, então nada poderá ser perdoado, e as feridas supuram.

– Eu a feri profundamente, Sophia? Eu a *feri*?

– Sim.

Ela ouviu o tio inspirando profundamente e soltando o ar.

Ficou feliz quando ele preferiu não entrar no gazebo. Deu meia-volta, e os dois caminharam lentamente pela alameda.

– E agora é tarde demais para eu fazer algo para ajudá-la. Não precisa mais da minha ajuda. Tem Darleigh.

– E a mãe dele, a avó, as três irmãs e suas famílias – disse Sophia. – Não tenho ninguém do meu lado, tio Terrence. Apenas tia Martha, sir Clarence e Henrietta, com quem espero manter relações cordiais, embora nada calorosas. E talvez o senhor.

– Sua família a decepcionou de forma abominável. Talvez fosse melhor que você nos desse as costas, Sophia.

– Como aconteceu com o senhor e meu pai? Como os dois fizeram com as irmãs? Família não deve ser assim. Tudo o que eu quero é uma família para amar e uma família que me ame. Minha *própria* família. Seria pedir demais?

– Não tenho muita experiência no que diz respeito a calor humano – disse ele.

– Poderia tentar? Disse que sua maior dor foi ter perdido seus filhos. Tem uma sobrinha. Não posso ser uma substituta para os filhos perdidos, mas almejo seu amor. E desejo amá-lo.

Sophia engoliu em seco e ouviu um som constrangedor sair da sua garganta.

Sir Terrence parou de caminhar de novo e se virou para ela.

– Sophia, não acredito que tenha conhecido alguém tão adorável quanto você. Talvez meus filhos... Mas eles não estão aqui nem nunca estarão. Não sou bom em dar abraços.

– Mas eu sou – disse ela, envolvendo-lhe a cintura com os braços e apoiando a face no ombro dele.

Os braços do tio a apertaram com força. Por muito tempo os dois permaneceram assim, depois se afastaram.

– Perdoa-me? – perguntou ele.

– Perdoo.

– Permite que eu seja parte do seu presente e do seu futuro?

– Permito.

– Você o ama, Sophia? Pode me tranquilizar afirmando que se trata *realmente* de um bom casamento?

– Sim, para as duas perguntas.

Era *muito* bom. Sophia e Vincent ficariam juntos por causa do filho, talvez por causa dos *filhos*. Mas não permaneceriam juntos apenas por essa razão. Ah, não *acreditaria* nisso. Formariam uma família. Eles se amariam como uma família. E ela e Vincent dariam aos filhos o exemplo do amor, do companheirismo e da tolerância.

– Darleigh é um homem de *muita* sorte.

Ela sorriu e tomou o braço do tio.

– Vamos perder o chá se não voltarmos logo – falou.

# CAPÍTULO 21

Vincent se esgueirou para fora da cama com muito cuidado. Sophia tinha acabado de voltar a dormir. Ele havia acordado pouco antes das seis – ela lhe informara as horas –, e a esposa lhe dissera que estava desperta desde as três e meia. Pediu desculpas caso sua agitação o tivesse incomodado.

– Aterrorizada? – perguntara ele.

– *No mínimo* – respondera com uma espécie de grunhido – E empolgada. E... aterrorizada.

A recepção e o baile aconteceriam dentro de dois dias. Até onde Vincent podia dizer, tudo havia sido planejado e organizado nos mínimos detalhes. Suas irmãs e as respectivas famílias chegariam mais tarde, naquele mesmo dia, assim como Flavian. Os vizinhos em um raio de 15 quilômetros tinham sido convidados. Alguns passariam a noite, por causa da distância. De todos os convites distribuídos, houve apenas uma recusa, pois o destinatário teve a infelicidade de despencar do telhado do celeiro quando a mulher saiu gritando e sacudindo o convite, fazendo com que ele se distraísse. O pobre homem quebrou a perna em dois pontos.

Segundo Andy Harrison e alguns outros homens com quem Vincent passara a se relacionar nos últimos tempos, haveria um silêncio sinistro nas redondezas depois do baile de Middlebury. Não haveria absolutamente mais nada sobre o que conversar. Todos deram boas gargalhadas diante da ideia.

Vincent tinha abraçado e beijado a mulher, garantido que tudo daria certo. Claro que a orquestra chegaria de Gloucester a tempo. Claro que a comida ficaria pronta a tempo e estaria perfeita. *Claro* que todos compareceriam. E claro que era apropriado e desejável que ela e o tio abrissem o salão de dança. E ela não se esqueceria dos passos nem tropeçaria nos próprios pés nem nos de ninguém. Havia aprendido os passos e praticado na sala de música com o tio, um dançarino experiente e habilidoso. Claro que ele não lamentava ter que passar por tudo isso.

– Aliás, Sophia, o que você está querendo dizer quando fala *me fazer passar por tudo isso*? – perguntara Vincent. – Não foi uma decisão *nossa*, depois de concluirmos que estava na hora de revivermos os grandes eventos da ala nobre? Não foi uma decisão *nossa* organizar o baile?

– É muita gentileza sua falar assim – dissera ela com a voz abafada contra o peito dele –, mas temo que tenha partido de mim. Queria mostrar que era capaz de ser a senhora de Middlebury. Queria provar que poderia competir com todas as viscondessas da história.

– E é o que tem feito admiravelmente bem – garantiu ele, beijando-lhe os cachos da testa. – Ou pelo menos está prestes a fazê-lo.

– Esse é o problema. A parte do *estar prestes a fazê-lo*. Volte a dormir, Vincent. Não tinha intenção de acordá-lo. Vou ficar deitada, completamente parada, embora duvido que vá conseguir sequer cochilar nos próximos dias.

Não levou mais do que três minutos para que ela pegasse no sono e Vincent saísse da cama, rumo à sala de vestir. Ouviu Shep se levantar e cutucar sua mão com um focinho gelado. Ele fez carinho na cabeça do cão e puxou suas orelhas com delicadeza.

– Bom dia, garotão – sussurrou ele, abaixando a cabeça para a habitual lambida no rosto. – Vamos dar uma volta rápida lá fora e depois tenho um compromisso.

Na verdade, passara boa parte da noite acordado, mas antes de Sophia. Estaria prestes a bancar um completo idiota? Havia praticado com Martin nos últimos dias e o feito proferir todos os palavrões do mundo.

– Não sei bem como, mas o fato é que consegue – resmungara Martin. – E não gosto nem um pouco quando sobra para mim. No entanto, acho muito bom quando penso naquele idiota sorridente. Treina com o próprio Gentleman Jackson? É mesmo? Espero que não tenha apenas contado vantagem, porque isso significaria uma queda maior.

Isso também queria dizer, se ele não estivesse se gabando, que Maycock seria um grande adversário. E era isso que o mantinha acordado, com o estômago embrulhado. Não que ele temesse sair machucado. Tivera uma infância bem rebelde. Fora nocauteado em brigas quase tanto quanto nocauteara. Sempre se recuperava e se levantava. Não, desta vez era o medo de acabar se sentindo inadequado, de fracassar na realização de algo que seu coração pedia.

Era o medo de que a cegueira o tivesse transformado em um homem indefeso.

Pensamentos inúteis! Mas os devaneios noturnos da mente incapaz de se defender são os mais difíceis de interromper.

Martin já estava no porão quando Vincent chegou.

– Tem certeza de que quer fazer isso, senhor? – perguntou ele. – Ficaria feliz em fazê-lo no seu lugar, da forma tradicional. Vou derrubá-lo na mesma hora e deixá-lo vendo estrelas.

– Apesar de Gentleman Jack? – perguntou Vincent.

O valete praguejou com algo impossível de ser repetido.

– Não confia em mim, Martin?

– Tenho toda a confiança do mundo. Mas não sei por que você fica com toda a diversão só porque é um maldito visconde.

– E porque a viscondessa é minha esposa – disse Vincent.

– Ah. Tem isso também – admitiu Martin. – Se fosse com Sal, nenhum punho do mundo poderia resolver, a não ser o meu.

Vincent abriu um sorriso torto e teria dito algo sobre a continuada corte entre a filha do ferreiro e seu valete, que ainda se mantinha firme na ideia de não se casar na última vez em que conversaram. Mas a porta do porão se abriu e uma voz animada dirigiu-se a eles.

– Darleigh? Já desceu? Seu ajudante de ordens está aí?

– Estamos aqui – respondeu Vincent. – Desça, Maycock. Deve haver bastante luz. Martin acendeu as lamparinas.

– Ah, que caverna maravilhosa – disse Sebastian Maycock, a voz mais próxima. – É onde se exercita, Darleigh? E este é o seu treinador?

– Martin Fisk – apresentou Vincent. – Amigo, ajudante de ordens, valete, treinador. Ele tem mesmo muitas funções.

– Tem uma aparência impressionantemente robusta – disse Maycock. – Esses ombros e braços parecem ser mantidos em boas condições.

– Faço o meu melhor – disse Martin.

– Então acredita que pode me derrubar, não é? – Maycock riu. – É preciso habilidade, além de força muscular. Sabia disso?

– Acho que já ouvi algo nesse sentido – disse Martin.

– Certo – interrompeu Maycock. – Está despido sem camisa e preparado, percebo. Vou tirar minha camisa e as botas e vamos lá. Darleigh avisou para trazer os sais medicinais e as bandagens?

– Ele mencionou – disse Martin.

– Uma luta sem rounds, então – falou Vincent. – Uma luta limpa, apenas com os punhos, sem socos abaixo da cintura? Para acabar quando alguém desistir ou quando houver nocaute e a pessoa não conseguir se levantar em um tempo razoável?

– Parece perfeito para mim – disse Maycock. – Não acho que vá ser demorada. Espero que sua cozinheira sirva o café da manhã cedo, Darleigh. Nada como uma boa luta para abrir o apetite. Tente não cair cedo demais, Fisk. Pronto?

– Pronto – respondeu Martin – Ali. Juntei as lamparinas.

– Ah, pode espalhá-las de novo – disse Maycock. – Fazem muita sombra quando as três estão juntas no mesmo lugar. Vamos tomar cuidado para não derrubá-las. Darleigh, meu caro, eu o aconselharia a sentar na escada. Não queremos bater em você por acidente, não é? Não seria esportivo.

Maycock riu. O sujeito ria muito.

– Acho que há um detalhe que não compreendeu – disse Vincent. – Martin não será seu adversário nessa luta, Maycock. *Eu* serei.

Houve um breve silêncio e uma nova risada, dessa vez estrondosa.

– Essa foi boa, Darleigh. Seria um massacre em exatamente um segundo. Certo. Vamos lá, Fisk? Espalhe as lamparinas. Está escuro aqui.

– Vai ficar ainda mais escuro – disse Vincent. – Ao que parece, não me expliquei muito bem. O combate será entre nós dois, Maycock. Uma disputa entre nós seria ridícula sob circunstâncias normais. Você enxerga e eu não. A luz não pode ser devolvida a meus olhos nos próximos minutos, infelizmente. Mas pode ser tirada dos seus. Assim haverá equilíbrio para uma briga justa. E chamo de *briga*, mais do que uma simples luta, porque tenho motivos. Quando diz a uma jovem de 15 anos, vulnerável, de luto pelo pai, que ela é feia, Maycock, e quando a obriga a se olhar num espelho de corpo inteiro, você faz mais do que magoá-la. Você a destrói. Quando faz isso com a garota que se tornou minha esposa, você se transforma em meu inimigo e merece ser punido pelas minhas próprias mãos.

– Ah, isso aconteceu há muitos anos, meu caro, e não era nada além da pura verdade. – Maycock voltou a rir. – Você preferia que eu tivesse *mentido*? Gostaria que tivesse dito... Meu Deus!

– As luzes foram apagadas, senhor – informou Martin. – Três passos à frente, ligeiramente à direita.

– Está escuro feito o pecado aqui embaixo – disse Maycock, demonstrando ultraje na voz. – Acenda as luzes imediatamente, homem.

– Eu o aconselharia a se defender – atalhou Vincent, depois de seguir as orientações de Martin e avançar três passos à frente, ligeiramente à direita, a única ajuda que ele receberia.

Usou os dois punhos e socos curtos para localizar o sujeito e então encaixou um gancho de direita no seu queixo.

– Meu Deus! Isso não é esportivo.

– Suas mãos estão atadas? – perguntou Vincent. – Suas pernas estão acorrentadas? Seus ouvidos estão tapados?

Atacou o tórax despido diante dele, deu um gancho com a esquerda e um soco com a direita.

Maycock se recuperou depressa, verdade seja dita, e ergueu os punhos para se proteger. Movimentou-se – e foi se afastando dos golpes. Os socos livres de Vincent tinham chegado ao fim.

Mas, claro, não era uma luta realmente justa. Vincent tinha experiência com a escuridão. Tinha experiência em usar os ouvidos e aquele sexto sentido que lhe dizia quando alguém ou algo estava por perto. Na maior parte do tempo era um som – o ruído de pés descalços no chão, a respiração que ficava mais pesada. E, com alguma frequência, uma voz que protestava ou provocava, em especial quando Maycock acertava um soco, o que aconteceu mais de uma vez, embora nenhum o tenha realmente machucado. Nada no rosto. Vincent também falava. Era justo.

– Seu problema, Maycock, é que você é um homem superficial. Vê beleza e acredita que a pessoa é bela. Vê simplicidade e acredita que a pessoa é tola ou sem sensibilidade mais apurada. Se encontrasse uma ostra, nem suspeitaria que há uma pérola valiosa dentro dela.

Maycock estava bem diante dele, o que Vincent pôde confirmar com uma série de golpes rápidos com a esquerda, a que seu oponente reagiu de tal forma que deixou o queixo exposto a um potente soco de direita. Maycock tombou como uma árvore.

– Pura sorte – disse ele, voltando a se levantar. – Só queria encontrar com você no salão de boxe de Jackson para lutar um minuto nos meus próprios termos, Darleigh. Logo veríamos quem é o grande lutador.

– E Gentleman Jackson e todos os seus amigos e conhecidos aplaudiriam seus talentos – retrucou Vincent, voltando a derrubá-lo.

Era difícil julgar exatamente onde estava o queixo e onde estava o rosto. Vincent tentara evitar o rosto. Havia uma família a confrontar no andar de cima. E haveria uma recepção pública dentro de dois dias. Mas ele achou que dessa vez tinha acertado o nariz de Maycock.

Maycock levantou-se de novo. Pelo menos não era um covarde.

Vincent recebeu um soco forte na mandíbula, perdeu o equilíbrio por um momento e saiu do alcance de Maycock.

– Você encontra uma pobre garotinha solitária, negligenciada pela tutora, e vê sua feiura mesmo quando ela manifesta adoração por você. Não posso ver a mulher que se tornou, mas vejo toda a beleza que existe dentro dela, e essa beleza me deixa deslumbrado.

– Talvez seja cruel dizer a verdade – falou Maycock, irritado. – Se acha que isso importa, Darleigh, pedirei desculpas a ela. Já lhe disse que não é mais feia.

O sujeito não conseguia entender? Provavelmente era incapaz. Vincent derrubou-o mais uma vez, mas ele se levantou um ou dois segundos depois.

– Enxerguei a dor dela, assim como a beleza – disse Vincent. – A dor de acreditar que era feia e indigna de amor.

– Se tivesse olhos, Darleigh, você se daria conta...

Vincent derrubou-o com um golpe que tinha a intenção de nocauteá-lo. E nocauteou.

O silêncio foi quebrado apenas pelo som de sua própria respiração ofegante.

– Maycock?

Houve apenas um gemido abafado.

– Uma lamparina, senhor? – ofereceu Martin.

– Sim, acenda uma delas, por favor.

– Ele não está exatamente inconsciente – informou o valete, instantes depois.

Maycock voltou a gemer.

– Aqui, deixe-me ajudá-lo – disse Martin. – Sente-se no degrau. Entendo sua dor. Já tentei derrubá-lo e também não consegui. Quando éramos garotos, eu costumava nocauteá-lo com a mesma frequência com que ele me nocauteava, mas naquele tempo ele enxergava. Ficou muito mais mortífero cego.

Vincent encontrou uma toalha e se enxugou. Percebia que Martin cuidava de Maycock.

– Algum dano? – perguntou ele.

– Apenas um fio de sangue saindo do nariz. Vai lembrar um farol por um ou dois dias. Um pouco avermelhado e esfolado na altura do queixo. Sem olho roxo. O peito e os braços vão ficar com hematomas de cores variadas por um tempo, mas nada que uma camisa não cubra.

– Fui trazido aqui mediante falsas alegações – acusou Maycock.

– Foi trazido aqui para ser punido – disse Vincent. – Eu poderia ter mandado Martin amarrá-lo, sabia? Em vez disso, dei a você a oportunidade de uma luta limpa.

– Limpa? Você me fez de idiota – resmungou Maycock, irritado.

– Espero que sim – rebateu Vincent, abrindo um sorriso torto. – A explicação mais simples que podemos dar lá em cima, acredito, é uma versão da verdade. Eu e você nos enfrentamos numa luta amistosa depois que você, cheio de espírito esportivo, sugeriu que a fizéssemos na completa escuridão.

– *Não* gosto que me façam de bobo – disse Maycock.

– Ninguém está fazendo isso. Mas só nós três precisamos saber o que aconteceu. E Sophia. Eu contarei a ela.

Vincent ouviu alguém subindo a escada. A porta no alto se abriu e se fechou.

– Ele não é um covarde chorão – disse Martin. – Fico feliz. Todas as vezes que o vi caído, torci para que se levantasse.

– Foi *injusto*? – perguntou Vincent.

– Não como uma tortura – disse Martin. – Não se feriu tanto. Só seu orgulho. E com certeza ele não entendeu a razão, não é?

– Acho que é incapaz – concordou Vincent.

– Você vai ficar com um belo hematoma no queixo – disse Martin. – Aqui, deixe-me colocar uma toalha úmida. Eu disse que ela se parecia com um menino, senhor, quando me contou que ia se casar com ela. Vai se vingar de mim também?

– Você já se redimiu – atalhou Vincent. – E não disse isso para ela e nunca o faria. Ai! Está doendo. Além do mais, Sophia provavelmente se parecia com um menino, meu pobre e pequeno espantalho, de cabelo bem curto. Está crescendo.

– Não vai querer se exercitar mais esta manhã, acredito. Devo me adiantar e providenciar a água para seu banho?

– Sim, por favor, Martin.

Vincent flexionou os nós dos dedos, que pareciam estar quase em carne viva, e movimentou a mandíbula, que doeria por algum tempo.

Ele a amava, pensou. O pensamento surgiu do nada.

Bem, claro que a amava. Era sua esposa e os dois se sentiam bem quando estavam juntos. Conversavam e riam. Eram ótimos na cama. E agora ela esperava um filho dele. Claro que a amava.

Mas não. Não era isso que aquele pensamento repentino queria dizer.

Ele a *amava*.

E ela ainda sonhava com o chalé no campo.

Sophia dormira até tarde e lhe parecia que nunca recuperaria o tempo perdido, embora não soubesse bem o que havia a fazer. A dois dias da recepção e do baile, tudo que precisava ser feito havia sido feito e era apenas uma questão de esperar que tudo acontecesse e que nada desse errado ou tivesse sido esquecido.

*Nada* tinha sido esquecido. No dia anterior, tinham até cavalgado, ela e Vincent, para visitar o Sr. e a Sra. Latchley – o infeliz fazendeiro que despencara do telhado do celeiro e sua esposa. Isso mesmo. Tinham *cavalgado*, ela de um lado numa sela lateral sobre uma égua tranquila para a qual havia sido promovida, o Sr. Fisk do outro lado. E o Sr. Fisk, no fim da jornada de volta, observou que dificilmente teriam feito o percurso a pé em menos tempo.

Gostava do Sr. Fisk, afinal de contas. Apesar de seu comportamento rude e impaciente, Sophia às vezes detectava algo semelhante a um sorriso no seu olhar quando se falavam.

Haviam convencido o Sr. Latchley a permitir que uma carruagem o levasse a Middlebury com a mulher no dia do baile. Prometeram colocar um sofá em um canto tranquilo do salão de baile, onde ele poderia ficar confortavelmente instalado, descansando a perna quebrada, observando a movimentação e conversando com os vizinhos. A Sra. Latchley, por sua vez, poderia dançar e bater papo com as amigas. Passariam a noite em Middlebury, claro, e seriam levados de volta no dia seguinte.

Sophia não estava com fome. Decidiu pular o café da manhã, embora soubesse que não deveria fazê-lo. Tinha que alimentar um bebê. Talvez um pouco mais tarde. Nesse meio-tempo, aproveitaria para ficar alguns minutos sozinha nos jardins. Era uma manhã fria, mas não estava chovendo. Ela levou a capa.

Andou entre os canteiros por algum tempo, relutando em ir mais longe. A família de Vincent e a dela costumavam levantar tarde pelos seus padrões, mas logo estariam de pé, ou possivelmente já estavam. Não devia passar muito tempo fora. E haveria gente chegando naquele dia.

Sophia tinha a própria família! Repetiu o novo pensamento e o achou confortável e satisfatório. Tinha um *tio*. Tinha uma tia, um tio e uma prima, e eles fariam parte da sua vida porque não permitiria que se afastassem. Poderia ser considerada tola. Não eram pessoas particularmente adoráveis, principalmente três deles, e com certeza não foram bons para ela a não ser por lhe oferecerem teto e alimento durante três anos. Mas ela não guardaria mágoas. Simplesmente não guardaria. Assim como não guardava mágoa de Sebastian. Era um homem simpático, fraco, um tanto egocêntrico e com certeza não merecera a devoção de uma garota, mas, de algum modo, fazia parte do que lhe restava da família e estava contente com a presença dele ali.

Estava prestes a entrar quando percebeu que alguém corria na direção da casa. Uma mulher. Ela entrou por entre as topiarias, e Sophia, ao ver que se tratava de Agnes Keeping, foi a seu encontro. Era cedo para uma visita matinal, mas ela era bem-vinda.

– Agnes – chamou, quando a amiga estava perto o bastante para ouvi-la.

Agnes tinha um grande sorriso e sacudia um papel dobrado.

– Não consegui esperar uma hora mais apropriada – disse ela, sem fôlego. – O correio chegou cedo, então vim cedo. Tive notícias de Dennis depois de ter perdido as esperanças de receber uma resposta. Os homens são mesmo péssimos correspondentes, não é?

Sophia sorriu e as duas pararam de caminhar. Quem era Dennis?

– Dennis Fitzharris – explicou Agnes. – Primo de meu falecido marido. O editor.

Ah, o primo. Mas Agnes não tinha chegado a dizer que ele era editor. Sophia ergueu as sobrancelhas.

– Ele quer publicar a primeira história de Bertha e Dan – continuou Agnes. – E quer ver mais. Aqui. Leia você mesma.

Ela enfiou o papel nas mãos de Sophia.

Ele queria mesmo. Queria publicar o livro. Gostou do texto e das ilustrações. Achou que encantaria as crianças e que havia um bom mercado a ser explorado, pois havia pouquíssimos livros infantis publicados, especialmente ilustrados com tantos detalhes, de uma forma tão divertida. Sugeria que o livro fosse publicado sob o nome de "Sr. Hunt, cavalheiro", uma vez que provavelmente o visconde de Darleigh não desejaria associar seu título a algo aparentemente tão trivial e lady Darleigh não desejaria ser considerada vulgar. Ele ofereceu uma soma bastante generosa como adiantamento por vendas futuras.

Sophia observou os olhos sorridentes de Agnes e retribuiu o sorriso. Na verdade, abriu um *sorriso torto*. E então as duas começaram a rir e a se abraçar, dançando em círculos.

– É *vulgar* ser autora? – perguntou Sophia.

– Terrivelmente, querida – respondeu Agnes. – Pior ainda é ser ilustradora de livros. Existe uma palavra mais pejorativa do que *vulgar*? Pois, se existe, ela se aplica a você, ou se aplicaria se permitisse que seu nome aparecesse na capa de seu livro.

– Na capa do meu livro. – Sophia olhou fixamente para Agnes, arrebatada. – *Meu* livro. Meu e de *Vincent*. Ah, Agnes!

– Eu sei. É maravilhoso, não é? Mas preciso voltar correndo. Disse para minha irmã que não demoraria mais do que meia hora. Prometi ajudá-la a costurar novos enfeites no seu melhor vestido de festa para usar depois de amanhã. Está convencida de que a tarefa vai nos ocupar o dia inteiro, um pensamento terrível.

Deu meia-volta e saiu correndo pelo mesmo caminho que viera. Sophia se dirigiu para casa.

– Viu meu marido? – perguntou ao lacaio no saguão.

O lacaio acreditava que o visconde se encontrava na sala matinal, na companhia da Sra. Pearl e de lady March, mas, enquanto Sophia disparava pelo corredor da ala oeste, Vincent estava saindo do cômodo e fechando a porta.

– Vincent – chamou ela.

Ele olhou na direção da voz, inclinou a cabeça e franziu a testa.

– O que houve? Você parece aflita.

– Apenas sem fôlego. O carteiro deixou uma correspondência na casa da Srta. Debbin e ele quer nos publicar, Vincent, embora não sob o meu nome, porque seria vulgar.

A expressão dele não mudou, exceto pela testa, que talvez tenha ficado mais franzida.

– Ele? – perguntou. – O carteiro? *O que* seria vulgar?

– Usar um nome de mulher na capa – explicou ela. – Aparentemente não se faz isso. E você talvez considere trivial exibir seu título. Então ele sugere apenas Sr. Hunt, cavalheiro.

– Gentil da parte dele – disse Vincent, abrindo um sorriso torto. – Sophie, quem diabo é *ele*? E *do que* está falando, afinal? E o que o carteiro e a Srta. Debbins têm a ver com isso tudo?

– Não têm nenhuma relação.

Ele caiu na gargalhada, e, logo depois, Sophia começou a rir também.

– A carta era para Agnes Keeping – explicou ela. – Ela enviou uma cópia de *Bertha e Dan e a aventura da bola de críquete na torre da igreja* para um primo do marido dela, em Londres, lembra? Acontece que ele é editor e adorou o livro, quer comprá-lo e publicá-lo como obra do Sr. Hunt, cavalheiro, para poupá-lo do constrangimento e me poupar da vulgaridade. Quer *publicá-lo*, Vincent, para as crianças de todo o país lerem e apreciarem. E quer mais histórias.

O sorriso sumiu do rosto dele.

– Ele quer publicar seus livros, Sophie?

– *Nossos* livros.

– Então é melhor que seja sob os nomes Sr. e Sra. Hunt, ou não aceito.

– Acha mesmo?

– Acho.

E então o sorriso voltou ao seu rosto e ele abriu os braços – estava sem Shep e sem a bengala –, e Sophia se jogou neles. Eles se fecharam em torno dela, com força, e ele a girou no ar. Ele a pousou a uma distância considerável da porta da sala matinal, olhando para a direção oposta.

Ele estava rindo. Ela também.

– Está feliz? – perguntou Vincent.

– E você?

– Estou.

– Eu também.

Então o sorriso dela desapareceu. A luz no corredor não era intensa, mas dava para perceber que o lado esquerdo do queixo dele estava inchado e vermelho.

– O que aconteceu?

Ela passou a mão de leve na face dele. Vincent gemeu e recuou.

– Colidi com uma porta?

Ele fez a resposta parecer uma pergunta. Também levantou a mão para tocar cuidadosamente na área com a ponta dos dedos.

Sophia pegou a mão dele e virou a palma para baixo.

– Os nós dos dedos também?

– Era uma porta pesada – respondeu ele.

Ela pegou a outra mão e segurou as duas entre as dela.

– Uma porta *muito* pesada – disse ele.

– O que aconteceu?

– Uma luta esportiva – contou Vincent. – Maycock desceu para o porão essa manhã e achamos que seria divertido lutar. Maycock sugeriu, com muito espírito esportivo, que equilibrássemos a disputa lutando no escuro, então Martin apagou as lamparinas. Maycock acabou pior do que eu, uma infelicidade para ele, mas era de se esperar. Tenho muito mais experiência com a escuridão do que ele.

Vincent abriu um sorriso torto.

Sophia olhou dentro de seus olhos azuis, que estavam fixos nela.

– Não foi uma luta amigável, não é? – perguntou ela. – Foi por minha causa?

Ele não respondeu imediatamente.

– Você tinha apenas 15 anos, Sophie. Estava sofrendo, fragilizada, e ele pisou em seu coração com botinas pesadas. Pior, ele pisou em sua autoestima. Convenceu-a de que era feia quando, na verdade, era uma das criaturinhas mais belas da face da terra.

– Ah, Vincent.

Sophia sentiu uma lágrima escorrer pelo queixo, para depois cair na sua capa. Outra lágrima descia pela face.

– Foi há muito tempo. Ele não tinha a intenção de me magoar, você sabe. Ele não tem muita sensibilidade. Não havia necessidade de puni-lo.

– Havia, sim – discordou ele. – Posso não enxergar, Sophie, mas ainda sou um homem. E, quando minha mulher precisar ser defendida, eu a defenderei.

*Minha mulher.* Por um momento, Sophia visualizou um homem da caverna, arrastando uma mulher pelo cabelo e segurando um bastão para bater no homem da caverna número dois. Talvez fizesse esse desenho um dia.

Mas ela entendia a necessidade de Vincent de ser como os outros homens – Vincent Hunt, que sempre fora um líder entre os garotos, à frente de todas as brincadeiras e travessuras. Era provável que também estivesse à frente de todas as brigas juvenis. Ela não podia reprimi-lo dizendo que Sebastian não merecia a sua ira.

– Obrigada – disse ela suavemente. – Obrigada, Vincent. Passou alguma coisa na mão? Ou no queixo?

– Martin não sugeriria uma coisa dessas.

Outra atitude masculina, supôs ela.

– Tudo bem. Então vou beijá-los para que melhorem.

Foi o que ela fez em seguida.

Vincent havia lutado por ela. Na escuridão. E havia vencido. E então inventara uma história para explicar todos os hematomas e as articulações esfoladas para que ninguém além dos três homens que estavam no porão soubesse da verdade. E agora ela.

Sophia não devia ficar feliz. Não se ganhava nada com a violência. A generosidade dele ao se casar com ela e a gentileza haviam curado suas feridas. E, nos cinco anos que tinham passado, ela havia crescido. A violência tinha sido desnecessária.

Mas estava feliz.

Vincent havia brigado por ela.

Porque ela pertencia a ele.

E porque ela era uma das criaturinhas mais belas da face da terra.

# CAPÍTULO 22

Sophia estava pronta para o baile. Não lembrava de já ter se sentido tão empolgada, tão nervosa ou tão contente em toda a vida. Na verdade, *sabia* que nunca sentira nada parecido.

– Está *vendo*, milady? – falou Rosina como se Sophia estivesse discutindo com ela. – Eu *disse*.

– É verdade – concordou Sophia olhando para sua imagem no grande espelho no quarto de vestir.

Rosina estava atrás dela. De alguma forma, foi levada a se lembrar de outra ocasião em que ficara diante de um espelho de corpo inteiro com outra pessoa atrás dela.

Sebastian a procurara no dia anterior, depois do almoço. Seu nariz parecia menos inchado do que no dia da luta e os hematomas no queixo e dos dois lados do rosto estavam mais azulados do que pretos. Tinha passado o dia rindo, bem-humorado, diante de todas as provocações a que se sujeitou, e declarara que na próxima vez em que desafiasse um cego a uma luta esportiva, se asseguraria de que o combate ocorresse ao ar livre, ao meio-dia, no solstício de verão.

– Sophia – disse ele, quando estavam sozinhos –, Darleigh tem a impressão de que eu a magoei terrivelmente na época em que você morava com tia Mary. Não podia evitar fazer você sofrer. Não tinha percebido que nutria sentimentos por mim e não podia encorajá-la a manter tais sentimentos. Para mim, você era apenas uma criança, sabe, e eu não a via de outro modo.

– Não, claro que não – concordou Sophia.

Ele estava certo, mas não era essa a questão.

– Você entendeu, com certeza, que, quando eu disse que era feia, estava apenas implicando.

Seria a coisa mais fácil do mundo dizer que sim. De qualquer maneira, depois de tanto tempo a história não importava mais. Mas faria com que tudo que Vincent tinha feito em seu nome parecesse tolo. Além do mais, *importava*. O efeito de suas palavras permanecera com ela por muitos anos.

– Não, Sebastian. Não entendi assim porque você *não* estava apenas implicando.

– Ah, meu Deus. – Ele parecia pouco à vontade. – Bem, talvez tenha razão. Você me deixou constrangido e fiquei irritado porque não sabia muito bem o que dizer. E você era realmente uma garota de aparência engraçada, sabe? Melhorou muito. Por favor, aceite as minhas mais sinceras desculpas. Talvez eu até lhe tenha feito um favor, de qualquer modo. Você provavelmente passou a se cuidar melhor depois do que eu disse, não foi?

De que adiantaria negar-lhe o perdão? Ele sorria para ela de forma afetuosa, o nariz ligeiramente avermelhado. Vincent o punira.

– Seu pedido de desculpas foi aceito, Sebastian. E hoje é você quem não está tão bonito assim. Talvez esteja melhor amanhã.

Ela tinha rido e estendido a mão direita para ele, que a pegara, rindo animadamente com ela.

– Estou *tão* feliz por ser sua criada – disse Rosina, naquele instante. – Há *tantas* maneiras de ajudar a senhora.

Antes que ela pudesse fazer mais afirmações entusiasmadas, houve uma batida à porta do quarto de vestir e Vincent entrou.

– Milorde – disse Rosina, fazendo uma reverência.

– Rosina – cumprimentou ele.

A criada se retirou.

Ele sempre se vestia com cuidado e elegância, mas naquela noite estava magnífico. Vestia uma casaca de corte perfeito, um paletó bordado em prata, calças cinza até o joelho, meias brancas, sapatos pretos. As calças estavam ligeiramente fora de moda, mas Sophia estava muito feliz por ele usá-las. Com certeza, tinha pernas em condições de serem exibidas e cintura digna de ostentar o colete. Com aqueles ombros e aquele tórax, parecia que a casaca tinha sido costurada diretamente sobre seu corpo. O cabelo louro, ligeiramente longo, tinha sido escovado e estava arrumado, mas em breve ele voltaria a ser o mesmo Vincent atraente e rebelde de sempre.

– Está extremamente bonito, milorde – disse ela.

Ele riu.

– Você acha?

– Acho.

– Diga para mim – Ele lançou um olhar na direção dela. – Descreva-se.

– Estou deslumbrante – disse ela com apenas um leve tom de zombaria na voz. – Meu vestido é turquesa, as saias são leves, esvoaçantes, e a barra é adornada por um babado largo. O corpete tem um decote na frente e nas costas e pequenas mangas bufantes. Meus sapatos, assim como minhas luvas, são prateados. Meu leque é de bambu chinês, primorosamente trabalhado e delicadamente pintado. E meu cabelo, Vincent! Rosina tem dedos mágicos, juro.

– Terei de dobrar o salário dela? – perguntou Vincent.

– Ah, no mínimo. Fez meu cabelo parecer comprido quando ainda está apenas um pouco abaixo do queixo. Não tenho ideia de como conseguiu. Está liso nas laterais e puxado para cima atrás. Todos os cachos foram arrumados no alto da cabeça para que pareça que tenho muito cabelo. E ela deixou habilmente que alguns cachos caíssem sobre minha orelha, e imagino que logo terei também alguns caindo pelo pescoço. Deve haver uma tonelada de grampos na minha cabeça, Vincent, embora eu não consiga ver nenhum pelo espelho. O cabeleireiro de lady Trentham tinha razão, e Rosina também. Este penteado valoriza meu pescoço. E eu tenho *mesmo* boas maçãs do rosto. Pareço mais velha. Mais adulta, quero dizer. Mais... Hummm...

– Bonita? – sugeriu ele. – Impossível, Sophie.

– É. Acho que sim.

– Não poderia ser mais bonita do que é.

Ela riu e ele também abriu um sorriso torto.

– Feliz? – perguntou ele.

O sorriso sumiu do rosto dela.

– Pergunte de novo no final da noite – disse ela, e o bebê escolheu aquele momento para executar o que parecia ser uma cambalhota lateral. – Se não acontecer nenhum grande desastre, a resposta deverá ser afirmativa.

– Venha cá.

Ele estendeu a mão e puxou-a para perto.

– Não desarrume meu cabelo – disse ela.

Vincent abaixou a cabeça e a beijou. Ela retribuiu o beijo e abraçou-o, os braços na cintura dele.

– Não amasse meu colete – murmurou ele, junto aos lábios dela, e o beijo aprofundou-se.

Finalmente ela se afastou, pegou o leque e tomou seu braço.

Estava na hora de receberem os convidados.

Sophia descreveu o ambiente. Vincent já ouvira descrições da ala nobre, mas não a visitava com frequência. Não lhe interessava muito, a não ser por provocar grande admiração nos visitantes e haver certa satisfação em saber que era o dono de algo tão magnífico.

A descrição daquela noite, claro, era mais vívida do que nunca, em parte porque era feita por Sophia, em parte porque a ala estava sendo usada da forma para a qual havia sido criada.

O grande salão tinha sido transformado em sala de jogos e sala de estar para aqueles que desejassem se retirar um pouco da agitação do salão de baile. Havia quatro mesas e uma série de sofás. O fogo crepitava na grande lareira de mármore. As paredes eram revestidas com ripas finas de carvalho que se alternavam com amplos painéis de pinturas. O teto alto arqueado também era decorado com pinturas. Tudo parecia ser folheado a ouro e um único e imenso candelabro pendia do centro do teto com todas as velas acesas.

O pequeno salão, que tinha exatamente a metade da área de seu vizinho maior, possuía decoração idêntica. Ali seriam servidas comidas e bebidas: petiscos e doces delicados, vinhos, licores, limonada, chá.

A sala de jantar nobre seria usada mais tarde para a refeição, para os brindes e discursos – seguidos por um bolo de casamento com quatro camadas, ideia da avó de Vincent. Um bolo de casamento com a gravidez de alguns meses de Sophia começando a ficar evidente!

Esperava mesmo que a protuberância que sentira com as mãos estivesse visível. Transbordava de orgulho – e de terror contido.

O salão de baile tinha o dobro do tamanho do grande salão e também era bem parecido com ele, a não ser pelo fato de haver espelhos onde no outro havia pinturas. E havia três candelabros no teto e um estrado para a orquestra na extremidade do salão. O assoalho reluzia, encerado, e grandes portas se abriam para o terraço.

Naquela noite, tudo devia estar mais magnífico que o habitual, claro, porque havia muitos convidados para contemplar. Não, não era o tipo de superlotação tão desejada pelas anfitriãs de Londres durante a temporada, supunha, mas toda a família dele e de Sophia estava ali, assim como os vizinhos. E Flavian.

Todos cintilavam com joias, tremulavam com plumas e esbanjavam cores, informou-lhe Sophia. Ouvira dizer que era moda nos salões de baile de Londres, até entre as moças mais jovens e os rapazes mais espinhentos, demonstrar um ar de enfado. Henrietta praticara aquela expressão ao ser apresentada à sociedade. Mas ninguém fazia isso aquela noite.

– Nem sua tia e sua prima? – perguntou Vincent quando Sophia lhe contou a história depois que o último grupo de convidados fora saudado à porta e entrara no salão de baile.

– Não. – Ela riu. – Elas estão muito ocupadas demonstrando superioridade. Mas também estão se divertindo, Vincent. São pessoas muito importantes. Nossos vizinhos olham para meus tios e para Henrietta com respeito e admiração. As plumas de tia Martha parecem ter mais de um metro de altura e balançam de um jeito muito imponente.

– Detecto a voz da caricaturista neste comentário.

– Bem, talvez *quase* um metro. Está falando com todo mundo. Assim como sir Clarence. Se ele inflar mais o peito, os botões de seu colete vão saltar. Minha nossa! Por favor, me faça parar.

– Por nada nesse mundo. E Henrietta?

– Está perseguindo o visconde de Ponsonby. Embora, ao que parece, ele tenha pedido a Agnes Keeping o prazer da primeira dança.

– E por falar na primeira dança... – lembrou Vincent.

– Sim.

Apesar de toda a agitação ao redor, ele percebeu que Sophia respirava fundo.

– Onde está tio Terrence? Ah, vindo para cá.

– Posso fazer o sinal para a orquestra dar o acorde para a primeira dança, Darleigh? – perguntou ele ao se aproximar do casal. – Para mim, parece que esta noite será um grande sucesso, Sophia.

– Quando quiser – disse Vincent.

Ele tomou a mão de Sophia e levou-a até os lábios.

– Divirta-se.

Vincent se postou à entrada ouvindo a música e o ritmo dos sapatos tocando no assoalho de madeira ao mesmo tempo. Ele mesmo batia o pé no ritmo da música e sorria.

Não permaneceu sozinho. Os vizinhos vieram cumprimentá-lo por recuperar a tradição de um modo tão grandioso, e continuaram conversando. A avó tomou-lhe o braço por algum tempo. A esposa de Andy Harrison lhe trouxe uma taça de vinho.

Percorrera um longo caminho em poucos meses. Graças a Sophia. Embora não inteiramente graças a ela. Não podia ser injusto consigo mesmo. Havia se esforçado. Libertara-se da proteção sufocante das mulheres de sua família – sem magoá-las, ele acreditava. Trabalhara com Shep para ganhar uma liberdade de movimentos bem maior do que a que tivera nos últimos seis anos. Passara longas horas com seu administrador, tanto no escritório quanto visitando suas terras, aprendendo os pontos fortes e fracos das propriedades, assumindo um papel ativo nos processos de decisão. Passara a conhecer os vizinhos e os empregados. Fizera um monte de amigos de verdade. Saíra para pescar. Tinha ajudado Sophia a se recuperar de um trauma terrível que a assombrara nos últimos cinco anos e talvez até mesmo a se livrar de inseguranças presentes nos quinze anos antes desses cinco. Dera-lhe contentamento, acreditava, mesmo se não fosse uma felicidade retumbante, e algum prazer, dentro e fora do leito matrimonial. Conseguia tocar a harpa sem desejar lançá-la o tempo todo pela janela mais próxima. Poderia até chegar a um razoável nível de competência dentro de um ano, mais ou menos. Em breve, seria também um autor publicado.

O último pensamento o fez sorrir. Ainda estava batendo o pé ao ritmo da música. Sophia devia estar dançando com Flavian.

Estava muito feliz por ter em Middlebury um de seus companheiros Sobreviventes. Tinham passado duas horas sentados entre os canteiros do jardim, no dia anterior, encasacados para suportar uma friagem pouco característica da estação. Sophia se juntara a eles depois de algum tempo, e Flavian comentou que seria uma pena que Vincent não pudesse estar presente na reunião anual dos Sobreviventes em Penderris Hall, na primavera seguinte.

– Mas é p-por um motivo nobre – dissera o amigo, com um tom de quem estava se divertindo. – Acho que devo lhe dar os parabéns, lady Darleigh, ou eu ainda não d-deveria saber?

Naturalmente, ninguém precisou contar a Flavian que Sophia esperava um filho.

– O que quer dizer com isso? – perguntou Sophia. – Por que ele não poderia ir? Claro que irá. Ele tem que ir.

– Será pouco depois do nascimento de nosso filho, Sophie. Nada me tiraria do seu lado tão cedo, sabe disso.

Sophia ficou em silêncio por algum tempo. Assim como Flavian.

– Bem. Então todos devem vir para cá. Será que isso estragaria tudo? *Precisa* ser sempre em Penderris? Sei que é o lugar onde passaram aquele tempo, onde naturalmente escolheram se encontrar. Mas *precisa* ser lá? Não seria mais importante reuni-los no mesmo lugar? Vincent, podemos convidar todos para nos visitar? *O senhor* viria, lorde Ponsonby? Ou prefere ir para a Cornualha mesmo que Vincent não possa ir no próximo ano?

– Nós podemos e o faremos, Sophia – disse Vincent. – Porém...

– Sem *poréns*, Vince – retrucou Flavian. – A senhora vai receber o p--prêmio de genialidade deste ano, lady Darleigh. Se juntássemos nossas sete cabeças, seríamos incapazes de chegar a esta solução. N-não é, Vince?

– Talvez os outros não concordem – disse Sophia.

– T-talvez, mas só existe uma forma de descobrir – falou Flavian.

– Teve notícias de Ben? – perguntou Vincent. – Alguém sabe dele?

– Desapareceu – respondeu Flavian. – Assim como você, na primavera, Vince. A irmã dele foi vista em Londres. Aquela que ele supostamente estaria visitando no norte da Inglaterra. No entanto, bem, não estava com a irmã quando ela foi vista. Talvez esteja desbravando a urze em Lake District, como você, e reaparecerá com uma noiva. Espero que não seja o caso. Pode ser c-contagiante.

O salão de baile estava agitado, e Vincent relaxou, convencido de que Sophia ficaria feliz com o sucesso de todos os seus esforços.

Era o que realmente importava naquela noite – que ela ficasse feliz.

Era tudo o que *sempre* importava, pensou ele com alguma tristeza.

Sophia estava feliz como nunca estivera na vida. Nada tinha dado errado durante a noite inteira, e estava perto o suficiente do fim para que se permitisse relaxar e decidisse que *nada* daria errado.

Embora algo ainda pudesse acontecer, claro. Ainda havia um grande momento por vir.

Ela tinha dançado todas as músicas. Garantira, assim como a mãe e as irmãs de Vincent, que todos os que quisessem dançar dançassem. No baile de Middlebury ninguém tomava chá de cadeira!

Até Henrietta dançou todas as músicas, mas com parceiros que considerava inferiores a ela. O visconde de Ponsonby era a única exceção. Ele dançou a terceira música com ela.

E dançou duas vezes com Agnes.

O jantar foi perfeito. O salão estava magnífico, e a comida, irretocável. Houve brindes e discursos – um deles feito por Vincent. E houve o bolo que os dois cortaram antes que fosse fatiado pelos criados e colocado em bandejas para ser servido pelos próprios noivos de modo que todos ganhassem um pedaço. Vincent acompanhava Sophia, embora não tivesse nem segurado a bandeja nem servido as fatias. Em vez disso, encantou a todos com sua conversa. Era surpreendente que ele tivesse de certa forma se escondido atrás dos muros da propriedade durante três anos, pensou ela. Nos últimos meses, tornara-se imensamente popular, assim como costumava ser em Barton Coombs.

Haveria duas danças depois do jantar, a primeira delas uma valsa. Seria a única da noite, pois naquele tempo não era um estilo muito difundido no interior. Mas Sophia conhecia a dança – havia praticado os passos com o tio na sala de música. E Vincent havia visto e dançado na Península e conhecia os passos. Estivera presente quando ela valsara com o tio e ela vira seu pé batendo no tempo da música tocada pela Srta. Debbins.

A valsa foi anunciada quando ele estava a seu lado. Sorria com simpatia, embora ela imaginasse que provavelmente tinha sido uma noite difícil para ele. Talvez não. Vincent parecia gostar de conversar com as pessoas. Talvez o fato de estar em seu próprio salão de baile contribuísse para seu prazer.

Mas como era triste que ele não pudesse ver todo o esplendor ou participar das atividades mais vigorosas.

– É uma valsa, Vincent – disse ela.

– Sim. – Ele sorriu. – Então precisa dançar, Sophia. Com seu tio? Praticou com ele.

– Com você – disse ela. – Quero dizer, preciso dançar com você.

Ela segurou a mão dele e recuou alguns passos até a pista de dança.

– Comigo? – Ele riu. – Acho que não, Sophie. *Seria* realmente um espetáculo digno de ser visto.

– Seria – concordou ela, dando mais um passo para trás.

Ninguém havia chegado à pista de dança ainda, e os dois chamaram atenção dos que estavam próximos, e logo outros notaram. O volume das conversas diminuiu consideravelmente.

– Não. – Ele riu. – Sophie...

– Quero dançar a valsa – disse ela. – Com meu marido.

Alguém – o Sr. Harrison? – começou a bater palmas devagar. O visconde de Ponsonby juntou-se a ele. E em breve parecia que metade do salão de baile batia palmas no mesmo ritmo.

Minha nossa. Sophia não tivera a intenção de transformar aquele momento num acontecimento tão público. Mas era tarde demais.

– Valse comigo – pediu ela, o mais baixo possível.

Mas não o suficiente.

– Valse com ela – pediu o Sr. Harrison, e dessa vez era inconfundivelmente ele.

E então a frase se tornou um coro.

– Valse com ela. Valse com ela.

– Sophie...

Vincent riu.

Ela também riu.

E ele se dirigiu à pista vazia com ela.

– Se eu fizer papel de idiota, as pessoas seriam gentis o bastante para fazer de conta que não repararam? – perguntou ele em voz suficientemente alta para ser ouvido.

Ele voltou a rir.

E a orquestra tocou o acorde de abertura e não esperou que alguém mais se juntasse a eles.

A princípio, foi um tanto desajeitado, atrapalhado, e Sophia ficou apavorada diante da possibilidade de realmente sujeitá-lo a uma grande humilhação – para não mencionar a humilhação dela mesma. Mas havia treinado os passos com muita atenção. Com a colaboração do tio, também tinha ensaiado como conduzir sem deixar transparecer.

Os pés dele encaixaram os passos e sua mão se espalmou nas costas dela, enquanto a mão livre encontrava uma das mãos de Sophia. Ele ergueu a cabeça e sorriu bem perto dos olhos dela. Fez com que ela rodopiasse, e ela riu, e teve que se esforçar para que nenhum dos dois tropeçasse e saísse da pista.

Provavelmente aquela não foi a apresentação mais elegante de uma valsa. Mas foi maravilhoso. E tinham a pista inteira para si. Se porque os convidados temiam colidir com o visconde ou porque estavam gostando de assistir, Sophia não sabia. Percebeu que, em determinado momento, a maioria das pessoas batia palmas no ritmo da música.

– Vincent, você vai me perdoar algum dia? – disse ela, depois de alguns minutos.

– Talvez daqui a um século, mais ou menos.

– Tanto tempo?

– Bem, talvez uma década.

Ele voltou a rodopiá-la, mas dessa vez ela estava preparada e os dois prosseguiram em segurança.

– Eu sempre, *sempre* quis fazer isso – disse ela.

– Valsar?

– Valsar com *você*.

– Ah, Sophie – disse ele, trazendo-a para mais perto de si. – Lamento tanto não poder...

– Mas você pode. Consegue ver com todas as partes do seu ser, exceto pelos olhos. Diga que está se divertindo.

– Estou – disse ele, e puxou-a para tão perto que eles quase colidiram. – Ah, estou.

As luzes do candelabro giravam sobre suas cabeças. Os vestidos coloridos pareciam um caleidoscópio de tons pastel por todo o salão. Os espelhos multiplicavam a luz e o cintilar das joias até o infinito.

– Esses sons e cheiros. Eu jamais esquecerei este momento, Sophie – disse Vincent. – Estou realmente *valsando*.

Ela mordeu o lábio com força. Certamente *seria* humilhante se todos os convidados a vissem chorar. Então, de algum modo, seu olhar pousou na mãe de Vincent, que estava com Ursula perto da porta. Lágrimas escorriam por seu rosto à vista de todos.

Então houve uma pausa na música e, antes que a valsa recomeçasse, outros dançarinos ocuparam a pista.

Quando Sebastian Maycock procurou Sophia para que ela lhe concedesse o prazer da última dança da noite, Vincent ofereceu à mulher tanta liberdade de escolha quanto ela lhe dera antes da valsa.

– Temo que minha esposa já tenha se comprometido – disse Vincent. – Comigo.

Ele quase podia ver a surpresa no rosto de Sophia.

– Sim, já – disse ela, praticamente sem uma pausa. – Mas obrigada pelo convite, Sebastian. Ao que parece, a Srta. Mills está sem um parceiro. Aquela dama idosa de verde.

– Você *não está* pensando em saltitar ao ritmo da quadrilha de sir Roger de Coverley, não é? – perguntou ela quando Maycock saiu, aparentemente para convidar a Srta. Mills.

– Estou pensando em dar um passeio tranquilo no terraço com minha esposa – disse ele. – Mas talvez esteja frio demais para você.

– Vou pedir que tragam nossas capas – retrucou ela, deixando-o no mesmo instante.

Voltou logo depois, e apenas alguns minutos mais tarde murmurou um agradecimento a alguém e entregou a Vincent sua capa. Podia ouvir os casais se agrupando na pista para a dança seguinte. O barulho aumentara. Todos queriam dançar a última música.

Parecia que os dois eram os únicos no terraço. Era o que dizia sua audição e Sophia confirmou quando ele perguntou. Não era surpreendente. Embora não fosse uma noite tão fria, soprava uma brisa cortante.

– Feliz? – perguntou Vincent enquanto Sophia lhe dava o braço e o guiava até o que ele supunha serem os canteiros do jardim.

Ouviu-a soltar o ar.

– Feliz – disse ela. – Tudo deu certo, não foi? Mais do que certo. Ah, Vincent, *precisamos* fazer isso com mais frequência. Talvez quando seus amigos vierem, na primavera que vem. Eles virão, não é?

Ele não respondeu.

– Sophie, você ficará, não é? Quero dizer, pelo bem do bebê. Não suporto a ideia de me afastar dele nem de você e não acredito que você pensaria em deixá-lo comigo. Não conseguiria.

– Ah, claro que não. Sim, óbvio que vou ficar. Apenas lamento...

– Lamento *muito* pelo seu chalé. Sei que adoraria morar lá e amaria sua vida nele mais do que qualquer coisa, mas...

– Ah, Vincent. Eu *não* amaria.

– Mas quando mostrou seu caderno de desenhos para Ursula e Ellen aqui no jardim...

– Eu o desenhei para *nossas* histórias – disse ela. – Não pretendia que parecesse ser o chalé dos meus sonhos, mas acabou sendo. Então, não consegui resistir e coloquei Tab no desenho. Sim, é um chalé dos sonhos, Vincent. Quando minha vida parecia tão desesperadamente vazia e solitária, quando eu me achava feia e indigna de ser amada, achei que nada poderia ser mais desejável. Mas comparado com minha vida agora... Bem, é *lamentável*.

– Quer dizer que não deseja mais o chalé? Não o desejaria mesmo se não estivesse esperando um filho?

– Não – respondeu ela, enfática. – Como poderia? Mas, Vincent, eu *gostaria* de não ser uma mulher.

– O quê? – Ele riu.

Estava se sentindo bem alegre, aliás.

– Não queria ser mais uma mulher interferindo em sua liberdade – explicou ela.

– Do que está falando?

– Disse isso para o Sr. Croft, no dia em que ele entregou Shep a você. Disse que eu era apenas mais uma mulher tomando conta de você e interferindo em sua independência.

– Tenho certeza de que não disse nada parecido – retrucou ele, indignado, tentando se lembrar das palavras exatas que havia usado. – Como poderia? Só se estivesse mentindo descaradamente.

– Mas disse. Eu ouvi.

– Sophie, minha mãe e minhas irmãs me amam demais, fizeram tudo por mim e, sem perceber, me *sufocaram*. Você chegou com suas ideias maravilhosas e fez exatamente o oposto. Devolveu-me a liberdade e uma boa dose de independência. Sua bobinha, seja lá o que tenha ouvido naquele dia, foi um mal-entendido. Eu *nunca* teria dito que você tomou minha liberdade. *Nunca*, Sophie. Você devolveu a luz à minha vida.

– Então *não se importa* que eu tenha que permanecer aqui? – perguntou ela.

Ele soltou um grande suspiro e desejou se lembrar das palavras que tinha dito a Croft.

– Eu amo você, sabia?

Ela ainda segurava o braço de Vincent. Inclinou a cabeça para encostá-la no ombro dele.

– Sim, eu sei. Você é sempre muito bom para mim. E eu também amo você.

– Ah, como as palavras podem ser inadequadas. – Ele voltou a suspirar. – E a natureza enganadora das palavras... Elas têm tantos significados diferentes que acabam não significando nada. Eu abdicaria de qualquer coisa por você.

Ela soltou o braço dele.

– Sem hesitar – continuou ele. – Se eu fosse um rei, Sophie, abdicaria do trono por você, desistiria de tudo. Por você. É o que quero dizer quando digo que a amo.

Ele ouviu-a engolir em seco.

– Mas você não é um rei.

– Eu desistiria de Middlebury Park, então, e do meu título. Se tivesse que escolher entre eles e você, não haveria discussão. É fácil dizer, eu sei, quando parece não haver chance de eu ser forçado a fazer uma escolha dessas. Mas eu faria se precisasse. Não tenho a menor dúvida sobre meu amor por você.

– Vincent...

Uma das mãos dele foi tomada pelas dela.

– Não foi parte de nosso acordo, não é? – questionou ele. – Estou perfeitamente feliz com o contentamento, Sophie, se você não quiser se sentir sobrecarregada por outros sentimentos. E estamos *contentes*, não estamos? É que... bem, sou egoísta, suponho. Queria ter o prazer de dizer isso a você. De lhe contar. Na verdade, realmente não importa se...

– Não *importa*?

Ela praticamente gritou aquelas palavras e se jogou nos braços dele. Com tal força que quase o derrubou. Seus braços envolveram o pescoço dele.

– Você acabou de dizer que me ama mais que tudo e isso *não importa*? Importa mais do que qualquer outra coisa em todo o mundo, e também mais do que o Sol, a Lua e as estrelas. Eu amo você tanto, tanto, *tanto*...

– Ama, Sophie? – Seus braços a envolveram e ele a puxou para si. – Ama, minha querida?

– Pode acrescentar mais alguns *tantos*.

– Melhor guardar alguns para meu uso.

Ele riu com o rosto no cabelo dela, que parecia estar se libertando das restrições impostas por Rosina.

Ela ergueu o rosto e ele a beijou.

O som das conversas animadas, das risadas e de uma vigorosa dança emanava do salão de baile atrás deles. A distância, uma coruja piou e um cão latiu. Um vento leve e gelado entrou pelas frestas de suas capas.

Naquele momento, tudo aquilo foi ignorado por Vincent, pois o mundo inteiro se encontrava em seus braços. Ah, sim, e o Sol, a Lua e as estrelas.

E toda a eternidade.

Se você se apaixonou pela história de Vincent e Sophia,
vai se encantar com o próximo volume da série
CLUBE DOS SOBREVIVENTES, de MARY BALOGH

## UMA LOUCURA E NADA MAIS

Uma história intensa e arrebatadora sobre duas pessoas muito diferentes que buscam a liberdade e descobrem exatamente o que procuravam um no outro.

Conheça um pouco mais nas próximas páginas.

# CAPÍTULO 1

Aproximava-se da meia-noite, mas ninguém tomava qualquer iniciativa para se despedir e ir para a cama.

– Vai achar tudo muito calmo por aqui depois que tivermos partido, George – comentou Ralph Stockwood, conde de Berwick.

– Com certeza vai ficar tranquilo, Ralph. – O duque de Stanbrook olhou para o círculo formado pelos seus seis hóspedes reunidos no grande salão de Penderris Hall, sua residência na Cornualha, e olhou carinhosamente para o rosto de cada um deles antes de prosseguir. – Mas vou sentir uma falta terrível de todos.

– Você vai suspirar de alívio assim que perceber que ficará um ano inteiro sem ter que ouvir Vince arranhar o v-violino – disse Flavian, visconde de Ponsoby.

– Ou os gatos berrando em êxtase ao som da música produzida – acrescentou Vincent Hunt, o visconde de Darleigh. – Também deveria mencionar isso, Flave. Não precisa levar em conta minha sensibilidade.

– Está tocando com muito mais habilidade do que no ano passado, Vincent – garantiu Imogen Hayes, lady Barclay. – Não tenho dúvidas de que no ano que vem terá se aprimorado mais ainda. Você é um prodígio, uma inspiração para todos nós.

– Talvez eu dance ao som de uma das suas músicas um dia desses, desde que não seja agitada demais, Vince.

Sir Benedict Harper olhou com tristeza para as duas bengalas encostadas no braço de sua poltrona.

– Não está, por acaso, nutrindo alguma esperança de que decidamos ficar por mais um ou dois anos em vez de partir amanhã, George? – perguntou Hugo Emes, lorde Trentham, com um tom melancólico. – Nunca vi três semanas passarem tão depressa. Chegamos aqui, piscamos o olho e está na hora de nos separarmos de novo.

– George é educado d-demais para dizer um não categórico, Hugo – completou Flavian. – Mas a vida nos chama, infelizmente.

Estavam todos um tanto emotivos, os sete integrantes do chamado Clube dos Sobreviventes. Tinham passado alguns anos ali, em Penderris, recuperando-se de variados ferimentos sofridos durante as Guerras Napoleônicas. Embora cada um tivesse travado uma luta solitária para se recuperar, também haviam ajudado e amparado uns aos outros e ficado próximos como irmãos – e irmã. Quando chegou a hora de partirem para começarem vidas novas ou recuperarem as antigas, deixaram Penderris com sentimentos variados de ansiedade e medo. Era preciso viver, todos concordavam. No entanto, o casulo que os envolvera por tanto tempo os mantivera seguros e até felizes. Decidiram voltar para a Cornualha todo ano, por algumas semanas, para manter viva a amizade, compartilhar as experiências vividas fora dos confins familiares de Penderris e ajudar a resolver qualquer dificuldade que surgisse para algum deles ou mais.

Aquele era o terceiro encontro. Mas estava se encerrando por mais um ano, ou se encerraria na manhã seguinte.

Hugo levantou-se e alongou-se, ampliando sua impressionante circunferência, que não tinha qualquer relação com gordura corporal. Era o mais alto e mais largo de todos e também aquele com a aparência mais ameaçadora, o cabelo bem curto e uma frequente ruga na testa.

– O terrível é que não quero que nada disso acabe – disse ele –, mas, para sair amanhã cedo, preciso ir para a cama.

Era o sinal para que todos se levantassem. A maioria faria longas viagens e tinha a intenção de partir cedo.

Sir Benedict foi o último a se levantar. Precisava pegar as bengalas apoiadas ao lado do corpo, passar a mão por dentro das alças que havia criado. Depois, precisaria erguer o corpo dolorosamente. Qualquer um de seus amigos ficaria feliz em ajudá-lo, claro, mas sabiam que não seria uma boa ideia. Eram todos extremamente independentes, apesar de suas variadas condições. Vincent, por exemplo, deixaria o aposento e subiria a escada até seu quarto desacompanhado, embora fosse cego. Por outro lado, todos esperariam pelo amigo mais lento e acompanhariam seus passos enquanto subia a escada.

– Em b-breve, Ben, conseguirá fazer isso em menos de um minuto – disse Flavian.

– Melhor do que os dois minutos do ano passado – disse Ralph. – Eu ficava com vontade de bocejar, Ben.

Ninguém resistia à oportunidade de brincar e provocar, a não ser Imogen, talvez.

– Levar dois minutos é impressionante para alguém que ouviu que deveria amputar as duas pernas se quisesse sobreviver – disse ela.

– Está deprimido, Ben.

Hugo interrompeu o alongamento para fazer a observação.

Benedict lançou-lhe um olhar.

– Só estou cansado. Está tarde e estamos na extremidade errada da nossa estada de três semanas. Detesto despedidas.

– Não – disse Imogen. – É mais do que isso, Ben. Hugo não é o único que reparou. *Todo mundo* reparou, mas o assunto nunca foi abordado em nossos encontros noturnos.

Haviam ficado acordados até tarde na maior parte das noites durante as últimas três semanas, como fazia todo ano, compartilhando algumas de suas mais profundas preocupações e inseguranças – e triunfos. Tinham poucos segredos. Sempre havia algo que não dividiam, claro. Uma alma nunca deve ser inteiramente desnudada para outra pessoa, por maior que seja a amizade. Ben mantivera sua alma fechada naquele ano. *Havia* se sentido deprimido. Ainda se sentia. Estava angustiado, porém, por não ter conseguido esconder seu estado de espírito.

– Talvez estejamos nos intrometendo onde não se deseja ajuda nem empatia – disse o duque. – É verdade, Benedict? Ou devemos nos sentar e conversar?

– Depois de ter feito o esforço hercúleo para me levantar? Justamente quando todos se preparam para ir para a cama para estarem belos e descansados de manhã?

Ben soltou uma gargalhada, mas ninguém achou divertido.

– Está *deprimido*, Ben – disse Vincent. – Até eu percebi.

Os outros se sentaram, e Ben, com um suspiro, voltou a seu assento. Tinha quase escapado.

– Ninguém gosta de ser chorão. Os chorões são chatos.

– Concordo. – George sorriu. – Mas você nunca foi um chorão, Ben. Nenhum de nós é. Muita gente não suportaria. Reconhecer um problema, pedir ajuda ou apenas ser ouvido não é o mesmo que se lamuriar. É apenas receber a atenção coletiva de pessoas que realmente entendem o que está acontecendo. Suas pernas estão doendo?

– Nunca estou livre de um pouco de dor – disse Ben. – Pelo menos, me lembro de que ainda tenho pernas.

– Mas...?

George não havia lutado nas Guerras Napoleônicas, embora no passado tivesse sido oficial das forças armadas. No entanto, seu filho único lutara e morrera em Portugal. Sua esposa, a mãe do rapaz, talvez assolada pela dor, havia se jogado de um penhasco dentro da propriedade e encontrado a morte. Quando abriu sua casa para aqueles seis, assim como para outros, George, duque de Stanbrook, estava tão ferido quanto qualquer um deles. Provavelmente ainda estava.

– Vou conseguir andar. Já *ando* do meu jeito. E um dia vou dançar – disse Ben com um sorriso amargo.

Era o que sempre dizia, e os outros implicavam com ele. Dessa vez, ninguém fez qualquer provocação.

– *Mas...?*

Dessa vez, foi Hugo.

– Mas nunca será como antes – disse Ben. – Tenho consciência disso há muito tempo; de outro modo, seria um tolo. Porém, levei seis anos para enfrentar o fato de que nunca conseguirei dar mais do que alguns passos sem minhas bengalas... no plural. E que nunca me movimentarei com agilidade. Nunca terei de volta a vida que levava. Serei para sempre um aleijado.

– Que palavra mais dura! – exclamou Ralph, franzindo a testa. – E um tanto derrotista.

– É a pura verdade – insistiu Ben, com firmeza. – Está na hora de aceitar a realidade.

O duque apoiou os braços na poltrona e agarrou-os com os dedos.

– E aceitar a realidade significa desistir e se chamar de aleijado? Nunca teria saído da cama se tivesse começado com essa atitude, Benedict – disse ele. – Na verdade, teria permitido que os cirurgiões do exército amputassem suas pernas.

– Admitir a verdade não significa desistir. Mas significa avaliar a realidade e fazer as adaptações necessárias. Seguia a carreira militar e nunca imaginei outra vida para mim. Não *queria* outra vida. Eu ia chegar a general. Tenho vivido e lutado pensando no dia em que poderia ter minha vida de volta. Mas isso não vai acontecer. Nunca mais. Está na hora de aceitar e lidar com isso.

– Não conseguiria ser feliz com uma vida longe do exército? – perguntou Imogen?

– Ah, eu consigo – garantiu-lhe Ben. – Claro que consigo. E farei isso. Passei anos negando a realidade e o resultado é que agora, tanto tempo depois, não tenho a mínima ideia do que o futuro me reserva. Ou o que desejo do futuro. Desperdicei esses anos sonhando com um passado que ficou para trás e que não voltará. Percebem? Estou *choramingando* enquanto todos poderiam estar dormindo em paz, em suas camas.

– P-prefiro estar aqui – disse Flavian. – Se um de nós for embora se sentindo infeliz por não c-conseguir compartilhar seus sentimentos com os outros, então seria melhor p-parar de vir. George vive aqui nos confins da Cornualha, afinal de contas. Quem viria p-para cá apenas pela paisagem?

– Ele está certo, Ben – concordou Vincent com um sorriso torto. – Eu não viria pela paisagem.

– Não vai para casa quando sair daqui, Ben – disse George.

Era uma afirmação, não uma pergunta.

– Beatrice precisa de companhia – explicou Ben, encolhendo os ombros. – Teve uma febre persistente durante todo o inverno e só está recuperando as forças agora, na primavera. Não se sente em condições de ir para Londres depois da Páscoa, quando Gramley viaja para a sessão de abertura do Parlamento. E os filhos estarão na escola.

– A condessa de Gramley é sortuda por ter um irmão tão disponível – disse o duque.

– Sempre fomos muito próximos – disse Ben.

Mas ele não havia respondido à pergunta implícita de George. E como a resposta consistia em boa parte do motivo para a depressão que os amigos notaram, ele se sentiu obrigado a responder. Flavian tinha razão. Se não conseguissem compartilhar seus sentimentos naquele lugar, então aquelas amizades e aqueles encontros perderiam o sentido.

– Sempre que vou para Kenelston – começou –, Calvin não me deixa fazer nada. Não quer que eu ponha o pé no escritório nem converse com o responsável por minhas propriedades. Insiste em assumir tudo o que precisa ser feito. Está sempre alegre e entusiasmado. É como se acreditasse que meu cérebro ficou tão prejudicado quanto minhas pernas. E Julia me paparica o tempo inteiro, chega a abrir caminho quando saio de meus aposentos. As crianças têm permissão de correr pela casa, e correm, derrubando objetos por onde passam. Ela manda servir as refeições nos meus aposentos para que eu não tenha que descer até a sala de jantar. Ela... Os dois chegam perto de me sufocar com tanta gentileza até chegar a hora de eu partir mais uma vez.

– Ah, agora chegamos ao cerne da questão – falou George.

– Eles realmente temem por mim quando estou lá – disse Ben. – Praticamente pulsam com ansiedade a cada momento.

– Imagino que seu irmão caçula e a esposa tenham se acostumado a pensar na casa como propriedade deles durante os anos que passou aqui como paciente e depois em convalescência – disse George. – Mas você já foi embora há três anos, Benedict.

Por que não tinha assumido o comando da própria casa e obrigado o irmão a fazer outros arranjos para sua família? Essa era a pergunta implícita. O problema era que Ben não tinha uma resposta, a não ser a procrastinação de sua parte. Ou covardia. Ou... algo mais.

Ele suspirou.

– Família é uma coisa complicada.

– É, sim – concordou Vincent enfaticamente. – Eu o entendo, Ben.

– Meu irmão mais velho e Calvin sempre foram muito próximos – explicou Ben. – Era como se eu, colocado no meio, não existisse. Não havia qualquer hostilidade, apenas... indiferença. Eu era irmão deles e eles eram meus irmãos, apenas isso. Wallace só estava interessado em uma carreira na política e no governo. Morou em Londres antes e depois da morte de meu pai. Quando houve a sucessão no baronato, deixou claro que não estava interessado em viver em Kenelston nem em cuidar da propriedade. Como Calvin tinha interesse nas duas coisas, e se casou e começou uma família cedo, os dois chegaram a um acordo que lhes trazia satisfação mútua. Calvin morava na casa e administrava a propriedade mediante uma renda e Wallace pagava as contas e ficava com os lucros, sem perturbar sua cabeça com as questões da propriedade. Calvin não *esperava*... nenhum de nós esperava... que uma carroça carregada tombasse sobre Wallace perto de Covent Garden e o matasse na mesma hora. Era bizarro demais. Aquilo aconteceu apenas um pouco depois que fui ferido. Ninguém esperava que eu sobrevivesse também. Mesmo depois de ser transferido para a Inglaterra e vir para cá, não esperavam que eu sobrevivesse. *Você* não esperava, George, não é?

– Pelo contrário – retrucou o duque. – Assim que eu o vi, no primeiro dia, quando chegou aqui, Benedict, percebi que era teimoso demais para morrer. Quase me arrependi. Nunca vi ninguém sentir tanta dor. Seu irmão caçula então concluiu que o título, a fortuna e Kenelston seriam inteiramente dele?

– Deve ter sido um grande golpe saber que sobrevivi – disse Ben com um sorriso amargo. – Tenho certeza de que nunca me perdoou, embora, dito assim, possa parecer que ele é um sujeito mau, e não é o caso. Quando estou fora, pode viver como sempre viveu desde a morte de nosso pai. Quando estou lá, sem dúvida se sente ameaçado. E tem bons motivos para isso. Pela lei, tudo me pertence, afinal de contas. E se Kenelston não pode ser meu lar, onde *será*?

Era a pergunta que o atormentava nos últimos três anos.

– Minha casa está cheia de mulheres que morrem de amor por mim – disse Vincent. – Respirariam por mim, se pudessem. Fazem tudo em exagero ou, pelo menos, é o que parece. E já ouvi rumores que em breve vão tentar me empurrar uma noiva, porque um cego precisa de uma esposa que segure sua mão por todos os anos de escuridão que lhe restam. Minha situação é um pouco diferente da sua, Ben, mas tem suas semelhanças. Em algum momento, terei que assumir meu papel de senhor da casa. O problema é como fazê-lo. Como é possível ser duro com as pessoas amadas?

Ben suspirou, riu e disse:

– Tem toda razão, Vince. Talvez eu e você sejamos uma dupla lamentável de fracotes. Mas Calvin tem uma esposa e quatro filhos para sustentar, enquanto eu não tenho ninguém a meu lado. E ele é meu irmão. Eu gosto dele, apesar de nunca termos sido muito próximos. Foi puro acidente do destino eu ser o segundo e ele, o terceiro.

– Sente c-culpa por ter herdado o baronato, Ben? – perguntou Flavian.

– Não esperava por isso – explicou ele. – Não havia ninguém mais forte do que Wallace. Além do mais, nunca quis ser nada além de um oficial do exército. Com toda certeza, nunca esperei ser dono de Kenelston. Mas agora eu sou e às vezes acho que simplesmente poderia ir para lá e me estabelecer, me ocupar com os cuidados da propriedade. Talvez eu finalmente me sentisse parte dela e conseguisse ser feliz para sempre.

– Mas sua casa está sendo ocupada por outras pessoas – disse Hugo. – Eu iria até lá se você quisesse, e mandaria todo mundo embora. Faria uma cara feia, pareceria durão, e eles sairiam correndo sem um grito de protesto. Mas não é assim que se resolve as coisas, não é?

Ben participou da gargalhada geral.

– A vida era mais simples no exército – disse ele. – A força bruta resolvia todos os problemas.

– Até que Hugo perdeu a cabeça, Vince perdeu a visão e você t-teve todos os ossos das pernas esmigalhados, Ben, sem falar da maioria dos ossos do resto do corpo. E Ralph perdeu todos os amigos e arruinou sua bela aparência quando alguém cortou seu rosto, e Imogen foi obrigada a tomar uma d-decisão que ninguém deveria ter que tomar e viver com suas c-consequências para sempre. E George perdeu tudo que lhe era mais precioso sem sair de Penderris. E metade das p-palavras que quero falar ficam presas no meio do caminho como se alguma coisa no meu cérebro p-precisasse de um pouco de óleo.

– Certo – disse Ben. – Guerra não é a solução. A vida só parecia ser mais simples naqueles dias. Mas estou impedindo vocês de terem o sono da beleza. Todos hão de desejar que eu vá para o inferno. Sinto muito, não tinha a intenção de descarregar em vocês tantos problemas mesquinhos.

– Fez isso porque insistimos, Benedict – lembrou-lhe Imogen. – E porque é precisamente por esse motivo que nos reunimos aqui todos os anos. Infelizmente não fomos capazes de lhe oferecer uma solução, não é? A não ser pela oferta de Hugo de expulsar seu irmão e a família de sua casa à força. O que felizmente não é para ser levado a sério.

– Mas não importa, não é, Imogen? – disse Ralph. – Ninguém pode resolver o problema do outro. Entretanto, sempre ajuda desabafar com quem *realmente* ouve e sabe que respostas impulsivas não têm valor.

– Então, Benedict, você está deprimido em parte por ter aceitado a natureza permanente das limitações de seu corpo, mas ainda sabe aonde essa aceitação o levará – disse o duque. – E em parte porque ainda não aceitou que deixou de ser o irmão do meio numa família de três e passou a ser o mais velho de uma família de dois, com decisões a tomar sobre assuntos com os quais nunca esperou lidar. Não temo que entre em desespero. Não é da sua natureza. Acredito que meus ouvidos ainda sentem o eco das blasfêmias que você costumava berrar quando a dor ameaçava ultrapassar o limite da sua resistência, nos primeiros dias. Só teria alcançado a paz da morte naquela ocasião se tivesse tido o bom senso de entrar em desespero. Então, só pode ir para cima. Talvez esteja em uma espécie de platô. Sair dele pode ser assustador. Mas também pode ser um desafio empolgante.

– Passou o dia inteiro ensaiando esse d-discurso, George? – perguntou Flavian. – Sinto que devemos nos levantar e aplaudir.

– Foi bastante espontâneo, posso garantir – disse o duque. – Mas fiquei muito satisfeito com ele. Não tinha percebido que era tão sábio. Nem tão eloquente. Deve ser a hora de ir para cama.

Ele riu com todos.

Ben apoiou as bengalas no chão e passou pelo penoso processo de voltar a se levantar enquanto todos já estavam de pé.

Nada mudara na última hora, pensou ele, enquanto percorria lentamente o caminho até seu quarto, com Flavian a seu lado e os outros um pouco adiante. Nada se resolvera. De certo modo, porém, ele se sentia mais animado – ou talvez simplesmente mais esperançoso. Agora que dissera aquilo em voz alta – que suas deficiências eram permanentes e que teria que construir uma vida inteiramente nova para si mesmo –, ele se sentiu mais capaz de *fazer* algo, de criar um futuro novo e significativo para si, mesmo sem ter ideia do que poderia ser.

Ao menos o futuro imediato estava resolvido e não envolvia uma daquelas visitas cada vez mais constrangedoras e deprimentes a sua própria casa. Partiria para o condado de Durham, no norte da Inglaterra, no dia seguinte, e passaria algum tempo com a irmã. Estava ansioso. Beatrice, cinco anos mais velha, sempre fora a irmã favorita. Enquanto estivesse com ela, pensaria a sério sobre o que fazer com o resto de sua vida.

Traçaria alguns planos, tomaria algumas decisões. Algo definitivo, interessante e desafiador. Algo para retirá-lo da depressão que pairava sobre ele como uma nuvem cinzenta havia tanto tempo.

Não ficaria mais à deriva.

Havia algo um tanto divertido na ideia de que o resto de sua vida seria como escolhesse.

# CONHEÇA OUTROS LIVROS DE MARY BALOGH

Os Bedwyns
Ligeiramente perigosos
Ligeiramente pecaminosos
Ligeiramente seduzidos
Ligeiramente escandalosos
Ligeiramente maliciosos
Ligeiramente casados

Clube dos sobreviventes
Uma proposta e nada mais
Um acordo e nada mais
Uma loucura e nada mais
Uma paixão e nada mais
Uma promessa e nada mais
Um beijo e nada mais
Um amor e nada mais

Para saber mais sobre os títulos e autores da Editora Arqueiro,
visite o nosso site e siga as nossas redes sociais.
Além de informações sobre os próximos lançamentos,
você terá acesso a conteúdos exclusivos
e poderá participar de promoções e sorteios.

**editoraarqueiro.com.br**